Elisabeth Gürt
Entscheidung auf Ischia

ELISABETH GÜRT

ENTSCHEIDUNG AUF ISCHIA

ROMAN

STIEGLITZ-VERLAG · E. HÄNDLE
MÜHLACKER

Umschlagentwurf: Christoph Albrecht

ISBN 3 7987 0159 8

Alle Rechte, auch die des auszugsweisen Nachdrucks, der
fotomechanischen Wiedergabe und der Übersetzung,
vorbehalten
© Stieglitz-Verlag, E. Händle, Mühlacker, 1976
Gesamtherstellung: Wiener Verlag, Wien

*»Da ist ein Land der Lebenden und ein Land der
Toten, und die Brücke zwischen ihnen ist die
Liebe — das einzige Bleibende, der einzige Sinn.«*
                              Thornton Wilder

Wie spät kann es sein?
Keine Lust, auf die Uhr zu sehen oder aufzustehen.
Das ist ein Tag, an dem mich nichts ruft; nur einer, wie
er gestern war und morgen sein wird. Lieber noch in der
Wärme bleiben und den Traum nachgenießen, diesen sonderbaren Traum.
Ich war Julia von Capulet, eine sehr junge, glühende,
und unter meinem Balkon stand Romeo. Doch was mich
in Bann hielt, war nicht sein Liebeswerben, sondern die
leise, eindringliche Stimme des Regisseurs, eine Stimme,
die ich unter ungezählten herausfinden würde. Schöner
Traum. Ist es ein Zeichen des Alterns, wenn man sich so
sehr nach Vergangenem zu sehnen beginnt, sogar im
Schlaf?
Sofie klappert mit dem Frühstücksgeschirr, es muß acht
vorbei sein. Kein Tag, der mich ruft... Meine Mutter
hat mich gelehrt, abends und morgens ein Gebet zu sprechen, aber daraus wurde bald ein Deklamieren. Später
habe ich gleich nach dem Aufwachen begonnen, meine
Rolle zu probieren, und griff nach dem Heft auf meinem
Nachttisch, wenn mir der Text nicht einfiel. Noch bevor
ich in meine Kleider schlüpfen konnte, war ich in das
Wesen einer andern geschlüpft, war Gretchen oder Jeanne
d'Arc, Hero oder Julia und wie besessen von dem

Wunsch, sie darzustellen. Diese herrliche Besessenheit — was soll ich ohne sie anfangen?

Schneeregen und Matsch auf den Straßen, als wär's dem Kalender nach nicht schon Frühling. Trübe Fensterscheiben, Autofenster, Seelenfenster, alles getrübt. Dabei weiß ich doch so gut, wie blank sie sein können, voll Himmelsblau und Lebensfreude.

Hatte ich mir nicht vorgenommen, vergnügt zu sein, alles übersehend, dennoch vergnügt? Das ist so, als sollte ich in den verschiedensten Rollen immer das gleiche leichte, beschwingte Kostüm tragen. Absurd. Es war mir doch immer so wichtig, mich zu wandeln, anzupassen, in Aussehen, Wort und Gestik jenen Ausdruck zu finden, der überzeugt.

Habe ich ihn auch für mich gefunden, für Lydia Merwald, die hinter allen ihren Rollen steckt? Habe ich *mich* überzeugt vom Sinn meines Daseins?

Noch immer hat mir nichts und niemand beigebracht, mir selbst etwas vorzuspielen, wie andere es können. Sie sagen: Mir geht es ausgezeichnet — ich bin höchst zufrieden — wir sind so glücklich. Und sie glauben daran. Ich wäre schon froh, wenigstens ab und zu an mich selbst glauben zu können, an den Fortbestand jener Frau, die ich früher war.

Selbstvertrauen — das hatte ich doch? Gewiß. Wie ich unter ihnen leide, die es so beharrlich untergraben! Der Direktor, der mir schon viel zu lang keine lohnende, *mir* entsprechende Rolle anbietet. Die Kritiker mit ihrem versteckt anzüglichen, nur scheinbar wohlwollenden Gefasel. Jene Kollegen, denen es so schwerfällt, etwas anderes zu zeigen als Neid — oder Mitleid. Auch einen Teil des Publikums mache ich verantwortlich, alle jene, die es nicht mehr schätzen, wenn man sein Bestes aufbietet, um ihnen eine große Idee in edler Form nahezubringen. Die sich mit Verfälschungen und Kitsch begnügen und sich daran auch noch erbauen.

Aber ich brauche nicht das Mitleid derer *hinter* dem Vorhang, die sich für faszinierender halten, als ich es bin. Und ich brauche auch nicht den Beifall der vielen *vor* dem Vorhang, die sich bloß hinsetzen, um für ihr Geld unterhalten zu werden, aber nichts verstehen. Beiden Kategorien gegenüber werde ich immer gleichgültiger, als hätte eine schleichende Lähmung mein Gemüt erfaßt. Und daraus kommt wohl die Angst, die ich keinem gestehe, Angst, daß meine Kraft nachläßt und mein Stern verblaßt seit — ja, seit Claudio mich nicht mehr begleitet.

Nicht rückfällig werden, ich habe seinen Verrat überwunden. Diese Enttäuschung zählt nicht mehr. Und schließlich habe ich seither doch auch bewiesen, daß ich mich ohne ihn durchzusetzen weiß. Ich habe es in Rollen zeitgenössischer Autoren ebenso bewiesen wie als Maria Stuart oder als Lady Milford. Es gab auch noch nachher umjubelte Erfolge, *nach* jenem unseligen »Don Carlos«, nach dem Bruch mit Claudio, an dem sich so viele Gemüter erhitzt hatten, der noch immer nicht vergessen ist.

Ob Claudio meinen Weg verfolgt hat? Die Auftritte in der Josefstadt, dann im Burgtheater — immer seltener in letzter Zeit. Meine überstürzte, anstrengende Tournee mit Anouilhs »Lerche«. Die Shakespeare-Inszenierung vor dem alten Schloß, »Wie es euch gefällt«, Proben bei

Kälte und Sturm, und eine Premiere, die im Regen ertrank... Ob er die vielen guten Kritiken gelesen hat und — die weniger guten? Ach, wär's mir doch einerlei!

Da kommt meine Brummbärin. »Guten Morgen, Sofie!«

»Morgen... Schon wieder steht die gnä' Frau so beim Fenster, das is nix! So viele haben die Grippe, hör ich. Da ist der Schlafrock. Und lassen S' wenigstens den Kaffee nicht kalt wern!«

»Danke, Sofie. Was macht heute dein Rheuma?«

»Spüren tu ich's halt. Was soll ich zu Mittag kochen?«

»Ach, irgendwas...«

»Kommt heut nicht der Herr Weigand zum Essen?«

»Richtig. Ich werde selbst etwas besorgen, später.«

»Gut, dann kann ich bügeln und geh erst nachmittag fort.«

»Zur Nichte?«

»Sie holt mich ab, ins Kino nämlich. Den Film von der gnä' Frau wolln ma uns anschaun, der soll ja so schön sein.«

»Na, dann viel Vergnügen!«

Sie humpelt davon und ist gekränkt, weil ich nicht mit ihr über den Film spreche, sie nicht in alles einweihe. Weiß sie nicht ohnehin schon zu viel von mir? Und doch ist es sehr angenehm, sie zu haben. Alles Komplizierte, Verworrene lockert sich vor ihrem einfachen Sinn. Liebe alte Sofie, Erinnerung an die Kindheit! Sie ist für mich ein Erbstück aus dem Elternhaus, ein Mahnmal und ruhender Pol in meinem unruhigen Leben. In dem es viel zu still wird...

Aber schon neige ich dazu, mich zu verkriechen, und

finde das sogar behaglich. Ich liebe meine Wohnung, die Bücherecke, die Blumen, dieses ganze freundliche Nest im Dachgeschoß. So nahe die vertrauten Kuppeln und Türme, die Wolken... Hier bin ich mitten in der Stadt und doch versteckt, geborgen. Und es war wie eine Entweihung, als Günther vor einer Woche die Reporter mit ihren Kameras und Notizblocks herbeiholte, damit alle Welt erfahre, wie Lydia Merwald wohnt und — sich ihrer erinnert. Alles rund um diesen albernen, unbedeutenden Film.

Gleich wird Günther anrufen und mir Vorwürfe machen, weil ich nicht bei der Pressevorführung von »Sommerträume« war. Sich unentwegt zu zeigen und immer ein Lächeln aufzusetzen, das hält er für wichtig. Ich habe Publicity immer verabscheut. Aber eine Zeitlang lief sie mit großer Selbstverständlichkeit nebenher, und ich habe mich dessen nicht einmal geschämt.

Der ewige Wiener Wind. An jeder Ecke bläst er einem ins Gesicht, und man sagt auch noch, daß wir ihn schätzen sollten. Kein Smog. Ich liebe den Wind nur, wenn er verirrte Frühlingsdüfte durch die Straßen trägt oder Heugeruch, ab und zu im Sommer. Heute schlägt er mir Nässe ins Gesicht. Kein Taxi nehmen, nein, aber ich möchte einen Aperitif trinken, in meinem Café dort drüben.

Die bummelfreundliche Kärntner Straße, autolos und anders als früher, angenehm. Niemand kann behaupten, ich sei gegen alles Neue. Erkennt mich heute niemand? Besser so. Doch, die Dame mit der Nerzkappe dort, sie stupst ihren Begleiter und deutet mit den Augen nach mir. Er schaut töricht drein und begreift nicht gleich. »Das ist doch die Merwald...« Ich kann es hören, während ich die Kosmetika im Schaufenster betrachte. Jetzt starrt er mich an und nickt, das sehe ich im Glas, sein Blick ist neugierig und abschätzend. Ich habe es oft geübt, bei solchen Anlässen teilnahmslos dreinzusehen. Jetzt gehen sie weiter und tuscheln. Vielleicht sagt der Mann: »Ich hätte sie nicht erkannt, sie ist gealtert.« Und die Frau antwortet: »Findest du wirklich? Aber auf der Bühne... Man hat sie allerdings schon längere Zeit nicht mehr gesehen.« Der Klatsch — war er mir früher nicht gänzlich gleichgültig?

»Herr Ober, bitte ein paar Tageszeitungen!«

Zuvorkommend und flink bringt er die Blätter, ein Kellner der alten Schule — mit Seltenheitswert. Rasch einmal nachgesehen, obwohl es mich wirklich wenig interessiert, was sie über »Sommerträume« schreiben. Noch keine Besprechung? Doch, da ist eine. »Ein höchst durchschnittlicher, um nicht zu sagen trivialer Film — spärliche Einfälle... Der einzige Lichtblick: Lydia Merwald, noch immer großartig... Vergeudete Persönlichkeit... Sinnloser Aufwand...

»Noch einen Martini, Herr Ober!«

Nicht weiterlesen. Wahrscheinlich stellt der Herr Kritiker auch noch die Frage: Wieso ist sie sich für diesen Mist nicht zu gut? — Nie wieder eine solche Erniedrigung! Außerdem muß ich mich distanzieren von dem lächerlichen Getue um »Dochnochjung« und »Schonzualt«, das man jetzt überall veranstaltet. Nichts zwingt mich, dieses Hasten und Wettrennen mitzumachen. Es gilt heute nun einmal als höchste weibliche Tugend, jung und sexy zu sein — wenn schon! Ich werde mich künftig taub stellen, wenn ich die Frage höre: Welche Rollen spielt die Merwald noch? Sie wird nur spielen, was *ihr* passend erscheint — oder gar nicht.

Sonne über dem feuchten Asphalt. Veilchen und Himmelschlüssel im Korb der dicken Blumenfrau. Die Kärntner Straße um halb zwölf — jetzt ist sie wie früher. Immer schon liebte ich diesen Bummel der Fremden und Müßiggänger, Snobs und Pensionisten. Nur da und dort ein paar Jugendliche in Jeans und Zotteljacken, auch sie dem Bild einverleibt. Das Altgewohnte setzt sich durch, auch im neuen Rahmen — so ist Wien. Und daß ich diese Eigenheit schätze, beweist wahrscheinlich, daß ich eben doch von gestern bin...

Kalbsschnitzel und Glashaussalat — sie schaden der Linie kaum, das mag Günther. Es gehört zu ihm, sich sorgfältig in Form zu halten, up to date zu sein. In diesem Sinne ist er ständig im Einsatz, auch für mich, das darf ich nicht vergessen. Es ist immerhin besser, Günther Weigand zum Freund und Berater zu haben als niemanden.

Zu Hause. Geruch nach frisch gebügelter Wäsche, angenehme Erinnerung aus der Kindheit, aus dem wohlbestellten Haushalt des Primararztes Merwald, meines Vaters.

»Daß die gnä' Frau endlich kommt! Es war nämlich ein Anruf, aus Zürich, glaub ich. Er ruft wieder an um halb eins.«

»*Wer* ruft an?«

Warum ist die gute Sofie so aufgeregt? Jetzt nimmt sie ihre ablehnende Haltung ein, die so bezeichnend ist.

»Der Herr Falckner will mit Ihnen sprechen.«

Claudio? Unmöglich, das muß ein Irrtum sein! Claudio

— wozu sollte ich noch mit ihm reden? Ruhig, nur ruhig... Gut, daß ich nicht anwesend war, jetzt bleibt Zeit, zu überlegen.

»Kann ich jetzt das Fleisch haben, bittschön, damit das Essen fertig ist, wenn der Herr Weigand kommt? Der ist immer pünktlich!«

Wie durchdringend sie mich ansieht. Die Schnitzel für Günther sind der Sofie wichtiger als Claudios Anruf, das sollte mir eine Warnung sein. Wollte ich nicht endgültig vernünftig werden? Gewiß. Das schließt nicht aus, ihn anzuhören.

Achtzehn Minuten nach zwölf. Die Tür zumachen, es stört mich zu wissen, daß Sofie in der Küche die Ohren spitzt. Weshalb ruft mich Claudio aus Zürich an? Was will er von mir? Seit Jahren sind wir uns nur noch flüchtig begegnet, in Stuttgart, in Hamburg, nur einmal noch in Wien, als er kam, um Hofmannsthals »Turm« zu inszenieren, und ich vor meiner Gastspielreise stand. Immer aneinander vorbei und nie mehr ein persönliches Wort. Kein Blick, keine Geste, die angedeutet hätte: Ich denke noch an dich. Nicht jener Skandal in Düsseldorf hat uns so nachhaltig entzweit, sondern erst später die Begegnung bei den Salzburger Festspielen. Dieses kurze schreckliche Gespräch zu dritt. Claudio, der meine Verblüffung komödiantisch überspielte... Und in Dagmars Augen Angst und Haß...

Vorbei. Wenn ich später an Claudio dachte, dann war es fast immer der aus unseren Jahren, *mein* Claudio. Und doch — was ich damals zur Kenntnis nehmen mußte, läßt sich nicht überbrücken.

Das Telefon läutet. Ich *bin* vernünftig geworden.

Warum sollte ich nicht mit Claudio sprechen — wie mit irgend jemand?

»Endlich, Lydia! Bist du's wirklich? Geht's dir gut?«

»Danke, bestens — und dir?«

»Ich habe nicht zu klagen. Bist du überrascht? Weißt du schon, daß ich eine Attacke gegen dich reiten will?«

»Wie sollte ich? Keine Ahnung. Was gibt es?«

»Bitte hör mich genau an! Ich habe einen herrlichen Stoff, eine Idee eigentlich erst, sie liegt mir am Herzen. Ich will sie verwirklichen — in einem großangelegten Film. Alles schon vorbereitet, die Produktion ist so gut wie gesichert. Nun — der Regisseur heißt Claudio Falckner. Heißt die Hauptdarstellerin Lydia Merwald?«

»Nein! O nein, Claudio, keinen Film mehr! Ich habe...«

»Schlimme Erfahrungen gemacht, ich weiß. Glaubst du, ich könnte jemals einen solchen Schinken drehen? Versteh doch, es ist *mein* Thema und — eine Apotheose auf die Vergangenheit.«

»Ein historischer Stoff?«

»Ja, aber eine heutige Aussage. Mehr kann ich dir jetzt nicht erklären. Hast du noch Vertrauen? Machst du mit? Ich brauche dich, Lydia, du gehörst mit dazu!«

»Begreif doch, daß ich dir so nicht zusagen kann, nicht auf der Stelle...«

»Verlange ich auch nicht. Das war ja bloß der erste Angriff. Ich werde dir mein Manuskript senden. Kein fertiges Drehbuch natürlich, du weißt, daß sich da immer noch einiges ändern kann. Sag also, daß ich es dir schikken darf!«

»Wenn du meinst...«

»Ich bin sicher, daß es dir vieles sagen und dich überzeugen muß. Vielen Dank, Lydia, deine Antwort hole ich mir. Halte dir den Sommer frei! Auf bald...«

Nur noch der Hörer in meiner Hand, die Stimme ist fort — Claudios Stimme. Wie hat er es fertiggebracht, so mit mir zu reden, genauso wie früher? Er hat sich nicht verändert. Die gleiche Begeisterung, dieses Furioso, das mich stets mitgerissen hat, damals. Aber heute nicht mehr. Als wäre ich ein Stein, und der Sturm versuchte mich hochzuheben... Warum muß das alles sein?

In der Sitzecke, neben der Zimmerlinde, Günther an seinem gewohnten Platz. Grauer Sportanzug, gepflegte Frisur, beherrschtes Lächeln — braver, pünktlicher Günther.

»Verzeih, mein Lieber, ein Auslandgespräch. Du hast mitgehört?«

»Teilweise. *Ich* muß dich bitten, zu entschuldigen, Lydia. Was hätte ich schließlich anderes tun sollen, als mich hinzusetzen und auf dich zu warten?«

»Natürlich. Du weißt, mit wem ich gesprochen habe?«

»Gewiß. Falckner hat sich zu melden geruht und dir ein Angebot gemacht. Ich gratuliere...«

»Kein Anlaß zum Sarkasmus, Günther!« Ich muß ihn beruhigen, auch er hat bestimmt einen Schock abbekommen. Aber — *wer* beruhigt mich?

»Ich spotte nicht, Lydia. Aber welche Zumutung, so mit der Tür ins Haus zu fallen! Ich hätte wohl erwartet, daß du ihn deutlicher zurückweist, ein für allemal. Das hätte dieser Mensch verdient.«

»Ich *habe* ihn doch zurückgewiesen. Außerdem ist es in Claudios Augen keine Zumutung, was er mir vorschlägt, eher eine Auszeichnung.« Verteidige ich ihn schon? Verteidige ich Claudio?

»Entschuldige! Du sollst eine nebulose Filmrolle übernehmen, bloß weil Herr Falckner an dich herantritt, und das nennst du eine Auszeichnung?«

»Nein, er meint es anders. Er hat auch gewußt, daß mein letzter Film ein Fehlschlag war. Vermutlich ist ihm ebenso bekannt, daß ich in der Burg auf der Warteliste stehe und auch sonst mit Angeboten nicht gerade überhäuft werde.«

»Jetzt überschätzt du aber die Einfühlungsgabe dieses Herrn! Er denkt nur an sich. Und du unterschätzt, wie so oft, *dich* selbst. Deine Kritiken über ›Sommerträume‹ sind durchwegs gut, Lydia. Die Aussicht auf eine größere Rolle für dich ist mir in der Direktion wiederholt bestätigt worden. Und wenn du in der Zwischenzeit endlich bereit sein solltest...«

»Hm, ja, diese Zwischenzeiten — sie dehnen sich bedenklich. Findest du nicht auch?«

Haben wir wirklich schon den Hauptgang hinter uns? Sofie serviert mit verkniffenem Mund das Dessert. Kein gemütliches Essen.

»Sprich nicht wieder so bitter! Laß dich doch nicht irremachen, Lydia! Auch andere müssen heute Geduld haben. Man hat dich keineswegs auf die Warteliste gesetzt, wie du es nennst, nicht, um dich zu übergehen oder auszuschalten!«

Dieses gütige Zureden, seine Hand auf der meinen — wie ich das alles satt habe! »Also, sag schon, wofür ich bereit sein soll in den Zwischenzeiten!«

»Ich habe beim Fernsehen für dich verhandelt. Man

ist dabei, eine neue große Serie zusammenzustellen, volkstümlich, aber gediegen, auf Familienebene sozusagen. Und man wäre gern bereit, dir eine führende Rolle zu überlassen.«

»Aha, eine Mutterrolle, nicht wahr? Man wäre gnädig bereit, mich als gediegenes Familienstück, als liebes Hausmütterchen zu präsentieren — wie schon mehrmals versucht.«

»Und wenn schon. Überwinde endlich deine Vorurteile! *Du* bist es doch, die eine Chance bekommt, die man herausstellen will. Dein Name, dein Können, dein ganzes Image — alles käme auf breitester Ebene ans Publikum.«

»Um ausgenützt und profaniert zu werden. Vielen Dank! Ich mag das Fernsehen nicht, du weißt es. Und ich halte mein künstlerisches Niveau, auch wenn man ihm nicht Rechnung trägt.«

»Ach, Lydia, wer nicht mitgeht, bleibt zurück. Du bist noch lange nicht passé! Aber diese Weltflucht schadet dir. Du kannst nicht immer nur Schiller und Shakespeare oder Grillparzer spielen.«

»Nun, ich habe auch O'Neill und Wilder, Williams und Albee gespielt!«

»Aber immer nur jene Stücke, die er gutgeheißen hat, der liebe Herr Falckner, der dich angeblich geprägt hat und dich in Wahrheit unterdrücken wollte. Immer zu seinem Vorteil!«

»Wie ungerecht, Günther! Du weißt, daß ich seit Jahren von Claudio getrennt bin und unabhängig von ihm meine Erfolge hatte.«

»Aber noch immer in seinem Schlepptau, im Kometenglanz dieses angeblich einmaligen Genies, von dem du nicht loskommst.«

So aggressiv war er schon lange nicht. Er zerstochert seine Cremeschnitte auf dem Teller, wie man einen Feind angeht. Armer Günther, er hätte nicht an Claudio erinnert werden dürfen.

»Du weißt, daß ich sehr wohl von ihm losgekommen bin!«

»Das glaubte ich eine Zeitlang. Aber seit ich dich vorhin mit ihm reden hörte, mit dieser sanften, nachgiebigen Stimme, und so als hättet ihr euch gestern erst gesehen...«

Er sagt mir Dinge, die ich selbst nicht wußte. Und er tut mir leid, weil er so gekränkt ist, gekränkt nicht nur als mein Kamerad und Betreuer, sondern als Mann!

»Beruhige dich, Günther, ich habe Falckner noch lange nicht zugesagt.«

»Aber du hast die Tür offengelassen, das halte ich für gefährlich. Versprich mir wenigstens, daß du dich nicht wieder von ihm einfangen lassen wirst.«

Jetzt kann ich nur noch lachen, überzeugend sogar. »Einfangen? Wie du nur sprichst, mein Lieber! Als ob ich noch ein kleines Mädchen wäre und eine Anfängerin. Ich denke nicht daran, mich in Experimente einzulassen!«

Er gibt mir eine Zigarette und schweigt, aber sein Gesicht bleibt beunruhigt. Er ist nicht überzeugt, nicht zufrieden.

Man sollte einem Mann, von dem man geliebt wird, nicht jede Wahrheit sagen müssen, wenn man ihn nicht verwunden will. Aber was ist alle Liebe wert, wenn sie die Wahrheit nicht verträgt? *Ich* hätte nicht an Claudio erinnert werden dürfen!

Aber — bin ich denn ganz von ihm losgekommen?

Die Eilsendung kam aus Lugano, dort muß Claudio das Wochenende verbracht haben. Läge jetzt nicht dieser Pack Papier vor mir, ich müßte glauben, daß mein Gespräch mit ihm nur ein Traum gewesen ist. Einer von vielen verwirrenden Träumen.

Lose Blätter, mit der Maschine beschrieben, korrigiert, handschriftlich ergänzt — ein Wirrwarr, aus dem Claudio deutlicher zu mir spricht als am Telefon.

Das ist nun wirklich kein Drehbuch, auch kein Treatment, wie ich es kenne. Es sind Einfälle, hingeworfene Skizzen von Szenen, scheinbar willkürlich aneinandergereiht. Aber doch ist sehr viel daraus ersichtlich. Meine Augen brennen von dem oft mühsamen Entziffern. Aber ich kann nicht aufhören damit, seit das Paket eintraf. Ohne ein begleitendes Wort! Claudio war niemals konventionell. Vielleicht wollte er auch, daß diese Blätter für sich zu mir sprechen.

Je weiter ich komme, desto klarer wird mir, daß dies kein Filmstoff ist, den man einer Darstellerin zur Mitwirkung anbietet. Es ist ein Bekenntnis und ein dringendes Anliegen: Ich brauche dich, hilf mir, nur du kannst es!

Was dem allen zugrunde liegt, hatte ich in meiner Kränkung über Claudio fast vergessen. Seine Verkettung mit der italienischen Heimat der Mutter und mit dem Schicksal des berühmten Mannes, der sein Ahnherr gewesen sein soll. Ich erinnere mich jetzt, wie oft er davon sprach und wie nahe ihm die Geschichte ging. Warum hat er mir nie jene alten Dokumente gezeigt, die er erwähnte, den Beweis seiner angeblichen Abstammung von Ferrante d'Avalos?

Damals, in jenem Sommer auf Ischia, der *unser* Sommer war! Wie viele Jahre ist es her? Nicht nachrechnen! Wir standen hoch droben auf dem Felsen, zwischen den Ruinen des alten Kastells, und schauten auf das sonnbeglänzte Meer hinunter. Claudios Arm lag um meine Schultern, und er sagte: »So müssen sie damals auch gestanden sein, bevor er in die Schlacht zog. Und hier muß sich jene Brücke befunden haben, von der Vittoria ihrem Mann nachgewinkt hat, wenn er sie immer wieder verließ, um seinem König zu dienen.«

Der Gemahl Vittoria Colonnas war Ferrante Francesco d'Avalos, Marchese di Pescara. Ich weiß noch, wie dieser Name mich berauschte, und ich wollte mehr über die beiden wissen. Von Vittoria aus dem römischen Adelsgeschlecht der Colonna und von Ferrante d'Avalos, Graf von Ribadeo, dem Granden spanischen Geblüts. Die Avalos waren im Dienst ihrer Fürsten nach Italien gekommen und hatten die Statthalterschaft über das Kastell auf der Insel Ischia erhalten. Die Colonna mit ihrer großen Macht über die Campagna, ständig in Kriege für oder gegen die Päpste verwickelt, hatten auch wichtige Besitzungen im Königreich Neapel.

Es lag daher nahe, daß Fabrizio Colonna, der erste Groß-Connetabel von Neapel, die Beziehungen seines Hauses zu der in Neapel herrschenden Dynastie enger knüpfen wollte. So wurde seine Tochter Vittoria, fast noch ein Kind, dem wenig älteren Ferrante d'Avalos zugesprochen. Es war eine politisch ausgeklügelte Verbindung zweier Menschen wie so viele andere, nicht nur in den bewegten Zeiten der Renaissance. Aber das Wunderbare war, daß aus dieser Vereinigung eine Liebe entstand, wie die Geschichte nur wenige kennt. Darüber hinaus gewannen beide, der Mann wie die Frau, eine Bedeutung, die Jahrhunderte überdauert hat: Ferrante als Feldherr, Vittoria als Dichterin. Hat ihr kurzes Glück sie so reifen lassen, oder waren es eher Enttäuschung und Verzicht?

»Du bist *meine* Vittoria!« — das sagte Claudio immer wieder, wenn wir von diesen beiden gesprochen hatten. Er sagte es, während wir zwischen Lavafelsen und Blumen durch die Wildnis der Insel streiften oder in einem Boot die geheimsten Winkel der zerklüfteten Küste ausforschten. Auch wenn wir am Meeressaum im heißen Sand lagen, still und verträumt, aber durchglüht von einer Leidenschaft füreinander, vor der wir selbst erschraken.

Du bist meine Vittoria ... Ich weiß nicht mehr, ob es mir schmeichelte, mit einer so ungewöhnlich begabten und auch sehr schönen Frau verglichen zu werden. Wahrscheinlich nahm ich es damals als Selbstverständlichkeit hin wie jeden andern Zärtlichkeitsbeweis. Alles kam ja aus dem Reichtum unserer Liebe, aus diesem ungeheuren Schatz, der uns zugefallen war.

Endlich gab's den langersehnten großen Urlaub ohne Theaterverpflichtungen. Der erste bedeutende Erfolg hatte uns hochgerissen. Doch wir sonnten uns nicht nur in der gemeinsam errungenen Anerkennung. Dazu kam das gegenseitige Besitzergreifen, ein glückseliges Versinken ineinander — ich und du —, es gab keine Begrenzungen mehr.

Du bist meine Vittoria... Es bedeutete zugleich, daß er meinte, mein Ferrante d'Avalos zu sein. Meiner? Es gab längst Zweifel, ob der junge Feldherr seine Frau ebenso selbstvergessen geliebt hat wie sie ihn. Die meiste Zeit ihrer Ehe mußte sie auf ihn warten und um ihn bangen, wenn er fern von ihr an einem Feldzug teilnahm. Aus Sehnsucht und Sorge begann sie Sonette zu schreiben, in denen sie Ferrante ihre »schöne Sonne« nannte, ohne deren Schein sie nicht leben wollte. Und als er mit sechsunddreißig ruhmreich aus der großen blutigen Schlacht von Pavia zurückkehrte, wußte sie nicht, daß sein Geschick sich schon vollendet hatte.

Die Geschichte muß Claudio weiterhin laufend beschäftigt haben, während ich kaum noch daran dachte...

Als wir damals von Ischia zurückkehrten, erreichte ihn die Einladung, in München Ibsens »Nora« zu inszenieren. Mit Lydia Merwald in der Hauptrolle, verlangte er und setzte es durch. In der vorangegangenen Saison hatte meine »Heilige Johanna« aufhorchen lassen. Bernard Shaw, nur an einer Provinzbühne, gewiß. Aber Claudio Falckner hatte Regie geführt und die junge Merwald großartig zur Entfaltung gebracht. Glänzende Besprechungen waren durch alle Blätter gegangen. Wie stolz ich war, wie glücklich!

Günther hat recht. Seit wir uns begegnet waren, hat Claudio mich ins Schlepptau genommen, aber nur, weil er so sehr an meine Begabung glaubte. Auch ich glaubte an ihn. Unser Erfolg kam aus dem Zusammenwirken seines genialen Einfallsreichtums, seiner Ausstrahlung und meines Darstellungsvermögens.

Meine »Nora« wurde ein Sensationserfolg, der eigentliche Beginn meiner Karriere. *Unser* Erfolg. Alles Weitere ergab sich wie von selbst. Wir haben einander ergänzt, bestärkt, beflügelt, sind miteinander gewachsen. Wohin wir auch kamen, wir waren ein Begriff. Alle Welt wußte, daß wir ein Paar waren und bei der Arbeit wie im Leben zusammengehörten. War ich vielleicht nur wirklich gut, solange Claudio mir half und seine Kraft mich anspornte?

Die alte unsinnige Frage! Ich habe mich doch gerade deshalb von ihm gelöst, um nicht länger durch seine zunehmende, fast despotische Willkür gefesselt zu werden. Um mein Eigenleben als Künstlerin nicht zu verlieren. So war es doch? Es ist lange her ...

Dennoch — sind es diese Aufzeichnungen, oder ist es der Armagnac in meinem Glas — alles kommt mir jetzt verändert vor, das Vergangene rückt näher. Ich verstehe jetzt auch, was Claudio mit diesem Film sagen möchte: Er will Vittoria Colonna ein Denkmal setzen, zugleich ihrer Zeit voll Kraft und Wildheit, Glanz und Größe. Von diesem Hintergrund aber soll sich das Heutige abheben, die Landschaft, ihre Menschen und — verwandtes Schicksal. Der Stoff muß Claudio schon lange beschäftigen. Warum stellt er sich diese Aufgabe erst jetzt? Gerade jetzt? Und was veranlaßt ihn, *mich* heranzuholen, nach so langer Zeit? Ich bin kein Ebenbild der Vittoria Colonna, und ich bin auch nicht mehr die Lydia von damals. Also werde ich Claudios Vorschlag ablehnen müssen. Schade ...

Noch ein Glas und noch ein paar Seiten. Es tut mir wohl, in diesem Stoff und in der Vergangenheit unterzutauchen, auch wenn nichts mehr zurückgeholt werden kann. Claudio ist der geniale Wirrkopf geblieben, der er immer war, mit seinen Ideen oft genug im Irrealen. Wie es dennoch gelang, so viel davon zu verwirklichen und damit Ruhm zu ernten? Manche behaupten, daß ihm dafür kein Preis zu hoch war. Aber ich — habe ich damals nicht meinen Teil von allem gehabt? Müßte ich mich damit nicht zufriedengeben? Wie kann er nur allen Ernstes glauben, ich könnte heute noch seine Vittoria sein!

Meine Augen schmerzen. Woher kommt Sofie so plötzlich wie ein Geist...?

»So was hab ich gern! Im Finstern lesen! Da kann man ja blind werden. Und die Flasche da war heute noch voll, glaub ich. Oder vielleicht nicht?«

»Schon möglich. Ich habe mir erlaubt, daraus zu trinken, geliebter Zerberus.«

»Wer ist das denn wieder? Sie müssen nicht spotten, weil ich Obacht geb! Paßt sonst eh keiner auf, höchstens der Herr Weigand, aber aus dem macht sich die gnä' Frau ja nix.«

»Dafür hab ich vor dir einen Riesenrespekt, Sofie! Wie spät ist es überhaupt?«

»Gleich sechs. Und ich hab glaubt, die gnä' Frau schlaft sich aus vor der Party.«

»Was für eine Party denn? Ach ja... Bügelst du mir das lange Grüne, meine liebe, gute Sofie?«

»No, was wird mir schon anderes übrigbleiben...?«

»Du, hör zu! Was würdest du sagen, wenn ich im Sommer für längere Zeit verreise?«

»Nicht wieder nach Gastein, z'wegen der Kur?«
»Nein, vielleicht nach Süditalien.«

Schon macht sie wieder ihr Knusperhexengesicht. Sie muß tüchtig gehorcht haben, als ich mit Claudio sprach. Und eine gute Spürnase hat sie auch.

»Warum denn so weit weg? Will vielleicht der Herr Falckner die gnä' Frau wieder einfangen? Von dem kommt nie was Gutes.«

Einfangen — merkwürdig, das gleiche Wort hat Günther gebraucht, als er mich vor Claudio warnte. »Sei beruhigt, Sofie, es war nur ein Scherz.«

Jetzt geht sie, aber sie traut mir nicht. Sie hat zuwenig von meinem Glück mit Claudio begriffen, aber meinen Kummer um ihn mit angesehen. Und sie hat von Dagmars Existenz erfahren, wahrscheinlich ebenfalls die Gerüchte über sie und das Kind, wenn wir auch nie wieder darüber sprachen. Seither haßt sie Claudio und will nichts mehr davon wissen, wie gern er sie damals hatte. Seine ersten Besuche, als wir noch in Untermiete wohnten, unsere ersten Sprechproben, von Sofie argwöhnisch belauert... »Dein Hausdrachen ist ein wahrer Schatz, Lydia, geradezu bühnenreif.« Das war eine hohe Auszeichnung in seinen Augen. Er meinte Sofies grobschnäuzige Urwüchsigkeit und ihren Dickkopf, mit dem sie mich an der Kandare halten will und mir zugleich ergeben ist.

Ihre Gluckhennenliebe muß schon erwacht sein, als sie mich auf den Knien wiegte und mir die Lieder ihrer verlorenen mährischen Heimat vorsang. Und die Treue kam hinzu, nachdem ich mit ihr, in einem Waldhaus versteckt, überlebt hatte. Meine Eltern waren mittlerweile in unserer Stadtwohnung bei einem Bombenangriff verschüttet worden. Ja, die Sofie hat mich wie eine gute, wachsame Mutter begleitet, aber dennoch auch Abstand bewahrt. Den Abstand des einfachen Landmädchens, das in die Stadt gekommen war, um »der Herrschaft« zu dienen.

Nach meiner Reifeprüfung begann sie zu mir plötzlich »Sie« zu sagen. Und seit sie mich zum erstenmal auf der Bühne sah, besteht sie eigensinnig darauf, mich »gnä' Frau« zu nennen. Vielleicht soll es ein Ausgleich dafür sein, daß ich ihren Hoffnungen zum Trotz nicht geheiratet habe. Jedenfalls hindert sie die respektvolle Anrede nicht daran, mir oft auch unverblümt ihre Meinung zu sagen.

Nun bringt sie mir das schön gebügelte Kleid und macht noch immer das betretene Gesicht. Wie konnte ich sie auch so erschrecken!

Das grüne Kleid wird Günther gefallen, mir kommt es recht langweilig vor. Ich würde gern wieder einmal etwas Verwegenes tragen, etwas, das Aufsehen erregt. Die Lust, mich zu verkleiden, hatte ich schon als Kind, ich erinnere mich genau. In der Schule, wenn Pause war, drapierte ich mich mit fremden Schals und Mützen und deklamierte irgendein Gedicht. »Machst du schon wieder einen Kasperl aus dir?« rügte mich die Lehrerin. Aber die Mitschülerinnen lachten und klatschten vor Vergnügen.

»In dem Kind steckt was!« sagte unsere Sofie, wenn sie mich vor dem Spiegel überraschte, wo ich allerhand Grimassen schnitt. Die Mutter stand mit nachdenklicher Miene wie ratlos daneben. Arme Mutter, war sie nicht allzusehr mit sich selbst beschäftigt? Mit ihrem ständigen Alleingelassenwerden und den Problemen ihrer unerfüllten Ehe? Einmal hörte ich, wie sie den Vater auf meinen seltsamen Hang zum Komödiantischen aufmerksam machte. Hat er ihr überhaupt zugehört? Ich entsinne mich keines Gesprächs der beiden, das nicht unvermittelt abgebrochen wurde. Ein Patient meldete sich, eine Operation war angesetzt, ein Konsilium sollte stattfinden. Vaters Zuhause war seine Klinik, und wenn ich ihn um Rat fragen wollte, dann hieß es: »Ja, gern, etwas später, mein Kind, bis ich Zeit habe!«

Als ich geboren wurde, waren die wilden zwanziger Jahre vorüber und machten den unruhigen Dreißigern Platz. Als ich kaum zehn Jahre alt war, begann der Krieg. »Später...!« sagte Papa. *Zu* spät. Alles, was mir nachher blieb, war Sofie und etwas Geld, das der Vater zum Glück sicher angelegt hatte. Mein Schicksal hat mich zur Selbständigkeit getrimmt. Ich *mußte* selber wissen, was ich wollte. Und ich wußte es. Gilt das plötzlich nicht mehr?

Unter der Dusche verfliegt mein kleiner Schwips, ebenso der Zauber, der aus Claudios Manuskript aufstieg und mir den Kopf vernebelte. Noch immer schlägt rund um unsere Insel das Meer an die Klippen. Und das Felsenriff, auf dem so viele Schicksale sich erfüllten, ragt ernst und dunkel in den hellen Himmel. Ich kann das sehen, wenn ich meine Augen schließe — auch Claudio, jenen Claudio von damals. Und so, wie ich früher war, sieht *er* mich wohl, wenn er meint, ich könnte die Vittoria Colonna spielen. Nein, ich werde auf der Hut sein und nicht vergessen, was sich geändert hat.

Günther wird kommen und mich zu der Party begleiten, ich werde gute alte Freunde wiedertreffen. Schon jetzt weiß ich genau, was sie sagen werden: »Liebste, das Zeitungsinterview mit den Fotos von Ihrer Wohnung — zauberhaft! Jemand wie Sie müßte doch öfter im Mittelpunkt stehen!« — »Ihr neuer Film — ja, natürlich war ich bei der Premiere — also *Sie* waren wunderbar. Alles übrige — nun ja, man weiß doch, wie der Geschmack sich ändert. Man muß dem Rechnung tragen und Kompromisse schließen.«

Kompromisse liegen mir nicht. Warum gehe ich dann überhaupt zu dieser Gesellschaft? Alles festgefahren, zur Konvention geworden... Manchmal packt mich eine wilde Lust, auszubrechen aus dieser Enge, aus diesem viel zu bürgerlichen Leben, und zu fliehen. Wohin? Ich weiß es nicht. Ich denke dann zurück und sehne mich nach dem Vergangenen. Niemand merkt etwas von diesen Stimmungen, nur Günther hat sie vielleicht ab und zu erahnt. »Man kann das Rad der Zeit nicht zurückdrehen.« Diese Binsenweisheit ist dann sein Trost. Gewiß, man soll auch seinen Lebensfaden nicht zurückspulen wollen wie ein Tonband, er könnte abreißen...

Ich muß diesen Abend durchstehen, Günther zuliebe. Er bemüht sich unausgesetzt, mich unter Menschen zu bringen, die mich bejahen und mir nützen könnten. Er glaubt an mich, verteidigt mich vor mir selbst und hält sich für uneigennützig. Außerdem ist er von den Männern, mit denen ich einen neuen Beginn versuchen wollte, der einzige, der mir blieb. —

»Ein gelungener Abend war das! Findest du nicht auch? Du warst glänzend in Form, Lydia. Also hast du dich doch wohl gefühlt, nicht wahr?«
»Gewiß, Günther, es war reizend.«
Es gab ein delikates Essen, vorzügliche Getränke und kaum ein Gespräch. Man ist mir fast ausnahmslos besonders freundlich begegnet. Alles, wie erwartet. Jetzt sitze ich neben Günther, der mich nach Hause fährt, dem ich mich zugehörig fühle, weil ich ihn und seine Fürsorge gewöhnt bin. Alles in Ordnung. Oder etwa nicht?
»Was erheitert dich so, Lydia? Kommt es vom Alkohol? Die Weine waren ziemlich schwer. Du hast vielleicht etwas zu rasch getrunken.«
Er meint — zuviel, kann sein. Aber erst nach der Begrüßung durch diese neuentdeckte junge Schauspielerin vom Volkstheater, die zwitschernd auf mich zukam: »Küß die Hand, gnädige Frau! Wenn Sie wüßten, wie schon meine Mutter mir von Ihnen vorgeschwärmt hat! Sie kannte jede Ihrer Rollen...« Da griff ich ein paarmal rasch nach dem Glas.
»Der Bordeaux war besonders gut, Günther, nicht wahr?«
»Ja, der ist auch bekömmlich. Du hast doch nicht wieder dein Magendrücken?«
»Nein — nicht mein Magen drückt...«
»Dann darf ich noch mitkommen, ja? Nur für ein paar Minuten. Um zu wissen, daß du gut aufgehoben bist.«
»Wenn du meinst? Wir könnten noch einen Drink...«
»Nicht schon wieder, meine Liebe!«

»Dann also — auf eine Zigarette.«

Ich kann nicht wieder so grausam sein, ihn einfach wegzuschicken wie einen Taxifahrer. Da ist noch ein bißchen Eis zwischen uns — seit dem Ferngespräch aus Zürich. Und ist er denn nicht ein wirklich guter Freund, den ich gern habe?

»Pst, leise, damit Sofie nicht aufwacht!«

»Schon recht. Aber — es gibt doch kein Geheimnis vor ihr — was uns beide betrifft!«

»Sicher nicht, Günther. Rauchst du?«

»Danke... Sag, diese Mappe hier auf deinem Sekretär — ist es das gepriesene Filmsujet des Herrn Falckner?«

»Ja.« Warum mußte er es gleich entdecken!

»Du hast es also angenommen, statt es einfach zurückzusenden!«

»Warum sollte ich so unhöflich sein?«

»Verzeih. Und — du hast es schon gelesen?«

»Ja. Kein Verhör, bitte!« Die rote Welle vor meinen Augen, mein alter Zorn... Ich soll Rechenschaft geben! Habe ich mich davor so gefürchtet?

»Aber natürlich kein Verhör, Lydia! Darf ich denn nicht wissen, wie du sie beurteilst, seine Ideen? Gefällt dir das Thema?«

Er lenkt ein. Auch er will auf dem Eis zwischen uns nicht ausgleiten. Er ist *doch* mein Freund.

»Ach, Günther, es ist ein herrlicher Stoff! Im Mittelpunkt — die Insel Ischia, vor allem das Castello Aragonese auf seinem Felsen. Was sich heute dort abspielt, die laue Gegenwart, wird nur gestreift. Im Vordergrund steht die Vergangenheit, farbenprächtig und gewaltig, ein Stück Geschichte rund um das Schicksal der Vittoria Colonna und des Marchese von Pescara. Ich glaube, es ist ein wirklich künstlerisches Vorhaben. Und wenn es glückt...«

»Schau an, wie du dich erwärmst! Kann denn das alles schon aus diesen Notizen hervorgehen?«

Vorsicht, ich darf nicht zuviel Begeisterung zeigen, Günther nicht überfordern. »Jedenfalls kann man schon aus diesem Aufriß erkennen, was Claudio meint. Und natürlich begreife ich auch, warum ihm dieses Thema ein solches Anliegen ist.«

»Warum also, bitte?«

»Weißt du es nicht? Claudio leitet seine eigene Abstammung bis zu jenem Ferrante d'Avalos zurück.«

»Was du nicht sagst! Ich denke, sein Vater war ein deutscher Industrieller?«

»Stimmt, aber seine Mutter war Römerin, er ist ganz und gar ihr Ebenbild.«

»Du mußt es ja wissen... Aber verzeih mir Banausen, wenn ich nicht irre, war die Ehe der Colonna kinderlos.«

»Du irrst nicht. Alfonso del Vasto war nur ihr Pflegesohn. Aber — Günther, das liegt doch auf der Hand! Ein Mann, jung und verwegen, ein Feldherr, der nur zu oft von seiner Frau getrennt war...« Warum ist es mir peinlich, das auszusprechen? Als hätte es aus ähnlichen Gründen nicht immer wieder außereheliche Kinder gegeben!

»Recht sonderbar... Manche heiraten heute noch, nur um ihren Sprößlingen den eigenen prächtigen Namen zu geben, während damals...«

»Was meinst du damit, Günther?«

Er schweigt hintergründig. Jetzt bin ich sicher, daß es eine gehässige Anspielung auf Claudio war, auf die Gerüchte rund um Dagmar und das angebliche Kind. Weiß Günther mehr darüber als ich?

»Nun, ich meine, daß die Legende von dieser Abstammung ziemlich unglaubwürdig ist, Lydia. Wie sollte man das nachweisen?«

»Es soll verläßliche Dokumente geben.«

»Hast du sie gesehen?«

»Nein. Claudio erwähnte diese Papiere und wollte sie mir gelegentlich zeigen, aber es kam nie dazu. Wir glaubten noch soviel Gemeinsames vor uns zu haben, und ich habe ihn nicht gedrängt.« Ich *wollte* ihm glauben. Wie soll ich Günther das erklären? Er ist von ganz anderer Art.

»Na also! Nur eine Erfindung dieses selbstgefälligen Herrn!«

»Du mußt ja nicht daran glauben, Günther!«

»Es genügt mir, wenn *du* es ihm abnimmst und dich von seinem romantischen Größenwahn verhexen läßt. Vermutlich bist du ihm auch früher auf ähnliche Tricks hereingefallen. Daher war's so leicht für ihn, dich nach seiner Pfeife tanzen zu lassen.«

Das ist zuviel! Warum rege ich mich so auf? Das alles lag doch längst in der Luft. Günther wird es nie verwinden, daß er Claudios Platz nicht einnehmen durfte. Er hat nie aufgehört, unsere Freundschaft mit seiner Eifersucht zu vergiften.

»Verzeih mir, Lydia, ich weiß selbst nicht, was mich zu solchen Äußerungen veranlaßt. Du weißt, daß ich etwas cholerisch bin. Jedenfalls wollte ich dich nicht verletzen, bitte glaub mir!«

Zu spät... So leicht ist diese Szene nicht auszulöschen, sie war zu kränkend, zu bezeichnend für alles, was seit langem unrichtig ist in meinem Leben.

»Lydia! Sagst du nichts? Ich hatte mir den Abschluß dieses Abends anders vorgestellt.«

Daran liegt es wohl. Alles Gutgemeinte scheitert, wenn man nicht erfüllen kann, was der andere von einem erwartet. Und man wird nur bestraft, wenn man ihm etwas vortäuschen will.

»Soll ich gehen?«

»Ja, Günther, bitte.«

Sein leises Türenschließen. Schon tut er mir leid. Halte ich ihn nicht zurück? Nein. Solches Mitleid führt zu vielen Fehlern. Aber — woher auf einmal meine Entschiedenheit?

»Sofie! Hast du mich aber erschreckt! Warum schläfst du nicht längst?«

Da steht sie in der Tür wie ein Gespenst, in meinem alten Schlafrock, den ich ihr gegeben habe.

»Möcht wissen, wie ich da schlafen soll — bei der Schreierei. Ist was gschehn? Hat sich die gnä' Frau wieder gestritten mit dem Herrn Weigand?«

»Ja, ein bißchen. Es tut mir leid, daß wir dich geweckt haben.«

»Das soll einer verstehn! Er ist doch so ein lieber, feiner Herr. Aber Sie haben ja immer mit dem Schädel durch die Wand wolln, schon als Kind — und später.«

»Hast ja recht, Sofie. Aber geh ins Bett zurück, dein Rheuma wird sonst noch ärger. Gute Nacht.«

Mit dem Schädel durch die Wand? Stimmt. Aber damit habe ich viel erreicht. Und mein Kopf ist hart, auch heute noch, härter, als ich dachte. Wahrscheinlich war dieser häßliche Abend notwendig, um mich daran zu erinnern.

Dieses Gleiten und Getragenwerden ist angenehm. Wie gut, daß ich nur bis Rom geflogen bin und mit dem Zug weiterfahre, daß mein Tempo sich verlangsamt, je weiter ich nach dem Süden komme! Ich habe keine Eile, vielleicht nicht einmal ein bestimmtes Ziel, keines, das sich nicht noch ändern ließe. Das zu wissen, beruhigt mich und gibt mir Sicherheit.

Und es ist herrlich, die Bilder wiederaufzunehmen, als hätte ich meine Fahrt nur angetreten, um dieses Land zu sehen und von neuem zu genießen. Auf eine andere, ganz andere Art als damals...

Die Campagna di Roma, das alte Latium. Wo jetzt Industriebauten aufragen, haben früher die Hirten ihre Schafherden geweidet. Hier marschierten einst die römischen Legionen, bis hierher ergoß sich der Strom eindringender Germanen. Und nicht sehr weit von dieser Strecke muß Goethe in seiner Postkutsche nach Neapel gerollt sein.

Vittoria Colonna, deren Anverwandte so mächtig über der Campagna herrschten, wie mag sie zu ihrer Hochzeit nach Ischia gereist sein, im Jahre 1509? Auf dem Kastell Marino, das den Colonnesen gehörte, war zwei Jahre zuvor der Heiratskontrakt zwischen ihr und Ferrante d'Avalos geschlossen worden, ohne ihr Dabeisein. Man hat die beiden Kinder wohl kaum um ihre

Zustimmung gefragt. Durfte Vittoria ihren Bräutigam je zuvor sehen? Hat sie nach Mädchenart von ihm geträumt, jene Siebzehnjährige, die noch nichts von ihrem großen Schicksal ahnte?

Und als sie dann vor ihm stand, ist es ihr damals vielleicht ähnlich ergangen wie mir nach meinem Debüt in der Schauspielschule? Überfordert und vom Lampenfieber zerfressen, war ich zum erstenmal »Hero« gewesen. Vor der Garderobe verstellte mir nachher einer den Weg, ein junger Mann mit wirrem dunklen Haar und leuchtenden Augen. Er sagte ganz einfach: »Sie sind mir aufgefallen, mit Ihnen würde ich gerne arbeiten.« Ich hielt ihn für närrisch und wollte ihn abschieben — und spürte doch zugleich: Du kommst nicht mehr von ihm los. Nimm dich in acht!

Ich habe mich mit Vittoria beschäftigt, doch ich bin weder der Filmrolle noch Claudio verpflichtet. Er muß mich verstanden haben, denn er hat nicht weiter gedrängt, obwohl er noch ein paarmal anrief. Wir unterhielten uns nicht nur über den Stoff, sondern auch über meine letzten Auftritte, seine Inszenierungen, über dies und das. Es war merkwürdig und wohltuend, daß nichts mehr von dem mitschwang, was uns damals auseinandergerissen hat. Es schien, als würden wir uns auf einer neuen Basis begegnen und das Gewesene nicht zu berühren brauchen.

Zuletzt erwähnte Claudio wie nebenher, daß er Ende Mai mit seinen Vorbereitungen für den Film auf Ischia beginnen wolle. Er schien nicht besonders überrascht zu sein, als ich mich plötzlich entschloß: »Ich werde auch hinkommen.«

Keine feste Vereinbarung, kein Vertrag. Claudios Großzügigkeit in solchen Dingen ist mir bekannt. »Alles Weitere findet sich...« Oft mußte ich ihn mahnen und an die Genauigkeit der andern erinnern, sobald es um ihren Verdienst geht. Wie gut, daß Geld jetzt nicht meine Sorge ist! Ich bin ungebunden. Und wer weiß, ob überhaupt etwas aus dem Filmprojekt wird, ich kenne Claudio. Seine Abneigung gegen Verpflichtungen kann so weit gehen, daß er sich selbst gegenüber treulos wird.

Es ist erst Mitte Mai, und er ahnt nicht, daß ich schon unterwegs bin. Das ist gut. Ich kann mich aufhalten, wo immer und solange es mir gefällt, ganz nach meinem Belieben. Im Augenblick ist es mir sogar angenehm, nicht genau zu wissen, was ich wirklich will.

Keine Eile, keine großen Anstrengungen, ich lasse mich treiben. Meine Lider werden schwer, während ich in die Nachmittagssonne blinzle, zurückschaue auf die verschwindenden blauen Rücken der Albanerberge und voraus, wo dann und wann das Meer auftaucht, ein ferner, blasser Glanz, die Tyrrhenis. Keine Belastung mehr, nur ein angenehmes Gefühl des Losgelöstseins, der Befreiung und der Neugierde. Das Zurückgelassene bedrückt mich nicht, warum auch? Habe ich nicht alles geordnet? Die gute Sofie wird mein Nest versorgen und dann mit ihrer Nichte ins Weinviertel fahren. Vor den Sommerferien gibt es im Theater nichts mehr zu tun. Und das Angebot, in Salzburg »Jedermanns« »Gute Werke« zu verkörpern, habe ich freundlich abgelehnt, sosehr sich Günther auch dafür einsetzte. Wozu noch einmal mehr als Denkmal auftreten? Nur damit mein Name auf dem Programm steht...

Günther wäre alles recht gewesen, das mich von dieser Reise hätte abhalten können. Er mißtraut ihr zutiefst, denn er glaubt mir nicht, daß ich einfach nur Lust bekommen habe, wieder nach dem Süden zu fahren. Er glaubt auch nicht, daß ich Claudio keine feste Zusage gemacht habe. Ich fühle das, obwohl Günther und ich nicht mehr darüber sprachen. Unser Einvernehmen glich in den letzten Wochen einem vorsichtigen Einanderausweichen. Ich habe seinen Ärger nicht wieder angefacht, und er hütete sich, Claudio auch nur zu erwähnen. Wird unsere Freundschaft die Zerreißprobe überstehen — oder habe ich Günther verloren?

Formia, die Bucht von Gaëta. Die Silhouette einer turmartigen Ruine am Horizont. »Was kann das sein?«

»Das Grabmal des Cicero.«

»Vielen Dank.« Der Herr mit dem Schweizer Akzent hat meine Frage beantwortet. Seit Rom sitzen wir einander gegenüber und haben kaum ein paar Worte gesprochen, auch das ist wohltuend. Er sieht mich an und wieder fort, als wüßte er, wer ich bin. Aber er respektiert, daß ich anonym bleiben möchte. Vielleicht denkt er auch bloß: Das ist eine Frau, die allein bleiben will.

Starallüren hatte ich nie, aber eine Zeitlang machte es mir Spaß, wenn alle die Hälse nach mir reckten, wo immer ich auftauchte. Nach mir und Claudio. In letzter Zeit hat es mich manchmal enttäuscht, *nicht* erkannt zu werden. Günther meint, ich sei mitunter etwas hochfahrend. Aber das stimmt nicht. Ich will's bloß nicht zur Kenntnis nehmen, wenn man mich übergeht.

Ich kann mein Gegenüber auch ruhig um Auskunft bitten. »Wissen Sie, wann wir nach Neapel kommen?«

»In einer halben Stunde etwa. Sie wollen dort bleiben?«

»Nein, ich möchte noch heute weiter. Nach — Ischia...«

»Sie können bestimmt noch ein Schnellboot erreichen.« —

Der Schweizer Herr hat mich gut beraten. Der »Aliscafo« läuft wie eine flügelige Riesenspinne über das tintenblaue Wasser. Leichte Dünung, aus der Richtung von Pozzuoli kommend, schwingt das Boot sanft auf und nieder. In den Fenstern glüht letztes Sonnenlicht und sprüht orangerote Lichtgarben über das Meer. Sonderbar, daß ich mich nicht einsam fühle zwischen den Zeitunglesenden, Rauchenden, Gleichgültigen, Fremden. Mir ist, als wäre alles, was mit mir geschieht, vorausbestimmt — ohne zu wissen, warum und wozu.

Das Buch mit dem Bild der Vittoria Colonna steckt in meiner Reisetasche. Es ist das Porträt einer noch jungen, schönen Frau, die wahrscheinlich schon Witwe war, eine im Leid Gereifte, die anerkannte Dichterin.

Doch ich sehe sie jetzt am Bug ihres Hochzeitsschiffes stehen, ein schlankes Mädchen im kostbaren, faltenreichen Kleid nach der verschwenderischen Mode der Renaissance, wie Lucretia Borgia sie eingeführt hatte. Golden und rot bemalt sind die Schiffswände, hinter denen in riesigen Truhen die reiche Mitgift verwahrt ist: der Brautschmuck, die Kleider aus Brokat und Seide, wertvolles Reitzeug und französische Betten. Die viereckigen geblähten Segel des Schiffes gleichen bebilderten, wappengeschmückten Teppichen. Lange bunte Wimpel und lockige Girlanden flattern im Wind.

Jetzt verkünden Posaunenstöße die Ankunft der Braut. Und wie im Echo schallt der Gruß zurück von der fackelerleuchteten Festung auf dem Felsen. Er ist von Tausenden Familien bewohnt, trägt zehn Kirchen, den Hofstaat des Gouverneurs samt einer kleinen Armee, Bischofsitz und Kloster. Alle Häuser sind mit Teppichen, Fahnen und Zweigen geschmückt. Laute Jubelrufe ertönen.

Es gibt Grund genug zu Fest und Feier. Denn es ist noch nicht lang her, daß die Franzosen aus dem Süden des Landes vertrieben wurden und die aragonesischen Könige aufgehört haben, am Golf von Neapel zu herrschen. Die Regentschaft der Avalos hat begonnen und verheißt eine gute Zeit. Muß sie nicht Glück bringen, die Ehe dieser beiden jungen Menschen, dieses Bündnis zum Zweck des Friedens? Stolz und heitere Zufriedenheit liegen auf den Gesichtern derer, die den Bund zustande brachten und gekommen sind, um mitzufeiern: Fabrizio Colonna, Vittorias Vater und ihre Mutter Agnes von Urbino aus dem berühmten Hause Montefeltro, Diana da Cardona, die Mutter des Marchese und dessen Tante Constanza Avalos, die Herrin des Kastells.

Und Vittoria? Man wird sie später als Dichterin, als Vorkämpferin des Humanismus und Geistesfreundin Michelangelos preisen. Aber niemand wird wissen, was in der Achtzehnjährigen vorging, die das Felsenriff betrat, um der einzigen großen Liebe ihres Lebens zu begegnen. Hat sie sich bewundernd über den gemmengezierten Schmuck gebeugt, den der junge Bräutigam ihr schenkte? Oder hat zwischen den vielen Zeremonien ihr Blick heimlich den seinen gesucht und gefragt: Gefalle ich dir? Wirst du zu schätzen wissen, was ich dir sein will?

Wie erschöpft von der raschen Fahrt, gleitet das Schnellboot auf den Hafen von Porto d'Ischia zu. Der Epomeo hat einen fliederfarbenen Schleier um sein Haupt gezogen. Glutrote Abendsonne wirft ihren Schein über die vielen Ruinen auf dem Felskoloß, der drüben vor Ischia-Ponte ernst und mahnend aus dem Meer ragt. Wie kindlich hat ihn meine Phantasie eben noch bevölkert! Jetzt aber empfängt mich die Insel so, als wollte sie mich erinnern, daß wir einander nur allzu gut kennen. Und — als wollte sie mich fragen, was ich jetzt noch hier will.

Die grünen Hänge des Montagnone, Menschengedränge auf dem Molo, drüben die Piazza... Plötzlich habe ich Angst, ich könnte ein bekanntes Gesicht entdecken. Es ist mir recht, daß der schwarzhaarige Junge sich an mich herandrängt.

»Taxi, signora?«

»Si, va bene!«

Schon schwingt er meinen Koffer wie eine Beute, kaum kann ich mit ihm Schritt halten. Schon sitze ich im Wagen, vor mir die öligschwarz glänzende Lockenpracht, die breiten Schultern im verwaschenen Pullover. Wir rattern dahin, haarbreit vorbei an andern Fahrzeugen, Gepäckskarren, Autobussen und bummelnden Fremden. Ich muß mich festhalten.

An der schön geschwungenen Straße blühen die baumhohen Oleander, rosa und weiß. Die Luft ist warm und schwer von Blütenduft. Der Salzgeruch des Meeres steigt herauf, das unten opalfarben in die Dämmerung sinkt. Isola carissima, bist du es endlich wieder?

Der Schwarzhaarige redet und redet, wendet sich vom Lenkrad ab, will wissen, ob ich »una tedesca« oder »una svizzera« bin.

»Una austriaca, da Vienna!«

Wo das liegt, weiß er nicht. Ist auch einerlei. Nur daß die Fremden auf seine Insel kommen, ist wichtig. Er lacht, zeigt sein Profil. »La signora parla molto bene italiano.«

Nein, ich spreche nicht gut, beinah jedes Wort fällt mir schwer. Aber sie klingt mir angenehm in den Ohren, die »geliebte Sprache«, wie Goethe sie nennt. Ich erfahre, daß schon viele Fremde hier sind und baden. Das Meer ist warm, die Thermen sehr gesund, der Komfort einmalig. Kein Streik, keine Krise, no, no, nicht auf der Isola. Tutto magnifico!

Er plappert weiter, doch ich höre ihm kaum noch zu. Eine andere Zwiesprache hat begonnen. Durstig nehme ich die Bilder im Vorübergleiten auf. Zwischen Feigenbäumen und Orangengesträuch ein Stück vom Bogen der Küste. Sonnengebleichte Mauern, überwölbte Loggien, dort ein neues Luxushotel, da eine alte Tavernetta. Unter einer blühenden Pergola ein Tisch mit gefüllten Tellern und Gläsern voll Wein. Das Geknatter der Motorroller, Geschrei von Kindern, Hundegebell, das kehlige Schnattern einer Frauenstimme. Blumen auf eisernen Balkonen, vor den gestrichenen Türen, Blumen, rot und gelb, in Tonvasen, Kochtöpfen, Blechbüchsen, aus jeder Mauerritze Blumen.

Eine weiche lila Dämmerung trübt mir die Sicht. Aber ich erkenne sie alle: Casamicciola mit seinen aufwendigen Thermalbädern, den Hotelstrand von Lacco ameno und »il fungo«, den steinernen Pilz, den ich damals umschwamm. Die klobigen Sarazenentürme von Forio und — für einen Atemzug — die schneeweiße Votivkirche der Madonna del Soccorso. Alles scheint mich zu grüßen: Weißt du noch? Das Wiedersehen freut und erschreckt mich zugleich.

Mein Fahrer hockt wie besessen hinter dem Steuer, läßt sein Fahrzeug kühn durch die Kurven rasen. Hält er nicht endlich? Ich wage es nicht, ihn abzulenken. Mein Blick hat den Südzipfel der Insel erspäht, die ginsterüberwucherten Hänge, die Felskaskaden der Punta, den Torre... Hätte ich diesen geliebten Platz nicht meiden sollen?

Eine Schlange staubiger Autos am Straßensaum — wie eine ausgesperrte Herde. Die Autos haben Sant'Angelo nicht erobern können, welches Glück! Ein Ruck und wir halten. Der Schwarzgelockte schwingt wieder meinen Koffer, stellt ihn in den Staub und nennt gelassen einen astronomischen Fahrpreis. Da ich mich verwundert zeige, fährt er mit allen zehn Fingern in die Luft, und seine Augen funkeln.

»No, non è caro, signora! È la tariffa!«

Ich hätte ja unbedingt nach Sant'Angelo wollen, und das sei weit. Sein dunkles Gesicht glänzt im Lampenschein, sein Gehaben ist das eines störrischen, fast schon beleidigten Kindes.

Natürlich bekommt er sein Geld, und wir versöhnen uns. »Gianni!« ruft er singend. »Ernesto...!«

»Zum Miramare«, sage ich. Wie fiel es mir so plötzlich ein?

Ernesto gehört das Maultier. Es schreitet wiegenden

Ganges mit meinem Gepäck dahin. Die Hufe klappern. Duft nach Erdbeeren und Jasmin, Geruch von gebratenem Fisch und heißem Öl. Jeder Windhauch, jeder Pflasterstein vertraut. Fremde kommen uns lachend entgegen, die Damen in Hellgelb und Weiß, die Männer in wild gemusterten Hemden, braungebrannt und übermütig. Auch diesen Übermut kenne ich, dieses Leichtsein. Warum fühle ich mich so schwer?

Bunte Majolikafliesen, grüne Gardinen — die Balkontür weit auf! In dieses schöne, behagliche Zimmer wird mich die Erinnerung nicht verfolgen. Ich habe dieses Haus nie zuvor betreten. Es liegt, weit vorgeschoben, an der südlichsten Felsennase der Insel und blickt aus bogig überwölbten Fensteraugen aufs Meer. Das »Miramare« mit seinen verschwenderisch weiten Galerien und Terrassen weiß noch nichts von der Zweckmäßigkeit, mit der man in diesem einst verträumten Fischernest enger aneinanderrückte. Der Platz ist kostbar geworden, die Fremden drängen.

Damals sind wir Hand in Hand über die Terrasse geschlendert und weiter, den blütengesäumten Privatweg entlang, um vom Ort schneller an den Strand zu gelangen. »Durchgang nur für Gäste« — aber Claudio beachtete kaum jemals ein Verbot.

Hinuntergehen und noch etwas essen. Ich weiß jetzt, daß ich herkommen mußte, um gerade hier zu lernen, ganz und gar *ich* selbst zu sein, niemandem zugehörig, keinem verantwortlich.

Die »Lasagna alla Napolitana« schmeckt mir vorzüglich, und der »Epomeo rosso« fließt angenehm durch meine Kehle. Claudio hat mich gelehrt, diese Küche zu schätzen und diesen Tropfen aus vulkanischem Boden zu genießen. Wohin wir auch kamen, überall verstand er's, für uns beide das Vorteilhafteste herauszuholen, auch in der Arbeit. Zuletzt war ich freilich überzeugt, daß er *nur* sich selbst diente... Ach, was — Claudio! Wie ich ihn ständig einbeziehe, als hätte ich nicht längst ohne ihn meinen persönlichen Lebensstil gefunden.

Hier sitze ich, und kein mir Nahestehender weiß, wo ich mich befinde. Günther hat mich nicht nach den Etappen meiner Reise gefragt. Auch Sofie, die mir alle Segenswünsche mitgab, wartet zunächst auf die erste Nachricht. Wenn mir jetzt etwas zustieße, dann würden sie eine Weile brauchen, um herauszufinden, wer sich hinter dem eben eingetragenen Namen im Hotelregister verbirgt. Ich befinde mich auch in diesem Sinne — auf einer Insel.

Aber das schreckt mich nicht. *Mir* gehört dieser Abend, dieser Blick auf das Lichtergefunkel der Küste und das dunkle Meer. Noch immer blinkt der Scheinwerfer des Leuchtturms in der Ferne, ist wie der langsame Herzschlag eines schlafenden Riesen. Ein poetischer Vergleich von damals, Claudio hat ihn gefunden, während wir im Dunkel verliebt dahinbummelten, wenig Geld besaßen und glücklich waren. Bin ich vielleicht damals schon mit Claudios Wesen verwachsen, untrennbar und für alle Zeit?

Nein, es *darf* nicht so sein. Mir fehlt nur noch der letzte Beweis. Und wahrscheinlich wird es richtig sein, Claudio wiederzusehen, um mir diesen Beweis zu *holen*.

Goldenes Gefunkel vor dem Fenster. Tanzende Lichtreflexe an den Wänden. Als wollte sich der Tag hereindrängen und mir helfen, alles zu begreifen. Wieso bin ich hier?

Hätte ich gestern doch die Balkontür geschlossen! Dann wären die ungewohnten Geräusche nicht so störend gewesen, das Klappern irgendeiner Jalousie, der Klageruf eines Esels, das Dröhnen und Rauschen der Brandung. Hat es nicht Sturm gegeben?

Aber es waren nicht nur die Geräusche. Plötzlich mußte ich die Augen öffnen und lag hellwach in dem fremden Dunkel. Die Unruhe der Reise, dachte ich, der Klimawechsel, die späte Mahlzeit — und versuchte, wieder einzuschlafen. Aber schon waren die Bilder da, überdeutlich, eins ins andere hinübergleitend, die Worte, Blicke und Gesten. Warum kam alles, was ich längst überwunden glaubte und weit fortgeschoben hatte, zurück — gerade in dieser Nacht?

Unsere erste Berufung nach Düsseldorf, die Neuinszenierung von Schillers »Don Carlos«. Claudio hatte die schwankende Stufenleiter des Erfolgs sehr rasch erstiegen, und ich war an seiner Seite geblieben. Es war unser gemeinsamer Weg. Von seinem jungen Ruhm angefeuert, hatte er sich diesmal viel, vielleicht zuviel vorgenommen. Er wollte, daß sich die Aufführung wesentlich von den bisherigen unterscheide. Das Stück sollte nicht wieder in drei Einzeldramen zerfallen, sondern die Schicksale des Infanten, des Marquis Posa und des Königs zu einer lebendigen Einheit zusammengeschlossen werden. Eine ausgezeichnete Besetzung war vorgesehen, schon hatte die harte Probenarbeit begonnen. Claudio glühte vor Ehrgeiz und Tatendrang. Wie gewöhnlich stellte er das voran, was ihm am schwierigsten zu sein schien, die Übereinstimmung der Männergestalten in den großen, entscheidenden Szenen.

Ich feilte noch an meiner Rolle, der Eboli, für die ich vorgesehen war. Zwischendurch saß ich im leeren Parkett und verfolgte angeregt die Proben. Von neuem wunderte ich mich, wie willig sich berühmte Darsteller Claudios Weisungen fügten. Oft unterbrach er sie herrisch mitten im Vers, sprach selbst eine Stelle vor, suggestiv im Ausdruck, ungestüm leidenschaftlich oder verhalten, beseelt und voll Wärme — immer mitreißend. Warum spielte er nicht selbst die Rolle des Infanten? Warum war er nicht Schauspieler geworden? Das hatte ich mich selbst und auch ihn schon öfter gefragt. Seine Antwort blieb unbefriedigend. Ging es ihm vielleicht vor allem darum, andere zu führen, zu steigern, ihnen seine Begeisterung — seinen Willen aufzuzwingen?

»Falckner macht möglich, was man sich selbst nicht zugetraut hat. Er gibt einem das Gefühl, als hätte man plötzlich Flügel.« Das sagte Tanja Weiss, die Darstellerin der Königin Elisabeth. Die Innigkeit, mit der sie es aussprach, hätte mir zu denken geben sollen.

Ich aber war nur stolz, wenn Claudio alle in seinen Bann zog und die Frauen ihm verfielen. Wie hätte es bei einem Mann von solcher Ausstrahlung anders sein können! Ich wußte, daß er das Vorhandensein immer neuer Frauen, die ihn bewunderten, verehrten und begehrten, genoß wie den Applaus, wenn der Vorhang fiel. Auch ich hatte schließlich meine Anhänger, in deren Bewunderung ich mich sonnte. Nie hätte ich ernstlich befürchtet, daß eine andere Frau mich bei Claudio verdrängen könnte.

Dann aber... Es hieß, Tanja Weiss habe die Grippe. Unsere Proben verzögerten sich. Und eines Tages eröffnete mir Claudio wie nebenher, daß er zu einer Umbesetzung entschlossen sei und die nötigen Vorbereitungen schon getroffen habe. Tanja sollte die Eboli spielen, ich würde mich ohnedies besser für die Elisabeth eignen.

Sofort protestierte ich, und als er nicht nachgab, begann ich zu toben. Es ging mir wirklich um die Rolle. Mir lag die leidenschaftliche Intrigantin Eboli, mit deren Charakter ich mich schon vertraut gemacht hatte, weit mehr als die passiv duldende, nach meinem Empfinden etwas langweilige Königin. Aber Claudios Entscheidung war endgültig.

Wir probten, und es ergaben sich schon bei der ersten Szene Differenzen. Wenn schon, dann wollte ich die Elisabeth so spielen, wie ich sie auffaßte. Zum erstenmal wehrte ich mich wütend gegen Claudios Regieführung, und es gab peinliche Auftritte.

Ich weiß nicht, ob ich wirklich schlecht spielte oder mich einfach aus Trotz widersetzte. Jedenfalls ahnte ich bereits, auf welche Weise Tanja Claudio umgestimmt haben mußte. Aber immer noch war ich bereit, ihm dennoch nachzugeben.

Zwei Tage vor der Hauptprobe hatte sich etwas wie eine Versöhnung zwischen uns angebahnt, wir hätten sie nur noch besiegeln müssen. Doch am Abend war Claudio unauffindbar und hatte auch im Hotel keine Nachricht für mich hinterlassen. Nie zuvor wäre es mir eingefallen, ihm nachzuspionieren, diesmal tat ich's. Es war nicht besonders schwierig, ihn zu entdecken. Er soupierte sehr intim bei Tanja Weiss, die in Düsseldorf eine Wohnung hatte.

Ich sagte nichts. Aber bei der Hauptprobe schlug ich alles gemeinsam Erarbeitete in den Wind und spielte die Rolle, wie *ich* sie sah. Claudio unterbrach die Szene, korrigierte mich einmal und noch einmal, ich sah die Zornader an seiner Stirn anschwellen. Schließlich brüllte er auf wie ein verwundeter Stier in der Arena und erklärte vor sämtlichen Kollegen, daß er die Regie niederlege.

Niemand versuchte ihn umzustimmen, sie kannten ihn zu gut. Die Proben wurden abgebrochen, die Aufführung auf unbestimmte Zeit verschoben. Eine Riesenwelle von sensationslüsternem Klatsch ging durch die Presse.

Ich fuhr überstürzt nach Wien und verkroch mich in einer kleinen Pension. Hier hörte ich, daß Claudio unter erheblichen Verlusten den Kontrakt gelöst hatte. Woher nahm er, der nie etwas erspart hatte, das Geld? Aber er konnte nicht schlimmer zurückgeworfen worden sein als ich. Es ging mir nicht gut. Natürlich hatten sich auch unsere weiteren Abmachungen zerschlagen. Niemand schien zur Kenntnis zu nehmen, daß Lydia Merwald jetzt unabhängig war und — ohne Engagement.

Und dann... Im Künstlercafé stieß ich auf einen etwas unscheinbaren jungen Mann namens Günther Weigand, den früheren Intendanten eines Landestheaters. Er war eben dabei, eine Art Agentur für Schauspieler zu gründen. Ohne viel Aufhebens setzte er sich für mich ein und tat, wozu ich selbst zu stolz war: Er machte auf mich aufmerksam.

Günther — bald agierte er nur noch für Lydia Merwald, und das hat sich gelohnt. Meine eigentliche große, seriöse Karriere begann. Ich stöberte Sofie auf und nahm sie zu mir in meine neue Wohnung. Da war endlich ein Heim und da war das Theater in der Josefstadt, ein sicheres Nest. Dann kam die Berufung ans Burgtheater, eine Reihe glänzender Rollen. War es nicht genug? Konnte ich damit nicht zufrieden sein? Doch. Bloß in letzter Zeit...

Es muß einen Grund haben, daß dies alles plötzlich wieder vor mir steht. Soll es eine Warnung vor dem sein, was mich hergelockt hat? Was will ich denn schon! Der Riß von damals bleibt bestehen. Claudio und ich hatten uns keinen Schrittbreit genähert, wenn wir uns gelegentlich wiedersahen. Im Gegenteil. Der große Schock kam erst in Salzburg, zwei Jahre nach dem »Don Carlos«. Erst als ich Dagmar sah und erfuhr, wer sie war. Erst seit dieser Minute fühlte ich mich von Claudio endgültig verraten.

Und sein Anruf in Wien nach so langer Zeit? Unsere seltsamen Telefongespräche über diesen Film? Mir ist jetzt, als hätte mich nur seine Stimme noch einmal aufhorchen lassen, diese tiefe, klangvolle Stimme, die ich in allen Tonstufen kannte, herrisch gebietend und dann wieder so sanft und werbend, voll Zärtlichkeit. Die Stimme, der ich gehorcht habe.

Das Frühstück in dem geschützten Winkel der Terrasse! Wenn ich mich vorneige, dann sehe ich unter den grün überwucherten Hängen die sandhelle Sichel des Marontistrandes, von weißem Gischt gesäumt. Die Umrisse von Capri tauchen ungewöhnlich deutlich aus dem

Meer hervor, und jenseits der blauen Weite — das muß die Küste von Sorrent sein.

Der Kellner behauptet, in der Nacht sei plötzlich dieser Wind aufgekommen, kein Schirokko, nein, eher ein Mistral oder ein anderer der ungezählten Winde, die man hier mit Namen nennt. Das Meer ist unruhig und zeigt sein dunkelstes Ultramarin. Soll es bedeuten, daß mich die Insel nicht willkommen heißt? Hätte ich nicht zurückkehren dürfen?

Ich muß ja nicht bleiben, muß mich nicht zu erkennen geben. Noch weiß hier niemand, wer ich bin und was mich hergeführt hat. Noch erwartet mich keiner. Wenn Claudio nochmals in Wien anruft, wird er nur erfahren, daß ich verreist bin. Und wenn ich mich nicht zum festgesetzten Termin in Porto melde — in acht oder neun Tagen —, dann wird er begreifen, daß ich nichts mit der Vittoria-Rolle zu tun haben will und — nichts mit ihm. Bis dahin aber... Ja, bis dahin gehört die Insel mir, und ich will die Zeit nützen.

Wovor mich fürchten? Hier bin ich sicher. Alles wird leicht und einfach inmitten dieser Schönheit. Mir ist so wohl, als hätte ich Lasten abgeworfen, und meine Füße finden ganz allein den wohlbekannten Weg zur Höhe.

Dampfwolken über den Thermalbädern, der heiße Atem Ischias. Noch immer stehen die baumhohen Agaven an der Böschung wie vielarmige Kerzenleuchter an einer Festtafel. Die gleichen rosaroten, weißen und blauen Häuserwürfel, so geschickt in den Steilhang gebaut, wie Spielzeug hingestreut zwischen Weinreben und Ginster. Alles wie damals, nur hier und dort ein Hotel mehr im bunten Termitenbau.

Und droben unsere Casa bianca, ich habe sie gestern schon von fern erkannt, abgesondert, unnahbar auf ihrer Höhe. Das Haus gehörte einem Geschäftsfreund von Claudios Vater, und später einmal hörte ich, daß es seinen Besitzer gewechselt habe. Damals stand es *uns* zur Verfügung, Claudio und mir. Ich werde nicht bis dorthin gehen ...

Stehenbleiben, Atem holen. Ich bin diese Luft nicht gewöhnt, auch nicht das schnelle Steigen. Ich bin — älter geworden ... Damals sind wir unermüdlich hangauf und hangab gelaufen, bis Serrara-Fontana und auf den Epomeo, hinüber nach Testaccio, Barano und natürlich auf den Torre, um zu sehen, wie die Sonne hinter dem Capo Negro versinkt.

Dieser Felskoloß vor Sant'Angelo ist ein kleinerer Bruder des Kastellriffs, auf dem die Avalos herrschten. Er bewacht den südlichsten Zipfel der Insel so wie der Gewaltigere den Norden. Claudio erzählte mir, daß sich auf dem Torre ein Apollo-Tempel befunden habe, als noch die Griechen auf der Insel hausten. Aber wer weiß, ob es nicht nur eine Legende ist wie vieles, was Claudio behauptet, wie vielleicht auch seine Abstammung vom Marchesen di Pescara. Wer weiß, ob Günther nicht recht hat! Günther — wie weit er ist ...

Schon so nahe das einsame weiße Haus! Ich wollte es nur sehen. Es wirkt unbewohnt. Wieder hängen Glyzinien und Bougainvillea wie ein blühender lila Teppich über der Mauer. Nichts verbietet mir, hier vorbeizugehen nach so langer Zeit.

Ein Hund schlägt an. Das Haus ist bewohnt! Kein Grund, so zu erschrecken. Schritte ... Hinter der Hecke ruft jemand den Hund, nimmt ihn am Halsband und zieht ihn fort. Weiter! Man soll nicht glauben, daß ich hier spähen will.

Der Weg wird schmal und staubig. Ginstergestrüpp, blaue Winden, Eidechsengeraschel. Stille. Und — vor mir nur noch die Schlucht, ein wild zerklüfteter Abgrund. Hatte ich denn vergessen, daß diese Abzweigung an der Mauer nicht weiterführt? Es bleibt mir nur der Weg zurück ...

Mein Bein schmerzt. Irgendein Dorn muß meine Haut geritzt haben. Was mir nur einfällt, hier mit meinen guten Schuhen herumzulaufen, im weißen Kostüm wie eine Urlauberin auf der Piazza. Ich bin zu lange nicht auf Ischia gewesen. Und wieder dieses Herzklopfen — vom Steigen ...

Nichts mehr rührt sich. Jetzt kann ich zurück und vorbei.

»Lydia...?«

Nicht stehenbleiben, nur weil eine Stimme mich narrt, eine Erinnerung! Weiter.

»Lydia!«

Jetzt war es ein Befehl. Die Aufforderung, mich umzudrehen. Ein Mann steht im geöffneten Tor und hält eine sandfarbene Dogge fest. Er ist groß und schmal mit gebräuntem Gesicht und fast hellem Haar. Der Mann ist — Claudio.

»Lydia, bitte warte doch! Ich habe dich gleich erkannt. Wolltest du nicht zu mir?«

»Aber nein. Ich hatte keine Ahnung, daß du hier bist.«

»Und du? Wann bist du hergekommen?«

»Gestern ... Ich war in Rom und wollte für eine Weile ...«

»Du wolltest früher auf der Insel sein? So wie ich! Man sollte an Fügungen glauben.«

Kühle, schnuppernde Hundeschnauze an meinem Bein und Claudios Blick auf meinem Gesicht — wie ein Scheinwerfer. Prüft er jetzt, wie sehr ich mich verändert habe? Und er — älter geworden, mehr Fältchen in den Augenwinkeln und weiße Strähnen im Haar. Aber trotzdem — Claudio, und so vertraut.

»Es gibt merkwürdige Zufälle ...«

»Nennst du es so? Bitte komm herein, hier brennt schon die Sonne. Laß uns diesen — Zufall mit einem Trunk begießen.«

Warum zögere ich noch? Es ist eine formelle Einladung, die man nicht gut ausschlagen kann. »Du hast dich hier eingemietet?«

»Wie man's nimmt. Es ist *mein* Haus — seit Jahren schon.«

»Das wußte ich nicht. Bitte glaub mir!«

»Warum sollte ich es dir *nicht* glauben! Spielt das denn eine Rolle? Übrigens war ich selten hier.«

Seit Jahren sein Haus. *Nur* das seine — oder ... gehört es auch Dagmar? Ich kann ihn nicht fragen. Die grasverwachsenen Stufen am Eingang, Opuntien und Feigenbäume, der kugelige Margeritenstrauch. Duft nach Ginster und Rosmarin, Kühle. So sind wir oft in dieses Haus getreten.

In der Halle ist einiges verändert. Andere Bilder, andere Teppiche. Und doch ist es der gleiche Raum, der gleiche Platz am bogigen Fenster mit dem Blick auf Himmel und Meer. Damals war Claudio das Haus nur geliehen — ihm und mir.

Claudio steht vor dem alten Schrank, holt Flaschen hervor, prüft ihren Inhalt, hebt beim Einschenken das Glas hoch — wie früher. Will er mir Gelegenheit geben, ihn zu betrachten? Das ungebärdige Haar — es wird langsam hell. Das paßt gut zu seinem schönen, verwitterten Gesicht. Ihm schadet das Älterwerden nicht. Er ist noch derselbe, ist noch immer wie eine gespannte Sehne, bevor der Pfeil abschnellt. Ein Pfeil, der immer trifft.

Jetzt sieht er mich fragend an.

»Du magst doch noch die alte Mischung, Lydia?«

»Ja — noch immer.«

Der große Hund hat sich neben mich auf das weiße Fell gelegt. Er betrachtet mich verwundert und etwas mißtrauisch, als hätte er jemand anderen erwartet. Wen? Der auf mich zukommt und mir das Glas reicht, ist *Claudio*. Ich träume nicht.

»Erzähl doch, meine Liebe, was hast du in Rom gemacht? Ich war auch dort — ein paar Vorbesprechungen. Gestern habe ich dich vergebens in Wien angerufen. Irgendwie wußte ich, daß du hierher unterwegs bist. Gut untergebracht?«

»Ja, danke.«

Er sagt und fragt vielerlei, aber es ist ihm jetzt nicht wichtig, was ich antworte. Das ist sein glattes Hinwegreden über das Eigentliche, ein Rest von der Unverbindlichkeit unserer Telefongespräche. Und doch — die Nähe ändert alles. Ich kann seine Art, mich mit den Augen festzuhalten, schwer ertragen, ohne unsicher zu werden. Was stellt er heimlich fest? Wie stuft er mich ein? Vielleicht ist es richtig so, wenn er selbst erkennt, daß *ich* nicht mehr dieselbe bin.

Er erzählt mir angeregt von seinen Erledigungen in Cinecittà. »Die Kostüme müssen zum Teil nach Vorlagen neu angefertigt werden. Das wird ein paar Anproben nötig machen, Lydia. Übrigens ist Alexander Holl, der den Marchesen spielen wird, noch in Hamburg. Wenn es mit ihm Schwierigkeiten geben sollte, hole ich mir einen andern.«

»Jetzt noch?«

»Warum nicht. Im Notfall verschiebt sich der Drehbeginn. Ich plane für den Anfang ohnehin die Volksszenen.«

Gut so, er wird sich auch, was mich betrifft, zu helfen wissen. Seine vagen, willkürlichen Vorkehrungen sind mir bestens bekannt. Und doch hat zuletzt fast immer alles geklappt. Ich höre ihn weitere Namen nennen, gleich wird der eine fallen: Vittoria Colonna. Vorbeugen? Ich weiß doch, was auf mich zukommt. Warum wehre ich mich nicht gegen diese Einkreisung, solange noch Zeit ist?

»Trinkst du nicht, Lydia?«

Der kühle Trunk, würzig und herb, eine wohlbekannte Mischung. Wie gut kenne ich Claudios Art, sein Glas zu leeren wie ein Verdurstender. Er stellt es entschieden hin und sieht mich an. Dieser Blick — unverhüllt und besitzergreifend —, hatte ich seine Kraft unterschätzt? Ich *will* mich nicht geschlagen geben!

»Warum bist du nicht gleich in Porto geblieben, Lydia? Dein Zimmer im Punta Molino ist reserviert.«

Er weiß genau, was mich hergezogen hat. »Es war doch zu früh. Ich wollte mich irgendwo erholen, wo mich niemand kennt.« Solches Ausweichen wird mir den Rückzug nicht erleichtern.

Er schenkt wieder ein und trinkt mir zu. »Erholung? Die hast du doch gar nicht nötig. Sag, hast du dich inzwischen mit dem Stoff befaßt?«

Befaßt — ja, um mich loszulösen, um der Vernunft zu gehorchen. Wenn die Bilder auch immer lebendiger werden und mich festlegen wollen.

»Das Thema ist gewiß verlockend, Claudio, und — natürlich beschäftigt es meine Phantasie.«

Warum soll ich ihm nicht von meiner Ankunft erzählen — als das Boot auf das Felsenriff zuglitt und die Ruinen sich in den Abendhimmel zeichneten? So haben wir doch immer unsere Eindrücke ausgetauscht. Es tut wohl, darüber zu sprechen — von meiner traumhaften Vorstellung, wie es damals gewesen sein mag, als Vittoria auf das Kastell kam, um ihre Hochzeit zu feiern. Als ihre Ehe begann, ihre leidenschaftliche Liebe, das Warten und der Verzicht...

»Ich weiß nicht, warum mich zuletzt alles so bedrückt hat, daß ich von dort weg mußte. Kannst du es dir erklären, Claudio?«

Wie gut er zuhören kann. Sein Gesicht hat sich verjüngt, strahlt jetzt so wie früher, wenn ich plötzlich den Sinn einer Rolle begriff.

»Du hast mit der Geschichte zu *leben* begonnen, Lydia, das freut mich. Ich wußte ja, daß du dich dafür begeistern mußt.«

»Begeistern — mag sein. Aber ich kann das, was dir vorschwebt, nicht mit meiner Person in Einklang bringen. Hör mir zu, Claudio, ich kann wirklich nicht...«

Er hört mir nicht mehr zu. Der Hund ist schuld. Er hat sich aufgerichtet und legt seine weiche, tapsige Pfote auf mein Knie. Seine Augen sehen mich fast menschlich an. Plötzlich ist mir, als wollte mir dieses Tier etwas erzählen — über das Haus und über die, die es bewohnten — seither.

Claudio lacht und klopft dem Hund aufs Fell. »Gratuliere, das ist eine Sympathiekundgebung. Mercutio mag dich. Er ist sonst sehr reserviert gegen Unbekannte.«

»Warum hast du ihn Mercutio genannt?«

»Weil er ein Raufbold ist wie Shakespeares Mercutio. Und weil ich mich gern an ›Julia‹ erinnere, an ›Romeo und Julia‹.«

Wie soll ich ihm meine Absage klarmachen, wenn er mit dieser Stimme zu mir spricht? Als würde mich etwas einspinnen — mit unsichtbaren Fäden.

»Noch ein Glas?«

»Nein, danke. Ich habe mich im Hotel zum Essen angesagt.«

Verstecktes spöttisches Schmunzeln. »Seit wann können Mahlzeiten dich festlegen? Aber du sollst deine gewohnte Ordnung haben!«

Er steht mit mir auf. Mercutio begleitet uns wachsam vors Haus. Wo ist meine Sonnenbrille? Zu viel für mich — dieses flirrende Mittagslicht, dieser gleißende Tag, dieses Wiedersehen...

Denkt er dasselbe? Wir stehen schweigsam und schauen. Der Wind hat sich gelegt. Vor uns liegt das Meer friedlich unter einer Kette schneeweißer Wolken. Das Mittagsboot zieht seine silberne Spur durch das Blau, und ein paar Segeljachten im Hafen schaukeln sanft wie

Riesenschmetterlinge mit gefalteten Flügeln. Rings um uns knistert Sonnenwärme im wilden Gerank der Sträucher, und ein betäubend starkes Gemengsel von Düften weht uns an.

»Daß wir wieder hier stehen!«

Habe ich das wirklich ausgesprochen? Claudio sieht mich nicht an. Er blickt hinüber zum »Torre«, der jenseits des schmalen Dammes unter der goldenen Last des Ginsters zu träumen scheint.

»Manchmal scheint es mir, daß die Nymphen und Najaden noch auf dieser Insel sind und Pan in den Tuffelsen schläft — jetzt, zum Beispiel.«

Leise Stimme, ernstes Gesicht. Ich bin sicher, daß er im Augenblick glaubt, was er sagt. Es ist das Zwiespältige in Claudio — hat es mich nicht schon oft genarrt? Ich muß ihn mit einer Fangfrage aus den Wolken holen.

»Sag, du mußt dich hier oben doch nicht allein verköstigen?«

»O nein. Antonietta besorgt das — mit Zettel. Die beiden werden bald aus Succhivo zurückkommen und mir auch wichtige Post bringen. Daher kann ich dich jetzt leider nicht begleiten.«

»Danke, gar nicht nötig.«

Die Ausflucht ins Förmliche, die Fremdheit zwischen uns — lügengestraft durch unser Lächeln.

»Und sonst? Was hast du vor? Willst du Thermalbäder nehmen?«

»Lieber ins Meer, es soll schon warm sein. Vielleicht versuch ich's heute nachmittag.«

»Und morgen? Ich muß nach Porto, unser Stab soll langsam anrücken, es gibt noch einiges zu ordnen. Übrigens wird uns ein ausgezeichneter Kameramann zur Verfügung stehen, Horst Meissl.«

Uns...? »Du kennst diesen Mann von früher?«

»Ja, er war ein Grünschnabel, als ich mit meiner Filmproduktion anfing, aber schon damals vielversprechend. Inzwischen hat er Erfahrungen gesammelt.«

Seine Filmproduktion, über deren Finanzierung man so viel munkelte — soll ich ihn jetzt deswegen fragen? Es wäre taktlos, und — was geht's mich an?

»Kommst du mit nach Porto, Lydia?«

»Das hätte keinen Sinn. Hör mich an, Claudio! Eigentlich hab ich's dir schon am Telefon gesagt und gehofft, du würdest dich danach richten. Ich kann in diesem Film nicht mitmachen! Warum — das liegt doch auf der Hand. Ich bin nicht die Frau, die du für diese Rolle suchst — bin es nicht mehr...«

Es ist gesagt. Hat er endlich begriffen? Er sieht mich betroffen an, verständnislos, fast traurig.

»Wie du meinst. Dann also — ich danke dir für deinen Besuch, Lydia, wenn er leider auch unbeabsichtigt war. Recht schade, daß du nicht an Fügungen glaubst. Ich denke, es gibt sie.«

Unser Händedruck dauert viel zu lang — wie einst. Wäre ich doch schon fort! Aber der Hund verstellt mir den Weg, steht da und wedelt, blickt zwischen mir und seinem Herrn hin und her. Seine Augen fragen: Warum gehst du? Kommst du wieder?

Bloß nicht stolpern, meine Schuhe sind zu zart für dieses Geröll. Die Luft macht mich schwindlig. Oder der Drink? Er war zu stark. Einen guten Abgang wahren! Noch einmal umdrehen.

»Addio, Claudio!«
Ich bin zufrieden, weil es so fröhlich klingt.
Er steht noch immer droben und sieht mir nach, hebt nur ein wenig die Hand. Habe ich gefürchtet, daß er mich zurückhalten wird? Unsinn, er hat mein Nein ganz leicht hingenommen, wahrscheinlich gar nicht mehr mit mir gerechnet — seit er mich sah. Die Bemerkung über die Fügungen? Wohl nur Gerede.
Ist es mir jetzt vielleicht nicht recht, daß alles so einfach war? Doch, ich bin wirklich erleichtert. Es war gut, hierherzukommen und den Schlußstrich zu ziehen. Jetzt bin ich von einem Zweifel befreit, der mich lang genug gequält hat.
Abreisen? Nicht gleich, das könnte wie Flucht aussehen. Erst den Klimawechsel überwinden und — natürlich Claudio ausweichen.
Ist nicht alles genauso gekommen, wie ich's mir gewünscht habe?

Ist das noch derselbe Strand? Die Winterstürme müssen ihn verändert haben und nicht nur sie. Ein neues Ristorante wurde an die mürbe Tuffsteinwand gebaut, ein zweites. Zwischen den Dampfsäulen der Fumarolen bewegt sich ein brauner Bagnino, der seine Schützlinge in den heißen Sand bettet. Es sind Kurgäste mit kleinen Schmerzen und wirklich Leidende, die dem heilenden Inselgott vertrauen, wie schon seit Jahrtausenden.
Die dichte Reihe der bunten Sonnenschirme gab's damals noch nicht. Aber hier an der Höhlung des Felsens ist eine einsame, übersonnte Mulde. Da stört mich niemand, und — auch Claudio müßte mich lange suchen.

Wie herrlich, ausgestreckt im warmen Sand zu liegen, die Hände unter dem Kopf, mit geschlossenen Augen. Nichts zu hören, als das Rollen und Rauschen der Brandung.

Geliebtes Meer, ich kann nicht erklären, was mich in seiner Nähe so bewegt, hier weit stärker als anderswo. Vielleicht ist es sein Zwiegespräch mit der Insel, das ich nur erahnen kann. Sie reden von alten Zeiten, von Bacchus und Apoll. Von Vulkanus und den Satyren, die verliebt die Elfen jagten, von Zauberern und Sybillen, die in den zerrissenen Schluchten und dämmerigen Grotten hausten.

Und von den Menschen, die auf die Insel kamen, von Samniten und Griechen, Römern, Germanen und Sarazenen, von Kampfgetümmel und Kriegsgeschrei. Von glücklichen Siedlern, Weinbau und Töpferkunst, Erdbeben und Zerstörung. Vielleicht flüstern die Wellen auch die großen Namen der vielen, die hier vom Lärm der Welt ausruhten und Heilung suchten. Vielleicht plaudern sie spöttisch über das Heer der Touristen, die hier baden und essen, trinken und lieben, ohne sich viel umzusehen, aber den fleißigen Ischitanern ihr Geld hinterlassen.

Meer und Insel sind untrennbar verbunden, seit dieses Stück Land aus den Fluten tauchte, sind wie Wasser und Feuer, wie Freund und Feind. Nichts kann sich daran ändern, solange das Magma im Innern der Insel kocht und die heißen Quellen sich ins Meer ergießen. Das Geheimnis der Schöpfung — hier ist es spürbar.

Sonnenwärme auf meiner Haut, zärtlich wie eine Liebkosung. Wie spät? Einerlei... Ich hätte nicht im Hotel meine Badeanzüge vor dem Spiegel probieren müssen, um dann diesen dezenten zu wählen, anstelle des geliebten Zweiteiligen. War ich denn nicht überzeugt, ihn mir noch gut leisten zu können? Gewiß, warum *nicht* den Bikini! Außerdem — niemand beachtet mich hier, ich bleibe ungestört, allein.

Eine Einzelgängerin — die wollte ich doch immer sein und bleiben? Gewiß, eine Individualistin, die ihr Leben und ihr Schaffen nach eigenen Grundsätzen gestaltet. Deshalb habe ich schon in meine erste Schulklasse und in mein Elternhaus Unruhe gebracht. Ich wollte Schauspielerin werden und — berühmt. »Behalten Sie Ihre Originalität, die ist Ihr größter Schatz«, sagte mein Lehrer am Seminar.

Und später die Arbeit mit Claudio. Eine Zeitlang wußten wir nicht, wer den andern mehr bewunderte. Claudio führte mich mit sanfter *und* fester Hand, und ich ließ mich führen. Er hat meine Ausdruckskraft geformt, ohne sie zu drosseln, hat mein Temperament gelenkt, ohne es abzukühlen. War es letzten Endes seine Auffassung von den Rollen oder war es die meine? Ich wußte es nicht mehr und ging einfach mit, wie es sich durch ihn ergab. Es war die edelste Gangart, die man mir beibringen konnte. Hatte ich vergessen, wie dankbar ich Claudio sein müßte?

Ich glaube dennoch nicht, daß es unser gemeinsamer Erfolg war, der mich ehrgeizig an ihn fesselte. Es war auch nicht allein die ungewöhnliche Ausstrahlung des Mannes, sondern — unsere gegenseitige, fast unheimliche Ergänzung in der Kunst wie im Leben. Vor allem in der Liebe, denn sie war es, die alles erfüllte. Ich glaube, dieses

Wunder habe ich heute von neuem erkannt und — für immer zerstört.

Nein, nicht *ich*, nicht *heute*. Claudio hat alles zerstört, vor vielen Jahren schon. Mit »Don Carlos« damals war nur der Anfang gemacht. Warum erschien uns plötzlich alles Gemeinsame enttäuschend und unhaltbar? Ich weiß nicht, ob mein Aufbegehren gegen Claudios Regie ernstlich mit seinem Flirt mit Tanja Weiss zusammenhing, eines löste das andere aus wie eine Kettenreaktion. Auf einmal hatten wir das richtige Maß dafür verloren, was einer dem andern zumuten durfte und was nicht. Und weder er noch ich wünschten eine Versöhnung herbei.

Später wünschte ich sie mir, aber da war es *zu* spät. Das Getuschel rund um mich begann seine Wirkung zu tun wie ein beharrlich versprühtes Gift. »Wissen Sie denn nicht? Claudio Falckner hat eine ständige Begleiterin — nein, längst nicht mehr die Merwald —, einen richtigen Goldfisch, wie man sich erzählt.« — »Verständlich, der Arme soll ja enorme Schulden haben, wie man hört.«

Noch dachte ich an nichts Ernsthaftes, ich kannte die Klatschmäuler, und — ich kannte Claudio. Ich war zornig, weil er mir kein Zeichen gab. Und ich war böse auf mich selbst, die ich nicht einzulenken verstand. Wie es zwischen uns beiden hätte weitergehen sollen? Ich weiß es nicht, weiß nur, daß ich mich nach einer Fortsetzung unserer Verbindung sehnte, obwohl ich beruflich schon wieder im Sattel saß. Es war, als hätte ich einen Teil meiner selbst verloren und müßte ihn suchen. Ist es ihm denn nicht ähnlich ergangen?

Und dann — Salzburg, Ende Juli, Festspielzeit. Zum erstenmal war ich mit dabei. Man hatte mich eingeladen, im »Jedermann« die »Buhlschaft« zu spielen. Eine Auszeichnung, wie Günther Weigand stolz behauptete, ein Beweis dafür, »arriviert« zu sein.

Der Domplatz im Regen, naßglänzender Asphalt, Taubengurren. Sorgen der Festspielleitung und ein anschwellender Fremdenstrom in den Straßen. Dann plötzlich Sonne in einem italienisch-blauen Himmel, allerorten Heiterkeit, fieberhafte Vorstimmung — und tatsächlich eine glanzvolle Eröffnung an einem milden Sommerabend.

Am folgenden Tag, beim Allerwelts-Rendezvous im Café »Tommaselli«, hieß es überraschend, Claudio Falckner sei hier, privat, einfach als Gast. Dann hatte er mich vielleicht gestern im »Jedermann« gesehen? Und wie beurteilt? Im ersten Augenblick dachte ich an nichts anderes. Schon im nächsten aber zitterte ich vor einem Wiedersehen. Wie würde es diesmal ausfallen? Ich hätte ihm nicht ausweichen wollen.

Es gab ein paar Begrüßungen, und unvermittelt stand ich vor Claudio. Er sah blendend aus und lächelte unverbindlich, als wir uns die Hände reichten. Ich wußte sofort, daß er eine Maske trug. Wegen der Leute? Dann erst bemerkte ich, daß er in Begleitung war. Die Frau neben ihm war jung und nicht gerade unhübsch, sie war teuer gekleidet, aber nicht elegant, ein Typ, den man leicht übersieht.

Mit betonter Sicherheit machte Claudio uns bekannt: »Lydia Merwald, ›Jedermanns‹ bezaubernde ›Buhlschaft‹ — Dagmar, meine Frau.«

Meine Frau...! Ich mußte mich verhört haben. Oder nicht? Alles folgende war wie ein Alptraum. Es ergab sich zwangsläufig, daß wir uns an einen Tisch setzten. Claudio führte souverän das Wort, lobte die Jedermann-Aufführung, schwärmte von einer Shakespeare-Trilogie, die er nächstens inszenieren würde. Was ich erwiderte, ist mir entfallen. Aber ich fühle noch heute den bohrenden Blick der Frau, der argwöhnisch, fast gehässig auf mir ruhte. Ich sehe noch immer, wie eifrig sie ihre Zugehörigkeit zu Claudio betonte. Ich wußte, daß wir neugierig beobachtet wurden und bot alles auf, um diese aufgezwungene Rolle zu spielen, die schwerste meines Lebens. Keine andere hat mir mehr abgefordert als diese Verstellung, zwanzig Minuten lang, beim Aperitif.

Warum muß es mich wieder so aufwühlen! Es war doch schon so fern und tat kaum noch weh. Man sagt so tröstlich, daß die Zeit alle Wunden heile, aber das stimmt nicht. Nur die schleichende Gleichgültigkeit im Gefolge der Zeit tut dies. Doch Claudio ist mir niemals gleichgültig geworden...

Er war damals längst aus Salzburg abgereist, als man noch immer über ihn sprach. Sein Erscheinen mit dieser Frau, zu der er sich bekannte und die so offensichtlich nicht zu ihm paßte, bewegte nachhaltig die Gemüter. Es erschien so erstaunlich und unbegreiflich, als hätte sich ein Bergadler freiwillig in den Käfig eines Zoos begeben.

Aber man wußte sich bald einen Reim darauf zu machen. War es boshafte Absicht oder nur meine Hellhörigkeit, die mir die Gerüchte zutrug? Man erzählte sich, daß Dagmar, ein Mädchen aus schwerreichem Haus, ein Kind von Claudio erwarte oder es sogar schon geboren habe. Und man wußte zu berichten, daß ihm ihre Wohlhabenheit äußerst willkommen sei, nicht nur seiner Schulden wegen. Gleichzeitig stand in den Zeitungen, Claudio Falckner habe vor, eine eigene Filmproduktion ins Leben zu rufen.

Ich forschte nicht nach, welche Wahrheit hinter all dem steckte. Ich wußte, daß Claudios Vater sein Unternehmen verkauft hatte, bevor er ins Ausland ging. Auch, daß er sich von seinem kostspieligen Sohn losgesagt hatte. Claudios Lebensstil war ebenso aufwendig wie seine Inszenierungen. Ich kannte seine Bedenkenlosigkeit, wenn es um Geld ging, das er verachtete, aber dringend brauchte, um sich auf allen Linien durchzusetzen. Jede Einschränkung war ihm fremd.

Angenehme Kühle, köstliches Umspültwerden. Wann habe ich mich entschlossen, ins Meer zu tauchen? Ich weiß es nicht, so eingesponnen war ich in meine Gedanken. Jetzt löst sich der Krampf. Wozu das alles? Ich hatte mir längst eingebildet, Claudio nichts nachzutragen und das Gewesene nicht mehr wichtig zu nehmen. Es gab seither viele, die mich bewunderten, mich heiraten wollten. Und einige fand ich interessant genug, um mich ihnen für eine Weile zuzuwenden. Aber wenn es Ernst werden sollte, war alles auch schon zu Ende. Warum eigentlich?

In unseren schönsten Stunden hat Claudio mir manchmal leidenschaftlich zugeflüstert: »Ich möchte ein Kind von dir! Du und ich — in einem neuen Wesen fortgesetzt —« Ich nahm es hin wie alles andere, was uns damals so reich machte. Die Ehe, ein Kind, ja, vielleicht

— aber später, Zeit genug. Es hätte uns vorläufig nur aufgehalten in unserem ungestümen Vorwärtsstreben, unserer Hingabe an die Kunst. In das Wesen anderer hineinzuschlüpfen, sie glaubhaft darzustellen, ihr Schicksal zu gestalten — das war mir wichtiger, als mein eigenes Leben restlos zu erfüllen.

Und plötzlich war es zu spät. Jetzt erst weiß ich wirklich, wie es mich getroffen hat, als eine andere, eine Außenstehende, den Platz einnahm, der doch mir gebührt hätte. Damals ist etwas Großes für mich in Brüche gegangen. Für immer...?

Unvorsichtig, gleich so weit hinauszuschwimmen! Aber es ist herrlich, dieses Leichtsein zu spüren, nichts vor sich zu haben als den uferlosen Horizont und ein großes weißes Passagierschiff, das in der Ferne vorüberzieht. Ihm nachzusehen, wie es da ins Unbekannte gleitet, weckt eine alte Sehnsucht, die ich lange nicht mehr spürte. Auf einmal ist sie da, als hätte ich noch etwas Neues zu erwarten. Hat der heutige Vormittag sie ausgelöst? Das unerwartete Zusammentreffen mit Claudio, der anders als damals und — doch derselbe war? Das Erschrecken spüre ich noch immer. Und dazu kommt das klare Gefühl für etwas Unerledigtes, Versäumtes...

Zurück! Da ist das Ufer wieder, die grünen Terrassenhänge, weiße Villen zwischen den Weingärten. Darunter der goldene Saum aus Tuffgestein und Sand, bunt übersät vom Gewimmel der Schirme und bunten Badeanzüge. Abseits ein orangefarbener Fleck — mein Badetuch. Daneben sitzt jemand, ein Mann mit gebräuntem Körper und vollem Haar. Claudio? Nein. Der Mann hält seine Knie umschlungen und beobachtet, wie ich näher komme, sieht zu, wie ich die Badehaube abnehme, das Haar schüttle... Ein junger Ischitaner auf Anschlußsuche. Das gibt es noch immer.

Er schielt aus dem Augenwinkel herüber, die Zigarette zwischen den Lippen, läßt melancholisch etwas Sand durch die Hände rieseln. Sein Kopf ist wie aus einem Bild Raffaels, aber er muß beschränkt sein, und er macht mich nervös. Merkt er nicht, daß ich seine Mutter sein könnte? Jetzt steht er langsam auf, seine Beine sind etwas zu kurz, das ist der Sarazeneneinschlag hier. Wie nahe will er mir noch kommen?

»Scusi, signora, che ora è, per favore?«

Er fragt mich schüchtern wie ein Kind nach der Zeit, aber seine Augen fragen ganz etwas anderes — weniger schüchtern.

»Es ist bald vier — sono le quattro.« Und dazu meine abweisendste Miene, das böse Lehrerinnengesicht, eisiges Kopfschütteln.

»Grazie...«

Er blickt enttäuscht, ungläubig, sein Casanovalächeln vergeht. Das Handtuch wie einen Togazipfel über die Schulter geschlagen und ab mit wiegenden Hüften, ein einziges gekränktes Bedauern.

Müßte mir dieser Zwischenfall nicht ein Beweis sein, daß ich noch begehrenswert bin? Noch — noch, dieses verdammte *Noch!* So etwas kann hier fast jede Frau erleben, und es ist kein Maßstab für *mich*.

Endlich kann ich meinen nassen Badeanzug abstreifen und das Strandkleid anziehen. Was jetzt? Der Tag darf noch nicht zu Ende sein, bloß weil Claudio nicht gekommen ist. Hab ich's also doch erwartet...! Wie unlogisch.

Heute hat doch *er* von mir den Abschied bekommen, vor der Casa bianca, und er hat verstanden. Seine überspielte Verblüffung, seine letzten Worte, das alles sollte mir nur bedeuten, daß er mein Nein zu verschmerzen weiß. Vermutlich hat er längst eine andere in Reserve, die seine Vittoria Colonna spielen wird. Und ich muß froh sein, mir wenigstens nichts vergeben zu haben.

Warmer Sand unter meinen Füßen, Regenbogenfarben im Gischt der Brandung. Capri in der Ferne, schwebend im blauen Dunst, wie eine Fata morgana. Schöne, viel zu schöne Welt. Kann ich sie vielleicht nicht allein genießen?

Ich *muß* es können, wenn es hier auch viel schwerer ist als zu Hause, im Gewohnten. Aber wer sagt schon, daß sie glücklich sind, die vielen Paare, die an mir vorübergehen? Es sind Ältere, Beleibte vor allem, mit Badezeug beladen und müden Schrittes. Sie kommen vom Thermalbad in der dämmerigen Schlucht der Cava scura, die in der Urzeit nicht viel anders ausgesehen haben kann. Dort liegen sie in den steinernen Wannen, die in den Fels gehauen sind, unverändert seit Römerzeiten. Wie schon Gajus Plinius haben Unzählige dort ihr Rheuma geheilt und ihre Jugendkraft erneuert, ihre Fähigkeit zu lieben und zu genießen. Ist es wirklich das Wichtigste im Leben?

Damals lachten wir über den vielgepriesenen Jungborn, Claudio und ich. Wir brauchten keine Belebung unserer Sinne. Die übermütigsten Liebesgötter dieser heidnischen Insel begleiteten uns durch die Tage und wachten nachts an unserem Lager.

Hab ich's denn nie bedacht, daß diese Seligkeit vergehen könnte? Kaum. Man schöpft bedenkenlos aus dem vollen, wenn man jung ist und geliebt wird. Manchmal, freilich, kam das Erbe meiner bürgerlichen Eltern über mich wie eine flüchtige Mahnung. Sofies Sorge um meine Zukunft fiel mir ein. Dann tröstete ich mich damit, daß wir natürlich einmal heiraten würden, Claudio und ich. Doch es wäre mir wie eine Zumutung erschienen, ihn dazu zu drängen. Erst als ich erfuhr, daß er eine andere gewählt hatte, eine von der Art, die stets seine Ablehnung gefunden hatte — erst dann kam ich mir beleidigt und verraten vor.

Diese großen Strandhotels standen damals noch nicht, und es gab nicht die dichte Reihe von Liegestühlen voll behäbiger Sonnenanbeter. Kinder mit Eistüten, Bootsführer in bunten Leibchen, auf ihr Geschäft wartend. Was will ich hier? Muß ich am ersten Tag erfahren, was alles nicht mehr so ist, wie es war? Nicht hinsehen, weiterwandern.

Die Olmitella-Schlucht. Dieses wilde Tal haben sie nicht verbaut. Es nimmt mich tröstlich auf. Ein paar Schritte nur vom Strand fort, und ich bin allein. Blühendes Dickicht, goldgrüne Eidechsen huschen, Insekten schwirren, und in den steilen, bizarr verformten Felswänden spielt das Rotgold der Abendsonne. Hier ist die Zeit stehengeblieben, lange schon. Hier schläft wirklich noch Gott Pan.

Ist es nicht dieser Gegensatz von Vergangenheit und Gegenwart, den Claudio in seinem Film einfangen will? Was für ein wundervolles Vorhaben — aber, es geht mich nichts mehr an. Schade... Wäre er jetzt hier, um wieder mit mir von der heilbringenden Quelle zu trinken, die da aus dem Felsen stürzt! Um wieder versteinte Kobolde in den dämmerigen Höhlen hocken zu sehen — wie damals...!

Mußte ich auf die Insel kommen, um gerade hier den Schlußpunkt zu setzen, so schnell? Warum konnte er mir nicht noch sagen, ob es wahr ist, was sie über ihn redeten, wie er seither gelebt hat und — was aus seiner Ehe mit Dagmar wurde? Ich hätte ihn nie danach gefragt. Die Begegnung in Salzburg ist mir genug für immer.

Ich bin müde und hektisch, beschwingt und schwermütig zugleich. Das macht diese Luft voll von Geheimnissen. Manche vertragen sie nicht und werden krank, wenn sie nicht rasch wieder abreisen. *Mir* ist, als hätte eine magische Kraft mich hergeführt, und doch bin ich noch immer nicht sicher, ob Ischia mich auch diesmal willkommen heißt.

Die Schatten wachsen. Der Strand leert sich. Der Bagnino klappt die Sonnenschirme zu und schleppt sie in Bündeln fort. Ein Boot nehmen, zurück zum Hafen!

»Pronto, signore!«

Schon kurvt er mit Schwung in die seichte Dünung und läßt mich einsteigen. Sein Kahn heißt »Giuseppino«. Noch jemand will mit, eine dickliche Dame in langen Hosen. Der braune Bursche hebt sie lachend über den sprühenden Gischt und setzt die Erschrockene in sein Boot.

Er singt ein Lied. Ich möchte ihm zuhören, während wir durch die metallisch funkelnden Wellen gleiten und Ginsterduft vom »Torre« herüberweht. Aber die Dame redet, redet.

»Verzeihung, wohnen Sie nicht auch im ›Miramare‹? Ich glaube, Sie heute beim Frühstück gesehen zu haben.«
»Ja, auch im ›Miramare‹.«
»Ein besonders angenehmes Haus, nicht wahr?«
»Sehr angenehm...« Vorsicht, das ist eine von jenen Frauen, die leicht zu anhänglich werden!
Giuseppino streift seinen Fuhrlohn ein und hilft mit kräftigem Griff beim Aussteigen. Die Dame plaudert jetzt von der guten Verpflegung im Hotel. Ich muß sie loswerden.
»Einen schönen Abend! Ich möchte noch ein paar Ansichtskarten kaufen.«
Da fällt ihr ein, das müsse sie auch, und sie bleibt hartnäckig an meiner Seite. »Wir haben ja den gleichen Weg. Frau Merwald vom Wiener Burgtheater, nicht wahr? Welche Überraschung!... gleich erkannt... immer schon sehr verehrt!«
Ich muß mich freundlich zeigen, sie gehört zu der Gruppe von Gewogenen, die mir bleiben dürfte. Muß ich nicht bescheiden werden und dankbar?
»Vielleicht sieht man sich öfter? Es würde mich wirklich sehr freuen.« Endlich geht sie ihrer Wege und läßt mich allein.
Im Hotel an Sofie schreiben, damit die Gute sich nicht sorgt, und an Günther, natürlich. Ich werde wohl kaum auf der Insel bleiben, nur ein paar Tage vielleicht noch.
Und dann? Ich habe Angst — schreckliche Angst vor der Leere, die vor mir liegt.
Was für ein ungewohnter Duft füllt mein Zimmer? Ich bemerke ihn sofort. Auf dem Tisch steht ein großer Strauß tiefroter Rosen, und ein Billett steckt darin. Von

wem? Noch nicht öffnen, erst die Ungewißheit genießen. Das Stubenmädchen fragen!

Gemma kommt flink herbei und grinst im Einverständnis. »Molto bei fiori, è vero! Di chi...? Non lo so, signora!«

Ein Bote aus dem Blumenladen habe die Rosen gebracht. Die dunklen Augen des Mädchens betrachten mich neugierig. Ich muß in ihrem Ansehen gestiegen sein.

Sobald ich allein bin, öffne ich den Umschlag. Eine Karte steckt darin — Claudios Schrift — ein Gedicht?

»Eccelso mio signor, questa ti scrivo
Per te narrar tra quante dubbie voglie,
Fra quanti aspri martir dogliosa io vivo.

Kennst Du diese Verse noch, Lydia? Dann sollen sie für sich sprechen. Wenn Du mich morgen doch nach Porto begleiten wolltest, dann sei um zehn vor der Garage. Ich küsse Deine Hände. Claudio.«

Eine Huldigung und zugleich eine Aufforderung, fast ein Befehl — er ist derselbe geblieben! Auch die Verse erkenne ich wieder. Mit ihnen beginnt die »Epistola a Ferrante Francesco d'Avalos«, die Vittoria Colonna am Beginn ihrer Ehe für ihren jungen Gemahl verfaßte. Er war an der Spitze der päpstlichen Truppen ausgezogen, um mit seinem Schwiegervater Fabrizio Colonna die Franzosen zu schlagen. Aber der Papst, die Spanier und die Colonnesen wurden bei Ravenna besiegt. Der junge Reiteroberst Ferrante d'Avalos geriet in Gefangenschaft und wurde später für ein hohes Lösegeld freigelassen. Die »Epistola« war vermutlich die erste schmerzliche Klage Vittorias um den Geliebten.

Claudio hat den schmalen Band damals in einer Buchhandlung von Porto aufgestöbert und ihn mir geschenkt. Ich weiß auch noch genau, welche Widmung er hineinschrieb:

»Für *meine* Vittoria — zur Erinnerung an diesen Sommer. C.«

Was will er mir jetzt damit sagen?

Das letzte Abendlicht läßt die Rosen tiefrot aufleuchten. Wie oft schon habe ich ähnliche Rosen bekommen, Zeichen der Bewunderung, der Verehrung, auch der Konvention. Kaum jemals von Claudio, der sich nie viel aus Blumen machte. Noch nie waren es Rosen wie diese und haben mich so bewegt.

Sie bedeuten keinen Befehl, nur eine Bitte, an deren Erfüllung ihm sehr viel liegen muß. Ich dürfte keine Frau sein, um das nicht zu begreifen. Und — was wäre schon dabei, ihn nach Porto zu begleiten, einen Ausflug zu machen, wie ich ihn ohnedies vorhatte?

Keine Müdigkeit mehr! Ich werde duschen, ein neues Kleid anziehen und unter Menschen gehen. Über die Piazza bummeln, in den Läden nach hübschen Dingen Ausschau halten, ein Glas Wein trinken, den Abend genießen!

Und wenn ich ins Hotel zurückkomme, werden Claudios Rosen mich erwarten und mir sagen, daß es ein Morgen gibt. Geliebte Insel, sie heißt mich *doch* willkommen. Und das Leben ist schön.

Wie leicht und einfach nun alles wird, wie selbstverständlich. Als hätte es kein Zögern, keine Zweifel, kein Unbehagen gegeben. Ich habe tief und traumlos geschlafen. Sofort nach dem Aufwachen wußte ich, was ich anziehen werde: das zarte Zitronengelbe. Es paßt zu meinem Haar und dämpft den leichten Sonnenbrand von gestern. Eine Rose anstecken? Nein, sie würde zu bald welken, es wird ein warmer Tag.

Kein Windhauch bewegt die blühenden Oleanderbüsche, und das Meer liegt postkartenblau in seinem Glanz. Ein bißchen Unruhe ist in mir, Ungeduld angesichts der vielen Kännchen und Teller, die der Kellner auf meinen Tisch stellt. Viel zu umständlich, zu zeitraubend ist mir dieses Frühstücken. Ich habe Appetit und Lampenfieber zugleich wie früher, wenn es zur ersten Probe für ein neues Stück ging. Es ist ein herrliches Kribbeln bis in die Fingerspitzen, von dem niemand etwas merkt — außer mir selbst.

Die Dame aus Wien im bunten Frotteekleid, sie ist schon unterwegs zur Kurbehandlung bei »Aphrodite«.

»Guten Morgen, ich will nicht stören. Wie erholt Sie schon aussehen, viel besser als gestern. Ich habe Sie abends vermißt...«

Sie wird mich wohl noch öfter vermissen. Wie spät ist es? Halb zehn vorüber, noch reichlich Zeit...

Zügige Schritte auf den Keramikfliesen, und — Claudio steht vor mir. Ich kann sehen, wie sie an den Nebentischen die Köpfe wenden. Seine Art zu erscheinen gleicht noch immer dem Auftritt eines großen, sehr gut wirkenden Schauspielers auf der Bühne.

»Hallo, Lydia, ich habe den Wagen schon flottgemacht. Er steht unten an der Straße.«

So sicher war er also, daß ich mitkomme? Mein Widerstand meldet sich nur sekundenlang. Dann sehe ich das

Flimmern in seinen Augen, spüre seine Spannung. Immer schon erschien er früher als vereinbart, wenn ihm ein Vorhaben besonders wichtig war. Hat auch er Lampenfieber?

Der kurze Weg hinab über die Treppen, zwischen Badegästen und Handschuhverkäufern, Maultieren, mit Gemüsekörben, Ölkanistern und Reisekoffern beladen. Trägergeschrei, Abtademanöver, die vielen Fremden müssen versorgt werden.

Unser altvertrautes Nebeneinandergehen erscheint mir plötzlich traumhaft. Sind wir es wirklich? Damals liefen wir Hand in Hand, in verstaubten Sandalen, und überlegten uns jede Taxifahrt, der Kosten wegen.

Claudios Wagen ist breit und bequem. Wer sitzt sonst an seiner Seite? Er scheint mein kurzes Zögern zu bemerken, sieht mich zwingend an, als müßte er meine Gedanken verscheuchen: »Wie schön du heute bist, Lydia!«

Sagt nicht auch er — *noch?* Nein, die Einschränkung liegt im »heute«. Es trifft mich nicht. Längst hat mir niemand mehr ohne Höflichkeit und Floskeln gesagt, ich sei schön. Jetzt ist es eine Wahrheit des Augenblicks, und nur der beherrscht mich.

Er fährt schnell fort: »Warst du gestern am Strand? Im Meer geschwommen? Gut geschlafen?« Er lächelt, als hätte er fragen wollen: Hast du mich vielleicht vermißt?

»Ja. Ich danke dir für die Rosen — und die Verse aus der ›Epistola‹!«

Sein zufriedenes Lächeln vertieft sich. Eitel ist er noch immer, und ich darf auch nicht vergessen, daß er stets genau wußte, was er erreichen will. Seine berühmte Strategie — Vorsicht!

Nein, nur der Augenblick ist von Bedeutung. Einer gleitet in den andern über, so wie wir die närrisch gewundene Straße dahingleiten, zur Linken die übergrünte bucklige Quadermauer, rechts, hinter den würfeligen Villen, Pensionen und Weinterrassen die porphyrrote Flanke des Epomeo.

Claudio fährt rasch, aber so sicher wie jeder Ortskundige. Es würde mir nicht einfallen, ihn zur Vorsicht zu mahnen. »Du bist wohl oft hier gefahren?« Ich bereue meine Frage sofort, weil sie nach Zurückliegendem forscht.

Er antwortet leichthin. »Selten genug. Ich hatte doch nie Zeit für ein Dolcefarniente. Bloß als wir — ich meine, als ich das Haus kaufte...« Er stockt, während er den Wagen unheimlich knapp durch eine Enge zwischen dem entgegenkommenden Linienbus und der Mauer manövriert.

Als *wir* das Haus kauften... Hat er sich nur versprochen? Dieses »Wir« bleibt mir im Ohr, schmerzt mich sekundenlang — und vergeht.

»Das ist Panza — der Bauch des Typhoeus«, verkündet Claudio und lacht mich an. »Weißt du es nicht mehr? Sein Kopf liegt bei Testaccio, seine Füße bei Piedimonte.«

Und schon erzählt er mir von dem glutäugigen Titanen Typhoeus, der sich mit seinen Brüdern gegen die Götter auflehnte und zur Strafe dafür von Zeus ins Meer geschleudert wurde. Stöhnend reckte er sich empor, und sein Riesenleib formte die Insel Ischia. Wenn er sich in seiner Qual aufbäumte, dann bebte die Erde. Sein glühender Atem brodelte in den Vulkanen, und aus seinen Nüstern zischte brennendheißer Dampf.

Ich kenne die uralte Legende. Doch Claudios modulierende Stimme und seine lebendige Mimik nehmen mich gefangen so wie früher, wenn er eine Handlung skizzierte oder mir einen Text vorsprach.

»Aber einmal, so heißt es, kam Venus über das Wasser. Sie erbarmte sich des Typhoeus und erwirkte bei Zeus eine Milderung seiner Strafe. Dafür sollte er sanfter werden. Seine brennenden Tränen sollten als Thermen den Menschen Heil bringen und sein heißer Atem in den Fumarolen ihre Leiden lindern.«

Insel der Gegensätze. Schönheit und Heilkraft, Urgewalt und Zerstörung.

»Die vermittelnde Segenstifterin war natürlich eine Frau!«

Claudio sieht mich beziehungsvoll von der Seite an.

»Stimmt. Noch dazu die Liebesgöttin persönlich.«

»Was den Typhoeus nicht besonders beeindruckt haben dürfte, denn er hat auch später noch aufbegehrt und das schöne Abkommen verletzt. Eben ein Mann!«

»Ich bitte dich — ein wilder Urzeit-Riese! Die braven Männer von heute hingegen ...«

Er duckt sich vor dem Steuer und beginnt ungebärdig zu lachen. Plötzlich wird auch mir die Anzüglichkeit dieser Geschichte bewußt. Paßt sie nicht ein wenig auf uns beide, auf Glück und Qual, gebrochene Versprechen, Treulosigkeit und Verrat? Aber nichts davon gilt jetzt, nichts davon ist von tieferer Bedeutung.

Da ist schon die Einfahrt nach Porto. Fahrzeuggedränge auf der Piazza, Touristengewimmel am Hafen. Zwischen Motorjachten und Frachtern ist eben ein Passagierschiff eingelaufen. Claudios Gesicht verfinstert sich, er blickt nicht zur Seite, während er den Wagen an den vielen Hindernissen vorbeisteuert und weiterfährt. Ich weiß, daß er solche Menschenansammlungen nicht leiden kann und ihnen nach Möglichkeit ausweicht.

»Wolltest du hier nicht etwas erledigen?«

»Lieber auf dem Rückweg. Laß uns zuerst nach Ponte fahren. Willst du?«

Als hätte er es nicht längst beschlossen! Diesen Ausflug lang soll er bestimmen, aber nicht länger. Keine Bedenken sollen mir diesen Tag verderben. Ich will das heutige Zusammensein genießen, es ist mir eine kleine Entschädigung. Danach will ich Claudio beweisen, wie gut ich's gelernt habe, ohne ihn auszukommen. Das wird früh genug geschehen.

Schon sind wir am Corso Vittoria Colonna. Souvenirläden und elegante Boutiquen, Ristoranti, Bars und Espressi, Friseure, Banken, Antiquitätengeschäfte. Duft nach Gebratenem, Autogerüche. Ein Fanal der heutigen genießerischen Lebenslust.

Hier führte ein schmaler, kaum gangbarer Weg über den Lavastrom des Bebens von 1301. Keiner von denen, die hier fröhlich flanieren, denkt noch daran, auch nicht an die Frau, nach der diese Straße benannt ist.

»Möchtest du dich hier etwas umsehen, Lydia?«

Es klingt fast wie eine Drohung. Claudios Gesicht ist voll Ablehnung. Gut, daß ich es nicht verlernt habe, darin zu lesen.

»Danke, nicht jetzt.«

Ich werde mir schon noch einmal einen Schaufensterbummel gönnen, wie Frauen ihn lieben.

Sportanlagen, mondäne Hotels, die Pineta. Dann aber engere Gassen, ältere Häuser, Loggien, spanisch-maurische Architektur, Wäscheleinen, Vogelkäfige auf den Balkonen, ein Stück Alt-Neapel. Das ist der Borgo del Celso von Ischia-Ponte.

»Laß uns zu Fuß gehen, Claudio!«

Sofort läßt er den Wagen neben einen Randstein gleiten. In kleinen Dingen ist er mir oft entgegengekommen, in großen — höchst selten.

»Findest du, daß sich auf der Insel viel verändert hat, seit — wir hier gewesen sind?«

»Ja, sehr viel, Claudio. Und doch ist es noch immer *die* Insel.« *Unsere* Insel, wollte ich sagen.

Er geht mit gesenktem Kopf neben mir und schweigt. Welche Gedanken beschäftigen ihn jetzt?

Barfüßige Kinder spielen auf dem winkeligen Platz an der Punta, Buben in verwaschenen Leibchen und Mädchen in billigen Kitteln. In ihren kleinen stämmigen Gestalten und ausdrucksvollen Gesichtern erkennt man das Völkergemisch der Insel.

Fischerhäuser, krumm und erdverwachsen, drängen sich aneinander. In offenen Fenstern wehen zerschlissene Gardinen. Es riecht nach Fischsuppe und heißem Öl.

»Du, Claudio, hier hat sich nichts verändert!«

Er bleibt stehen und sieht mich entzückt an, als hätte ich etwas Großartiges verkündet.

»Wart nur, du wirst sie noch deutlicher erkennen, meine Insel.« Auch er sagt nicht »unsere Insel«. Wagt er's nicht auszusprechen, so wie ich?

»Wohin gehen wir jetzt?«

»Auf das Castello. Ich habe noch in der Administration zu verhandeln. Du kommst doch mit? Wir könnten nachher oben essen und uns einen angenehmen Tag machen.«

Warum war es, als müßten meine Augen dem Kastell ausweichen? Da liegt es doch schon die längste Zeit vor uns in seiner düsteren Schönheit. Jetzt blinzeln wir beide hinauf zu den übersonnten Ruinen.

»Wird dir der Weg nicht zu warm, Lydia?«

»Nein, die Sonne vertrag ich noch immer gut.« Dieses dumme »Noch«, jetzt hab ich es selbst ausgesprochen.

»Aber sie verbrennt mir dein Haar. Du mußt wenigstens einen Hut haben!«

Da steht er schon vor dem Kiosk und greift nach dem größten der ausgestellten Strohhüte. »Komm her, versuch den einmal!«

Genau wie früher bei einer Kostümprobe, wenn er herumkommandierte und allem seine persönliche Note geben mußte. Er biegt die Krempe zurecht, drückt mir das Gebilde auf den Kopf, streicht mir das Haar aus den Schläfen. Diese Hände, wie gut ich sie kenne ... Bin ich es wirklich, die das alles so geduldig hinnimmt?

Der rundliche Verkäufer genießt dieses Schauspiel, schnalzt begeistert mit der Zunge, rudert mit den Armen. »Incantevole! Bellissima signora!«

Claudio lacht zufrieden und betrachtet mich wie eine Puppe. Nein, doch etwas persönlicher. Zuletzt ein Blick, der ausdrücken sollte: Du bist in meiner Hand. Und ich verstehe ihn noch immer gut zu deuten. Vorsicht, Lydia!

Wir gehen weiter. Hat Claudio mir diesen Hut geschenkt, damit ich keinen Sonnenstich bekomme oder um seine Macht an mir zu erproben? Wie konnte ich jemals glauben, aus ihm klug zu werden!

»Vielen Dank für den Hut, aber ich hätte ihn nicht haben müssen.«

»Wenn er dir mißfällt, dann wirf ihn weg!«

Sein Stolz war immer leicht verletzbar — wie der meine auch. Aber ich werde nie wieder mit ihm streiten. Keine Probleme mehr zwischen uns. Nur noch dieser Ferientag.

Der lange Damm zwischen Ponte und der ungeheuren Felstonne, die das Kastell trägt. Hat Vittoria ihn nur zu Pferd zurückgelegt oder auch in der Sänfte? Denkt Claudio auch an sie? Nein, er lobt eben Alfonso I. von Aragonien, König von Neapel, der den Damm anlegen ließ und das Kastell mit den Galerien, Schächten und Reitertreppen ausstattete.

»Aber er hat auch an die sechshundert brave Familienväter von Ischia verbannt, um ihre Frauen mit seinen Spaniern zu verheiraten.«

»Und eine katalonische Kolonie zu gründen, aus der so viele schöne Patrizierhäuser stammen. Hast du darüber nachgelesen?«

Wenn schon, das muß ich ihm nicht auf die Nase binden. »Unnötig. Die Grausamkeiten der Spanier sind mir bekannt.«

Claudio bleibt stehen und sieht mich scharf an. »Vorsicht, meine Dame, man reize mich nicht! In meinen Adern fließt noch ein zünftiger Rest spanischen Blutes, du weißt es.«

Das Blut der Avalos — davon habe ich lange nichts gehört. Aber so scherzhaft er mich jetzt auch daran erinnert — es ist ihm ernst damit, wie damals.

Das Portal, langer Anstieg unter dämmrigen Wölbungen. Die uralten Mauern verströmen Kühle. Claudio wandert mühelos dahin. Er ist älter als ich, wie gut er sich hält! Jetzt erwägt er, wo Scheinwerfer montiert werden müssen, um die Wölbungen für die Filmaufnahmen auszuleuchten. Montagen werden nötig sein, um aus den historischen Szenen alles Moderne zu verbannen: Night-Club und Hotel, Ristorante, Espresso und Boutiquen. Die Fremden werden vorübergehend ausgesperrt. Garderoben müssen gebaut werden, ein Teil des Restaurants wird in eine Kantine verwandelt. Claudio hat das alles schon bedacht.

Er sieht mich erwartungsvoll an, erhofft Zustimmung. Aber ich schweige. Sobald er die Dreharbeiten erwähnt, beschleicht mich Unbehagen, und das ganze Projekt kommt mir utopisch vor. Hat er noch immer nicht zur Kenntnis genommen, daß ich nichts damit zu tun haben will?

»Mute ich dir zuviel zu, Lydia?«

»Nein, nicht mit der Besichtigung...«

Er überhört den Einwand. Schon sind wir am alten Waffenplatz vorbei. Auch am Kloster der Klarissinnen, jener Nonnen, die nur sitzend schlafen durften und auch so starben und begraben wurden. Hauch von Tod und Verwesung — mich schaudert.

Aber da ist die schöne Kirche der Immacolata. Wollte ich nicht das Gemälde von San Giovanni Giuseppe della Croce wiedersehen? Wo ist Claudio? Er ist in die Hauptstraße eingebogen, geht auf die Ruinen der Kathedrale zu.

»Dorthin will ich nicht, Claudio!«

Er winkt und wartet, bis ich nachkomme. Warum gehorche ich noch? Ich fürchte mich doch davor, noch einmal mit ihm dort zu stehen.

Cathedrale antica, 27. Dezember 1509. Ein prunkvolles Gotteshaus voll Menschen umgab Vittoria und Ferrante, Gold und Weihrauch, Musik und feierlicher Gesang. Hier wurden sie Mann und Frau. Und jetzt? Gestürzte Pfeiler, brüchige Stufen. Wucherndes Gestrüpp zwischen Mauertrümmern. Ein Bild von Niedergang und Verfall.

Plötzlich liegt Claudios Arm auf meinen Schultern, seine leise, eindringliche Stimme ist an meinem Ohr: »Was wolltest du mir vorhin noch sagen, Lydia? Was findest du unzumutbar?«

Jetzt muß ich aufrichtig sein. »Was willst du in diesen bejammernswerten Ruinen? Wie kannst du hier oben drehen wollen, Claudio!«

Sofort zeigt sich sein Eifer. »Gerade diese Ruinen brauche ich, den Gegensatz zu Prunk und Glanz. Versteh doch! Ich will ihnen klarmachen, was auf uns alle wartet, auch auf die, die sich so wichtig nehmen und die Vergangenheit mißachten und zerstören. Ich will aufzeigen, was die einzige Brücke bildet zwischen Erfüllung und Verzicht, zwischen Leben und Tod.«

»Welche Brücke meinst du?«

»Die Liebe. *Du* wirst sie glaubhaft machen, nur du kannst es. Du *bist* meine Vittoria.«

Magisches Wort — jetzt hat er es ausgesprochen. Es

zwingt mich, zu ihm aufzusehen, wie er dasteht und mich festhält, als wären die Jahre dazwischen nicht gewesen. Ist er ein Genie oder ein träumender Narr? Hinter seinem herrischen Profil mit dem wilden, gesprenkelten Haarschopf blaut das Meer im Mittagsglanz. In Porto läuten die Kirchenglocken. »Eccelso mio signor...« Er ist *mein* Ferrante, *mein* Marchese di Pescara, in dieser Minute erkenne ich es von neuem.

Und doch muß ich ihm widersprechen. »Sei vernünftig, Claudio! Laß dich nicht täuschen, weil deine Ideen auch mich begeistern. Was du mit diesem Film sagen willst, ist unendlich schwer zu gestalten. Und — ich habe erkennen gelernt, wo meine Grenzen liegen.«

»Hast du das wirklich? Ich glaube, du hast dich eher selbst eingegrenzt. Jedenfalls kannte ich dich nicht so nüchtern und kleingläubig.«

Sein Arm gleitet von meinen Schultern. Plötzlich friert mich in all der Wärme. Der Wind vom Meer...

Claudio sieht auf die Uhr. »Höchste Zeit. Ich muß den Mann im Verwaltungsbüro noch erreichen. Kommst du mit?«

»Ich werde im Espresso auf dich warten.«

Besser eine Weile allein bleiben und mich besinnen. Knisternde Wildnis aus Gestrüpp und Staub. Hier oben, hinter den Gefängnissen, muß die Burg in ganzer Größe gestanden sein. Zwischen diesen Türmen und Mauern wurden rauschende Feste gefeiert, Kriegszüge beschlossen, hat die Renaissancekultur ihren Einzug gehalten. Endlich ruhigere Zeiten auf dem Felsen nach viel Kampf und Streit. Noch ein kurzer Angriff der Franzosen, ein Sarazenenüberfall oder zwei — man hatte Schlimmeres erlebt. Dann folgte die friedliche Herrschaft der Avalos, beinahe zweihundert Jahre lang.

Vittoria und Constanza d'Avalos, die Herrin des Kastells, müssen vom gleichen Wunsch erfüllt gewesen sein, als sie Neapels Dichter und Gelehrte hier um sich versammelten und auf diesem Felsen eine Herrschaft des Geistes begann.

Vittoria blieb am liebsten hier, wenn ihr junger Gemahl im Feldlager weilte, Schlachten schlug, gefangengenommen und wieder befreit wurde. Wenn er mit Lorbeeren heimkam und bald wieder fortzog. Sie behielt Haltung und wußte ihre Zeit zu nützen.

Aber wo mag sich der Raum befunden haben, in dem sie voll Sorge und Sehnsucht ihre Sonette schrieb und Ferrante »il bel sole« nannte? Wo hing der Spiegel, in den sie blickte, wenn ihr klar wurde, daß Jugend und Schönheit den Geliebten ebensowenig festhalten können wie die Liebe selbst. Nach einem Kind, das ihr versagt blieb, muß sie sich wohl gesehnt haben, sonst hätte sie nicht den jungen Alfonso del Vasto als Pflegesohn angenommen. Aber bald zog auch er mit Ferrante in die Schlacht, und sie hatte um einen mehr zu bangen und zu beten. Dennoch, sie hat es gelernt, sich ohne den Mann, der ihr alles war, zu bewähren!

Genug Ruinen, ich bin durstig. Eine aranciata trinken! Die Café-Terrasse ist fast leer, die Fremden räkeln sich in den Bädern und auf dem Strand. Wen interessiert schon wirklich, was diese Trümmer erzählen? Wird Claudio es ihnen in seinem Film nahebringen können?

Eine Boutique dort drüben — die bunten Farben locken mich an. So bald kommt Claudio wohl nicht zurück, ich kann ruhig hineingehen und mir die Dinge ansehen.

Keramiken und Handtaschen — Seidentücher, Blusen und Kleider... Nichts, was sich als Mitbringsel für Sofie eignet oder für Günther? Niemand da... Doch, da ist jemand. Wahrscheinlich die Chefin selbst. Sie kommt erwartungsvoll auf mich zu, mustert mich anerkennend, Claudios Hut muß mir gut passen.

»Was kann ich für Sie tun, signora?«

Eingeübte Phrase, italienischer Akzent. Sie wirkt sympathisch. »Darf ich mir diese Tücher ansehen?«

»Si, prego. Alles sein erst gekommen, auch diese Blusen. Schöne Farben — non è vero?«

»Ja, wirklich hübsch.«

Diese Frau interessiert mich mehr als ihre Tücher. Sie ist nicht mehr jung, aber noch schön. Blasses, volles Gesicht, dunkler Haarknoten. Das lose madonnenblaue Kleid verbirgt geschickt den Ansatz von Fülle. Aber diese Augen! Habe ich je so traurige Augen gesehen? Und das freundliche Lächeln wirkt wie aufgeklebt.

Sie legt Stück um Stück vor mich hin, scheint froh zu sein, daß jemand ins Geschäft kam. Die Auswahl sei jetzt besonders groß, versichert sie mir, wenig Betrieb, die Saison habe noch nicht so richtig eingesetzt. Sie plaudert angeregt wie jemand, der lange nichts mitteilen konnte.

»Sie sprechen ausgezeichnet Deutsch«, werfe ich ein, um sie zu erfreuen.

»Ja? Grazie! Mein Mann hat mich gelernt. Er ist ein Deutscher.«

Der Kurgast und die Einheimische? Man hört hier

häufig von solchen Verbindungen.«»Und jetzt führen Sie gemeinsam diese Boutique?«

Sie blickt auf ihre blassen, gepflegten Hände. »No, signora, nur ich führen. Er kommt selten nach Ischia, manchmal für Kur. Er hat nicht die Zeit. Geschäftsmann in Frankfurt.«

Ich beginne zu begreifen, aber ihre große Mitteilsamkeit macht mich etwas ratlos. »Und Sie — wollen Sie nicht nach Deutschland?«

»No, no, signora! Ich lieben die Isola. L'amore grande è passato, vorbei. Und ich haben eine Tochter. Er vielleicht nur geheiratet wegen sie und — come si dice? — eingerichtet diese Boutique.«

Ihre Stimme klingt jetzt kehlig und hart. Sie schiebt ein gerahmtes Foto vor mich hin, es zeigt ein schönes Mädchen mit dunklen Augen und blondem Haar. »Camilla arbeitet in Reisebüro, in Porto.« Zuletzt fliegt ein Lächeln über ihr Gesicht, anders, herzlicher als zuvor, und verjüngt es angenehm.

Ich weiß nichts zu sagen. Ein Allerweltschicksal — warum berührt es mich?

»Wollen Sie noch sehen die Blusen? Sono molto belle!«

»Ha, diese oder keine!« ruft Claudio hinter mir und zeigt auf eine jadegrüne Seidenbluse. Er ist zwischen den aufgereihten Tüchern hervorgetreten wie eine Erscheinung.

Die Signora sieht ihn überrascht an und beginnt sofort zu strahlen. »Ah, il suo marito?« Gibt es eine Frau, die nicht sogleich von Claudio fasziniert ist?

Und er weiß es sofort zu nützen. »Eine Frage, signora! Würden Sie uns dieses Lokal für einige Filmaufnahmen zur Verfügung stellen? Im Juni oder Juli — gegen festen Vertrag, natürlich. Der Geschäftsgang würde kaum leiden.« Er legt seine Visitenkarte auf den Ladentisch wie ein Feldherr seinen Aufmarschplan. Das ist wieder einer seiner plötzlichen Einfälle.

Die Signora wirkt sichtlich geschmeichelt. »Ah, un regista del cinema! Molto interessante.« Ja, man wird sich einigen, warum nicht.

Die Bluse hat meine Größe. Es gibt ein Hin und Her, wer sie bezahlen soll, aber um die Frau nicht zu enttäuschen, gebe ich nach. Sie sieht in Claudio einen großen Herrn und — meinen Mann. Ihr Lächeln fliegt uns nach, voll Sympathie und ein wenig sehnsüchtig.

»Was ist dir da eingefallen, Claudio?«

»Etwas Großartiges, meine Liebe... Diese Frau hat mich auf eine glänzende Idee gebracht.« Er leuchtet vor Begeisterung.

»Hast du unser Gespräch mit angehört?«

»Ja. Ich war bald zurück und habe dich gesucht. Niemand hat mich bemerkt hinter den vielen Seidenfähnchen. Ich erkläre dir später alles. Komm jetzt essen, ich bin wahnsinnig hungrig.«

Kein Widerspruch. Er scheint großartig in Fahrt zu sein. Wir setzen uns in eine schattige Ecke der Terrasse. Der Kellner bringt eine tauig beschlagene Flasche mit Biancolella. Während wir noch auf die Languste warten, hebt Claudio mir sein Glas entgegen.

»Laß uns trinken, Lydia! Die Inselgötter sind uns gnädig. Ich habe den Vertrag für die Drehgenehmigung in der Tasche, es gab keine Einwände gegen mein Angebot, man vertraut uns restlos.«

Uns — höre ich, immer wieder *uns*... »Aber was willst du denn von dieser Frau in der Boutique?«

»Das fragst du noch? Sie und ihr kühl gewordener Ritter gehören zu meinen Kontrastfiguren. Ihr Schicksal ist so etwas wie ein modernes Vittoria-Schicksal auf dem alten Felsen. Große Liebe, langes Warten, Resignation und — Selbstbehauptung. Ich werde ein paar Szenen in der Boutique drehen und sie in den historischen Ablauf einblenden. Wie? Das weiß ich noch nicht, bloß — daß die Sache meine Signatur tragen wird. Ich danke dir für deinen Lotsendienst, Lydia!«

Er ergreift meine Hand und küßt meine Fingerspitzen, seine Augen versprühen Lichtfunken.

Sein alter Überschwang. Geht es ihm jemals noch um Menschen oder nur noch um die Rollen, die sie für ihn spielen sollen?

»Und du willst diese Frau in der Boutique selbst agieren lassen?«

»Aber nein! *Du* mußt sie darstellen, alternierend mit der Colonna. Davon verspreche ich mir einen beachtlichen Effekt.«

Jetzt brauche ich Kraft, als sollte ich einen Felsblock wälzen. »Claudio! Wie oft muß ich's dir noch erklären, daß ich diese Rolle nicht spielen kann? Du selbst müßtest längst begreifen — warum.«

Auf einmal Schatten in seinem Gesicht, Widerspruch, Ärger und dann ein rasches Sichverschließen. Auch das kenne ich. Er blickt auf seinen Teller, zerbricht sorgfältig die Ringe der Languste. Gibt er sich endlich geschlagen?

»Ich habe gehört. Aber dieser Tag ist zu schön für

Auseinandersetzungen. Schließen wir ein Abkommen, Lydia! Wir sprechen nicht mehr von der Rolle, wenn *du* nicht darauf zurückkommst. Einverstanden? Und darauf trinken wir!«

Er klinkt an mein Glas und leert das seine, bevor ich etwas erwidern kann. Gut so, das ist wenigstens ein Waffenstillstand, eine Möglichkeit, dieses Zusammensein auszukosten — ein paar Stunden noch.

Keine lange Siesta, kein faules Rasten. Als hätten wir beide erkannt, daß es um eine Frist geht, die uns vergönnt wird. Weinbeschwingt laufen wir die Treppenwege hinunter, verjüngt, erleichtert, voll von einer kindlichen Fröhlichkeit.

»Du solltest jetzt nicht Auto fahren, Claudio!«

»Warum nicht? Glaubst du vielleicht, daß mir dieser Tropfen was anhaben kann?«

Ich überlasse ihm das Programm. Er hält in Porto vor dem Hotel, während ich im Wagen bleibe. Ich sehe, wie er schweigend ein paar Briefe einsteckt, bevor er sich wieder neben mich setzt. Noch niemand eingetroffen? Offenbar verschont er mich mit Neuigkeiten.

Wir fahren bis Casamicciola und biegen dort ab zur Höhe.

»Wohin, Claudio?«

»Laß dich überraschen! Vertraust du dich mir an?«

»Ja.« Für eine Weile — und wie gern.

Vitriolblaue Weingärten, Dattelpalmen, Kastanien. Dann die Hotelvilla »La Gran Sentinella« inmitten dampfender Thermen, die berühmte Villa Pisano, Wohnstätte prominenter Gäste der letzten Jahrhunderte.

»Hat hier nicht Benedetto Croce gewohnt?«

»Ja, und vorher Ibsen, Garibaldi und — wenn ich nicht irre — jene Herzogin von Württemberg, die diese Luft ›zu sulfurisch‹ fand und sich ständig wie betrunken fühlte.«

»Die Ärmste! So ähnlich fühle ich mich auch.«

»Dann bist du nicht arm, sondern glücklich zu preisen, Lydia. ›Im Rausche sein, ist alles!‹ Kennst du das Dichterwort?«

Es kann nicht für mich gelten, die auf sich achtgeben soll. Ach was, es ist doch nur unser alter närrischer Übermut, das Fluidum dieser Insel. Warum es nicht noch einmal spüren, uneingeschränkt!

»Brauchst du jetzt nicht auch einen Mokka?«

»Ja. Oder lieber ein Gelato?«

Das Eis schmeckt nach allen Früchten der Insel, aber es kühlt nur scheinbar. Irgendwoher duftet Jasmin. Weit unten verschwimmt der Horizont in silbrigem Blau. Auch das Meer hat jetzt keine Grenzen...

Der Wagen trägt uns weiter, vorbei an der Häusergruppe der Panella, zwischen Weinranken und Zitronenbüschen.

»Hier hat König Ludwig mit seiner Marchesa geflirtet«, berichtet mir Claudio. »Goethe soll hier gewesen sein, Lamartine und Mendelssohn...«

»Kannst du die Vergangenheit nicht lassen?«

»Wenn du es wünschst, sofort! Die Gegenwart ist mir jetzt lieber.« Sein Blick — als wollte er alles ringsum an sich reißen — auch mich. Schönes, gefährliches Spiel — für eine Weile mache ich mit.

Lacco ameno, wo sie die Statue des Herakles fanden. Wohin Aeneas nach der Zerstörung Trojas floh... Luxushotels und Autokolonnen, buntes Jahrmarktgetriebe. Man feiert das Fest der heiligen Restituta. Die ihr geweihte Basilika prangt im Fahnenschmuck, Blechmusik ertönt, aufgeputzte Kinder drängen. Eine Prozession wird vorbereitet und für den Abend ein Feuerwerk.

Habe ich vergessen, wie begierig Claudio auf solche Volksbelustigungen ist? Er zieht mich an der Hand durch den Trubel, vorbei an den Fremden mit ihren Fotoapparaten. Vor einer Bude raufen zwei kleine schwarzhaarige Buben, der jüngere bleibt heulend zurück.

Claudio packt ihn beim Schopf. »Che hai?«

Und schon klagt der Knirps mit schriller Stimme, mit den Armen fuchtelnd, sein Leid. Der andere hat ihm seine letzten Lire weggenommen, das Geld für den türkischen Honig.

Claudio greift in die Tasche, kauft eine Riesenportion und sieht zufrieden zu, wie der Bub das klebrige Zeug augenrollend verschlingt. Der große Mann neben dem kleinen braunen Jungen... Was tut mir weh? Ich weiß nicht alles von ihm. Was ist wahr an der Geschichte von *seinem* Kind?

Zurück zum Auto. Jetzt sitze *ich* neben Claudio, gehöre zu ihm, und er gehört mir ganz. Wenigstens für diese paar Stunden.

Forio... Wir stehen hinter der schneeweißen Fischerkirche an der Punta del Soccorso und sehen zu, wie die Sonne im Meer versinkt. Ein märchenhaftes grünes Aufleuchten, ein Fanal von Farben. »Tatsächlich zauberhaft, nicht wahr?« fragt eine fremde Dame neben Claudio und sieht ihn hingerissen an.

Er wendet hochmütig den Kopf ab und ergreift meine

Hand. Uns allein gehört dieses Schauspiel! Worte reichen nicht aus, um soviel Schönheit gerecht zu werden. Können diese Augenblicke nicht vieles wettmachen? Glück zählt meist nur nach Augenblicken, bloß der Kummer braucht seine Zeit.

Der Citara-Strand mit den »Gärten des Poseidon« sinkt in lila Schatten. Eine dünne Mondsichel hängt über der Chiarito-Bucht von Sant'Angelo. Aber auf den pompejanisch-roten Mauern der Häuser, über den Weinkulturen und Jagdgründen rund um Panza glüht noch der Abendschein.

»Gefällt es dir hier?« fragt mich Claudio, aber ich verstehe: Erinnerst du dich?

Wir sitzen wieder in der Weinlaubentaverne »Da Leopoldo«, vor uns die Inselspezialität »Cogniglio alla Cacciatore«, daneben eine Riesenschüssel »Insalata mista«. Noch immer scheint hier Bacchus selbst die Krüge zu füllen. Und wenn der Stimmenlärm schweigt, dann hört man immer noch unter den nahen Felsabstürzen die Brandung dröhnen. Klettern wir nicht wieder auf dem steilen Eselpfad hinunter in unsere »Seeräuberbucht«, um in den warmen Quellen zu baden?

Der Wagen nimmt die letzte Kurve. Gleich wird dieser Tag zu Ende sein. Und dann? Ich habe Angst . . .

Der Garagenmeister nimmt Claudios Fahrzeug in seine Obhut. »Buona notte, signora e signore!«

»Viel zu früh, um schlafen zu gehen, findest du nicht auch?« In Claudios Stimme klingt ein Zögern mit, das mir nicht entgeht. »Aber ich mag in keines dieser Lokale einkehren, wo man mich kennt. Wäre es dir zu weit bis zur Casa bianca? Ich habe einen guten Rosato im

Keller. Oder wäre dir ein Sorriso lieber?« Ein Lächeln ist herauszuhören. Es geht nicht nur um den Wein.

Ich bin nicht müde, sondern unheimlich wach und durstig. »Es kann auch bloß ein Minerale sein, Claudio!«

»Das entspräche nicht deinem Stil.«

Was weiß er davon? Verstoße ich nicht längst gegen etwas, das mir von Natur aus eigen ist? Gegen meinen Stolz und den alten Grundsatz, mir nichts, aber auch gar nichts zu nehmen, was andern gehört?

Wie vor einem plötzlich erkannten Hindernis bleibe ich stehen.

»Claudio! Du weißt doch, daß dieser Tag eine Art Leihgabe war, ein Einschiebsel, etwas Unverbindliches?«

Er steht groß vor mir, sieht mich befremdet an. »Einschiebsel? Leihgabe? Lächerliche Begriffe für mich. Ich dachte eher an eine — Wiedersehensfeier. Was hast du jetzt? Woran denkst du, Lydia?«

»Ich denke an Salzburg!«

Das ist mehr als eine Andeutung, er muß mich verstehen.

Sein wohlbekannter Griff an meinen Schultern, sanft und behutsam jetzt.

»Du denkst an meine Episode mit Dagmar? Weißt du nicht, daß diese arme Frau mir nie etwas bedeuten konnte? Sie kam nur durch ein Versehen in mein Leben, durch einen Irrtum, wenn du's so nennen willst. Das war vorbei, ehe es begonnen hat.«

Er sagt es mitleidig, wie ich ihn nur selten sprechen hörte, und es klingt überzeugend. Es *kann* keine Lüge sein! Dagmar hat keinen Platz mehr in seinem Leben, jetzt wurde es mir bestätigt.

Umschlungene Paare stehen im Dunkel des Treppenweges. Aus den Gärten steigt Blütenduft. Stimmengemurmel aus offenen Fenstern und Veranden, ein paar Takte Musik. Dann nur noch der vibrierende Zirpton der Zikaden, die Lichterkette im dunklen Bogen des Strandes. Und oben das Miriadengefunkel der Sterne.

Kurzes, freudiges Hundegebell, eine beschwichtigende Frauenstimme. Claudios Kommando: »Antonietta! Mi porti una bottiglia di Rosato vecchio!«

»Si, signore...«

Eilige Schritte, dann nur noch Stille, fernes Meeresrauschen, das Verrinnen der Zeit. Als ich jung war, habe ich es nie gespürt.

»Vor dem Haus wird es dir zu kühl sein, Lydia. Gehen wir hinein?«

»Ja, zu kühl...«

Der vertraute Raum, das Windlicht am offenen Fenster. Rubinrotes Leuchten in den Gläsern. Ich habe keinen Durst mehr nach Wein. Da ist nur noch Claudios fragendes Lächeln: Kommst du? Du kennst auch meinen Stolz. Und doch — wir sind nicht zu trennen, das mußt auch du längst erkannt haben.

Sein Arm, sein Mund, sein herrisches Begehren sind dieselben — aber wir...?

»O du, ist das alles nicht nur Illusion?«

»Laß mir den Glauben, daß es Wirklichkeit ist. Hab ich's mir nicht verdient in den vielen Jahren?«

»Danach frage ich nicht, Claudio.«

Nein, er hat es nicht verdient, aber ich liebe ihn.

»Sag, daß dir leid ist um das Versäumte, daß es ein Fehler war!«

Wessen Fehler meint er? »Wahrscheinlich mußte alles so kommen.«
»Du hast recht, auch dieser Tag.«
Ja, auch dieser Tag und — diese Nacht.

Was war das? Was hat mich so erschreckt? Ging nicht die Tür?
Nichts rührt sich, nur die Gardine weht. Violette Dunkelheit draußen. Aber irgendwoher ein Schimmer Licht, der die Gegenstände im Raum schwach beleuchtet. Oder kann ich sie nur deshalb unterscheiden, weil ich sie kenne? Den alten Schrank, den Spiegel, ein Gauguin, links an der Wand, das breite Bett... Hier hat sich nichts verändert. Und — so wie damals sagte Claudio: »Schlaf gut, Liebste!« — bevor er mich verließ.
Bin ich je glückseliger eingeschlafen, fast schon in seinem Arm? Heute wieder wie damals, als hätte ein Wunder alles, was sich zwischen uns aufgetürmt hat, verschwinden lassen.
Aber jetzt — beklemmendes Wachsein, Herzjagen, das nur allmählich vergeht. Von der Sonne, vom Wein...? Nein, da war etwas anderes, das mich vorhin auffahren ließ wie aus einem unheimlich lebendigen Traum, der auch jetzt noch nicht weicht.
Ich erinnere mich genau. Die Tür zum Vorraum hatte sich geöffnet, und da stand eine Frau, den Hund an der Leine, Mercutio. Er winselte leise und strebte zu mir her, wie um mich zu begrüßen. Aber die Frau hielt ihn fest, als wartete sie nur darauf, ihn auf mich loszuhetzen. Das spürte ich, obwohl ihr Gesicht im Dunkel ver-

schwand wie ihre Gestalt. Nur die Augen waren deutlich, waren haßerfüllt auf mich gerichtet, und ich hatte Angst. Wer war sie? Dagmar? Unsinn, genauso könnte es Antonietta, die das Haus betreut, gewesen sein oder irgendwer, der mir gestern flüchtig begegnete. Ein Traum eben...

Weiterschlafen. Noch einmal untertauchen in der Wärme, die mich so zärtlich umschloß. Nachkosten, das Unverhoffte, so oft Entbehrte, vor mir selbst Verleugnete, unser Wiederfinden. Ich will's mir ruhig einbekennen: Es war immer nur Claudio, nach dem ich mich sehnte, auch während der Zeit, in der er aus meinen Gedanken verbannt war.

Ähnlich muß es für Vittoria Colonna gewesen sein, wenn der Marchese von einem Feldzug zu ihr zurückkehrte, gezeichnet von der Schlacht, aber von neuem Ruhm verklärt. Hat sie sich gefragt, mit wem er ohne sie gezecht, gefeiert und sein Bett geteilt hatte, während sie auf ihn wartete? Schon als Zwanzigjährige schrieb sie Sonette, aus denen hervorgeht, daß sie das Kriegshandwerk der Männer zutiefst verabscheute und sich nichts brennender gewünscht hat, als nicht mehr um Ferrantes Leben zittern zu müssen. Aber sie hat ihn nicht zurückgehalten, nicht im Stich gelassen, ist trotzdem seine treue Gefährtin geblieben.

Ich kann nicht mehr schlafen. Plötzlich ist mir kalt, und dieser Raum hat etwas Feindseliges für mich. »Jetzt ist es eines meiner Gästezimmer«, hat mir Claudio erklärt. Wer benützte es seither? Was hat er mir alles verschwiegen? Seine flüchtigen Erklärungen von gestern genügen nicht. Am liebsten würde ich aufstehen und fortgehen, dorthin, wo ich mir selbst gehöre. Am liebsten? Nein, das ist Selbstbetrug ...

Blaßblaue Morgendämmerung vor dem Fenster. Ein Eselschrei. Der junge Tag vertreibt meine Nachtgespenster. Ich kenne sie doch, sie kamen auch früher oft, zugleich mit dem Lampenfieber vor einer Premiere. Sie kamen, wenn Claudio mich halb verrückt gemacht hatte mit seinen Ideen, seiner Sprunghaftigkeit, seinem Umdisponieren und Jonglieren mit den Terminen. Wenn ich vorübergehend aus unserem Gleichschritt geraten war und ein wenig stolperte ...

Jetzt ist es anders. Ich bin nicht von ihm abhängig, kenne den Platz, an den ich gehöre. Dieses Wiederfinden darf mich nicht zurückreißen. Ein schönes Fest zum Gedenken war es, eine Wirklichkeit gewordene Erinnerung, aber es ändert nichts.

Aufstehen, duschen. Noch nicht in den Spiegel sehen. Längst schon kann ich mich am Morgen nicht leiden. Erst mich zurechtmachen. In meinen Jahren zeigt man sich nicht mehr so unbekümmert seinem Liebsten. Wär's doch noch gestern, als unser Fest begann!

Das Badezimmer ist modernisiert. Schwarzgrün gemusterte Kacheln, funkelnde Armaturen, kirschrote Matten — ist das denn Claudios Geschmack? Alles wohleingerichtet und ein feiner Duft, wie Kosmetika ihn verbreiten. Welche Gäste hatte er hier untergebracht? Ich weiß nichts aus seinem Leben.

Im Wohnzimmer der Duft nach Kaffee und Blumen. Vor den Fenstern das strahlende Licht des Inselmorgens. Eilig tappende Hundepfoten. Mercutio saust auf mich zu, springt an mir hoch, begrüßt mich wie einen Freund.

Hatte ich nicht eben noch Angst vor ihm? Nein, nicht vor *ihm* ...

»Buon giorno, signora!«

»Buon giorno ...«

Ein braunes Mädchen mit krausem Haar und weißer Schürze huscht an mir vorbei, sieht mich kaum an. Sie hat den Tisch zum Frühstück gedeckt, zwei Tassen, zwei Teller — wie selbstverständlich ist alles. Wo bleibt Claudio?

Ich höre ihn nebenan telefonieren. Um Komparserie und Kostümbeschaffung geht es. Er nennt Daten, läßt Namen fallen, die ich nicht kenne. Tönende Stimme voll Nachdruck und Zuversicht. »Va bene, auf bald. Arrivederla!« *Sein* neuer Tag hat begonnen.

Aber jetzt kommt er auf mich zu. Schmale Hüften in der knappen Leinenhose, straffe Linien ... Wie gut er sich gehalten hat! Besser als ich?

»Hallo, geliebte Schlafmütze, ich wollte dich nicht wecken.«

Lachender Mund voll gesunder Zähne, brauner Hals im offenen Hemdkragen. Die paar Fältchen kleiden ihn nur.

»Geht's dir gut, Lydia? Bist du auch so hungrig?« Rasche Küsse auf meine Fingerspitzen und sein Blick, der noch einmal die Zärtlichkeit der Nacht heraufbeschwört. So war oft unser Tagesbeginn und ist jetzt doch anders, ist wie ein Abschied, der sich mir einprägen soll ...

Antonietta bringt das Tablett mit den Kannen, Kaffee und Milch. Sie serviert mit niedergeschlagenen Lidern, huscht scheu wieder davon. Sie kann es nicht gewesen sein, die mich nachts beunruhigt hat ...

Unser Plaudern ist scheinbar ganz unbeschwert wie früher, ehe es an die Arbeit ging. Gemeinsame Arbeit, die auch meine war, alles gemeinsam, ohne rätselhafte Geheimnisse zwischen uns.

»Hast du Antonietta schon lang in deinem Dienst?«

»Erst seit zehn Tagen. Sie ist in Buonopane zu Hause, ein braves Ding.«

Ein Bauernmädchen vom Innern der Insel, das hier keiner kennt. Das auch nicht wissen kann, was in diesem Haus früher vorging ...

Was kümmert es mich! Auch ich brauche es nicht zu erfahren. Was Claudio mir nicht aus eigenem Antrieb erzählt, danach werde ich ihn nicht fragen. Diese dumme Unsicherheit ist nur noch eine Auswirkung meines häßlichen Traums.

Claudio erklärt mir nicht sein Ferngespräch, erwähnt nicht den Film. Er hält sich an unser gestriges Abkommen. Das müßte mir recht sein, aber doch — etwas zwischen uns fehlt ...

»Ich muß jetzt rasch ins Hotel zurück.«

»Du mußt? Das klingt, als würde dich dort jemand erwarten. Nun ja, deine Ordnung, ich verstehe, aber ... Sag, Lydia, möchtest du nicht hierher übersiedeln? Für ein paar Tage wenigstens, bevor wir — ich meine, bevor ich selbst meine Zelte in Porto aufschlagen muß.«

In dieses Haus? »Nein, Claudio, ich möchte nicht.«

Meine Ablehnung verletzt ihn, das wollte ich nicht. Sein Zurückweichen, seine Hände, die die Serviette zerknüllen, verraten Ärger.

»Wie du meinst. Ich habe heute einiges Wichtige zu erledigen. Und du? Was hast du vor, meine Liebe?«

»Vielleicht gehe ich an den Strand, es wird wieder heiß.«

Wir stehen vor dem Haus, mitten im strahlenden Tag, aber es ist, als hätte er keine Zukunft mehr. Mercutio läßt sich von seinem Herrn das Nackenfell kraulen, schmiegt den schönen Kopf an seine Hüfte. Bin ich vielleicht eifersüchtig auf das Tier?

»Addio, Lydia, verzeih, daß ich dich nicht begleite!«
»Wozu auch, ich kenne den Weg.«
»Dann — erhol dich heute gut von mir, und — ruf an, wenn du willst. Es wird mir verläßlich ausgerichtet.«
»Schon recht. Addio.«

Die alten Worte, das gewohnte Lachen — mein Blick, schon auf den steilen, unebenen Weg gerichtet — alles wie so oft. Oder doch nicht? Nein, zuletzt war etwas wie Groll in Claudios Augen, Vorwurf und Befremden. Er versteht mich nicht. Immer schon hat es ihn aufgebracht, wenn ich nicht bereitwillig hinnahm, was er zu vergeben hatte. Es war immer viel. War es nicht die Liebe, dann die Arbeit, und eins war vom andern durchdrungen. Habe ich diese wunderbare Wechselwirkung vielleicht selbst zerstört?

Was für ein Tag! Dieselbe Schönheit ringsum, die mich empfing, als ich herkam, die ich genießen wollte, für mich allein. Es freut mich nicht mehr. Die vielen Paare auf den Treppenwegen, entlang der blütenüberrieselten Mauer... Junge Paare, Hand in Hand, mit flotten Schritten, und ältere, die beschaulich den Bädern zustreben — alle zu zweit, alle mit einem gemeinsamen Ziel. Und ich — so verloren auf einmal, als sollte ich allein agieren inmitten dieser herrlichen Kulissen.

Habe ich versagt, weil ich unsere Hochstimmung von gestern nicht festhalten konnte? So etwas gibt's doch stets nur für eine kurze Weile, und ihm nachzutrauern ist kindisch. Aber ich *bin* kindisch, kindlich, als wäre ich noch ganz jung, nein, ärger noch. Denn damals stand mein Ehrgeiz zu spielen an erster Stelle, und geliebt zu werden war selbstverständlich. Vittoria auf ihrem Felsen, sie muß es früher gelernt haben, für sich allein zu bestehen. Läßt sie mich noch immer nicht los? Als hätte sie eine Forderung an mich ...

Mein Hotel ... Was bleibt mir noch Besseres als ein rascher Rückzug? Abreisen, ja, das wird richtig sein. Nach Wien fahren, Günther eingestehen, daß meine Vernunft gesiegt hat. Doch noch die Kur in Gastein beginnen?

Am Empfang ist der hübsche junge Portier, den sie Salvatore rufen. »Abbia la gentilezza ...«

Unsinn, mit meinem Italienisch komme ich nicht weiter. »Können Sie mir die beste Zugverbindung nach Wien angeben?«

»Madame wollen abreisen? Ah, peccato!«

»Es ist plötzlich notwendig geworden.«

Ehrliches Bedauern. Nur aus Geschäftsinteresse? Nein, wie verehrungsvoll er mich ansieht und weiß doch sicher nicht, wer ich bin.

Schon blättert er im Fahrplan, bedient die Apparatur, holt Auskünfte ein. Der Mittagszug — wahrscheinlich könnte ich ihn noch erreichen. Er wird sich alle Mühe geben.

»Bitte, sagen Sie mir den Anschluß telefonisch durch, ich bin in meinem Zimmer.«

Schnell packen, mich nicht mehr umsehen! Die Dame aus Wien geht durch die Halle, komme ich nicht an ihr vorbei?

»Ach, Frau Merwald, wie schön, daß ich Sie wiedersehe!«

»Guten Morgen, verzeihen Sie...«

»Gehen Sie jetzt zum Frühstück?«

»Nein, ich habe schon bei Bekannten gefrühstückt, wo ich eingeladen war.«

»Verstehe. Man überhäuft Sie wohl mit Einladungen. Auch ich habe Sie vermißt, offen gestanden — sogar gesucht...«

»Aus bestimmten Gründen?«

»Nein, das heißt — eigentlich doch. Ich habe gedacht, wenn Sie einmal etwas Zeit hätten — nur für ein paar Worte... Wenn uns der Zufall gerade zusammenführt...«

Der Zufall? Wie flehend sie mich ansieht. Schon hänge ich fest, mein alter Fehler, den auch Claudio nicht ausmerzen konnte. »Du mußt es lernen, diese Leute abzuschütteln, ohne sie zu beleidigen.«

»Vielleicht dort im Schatten unter der Pergola?«

»Ja, gern.«

Sie geht mir voran, rückt eifrig die Korbstühle zurecht, stellt ihre Badetasche hin. Ihr Strandkleid ist zu jugendlich, das Haar mit dem grellen Kopftuch unvorteilhaft zurückgebunden. Aber ihr cremefettes Gesicht ist freundlich und erwartungsvoll. Sie tut mir plötzlich leid.

»Sind Sie ganz allein hier? Kein Anschluß?«

»Nein. Das ist ja auch schwierig, ich meine, wenn man

wählerisch ist. Aber das macht mir nichts aus. Man ist ja so beschäftigt mit der Kur und nachher müde. Ich bin nicht hergekommen, um mich zu amüsieren wie manche — Sie wissen schon. Darf ich Sie zu einer Limonade einladen?«

»Danke.«

Der Ehering glänzt auf ihrem Finger. Sie muß doch etwas auf dem Herzen haben! Wozu säße ich sonst hier?

»Ich tue hier alles für meine Bandscheiben, wissen Sie! Mein Arzt und auch mein Mann haben mir sehr dazu geraten. Der Rudi wird schon gespannt sein, wie ich mich hier fühle, fürsorglich ist er ja. Schade, daß die Post so schleppend geht. Auch am Telefon bin ich gestern nicht durchgekommen.« Plötzlich ist sie nervös. Dieses Mitteilungsbedürfnis kenne ich.

»Ihr Mann wird in Wien festgehalten?«

»Ja. Wir besitzen ein Antiquitätengeschäft, altrenommiert, gegründet 1867. Und jetzt, während der Fremdensaison...« Sie trinkt von ihrer Limonade, verschluckt sich, läuft rot an. »Offen gestanden — es ist nicht nur das Geschäft, das meinen Mann in Wien festhält. Wie das halt schon so kommt — er hat eine Freundin...«

Das ist also die Enthüllung, ihr Anliegen. »Und deshalb sind Sie allein zur Kur gefahren?«

»Nicht direkt deshalb. Er weiß übrigens, daß *ich* weiß... Ändern kann ich an der Geschichte im Augenblick nichts, ein Versuch wäre zu riskant. Außerdem glaub ich eh nicht, daß er mich wegen ihr verlassen würde. Sie ist gar nichts Besonderes, wissen Sie? Nur eben — jung! Und da hab ich mir gedacht — klug sein!

Nicht wieder den ganzen Sommer im Geschäft stehen, lieber etwas für die Gesundheit tun, fürs gute Aussehen.«

»Sehr vernünftig von Ihnen!«

»Finden Sie auch? Das freut mich. Ich weiß nicht, warum ich gerade zu Ihnen solches Vertrauen habe, richtig hingezogen fühle ich mich. Besonders seit ich Sie auf der Bühne gesehen hab. Übrigens — man ist hier auch so aufgeschlossener, nicht wahr? Zu Haus bin ich viel zurückhaltender.«

»Das liegt hier in der Luft.«

»Ja, die Insel der ewigen Jugend — das ist nicht nur ein Werbeslogan, es ist *wirklich* was dran! Ich fühle mich hier jedenfalls paradiesisch, gar nicht wie einundfünfzig, sondern ...«

Sie lacht verlegen und spricht es nicht aus, daß sie daheim die andere auszustechen hofft.

»Ich wünsche Ihnen, daß die Ischia-Kur bestens anschlägt und auf allen Linien Erfolg bringt. Es ist dazu gewiß noch nicht zu spät.«

»Wie lieb von Ihnen! Ich hab's ja gewußt, daß wir uns gut verstehen müssen. Bitte verzeihen Sie, daß ich Sie mit meinen Sorgen belästige! *Sie* haben bestimmt nicht solche Probleme — mit Jungbleiben und so. Sie sind zwar schon lang auf der Bühne, aber Sie wirken einfach fabelhaft, auch privat, Ehrenwort. Es ist Wurscht, wie alt Sie sind.«

»Vielen Dank.« Muß ich mich schämen, weil mir dieses schlichte Geständnis wohltut? Nicht immer sind Komplimente so ehrlich.

»Übrigens habe ich Sie gestern abend aus einem Auto

steigen gesehen, unten vor der Garage. Sie hatten einen großen Hut auf, und der Herr ..."

Claudios Hut, ich muß ihn in der Casa bianca vergessen haben, schade — um das Souvenir.

»Verzeihen Sie meine Neugierde — man spricht hier davon, daß Claudio Falckner auf Ischia einen Film drehen wird. Ob da was Wahres dran ist?«

»Schon möglich, daß es stimmt.«

»Also doch! Vielleicht gar hier in Sant'Angelo?«

»Nein, ich glaube — im Norden der Insel.«

»Äußerst interessant!«

Wie gern sie weiterfragen möchte. Aber jetzt schüchtert meine ablehnende Miene sie ein. Wenigstens das bringe ich zuwege. Hat Claudio wirklich geglaubt, hier nicht erkannt zu werden? Bald redet man auf der ganzen Insel von seinem Projekt. Ich will nicht hineingezogen werden. Ein Ende finden!

»Jetzt habe ich Sie lange genug von Ihrer Kur abgehalten.«

»Aber ich bitte Sie! Unser Gespräch war mir wichtiger. Wenn der Rudi das erfährt — Sie imponieren ihm doch so. Wir haben nämlich schon eine Ewigkeit unser Abonnement in der Burg und im Akademietheater. Das könnten wir nicht mehr entbehren.«

»Wie schön. Dann also — auf Wiedersehen.«

»Auf Wiedersehen. Und vielen Dank, Ihr Verständnis hat mich aufgerichtet.«

Da wandert sie schon mit ihrer dicken Badetasche zur Kuranstalt. Ich habe ihr wohlgetan? Damit wäre diese Verzögerung gerechtfertigt. »Du unverbesserliche Wohltäterin!« — das ist eines von Claudios gutmütigen

Spottworten. Wie soll es mir nur gelingen, ihn auszuschalten — aus allem?

Mein Zimmer. Diesmal hatte Gemma nicht viel aufzuräumen, mein Bett war unberührt. Nur noch einmal auf den Balkon treten! Neue Jachten liegen im Hafen, und die flinken kleinen Boote flitzen im Blau, den Strand entlang. An meiner einsamen Klippe ist niemand. Dort könnte ich jetzt liegen und den Tag genießen. Warum habe ich mir selbst alles verdorben?

Aus. Den Koffer hervor!

Das Telefon. Hat Salvatore vielleicht schon einen Platz im Zug für mich?

»Pronto!«

»Madáme, eine Herr. Er schon gerufen vorher, aber Sie nicht waren da.«

»Wer ist es? Verbinden Sie mich doch!«

»Hallo, Lydia, endlich! Eben wollte ich mit Mercutio losziehen und dich suchen, irgendwo auf der Insel.«

Nicht närrisch werden, weil es so schön ist, seine Stimme wiederzuhören. »Was gibt es, Claudio?«

»Erstens — du hast deinen Hut hier vergessen, das hat mich gehörig verletzt. Es tut dir leid? Va bene, verziehen. Zweitens — ich hatte vorhin einen Anruf aus Rom. Dorthin muß ich morgen. Letzte entscheidende Zusammenkunft mit Signor Baldaffini, meinem Produzenten und — Geldschrank.«

Das ist der leichte Ton unserer Wiener Telefongespräche. Jetzt aber erkenne ich, daß ihm gar nicht so leicht zumute ist.

»Hattest du nicht die Finanzierung schon unter Dach?«

»Daran wäre ich keinesfalls gescheitert. Dennoch — dieser Mann ist für mich von Bedeutung. Und mit einer Dame vor ihm aufzukreuzen, wäre von großem Vorteil für mich. Du verstehst? Kurz und gut, wärst du so nett, mich morgen nach Rom zu begleiten?«

»Als — deine Freundin, Claudio?«

»Was fällt dir ein! Als die vielgerühmte Lydia Merwald. Und ganz unverbindlich außerdem, ich meine, es würde keineswegs gegen unsere Vereinbarung verstoßen. Du weißt — gestern auf dem Kastell...«

Auf dem Kastell — erst gestern? Unser Abkommen schützt mich. Warum soll ich ihm nicht helfen, wenn es ihm nützt, sich mit mir zu zeigen?

»Gut, auf dieser Basis komme ich mit, Claudio.« Ich kann ihn aufatmen hören.

»Wer preist mein Glück, o Königin? Ich küsse dir die Hände, vorläufig telefonisch. Und hole dich morgen zum ersten Schnellboot, einverstanden? In Neapel steht uns ein Wagen zur Verfügung. Es gibt keine Hindernisse. Bis morgen, Lydia!«

Lieber, großer Narr, hat er mich wieder herumgekriegt? Ja, für dieses römische Zwischenspiel. Sein leichter Ton am Anfang war gespielt, aber sein Jubel zuletzt war echt. Wie sollte ich mich nicht fortreißen lassen, wo ich doch so bereit war, ihn wiederzusehen! Es liegt ihm an mir. An der Frau? An der Schauspielerin? Merkwürdig, das kann ich nicht erkennen, aber es macht mir im Augenblick nichts aus. Gepriesen sei die Dame aus Wien mit ihrem Mitteilungsbedürfnis. Sie hat mich »zufällig« aufgehalten. Ohne sie hätte Claudio mich hier nicht mehr erreicht.

Den Koffer kann ich getrost wieder in den Schrank stellen. Ich werde ins Meer hinausschwimmen oder eine Bootfahrt machen oder auf den »Torre« steigen — am liebsten alles zusammen. Ist es Claudio oder die Insel, die mich von neuem verhext hat? Claudio *und* die Insel — für heute und für morgen ...

»Giacomo Baldaffini ...«, singe ich vor mich hin. Die Melodie habe ich soeben komponiert. »Ist er so schön wie sein Name?«
»Laß dich überraschen!« Claudio schmunzelt. »Mit den römischen Filmbonzen hat er wenig gemeinsam. Aber die brauche ich auch nicht.«
Wir haben kaum ein ernstes Wort gesprochen, seit wir auf die Fahrt gingen. Alles war voll Übermut und kindischem Geplänkel, wie nur Verliebte es erfinden. Bin ich denn von neuem in Claudio verliebt? Jawohl, und er in mich, das merkt man. Vielleicht auch haben wir nie aufgehört es zu sein, es trat nur unterschiedlich zutage. Keiner will es so genau wissen, keiner es bestätigt haben, nur keine gefährlichen, bindenden Worte! Wahrscheinlich spüren wir die gleiche heimliche Angst, weil wir die Insel verlassen haben, die der Nährboden unserer Liebe ist. Weil — etwas zu lauern scheint, das uns trennen will und dies schon mehrmals versucht hat. Doch jetzt hat die Vergangenheit keine Macht über uns.
Warum soll heute nicht alles gelingen? Dieser Tag hat gut begonnen. Obwohl ich zuwenig geschlafen habe, hat mich der Spiegel am Morgen nicht gleich eingeschüchtert, wie schon so oft. Ich gefiel mir recht gut

mit diesem neuen lebenshungrigen Gesicht und wußte gleich, was ich anziehen würde. Oder wußte ich's schon gestern? Mein saphirblaues Seidenkostüm von Lanvin und die rosa Bluse, eine gewagte Zusammenstellung. Nie hätte ich das in Wien getragen, niemals unter Günthers Augen. Aber jetzt finde ich, daß es gut zum ersten leichten Sonnenbraun meiner Haut und zum Kastanienglanz meines Haars paßt. Ist es nicht schöner geworden, seit Claudio sagte: »Dein Haar schimmert noch genauso metallisch wie früher...« Gestern? Nein, vorgestern im Schein des Windlichts.

Und heute früh, sein erster Blick: Du gefällst mir sehr, ich bin stolz auf dich. Nun, ich habe nicht vergessen, wie gut wir beide *gemeinsam* wirken!

Die Via Appia... Denkmäler, Heiligtümer, Reklametafeln, Autokolonnen. Dort drüben schon Frascati am Hang der Albanerberge, Weingärten, die Ruinen von Tusculum.

Rom... Kein kühlender Wind mehr, nur noch heiße, stickige Luft in den überfüllten Straßen, blockierte Kreuzungen, das Geplärr von Autohupen. Die hoheitsvoll überragende Kuppel des Petersdoms. Baugerüste am Kolosseum, lungernde Jugendliche an der Spanischen Treppe. Erhabenheit des Vergangenen im Chaos des Heutigen, leibhaftiger Anachronismus — Rom. Aber doch die Ausstrahlung einer unvergleichlichen Stadt.

Claudios Gesicht hat sich verschlossen, wirkt beinahe verbissen. »Gleich sind wir da.«

Das Restaurant in der Via Veneto ist elegant, aber fast noch leer, der reservierte Tisch unbesetzt. Wir sinken in tiefe, kühle Ledersessel und erfrischen uns bei einem Gin-fizz. Da erscheint ein noch junger Mann in betont salopper Haltung, wendet spähend den Kopf mit der spitzen Nase und kommt auf uns zu. Sein Grinsen ist mir unangenehm. Baldaffini?

Claudio springt erfreut auf. Händeschütteln. Übersieht mich der Ankömmling? »Schön, daß mein Ruf Sie zeitgerecht erreicht hat!« versichert Claudio. »Lydia, das ist Horst Meissl, von dem ich dir erzählt habe. Sie, mein Lieber, kennen Frau Merwald natürlich.«

Der Kameramann. Er macht eine knappe Verbeugung. Ein schneller, scharfer Blick trifft mich. Dann setzt sich Herr Meissl gelassen zu uns und bestellt einen Drink. Warum mag ich ihn nicht sonderlich? Hätte Claudio mich lieber auf die Begegnung vorbereitet!

Baldaffini kommt nach zehn Minuten und sieht erhitzt aus. Er ist ein kleiner vitaler Mann, breit wie ein Schrank, von unglaublicher Beweglichkeit. Vom ersten Augenblick an mustert er mich neugierig aus seinen dunklen, flinken Augen, die zwischen Fettpölsterchen versinken. »Ah, la celebre attrice Viennese!« Er zwinkert Claudio beifällig zu.

Der Ober, die Bestellung, endlich eine Ablenkung. Claudio läßt sein fließendes Italienisch hören. Ich verstehe nur etwa die Hälfte. Sprechen sie nicht in meiner Sprache? Aber da übersetzt mir Claudio bereits. Ich erfahre erst jetzt, daß Herr Baldaffini Weinhändler ist, bestens bekannt zwischen Mailand, Rom und Neapel. Das Filmgeschäft ist eigentlich nur sein Hobby, ein Beweis seiner Begeisterung für die Kunst. Geht es ihm vielleicht eher darum, sich mit Künstlern in Verbindung zu bringen? Danach sähe er mir aus.

Plötzlich bemerke ich, daß mich Horst Meissl mit seinem Fuchsblick beobachtet. Er spricht wenig, hört aber aufmerksam zu, hat wohl auch mein skeptisches Lächeln bemerkt. Welches Spiel wird hier gespielt?

Marinierte Scampi, gebratene Seezunge... Herr Baldaffini schlürft unbekümmert seine Austern. Der Wein schmeckt ihm nicht, er verlangt mehrmals Kostproben, nein, seiner ist viel besser! Horst Meissl verzehrt mit stummem Behagen sein Steak mit Pommes frites. Alles erscheint mir nur wie ein Aufschub des Eigentlichen.

Claudio ißt wenig, trinkt mir zu, scheint ziemlich nervös zu sein. Ich verstehe nicht, was sein Blick mir mitteilen will. Warum hat er mich auf meine Rolle nicht besser vorbereitet? Oder wollte er gerade das vermeiden?

Angenehme Sättigung. Die Zungen lösen sich. Sogar Baldaffini hat endlich einen Tropfen gefunden, der ihm leidlich zusagt. Sein Blick begegnet mir immer unverhüllter.

Claudio lenkt geschickt das Gespräch, auf einmal reden alle von seinem Film. Ein großes, höchst beachtenswertes Projekt, versichert Baldaffini enthusiastisch. Hat er es wirklich ganz begriffen? Claudio scheint das nicht zu bezweifeln. Er würzt die Begeisterung des Weinhändlers mit kleinen zündenden Bemerkungen über den Film. Meissl sekundiert ihm mit fachkundigen Einwürfen. Von Außenaufnahmen, Montagen und Einblendungen ist die Rede, von leider etwas kostspieligen, aber notwendigen Bauten, Transporten, Massenszenen. Als endlich konkrete Zahlen fallen, stockt plötzlich das Gespräch.

Baldaffini scheint langsam schläfrig zu werden. Oder täuscht er das nur vor? Immer wieder starrt er mich mit seinen blinkenden Knopfaugen an, interessiert, abschätzend, mit zunehmender Bewunderung, wie mir scheint.

Da fällt zum erstenmal der Name Vittoria Colonna. Ein italienischer Wortschwall Baldaffinis folgt. Er ist plötzlich sehr lebendig und von einem Enthusiasmus, den ich ihm nicht zugetraut hätte. Die Colonna sei eine Art Nationalheilige, ihr müsse ein würdiges Denkmal gesetzt werden.

Claudios Hand legt sich verstohlen auf mein Knie. Soll das bedeuten, daß es jetzt um den letzten Einsatz geht und ich die Szene wenigstens nicht stören soll? Unvermittelt springt Baldaffini auf, wirft seine Serviette hin und wünscht jetzt etwas Scharfes zu trinken, drüben an der Bar — und zwar mit Signor Falckner allein. Niemand macht einen Einwand.

Ich bleibe mit Meissl zurück, löffle mein Eis. Schweigen zwischen uns. Gemurmel von den Nebentischen mit Roms High Society. Zwischendurch werfe ich einen Blick hinüber zur Bar. Dort sitzen Claudio und der kleine Dicke vor ihren Gläsern und debattieren heftig.

Was geht da vor? Mir ist plötzlich, als würde hier irgendein Handel hinter meinem Rücken abgeschlossen werden. Warum soll ich mir das bieten lassen! Schon will ich aufstehen, da begegne ich Meissls freundlich warnendem Blick.

»Noch etwas Geduld, Frau Merwald. Sie dürfen sich nicht verletzt fühlen, bitte. Falckner kämpft hart genug. So ist das nun einmal — zwischen ungleichen Verhandlungspartnern.«

Ich verstehe nur, daß ich Claudio jetzt nicht in die Flanke fallen soll. Nun gut, ich will ihm nichts verderben. Er soll bloß mich aus diesem undurchsichtigen Spiel lassen.

Nach einer guten Weile kehren die beiden an den Tisch zurück. »Entschuldige, meine Liebe!« flüstert Claudio mir zu, sein Gesicht ist merkwürdig aufgewühlt, aber er scheint zufrieden. Baldaffini sprudelt Italienisches hervor, zwinkert mir bedeutungsvoll zu, hebt mir sein Glas entgegen: »Alla nostra Colonna adorata!«

»Alla salute, signor Baldaffini! Ich müßte Ihre schöne Sprache endlich besser beherrschen, um alles, was Sie sagen, zu verstehen.«

Sein rundes, rotes Gesicht lächelt verehrungsvoll. »Gentilissima signora, ich hoffe, was ist wichtig, Sie verstehen gutt?«

Ich antworte nur noch mit meinem bezauberndsten Lächeln. Claudios Miene entspannt sich. War seine Strategie wieder einmal erfolgreich?

Baldaffini wünscht Sekt zum Abschluß. Während sich die Gläser sprühend füllen, deklamiert Horst Meissl mit spöttischem Unterton:

»Das Leben ist dazu bestimmt, um gefeiert zu werden. Was immer auch geschieht — feiern wir *dennoch!*«

»Ist das von Ihnen?« frage ich.

Er grinst. »Nein, von Lorenzo di Medici.«

Baldaffini schwelgt in Wohlbehagen. Auf einmal kann er recht gut Deutsch. Wie nebenher erwähnt er Sant' Angelo, die ergiebigen Weingärten rundum, das schöne weiße Haus am Weg nach Serrara mit der herrlichen Lage. So recht ein Platz für Verwöhnte. Zwar sei der

Aufstieg dorthin etwas beschwerlich, aber dem ließe sich ja abhelfen.

»Sie müssen wieder einmal in der Casa bianca unser Gast sein«, wirft Claudio eilig hin. Ich merke, daß ihm diese Erwähnung unangenehm ist.

»Benissimo, man wird sehen.« Baldaffini strahlt. Der Abend dort sei ihm jedenfalls unvergeßlich, die gute Gastfreundschaft... Sein Blick gleitet lauernd von Claudio zu mir.

Was für ein Abend war das wohl? Und — wer war die Gastgeberin?

Da wenden sich alle dem großen blonden Mann zu, der an unseren Tisch getreten ist: Alexander Holl. Sein Erscheinen erregt Aufsehen.

»Ich bitte tausendmal um Vergebung wegen meiner Verspätung!«

Ein angedeuteter Handkuß, Händeschütteln, Vorstellung. Baldaffini begreift nicht gleich, daß er den Hauptdarsteller von Claudios Film vor sich hat.

Claudio lacht. »Verspätung kann man das schon nicht mehr nennen, mein Lieber!«

Holl hebt beide Hände. »Ich schwöre, daß ich nichts dafür kann. Meine Maschine aus Hamburg ist vor zwanzig Minuten gelandet. Und vor zwei Stunden war ich noch bei der Probe für ›Was ihr wollt‹.«

Wie gut kenne ich Holls Verspätungen. Sein atemloses Aufkreuzen, reuige Zerknirschung, geschickt aufgetischte Entschuldigungen. Gut gespielt oder sogar echt? Man kann es nicht unterscheiden. Damit hat er schon manche Einteilung zunichte gemacht und Verwirrung und Ärger gestiftet.

Jetzt empfängt ihn nur verzeihende Nachsicht, sogar von Claudios Seite. Holl hat nicht sonderlich gefehlt, und ich wußte gar nicht, daß er herbestellt war. Seine Bedeutung steckt vorwiegend in seinen Rollen und verblaßt, wenn er sich abschminkt.

Dennoch — jetzt versucht er sich in Szene zu setzen, läßt sich Sekt einschenken, mimt den Gehetzten, Durstigen. »Darf ich erfahren, wie die Dinge stehen. Die Pescara-Rolle interessiert mich außerordentlich, lieber Falckner. Alles perfekt?«

»Perfekt«, antwortet Horst Meissl rasch anstelle Claudios und schiebt Holl die Speisekarte hin.

Nein, danke, bereits im Flugzeug gegessen, er wolle auch nicht lang stören. Holl lächelt mir zu, blickt fragend auf Claudio. Wundert es ihn, uns versöhnt nebeneinander zu sehen? Und was alles ist ihm wohl über uns zu Ohren gekommen!

Holl und ich standen oft gemeinsam auf der Bühne. Ich schätze ihn als einen bedeutenden Kollegen. Aber als Ferrante d'Avalos kann ich ihn mir nicht vorstellen. Wozu auch!

Ist mir der Sekt zu Kopf gestiegen? Auf einmal wird mir, als könnte ich mich wieder in das wohlbekannte Netz verstricken, dieses Gespinst aus Konkurrenzkampf, halben Wahrheiten und Berechnung. Es soll Claudio nicht gelingen, mich zurückzuholen! Ich bin plötzlich zornig und habe diese Runde satt bis zum Überdruß.

Nur noch ein bißchen Haltung — der andern wegen. Schon erfolgt der Aufbruch, die letzten Phrasen, Händereichen, Köpfewenden an den Nebentischen. Wir haben Aufsehen erregt.

Baldaffini blickt weinselig zu mir auf. »Ich hoffe, Sie zu sehen wieder serr bald, wunderbarre Signora!« Fast bemitleide ich ihn.

Ich will nicht mehr hören, was Claudio mit den andern vereinbart. Fort von hier! Ich möchte zurück auf die Insel, wo alles so herrlich leicht war, so unverbindlich und schwerelos.

Endlich sitze ich neben Claudio im Wagen. Die Mittagssonne hat ihn durchglüht, die Luft ist kaum atembar. Claudio kurbelt die Fenster auf, greift dann nach meiner Hand und drückt sie innig an seine Lippen. »Danke, Lydia, du warst ein großartiger Kumpel.«

»Schon recht. Aber ich muß mit dir sprechen, Claudio!«

»Ich weiß es. Aber nicht hier, warte noch...«

Er startet, und wir gleiten davon, stocken aber schon im nächsten Augenblick. Ein Ruck und weiter. Noch einmal Rom im Alltagsgetriebe, in der grellen Nachmittagssonne, Großstadt im Tumult, Ewigkeitstraum und Inferno. Dann plötzlich freie Bahn, die Ausfallstraße, Aufatmen in der wehenden Kühle.

»Wohin, Claudio?«

»Fort von hier. Laß dich überraschen!«

»Das habe ich schon zu oft getan!«

»Vertraust du mir nicht mehr?«

»Ich bin nicht sicher, daß mir daraus etwas Gutes erwächst.«

»Es gab *nur* Gutes für dich, Lydia, solange du mir vertraut hast.«

»Und nachher vielleicht nicht mehr?«

»Nicht immer...«

»Was weißt denn *du* davon?«

»Vielleicht mehr, als du denkst. Ich weiß von allen deinen Auftritten — seither. Manche habe ich sogar gesehen, ohne daß du es wußtest. Ein paarmal bin ich in der dunkelsten Ecke einer Loge gesessen, unerkannt. Ich habe dich spielen gesehen, Lydia! *Du* warst immer gut, aber nicht immer gut *geführt*. Manchmal hast du dich verkauft, weiß der Himmel, warum. Du bist verbürgerlicht für ein braves Publikum, das dir Beifall klatschte. Hast vergessen, daß man seinen Genius nie verraten darf...«

Was für Worte! Ist er betrunken? Nein, er fährt ruhig und sicher. Und was er sagt — irgendwie, wenn ich's mir ehrlich gestehe, ist es mir aus der Seele gesprochen. Die Welt von früher berührt mich, Claudios Welt.

Er ist von der Hauptstraße abgebogen, es geht bergan.

»Sag mir endlich, wohin du mich führst!«

»An einen Ort, den du meines Wissens noch nicht kennst. In die Vergangenheit...«

Ein Wegweiser, eine Ortstafel — Palestrina. Das antike Praeneste, die älteste Stadt des alten Latium. Wie ist Claudio auf diesen Einfall gekommen?

Wir halten hinter dem mittelalterlichen Stadttor, betreten die vieleckigen Pflastersteine der antiken Straße. Zyklopische Mauern, da und dort düstere palastartige Häuser, auf Terrassen in den Hang des Berges gebaut. Und auf der Anhöhe ein besonders prächtiges Bauwerk.

»Das Schloß Barberini«, sagt Claudio.

Alles, was mich eben noch bewegt hat, tritt zurück.

»Ich möchte es sehen, Claudio!«

Er geht schweigend neben mir, als müßte diese Szenerie für sich wirken. Wir erreichen den Prachtbau, die Säulen-

reste eines Tempels sind zu sehen. Um einen uralten Brunnen kreisen Mauersegler im Flug die übersonnte, gerundete Front des Schlosses entlang, immer rundum ...
Traumhafte Zeitlosigkeit liegt über dieser Landschaft.
»Erklärst du mir nichts, Claudio?«
»Gern, wenn du es willst. Hier herrschten seit dem Anfang des 12. Jahrhunderts die Colonnesen. Du weißt — ihr Name leitet sich von dem Ort La Colonna in den Albanerbergen ab. In den Kämpfen zwischen Guelfen und Gibellinen, der Kirche und dem Reich, standen sie häufig auf Seite der Gibellinen. Papst Bonifatius VIII. ließ diese Stadt zerstören, sie wurde wieder aufgebaut und von neuem zerstört, auch die Kathedrale und die Burg auf dem Gipfel. Francesco, der letzte Colonna, war schwer verschuldet und hat Palestrina an die Barberini verkauft. Ich glaube, das war um 1630.«
Ein Falter berührt im Flug mein Gesicht. Die Mauersegler kreisen. Aus dem Schloß Barberini kommt eine kleine Fremdengruppe, die vermutlich das Museum besucht hat und jetzt die Reste des Fortuna-Tempels bestaunt.
»Gehen wir noch höher hinauf! Willst du?«
Er bleibt hart an meiner Seite. Steiler Weg durch brüchiges Kalkgestein, zwischen Trümmern, Ginster und Efeu.
»Hier saß Konradin, der letzte Staufer, gefangen, bevor sie ihn nach Neapel zum Schafott führten, sechzehn Jahre alt.«
Wir stehen auf der Höhe zwischen den Ruinen der mittelalterlichen Burg San Pietro. Ein fast zerstörtes Wappen zeigt die Inschrift »anno 1332«. Wunderbarer

Duft umweht uns. Unser Blick fällt hinunter auf die rote Erde und das Blaugrün der Oliven, auf Latium und Tuskien, bis zum blassen Glanz des Meeres.

Claudios Gesicht ist seltsam entrückt. So kenne ich ihn auch, es ist sein Ausruhen zwischen den Kämpfen.

»Wenn deine Ahnen aus den Fenstern ihrer Burg blickten, dann erfüllte sie der Stolz, die mächtigsten Fürsten Latiums zu sein.«

»*Meine* Ahnen...?«

Er fährt sich mit den Fingern durchs Haar und lächelt mich fast erschrocken an. »Ich meine natürlich die Colonna des Mittelalters...«

Ich möchte seine Gedankenkette schließen: »Glaubst du, daß sie auch hier war — Vittoria?«

»Schon möglich. Aber gewohnt hat sie hier wohl kaum, eher auf Kastell Marino.«

»Aus ihrer Mädchenzeit weiß man nicht viel, wie ich glaube.«

»Nein. Nur daß sie nach Herkunft und Erziehung edel war. In ihren Adern mischte sich übrigens deutsches und italienisches Blut. Ihr Vater, Fabrizio, muß viel Sinn für das Schöne besessen haben, obwohl er ein rauher Krieger war. Die Mutter starb früh. Vittoria selbst sagte von ihr, daß ihr ganzes Wesen schon auf Erden wie verklärt war.«

»Willst du das alles einbeziehen — in deinen Film?«

»Ja, indirekt. Es müßte sich aus der Darstellung ergeben... Diese Frau war zur Humanistin geboren, aber ihr größter Feind, schon während der Kindheit, war der Krieg. Ihn will ich möglichst ausschalten, ich meine — keine Schlachtenszenen! Dennoch muß zum Ausdruck kommen, was Vittoria gelitten hat, nach jenem mörderischen Ringen bei Ravenna zum Beispiel, kaum mehr als zwei Jahre nach ihrer Hochzeit. Und später immer wieder...«

Jetzt hat er denselben fanatischen Zug wie bei unseren Proben. Ich weiß, daß er im Geist vor sich sieht, was er ausdrücken will. Hat mich diese Glut nicht immer angesteckt?

»Warum geht dir das Vittoria-Schicksal eigentlich so nahe, Claudio?«

»Es ist eng verbunden mit der Geschichte der Avalos, meines Geschlechts.«

Sonderbar — als würden dem allen persönliche Motive zugrunde liegen. Ist es vielleicht das Gefühl einer Schuld?

»Ich bin sicher, daß Ferrante sie nicht so geliebt hat wie sie ihn.«

Er fährt auf, als hätte ich eine Wunde berührt. »Mach nicht auch du den Fehler, die Liebe des Mannes geringer einzuschätzen, bloß weil sie anders ist als die der Frau. Wenn er bei ihr war, hat er sie genauso geliebt, vorbehaltlos.«

»Aber er war selten bei ihr. Wenn er seine blutigen Kämpfe lieferte, war die Frau einfach ausgeschaltet, während sie...«

»Ihn nie ausschalten konnte. Das meinst du doch, nicht wahr? Wie gut du es weißt!«

Ich höre Anerkennung — und Bedauern. Er hält unser Abkommen, das ist seine Fairneß. Aber was denkt er wirklich?

»Und du meinst, daß es ähnliche Unterschiede und Konflikte heute nicht mehr gibt?«

»Im Gegenteil. Hinter Modephrasen versteckt und verleugnet, gibt es sie auch heute noch.«

Und wird sie wohl immer geben. Das Thema seines Films!

Wir sitzen auf einem Mauersockel von San Pietro, vor uns im Gold der sinkenden Sonne die Sabinerberge und in den blauen Dunst gebettet — Rom. Wir sind einander wunderbar nahe und doch getrennt, jeder in seiner Welt gefangen — Mann und Frau.

»Komm, es wird kühl, Claudio!«

Er steht auf und hält mich am Arm fest. »Lydia! Du wolltest eine Erklärung von mir, bevor wir losgefahren sind.«

»Ja. Dieses Getue mit Baldaffini — es war mir unangenehm. Ich kam mir höchst überflüssig vor.«

»Verzeih, das tut mir leid. Aber es war nicht nur meine Schuld. An der Bar ging es um die Besetzung der Vittoria-Rolle, wie du dir wohl gedacht haben wirst.«

»Und ist darüber jetzt endlich entschieden?«

»Nein. Baldaffini bestand nämlich darauf, daß *du* die Vittoria übernimmst — und knüpft allerhand Bedingungen daran!«

»Dann war es doch völlig falsch, daß ich mitgekommen bin! Claudio, ist das nicht bloß ein Trick? Die Zeit drängt, du triffst deine Vorbereitungen. Also hättest du doch längst eine andere ›Vittoria‹ in Reserve haben müssen!«

Er blickt ruhig in die Landschaft. »Du hast recht, es *gibt* eine andere in Reserve, erspar mir den Namen. Es ist eine Nachwuchsschauspielerin aus Rom, Meissl trat lebhaft für sie ein. Wir haben uns deshalb beinahe zerzankt. Denn — für mich fällt das Projekt, wenn du nicht mitmachst, ist dann kaum noch diskutabel! Nenn es meine fixe Idee, nenn mich verrückt, wenn du willst. Dieser Film ist für mich nicht irgendeine Aufgabe, wie sich mir viele bieten. Es ist der letzte große Wunsch meines Lebens.«

Der letzte? Was soll das! Will er mich erschrecken? »Ich bin sicher, daß du dir noch viele Wünsche erfüllen wirst, Claudio.«

»Wer weiß das? Auch der Marchese wußte — als er bei Pavia für seinen Kaiser siegte — noch nicht, daß seine Verwundung tödlich war.«

Wie er sich selbst an die Vergangenheit kettet! Aberglauben? Die Überspanntheit des Künstlers? Plötzlich fröstelt mich. »Und was soll weiter geschehen? Was hat dieses Rendezvous in Rom nun praktisch für dich ergeben, Claudio?«

Er hängt mir fürsorglich sein Jackett um die Schultern. »Entschuldige, ich merke erst jetzt, daß du frierst. Mach dir wegen des Films keine Sorgen, Lydia! Ob er nun zustande kommt oder nicht, braucht dich nicht zu berühren — *du* bist frei!«

Frei...? Warum fühle ich mich dann so elend! »Claudio — meinst du nicht, daß Horst Meissl genau gewußt hat, weshalb er mich ablehnt?«

»Das war sein Vorurteil. Er ist ein sonderbarer Kauz. Aber nach der heutigen Begegnung hat auch er dich akzeptiert. Hast du es nicht erkannt?«

»Diese andere — seine Favoritin — ist doch sicherlich jünger?«

Er faßt mich an den Armen und hält mich so fest, daß

es weh tut. »Ist es *das*, Lydia? Treibt es dich in dein Schneckenhaus, weil du dir zu alt vorkommst?«

»Ja, natürlich auch das! Ich kenne meine Jahre. Jene Vittoria, die du herausstellen willst, war eine strahlend junge Frau.«

»Wennschon! Deine Persönlichkeit hätte reichlich wettgemacht, was andere dir an Jugend voraushaben mögen. Überdies will ich kein kitschiges Porträt, kein Abziehbild der Geschichte anfertigen. Ich hätte dich nie unvorteilhaft zur Schau gestellt, aber — das hast du mir wohl nicht zugetraut. Endlich begreife ich. Schade! Eine andere kann die Vittoria vielleicht auch spielen, aber *du* hättest sie beseelt. Nun, du glaubst ja, deinen Platz gefunden zu haben. Du spielst für die guten Leute, die dich nicht zu würdigen wissen. Ich kapituliere vor deinen Bedenken, Lydia!«

Er hat mich losgelassen und wendet sich zornig ab. Wie mich diese Szene an manche frühere erinnert! Da stehen wir nun, und ich bin unglücklich, als hätte ich nichts dazugelernt, nichts. Welche Wahl gibt es noch für mich?

»Claudio, ich werde die Vittoria spielen — für dich!«

Stille. Keine stürmische Umarmung? Kein gerührter Dank? Nein. Nur der letzte Sonnenglanz in meinen Augen, Regenbogengefunkel an meinen Lidern. Vielleicht auch noch weinen?

Aber da ist seine Hand, warmer, fester Druck. »Komm, du holst dir noch eine Erkältung auf dieser Höhe.«

Gemeinsames Bergabwandern. Blaugrüne Schatten über der herrlichen Aussicht. Landschaft voll Musik, feierlich wie eine Motette von Giovanni Pierluigi da Palestrina, komponiert im 16. Jahrhundert...

Während wir schon den Wagen erreichen, sagt Claudio sachlich:

»Hör mich an, Lydia! Es können allerhand Schwierigkeiten auftauchen, wenn wir filmen. Da du so empfindlich bist, möchte ich dich rechtzeitig warnen.«

Was meint er nur? Ich kenne schließlich den Betrieb.

»Keine Angst, ich *bin* nicht empfindlich. Wenn ich mich einmal entschlossen habe, werde ich auch diese Schwierigkeiten durchstehen.«

Plötzlich kann ich erkennen, daß er triumphiert und sich zurückhält, es zu zeigen. Ein plötzliches Mißtrauen packt mich. »Hast du wirklich nicht mehr mit meiner Zusage gerechnet, Claudio?«

Er sieht mich nicht an. »Nicht mehr daran geglaubt! Aber manchmal hofft man auch noch dann, wenn man nicht mehr glauben kann.«

Im Auto legt er seinen Arm um mich und küßt mich ungestüm, obwohl gerade eine Reisegesellschaft vorübergeht. Als hätte uns nie auch nur ein Wort getrennt! Diese plötzliche wunderbare Einigkeit gab's schon oft, genauso wie die Zwietracht. Wie hätte sich auch etwas daran ändern sollen?

»Was unternehmen wir jetzt?« Claudio sieht mich strahlend an. Keine Spur mehr von Müdigkeit und Resignation, neuer Tatendrang sprüht aus ihm.

»Wollen wir auf die Insel zurück?«

Er sieht auf die Uhr. »Heute noch? Es ist spät geworden. Wir könnten morgen früh alles Notwendige in der Kostümwerkstatt ordnen. Aber heute abend feiern wir, nur du und ich, willst du? Ich weiß ein verstecktes Nest in Rom.«

Kein Einwand. Wir haben wieder unsere feste Basis, unsere Liebe *und* die Arbeit, beides, untrennbar. Mit einem allein kann unser Bündnis nicht bestehen.

Während wir schon durch die Dämmerung gleiten, die Lichterketten entlang, sehe ich plötzlich Baldaffinis verschmitztes Gesicht vor mir. »Du, sag doch, was meinte der kleine Dicke eigentlich mit diesem unvergeßlichen Abend in der Casa bianca?«

Claudio blickt gespannt auf die Fahrbahn. »Ach ja, davon faselt er noch immer. Du mußt wissen, daß er selbst auf das Haus versessen war und es für sich erwerben wollte. Ich bin ihm mit dem Kauf zuvorgekommen.«

»Und damals — an jenem Abend?«

»Hatte ich ihn zur House-warming-party eingeladen, gewissermaßen zur Versöhnung. Er war euphorisch gestimmt und — ziemlich betrunken.« Claudio lacht herzlich in der Erinnerung.

Sein Haus, *seine* Party ... Was sonst?

Ein neuer Zweifel steigt in mir auf, ob unsere neue Basis nicht doch ein Ergebnis von Claudios glänzender Strategie ist. Wenn auch, sie dient einem gemeinsamen Unternehmen. Kein Einwand mehr!

»Buon giorno, signora!«

»Buon giorno, Raffaele!«

Keine gewöhnliche Begrüßung ist das, sondern ein Salut an den jungen Tag. Raffaele steht breitspurig in seinem Motorboot und wartet, bis ich den Steg betrete, dann hilft er mir beim Einsteigen. Er hält auf Anstand.

»Si accomodi, prego!«

Seine Kiefer malmen den Kaugummi, und seine Augen strahlen mich an, als wäre ich Venus persönlich. Sobald ich mich gesetzt habe, zurrt er mit schnellem Griff den Motor an, und das Boot mit dem Namen »Stella polaris« schießt in die blauen Wellen. Es fährt den noch stillen Badestrand entlang, umrundet die winzige Landzunge und steuert auf den Felsen zu, der unser aller Ziel darstellt. Heute ist Claudio längst droben, also braucht Raffaele nicht eifersüchtig zu sein. Am liebsten fährt er mit mir allein.

»Bellissimo tempo oggi, eh?«

»Si, fara caldo ancora.«

Wenn Claudio nicht dabei ist, wage ich's, mein Italienisch zu probieren. Raffaele lacht mich nicht aus. Seinem Vater gehört das Motorboot und noch ein paar weitere, eine Bar in Porto, ein Weinberg in Fiaiano und vielleicht noch mehr. Aber Raffaele, der mir verraten hat, daß er schon achtzehn ist, sieht wie ein junger Pirat aus. Hautenge, zerfranste Jeans, das verwaschene blaue Hemd weit offen, im Ausschnitt ein goldenes Kettchen auf der braunen Brust. Und ein Gesicht wie von Murillo gemalt. Die Leute hier verstehen es, so auszusehen und sich so zu geben, wie es gefällt. Das ist der Ischia-Look, den die Fremden bewundern und mehr oder weniger erfolgreich nachahmen.

Das Felsenriff rückt näher. Ich kenne genau seine wilden Konturen, seine wechselnden Farben vom Staubgelb und Patinagrün des Trachits bis zu dem purpurnen

Aufglühen in der Abendsonne. Dann scheint es, als wäre noch Leben hinter den Fensterhöhlen, jenes Leben, das Claudio zurückholen will. Er beobachtet fanatisch die vielen Gesichter des Felsens, wie man das Mienenspiel eines Menschen überwacht, von dem alles Bedeutsame abhängt.

Mich selbst grüßt und mahnt das Kastell schon durch die Fenster meines Hotelzimmers, das ich so wenig benütze. Lieber hätte ich abseits in einem kleineren Haus gewohnt, der Pension etwa, in der unser technisches Personal und die Komparsen untergebracht sind. Aber Claudio bestand darauf, daß ich und Holl so wie er selbst im »Punta Molino« bleiben, schon der Repräsentation wegen. Das Hotel ist elegant und komfortabel, bloß keine Heimstätte für mich wie mein geliebtes »Miramare«, in dem ich Zuflucht fand.

Mir ist, als wäre seither schon viel Zeit vergangen. Alles hat sich geändert, seit wir drehen. Claudio selbst lebt wie ein Zigeuner, und manchmal scheint es, als würde er überhaupt keinen Schlaf brauchen. In Porto sind die Abende lang. Nach der Arbeit speist und trinkt es sich gut auf den dämmerigen Hotelterrassen, in den blühenden Lauben der Strandristoranti oder den musikdurchtönten Bars am Hafen. Claudio ist es wichtig, mitzumachen, mit den andern Kontakt zu halten und sie die Anstrengung des Drehtags vergessen zu lassen.

Aber er selbst — denkt er nicht unausgesetzt an den Film? Manchmal fällt sein Raubvogelblick auf eine arglose Menschengruppe und hält sie beobachtend fest. Dann weiß ich, daß er ihr Gehaben beobachtet, prüft und erwägt, was er davon verwenden, in seinen Film einbauen könnte. Das Heute im Kontrast zum Damals. Dann drängt es mich, ihm zu raten, ihm beizustehen. Seine Besessenheit hat mich längst selbst erfaßt. Alles für den Film. Oder doch nur — für uns beide? Es fällt mir schwer, das zu unterscheiden.

Das Boot tuckert in rascher Fahrt, zieht seine silberne Gischtschleppe hinter sich her. Das gigantische Felsenriff ragt jetzt nah, fast furchterregend aus dem Meer und verdrängt die lieblichen Bilder ringsum. Raffaele plaudert unentwegt, er spricht von »il film«. Was sonst könnte ihn bewegen? Alle reden über den Film, vom »signore regista« und der »Marchesa Vittoria Colonna«. Unglaublich rasch hat sich die sensationelle Neuigkeit herumgesprochen, unter den Einheimischen, den Fremden, auf der ganzen Insel.

Was heute gedreht wird, will Raffaele wissen. Ich kann es ihm nicht sagen. »Du brauchst nicht vor neun zu kommen«, hat Claudio verfügt. Wir haben bisher erst zwei Szenen mit mir gedreht. Die erste: Vittoria reitet mit Gefolge durch die überwölbte Galerie, um Ferrante zu empfangen, der vom Schiff kommt, vom Meer. Eine chronologische Szenenfolge gibt es beim Filmen nicht, schon gar nicht bei Claudio. Die Reiterszenen hatte er herausgegriffen, weil ihm die Pferde zur Verfügung standen.

Die zweite Szene, der Empfang am Tor, mißglückte beinahe, weil Alexander Holl sich wieder verspätet hatte. Er saß noch immer oben in der Baracke unter den Händen des Schminkmeisters, während ich längst bereit war. Der »Troß« schwitzte in den Kostümen, Meissl suchte sich gelassen einen Platz im Schatten, Claudio lief zwischen den Fahrgestellen der Kameras hin und her, rauchte unentwegt und war zum Bersten nervös. Ob die Szene nachher doch halbwegs gelungen ist, wird erst die Probevorführung zeigen. Ich merke, daß es mir immer schwerer fällt, Holl als Partner zu akzeptieren. Sooft ich ihn sehe, muß ich dran denken, was man sich in Porto über ihn erzählt. Er spielt auch im Privatleben, spielt allen den flotten Lebemann vor. Dabei nimmt er Thermalbäder gegen sein Rheuma, läßt sich massieren, abends Joghurt aufs Zimmer bringen, und schon um neun geht er zu Bett. Ich aber kann sein Kurgast-Fluidum nicht rasch genug loswerden, wenn ich Ferrante d'Avalos in ihm sehen soll.

»Addio, Raffaele!«

»Arivederla, signora...«

Er stopft den zerknüllten Geldschein in die Hosentasche, als wäre ihm mein Obolus peinlich. Aber genommen hat er ihn. Er ist ein echter Ischitaner.

Was für ein Leben auf dem Felsen! Wo kommen die vielen Kinder her? Halbwüchsige und Kleine, Buben und Mädchen, wie man sie im Borghetto von Ischia-Ponte herumlaufen sieht. Sie schreien durcheinander und rennen bergauf. Manche tragen verschnürte Bündel auf dem Kopf oder unter dem Arm. Es sieht aus, als hätten sie Angst, etwas Wichtiges zu versäumen.

Jetzt weiß ich, was Claudio mit ihnen vorhat: die Massenszene... Ich habe seinen Einfall verrückt genannt, aber er wollte einen Versuch riskieren. In Ponte hängen seit gestern Aufrufe an den Mauern der alten Häuser: »Attenzione! An die Jugend von Ischia! Wer will filmen? Es gibt etwas zu verdienen. Meldet euch im Uffizio auf dem Castello! Bringt alte Kleider mit, lange Röcke und enge Hosen, Tücher und Schals, Kappen und Hüte!«

Das scheint einzuschlagen. Wie aufgeregt sie an mir vorbeidrängen, immer neue, immer mehr. Geht Claudios Rechnung auf? Er kennt die Menschen hier und ihre Freude am Spektakel.

Dort steht er im Getümmel und erteilt seine Befehle. Die bestaussehenden Kinder bugsiert er zu den Garderoben, die übrigen müssen warten. Jetzt hat er mich entdeckt und winkt mir lachend mit erhobenem Arm. Du siehst, ich habe zu tun, heißt das, keine Zeit, gedulde dich!

So geht es seit Tagen. Immer steht jemand unnütz herum, eingeschüchtert von Claudios Kommando, von seinem Feldherrnblick: die Schauspieler, die Komparsen, die Leute vom technischen Stab, auch Meissl und sein Assistent. Wir alle lernen stets von neuem, was es heißt, mit Claudio Falckner zu filmen. Es bedeutet, nicht zu murren, wenn er umdisponiert, gehorchen und — warten. Man muß mit großer Ausdauer dabei sein, um es zu ertragen — oder mit dem Herzen.

Alexander Holl, der ausnahmsweise früher da war als ich, verdrückt sich in die Kantine. Ich sehe mir lieber dieses Schauspiel an. Schon kommen ein paar von den jungen Ischitanern aus den Umkleidekabinen. Sie stecken bis zum Hals in gefälteten Kitteln mit Gürteln um die Mitte und tragen enganliegende Hosen wie die Jünglinge zu Beginn des 16. Jahrhunderts. Der eine hat ein fesartiges Käppchen auf, dem andern drückt Claudio selbst ein kranzartig gewundenes Tuch ins Haar.

»Ecco! Macht es nach! Versucht es selbst!«

Sie lachen und kreischen vor Begeisterung und versuchen mit unglaublichem Geschick die Verkleidung mit Hilfe ihrer mitgebrachten Sachen. Wer gut kostümiert ist, wird von Claudio angewiesen, auf einen breiten Mauersockel zu klettern. Immer größer wird die Gruppe, immer zwangloser stehen, hocken und lagern sich die Jungen auf die alten Steine, hinter sich die Türme der Burg, von denen Fahnen wehen, und einen weißen Wolkenzug im blauen Himmel. Sie achten nicht auf die Kameras, die sich vor ihnen aufbauen, sondern hören nur dem Mann im bunten Hemd zu, der auf sie einspricht:

»Wißt ihr, wie damals die Seeräuber auf die Insel kamen und über Ischia herfielen? Seht, von dort drüben kamen ihre Schiffe übers Meer . . .«

Claudio erzählt ihnen die Geschichte in ihrer Sprache und weiß sie sofort zu fesseln. Ausdrucksvolle Spannung kommt in die jungen Gesichter. Die Kinder rufen und deuten, blicken mit großen Augen alle in eine Richtung, hinunter in die Bucht. Die Kameras surren, schwenken über die erregte Gruppe. Die Aufnahme läuft!

Was hat sich denn schon geändert seit jener Zeit? Damals gab es großes Aufsehen rund um die Hochzeit der Vittoria Colonna. Heute gibt es »il film«. Hauptsache — ein Gaudium!

Aufnahme beendet. Claudio nimmt die Sonnenbrille ab und wischt sich die Stirn trocken. »Avanti, ihr könnt gehen. Kommt morgen um sieben wieder, verstanden? Und bringt noch andere, auch die mammina und den babbo, wenn sie wollen.«

Sie nicken und sind nicht traurig, weil der Spaß für diesmal vorüber ist. Morgen wieder! Außerdem gibt es drinnen in der Baracke eine Auszahlung, den Lohn für ihre Mitwirkung. Wie stolz sie sind!

»Der Mann ist tatsächlich ein Zauberer!«

Ich höre jemand den Satz sprechen, eine Fotokamera klickt, sie war auf Claudio gerichtet. Hinter mir stehen zwei junge Reporter, die ich schon eine Zeitlang hier herumstehen sah. Claudio bemerkt sie, runzelt die Stirn, wirft mir einen bedeutsamen Blick zu: Halt mir bitte die Zeitungsleute vom Hals!

Schon gut, wir verstehen uns. Ich kenne seine hartnäckige Abneigung gegen Interviews. Er wendet sich fort, läßt seinen Blick prüfend über den Himmel und hinauf zur Burgruine gleiten. Ich weiß, er denkt schon wieder an die Szene »auf der Brücke«, der wir seit Tagen nachjagen. Die Beleuchtung gefällt ihm nicht. Was jetzt? Warten...

Die beiden Reporter folgen mir auf den Fersen in die Kantine.

»Frau Merwald! Verzeihung, hätten Sie ein paar Minuten Zeit für uns? Nur einige Worte über den Film...«

Ich muß sie von Claudio ablenken. »Aber ja, kommen Sie nur!«

Der eine spricht strenges Hochdeutsch, der andere könnte aus Wien kommen. Schon holen sie ihre limonata von der Theke und stellen die Gläser neben meines auf den Tisch. Alexander Holl haben sie in ihrem Eifer übersehen. Es sind zwei nette junge Männer, die ihren Beruf ausüben. Entkommen kann ich ihnen nicht mehr. Dann also — das Beste herausholen!

Sie stellen sich vor, nennen eine bekannte Presseagentur.

»Frau Merwald, wie wir erfahren haben, zeichnet Herr Falckner nicht nur für die Regie, sondern auch für die Idee verantwortlich. Was will er mit diesem Streifen aussagen?«

Gleich die schwierigste Frage. Wahrscheinlich wissen sie, daß sie von Claudio nichts erfahren würden.

»Es wird ein Film über Vittoria Colonnas Ehe mit dem Marchesen von Pescara, bevor sie Witwe wurde und als Dichterin und Geistesfreundin Michelangelos große Berühmtheit erlangte...« Das klingt wie aus einem Prospekt, sie werden sich nicht damit zufriedengeben.

»Wie ist es möglich, zwischen solchen Ruinen einen authentischen historischen Film zu drehen?«

Jetzt würde Claudio hochgehen! Ich muß mich geschickt herauswinden. Der Jüngere von beiden hält mir das Mikrophon unter die Nase, der andere hat seine Kamera bereit. Wenn ich den Kopf etwas drehe, ergibt sich der günstigste Blickwinkel auf mein Profil. Klick! Holl grinst schadenfroh aus seiner Ecke herüber und genießt die Szene.

»Es wird kein authentischer historischer Film, meine Herren, er soll vielmehr ein großes Gemälde mit Symbolcharakter werden.«

Sie sehen mich verständnislos an. Ich muß versuchen, es ihnen deutlicher zu machen. »Falckner plant die Gegenüberstellung des Colonna-Schicksals mit einem auch heute noch häufigen Frauenschicksal: Große Erwartungen in den Partner, zwangsläufige Entfremdung, Resignation...« Warum schmerzt es, während ich das ausspreche. *Ich* habe ja nicht resigniert!

Der junge Mann wird plötzlich lebhafter. »Wenn ich

also richtig verstehe — der Mann geht seiner Wege, die Frau bleibt unerfüllt zurück und ist enttäuscht, verbittert. Kann es da wirklich eine Parallele zur Gegenwart geben? Zur Zeit der Frauenemanzipation auf allen Linien?«

Ich höre den Zweifel der jungen Generation. Daß sie immer alles in die ihnen geläufige Schablone pressen wollen!

»Bedenken Sie doch — Vittoria war mit vierunddreißig Jahren Witwe, eine schöne, vielumworbene Frau. Sie hat keinen neuen Partner mehr gewählt, sondern kraft ihrer eigenen Persönlichkeit die Welt aufhorchen lassen. Ob das nicht für manche Emanzipierte von heute beispielgebend sein könnte...?«

Er horcht auf und überlegt. »Interessant. Aber es heißt, daß diese Dame von ihrem verstorbenen Gemahl, dem Feldherrn, zeitlebens nicht loskam. Eine große Jugendliebe, sehr romantisch, gewiß — aber nach heutigen Begriffen doch etwas überholt, finden Sie nicht?«

»Echte Gefühle können nicht aus der Mode kommen. Ich glaube, daß es sie auch heute noch gibt.«

Der verstohlene Blickwechsel zwischen den beiden entgeht mir nicht. Sie sollten nicht mehr weiter fragen!

»Hatten Sie einen persönlichen Grund, gerade diese Rolle zu übernehmen, gnädige Frau? Sie haben selten gefilmt.«

Eine freundliche Erkundigung, versteckte Indiskretion — wie ich das alles kenne! Gleich wird er seine größte Attacke reiten.

»Ich finde diese Rolle interessant. Einen anderen Grund, sie zu übernehmen, hatte ich nicht.«

Der zweite Jüngling springt in die Bresche. »Hat Herr Falckner selbst sie Ihnen angeboten?«

»Ja, natürlich, er ist dafür verantwortlich.« Worauf will er hinaus? Und warum versteckt sich Holl jetzt drüben hinter seiner Zeitung? Ich weiß genau, daß er neugierig mithorcht.

»Ich möchte keineswegs indiskret sein, gnädige Frau, aber — man erzählt sich, daß Sie und Herr Falckner während Ihrer großen Bühnenlaufbahn persönlich befreundet waren. Es soll später ernste Differenzen gegeben haben. Hat dieses Filmprojekt Sie wieder vereint?«

»Gewiß, der Film hat unsere altbewährte Zusammenarbeit erneuert. Das meinten Sie doch wohl?«

Sie sehen einander unschlüssig an.

Rasch aufstehen, die peinliche Fragerei beenden. Warum habe ich Herzklopfen? Es ist doch alles gutgegangen.

»Ich muß mich jetzt für eine Szene kostümieren. Auf Wiedersehen, meine Herren!«

Sie sind sichtlich enttäuscht, aber sie geben sich geschlagen. »Vielen Dank, Frau Merwald. Auf Wiedersehen!«

Schon haben sie Alexander Holl entdeckt und steuern erfreut auf ihn zu. Jetzt nützt ihm kein Verstecken mehr. Was wird er ausplaudern? Welche Blätter werden die Interviews abdrucken? Sonderbar, nach derlei Dingen habe ich mich früher nie gefragt. Habe ich denn jetzt mehr zu fürchten — oder zu verbergen?

Beim Mittagessen wirft Claudio einen zerstreuten Blick auf die Anwesenden. »Hast du die Presseleute abgewimmelt, Lydia?«

»Ja, sie sind fort.«

Mehr interessiert ihn darüber nicht. Er denkt schon wieder an anderes, während er hastig seine »Spaghetti col pomodoro« verspeist. Es hat Ärger mit Signora Monti, der Boutiqueinhaberin, gegeben. Sie fühlt sich durch die Wartezeit und die notwendige Absperrung des Geländes geschäftlich benachteiligt. Mit klagender Stimme beschwerte sie sich deshalb bei Claudio, eine arme, alleinstehende Geschäftsfrau, die auf den Saisonverdienst angewiesen ist... Ohne sie lang anzuhören, verdoppelte Claudio die vereinbarte Summe für ihre Entschädigung. Er geht wieder sehr großzügig mit dem Geld um. Aber sein Ärger blieb. Wer seine Pläne behindert, hat wenig Aussicht auf seine Sympathie.

»Wir könnten die Boutique-Szenen doch vorverlegen, Claudio?«

Er erwägt meinen Vorschlag, findet ihn passabel. Ich spüre flüchtig seinen Händedruck, unsere Blicke tauchen ineinander. So verständigen wir uns häufig vor den andern, die nichts von unserem wunderbaren Einvernehmen ahnen, das weit über diese gemeinsame Arbeit hinausreicht. Merkt auch Meissl nichts? Kaum, und wenn, dann interessiert es ihn nicht. Er sitzt neben uns, ißt Miesmuscheln und macht sein übliches arrogant-gleichgültiges Gesicht.

Die erste Szene wird in der Boutique selbst besprochen. Eine Szene zwischen mir und Holl, einem deutschen Urlauber jetzt, der auftritt, um sich wieder einmal von seiner Insel-Liebe zu verabschieden. Sie ist eine Frau, die ihm vorübergehend viel bedeutet hat und von einem Wiedersehen zum andern auf ihn wartet. Ich habe sie modern darzustellen, eine wohl selbständige, aber in Wahrheit unzufriedene und vom Leben enttäuschte Frau. Was wie eine echte Beziehung begann, ist zum armseligen Kompromiß geworden, zu einer materiellen Unterstützung mit zeitweise verabreichten Zärtlichkeiten — auf Urlaubsdauer. Die Welt des Mannes liegt anderswo, unvereinbar mit der ihren. Die Frau bleibt an ihre Umgebung gekettet, ohne aufgeben zu können, immer noch heimlich hoffend.

Signora Monti sitzt in einer Ecke hinter den aufgereihten Seidentüchern und verfolgt unser Gespräch mit großen, tiefernsten Augen. Ich muß ihr später erklären, daß dies alles nur »erfundenes« Spiel ist, Geschichte, in den Alltag übertragen. Vielleicht werde ich ihr nächstens noch ein Kleid abkaufen oder zwei ...

»Ich will das alles nicht so klar ausgespielt haben«, kritisiert Claudio Holls Probeauftritt. Der sieht ihn verständnislos an, als hätte er noch nie unter dieser Regie gespielt. Claudio holt die große künstlerische Wirkung aus dem Angedeuteten und verlangt dasselbe von den Darstellern. Was er später außerdem noch weglassen, verdecken und überschneiden wird, bleibt ihm überlassen.

Wir überlegen eben, ob ich eine Perücke brauche, welches Kleid ich tragen soll. Da unterbricht sich Claudio mitten im Satz, stürzt ins Freie, blickt über den Himmel.

»Heute *gibt* es den Sonnenuntergang, auf den ich warte. Los, fertigmachen! Wir drehen ›auf der Brücke‹. Bitte, rasch!«

Das ist eine seiner jähen Kehrtwendungen. Wer sie nicht mitmacht, kann nicht mit ihm arbeiten. Sein Kommando pflanzt sich wie ein Echo fort zu den Garderoben, zum Schminkmeister, zum technischen Stab. Alles beginnt emsig für die Szene zu rüsten, die wir schon mehrmals abgebrochen haben. Noch steht die Sonne ziemlich hoch. Werden wir es schaffen?

Ich beginne mich zu konzentrieren. Der Marchese zieht in den venezianisch-päpstlichen Krieg gegen die Franzosen. Vittoria hat längst erkannt, daß seiner Feldherrennatur die idyllische Abgeschiedenheit der Insel — und der Ehe — auf die Dauer nicht genügen kann. Aber sie ahnt auch schon, wie sehr sie um ihn leiden wird.

»Wer oft mich sah, wenn wirr schien meine Seele,
der glaubte wohl, daß Eifersucht in Stücke
sie risse und daß Liebesschmerz mich quäle.

Doch ach, ich stand nur bebend auf der Brücke,
die deine Welt und deine stolzen Fahrten
nur schwach verband noch mit dem Frauenglücke.

Dich, der den Sieg verehrt, mich, die den zarten
Frieden nur liebt, uns freuten selten Stunden,
die süß vereinten und mit Lust nicht sparten.«

Anfangs scheint der Feldzug für Pescaras Truppen erfolgreich zu sein, sie gewinnen Brescia, beinahe auch Mailand. Aber da schickt Ludwig XII. seinen jungen Neffen, den tollkühnen Gaston de Foix, nach Italien, und damit wendet sich das Kriegsglück, die mörderische Schlacht geht für Pescara verloren.

Doch schon ein Jahr später wird er wieder gegen die

Franzosen zu Felde ziehen, bei Genua und Vicenza entscheidend siegen und den Feind aus Italien werfen. Vittoria aber ...

»Können wir beginnen?« drängt Claudio.

Ich trage ein Renaissancekleid mit reich gebauschten Ärmeln und Bortenschmuck um den tiefen viereckigen Brustausschnitt. Die junge Garderobiere hilft mir mit dem langen Rock über das Geröll des Weges bis zu dem söllerartigen Plateau, vor dem das Kamerateam wartet. Neben mir geht Holl, prächtig anzusehen im ärmellosen Samtmantel des Edelmannes und dem Barett auf seinem schulterlangen Haar.

Plötzlich höre ich ihn sagen: »Und ich hatte mir für sechs den Masseur bestellt, zu dumm ...«

»Hierher, bitte!« ruft Claudio. Ich sehe ihm an, daß er vor Tatendrang nur so fiebert. »Wir versuchen es gleich!«

Eine guterhaltene Mauer begrenzt die Szene, dahinter ein paar Treppenstufen und nur noch das Meer. Die kurze wichtige Szene ist mir längst vertraut. Nur ein paar Worte werden gewechselt, während Ferrante von Vittoria Abschied nimmt und ihr ein Medaillon an langer Kette um den Hals hängt. Die Verständigung hat im Mienenspiel und in den Gebärden zu liegen, mit Worten wird gespart.

Wir treten aufeinander zu, langsam und zögernd. In meinem offenen Haar spielt der leichte Abendwind. »Ich weiß, daß es sein muß, Signor. Wann werde ich Euch wiedersehen?«

»Den Tag kennt Gott allein, geliebte Herrin ...«

»Er möge Euch beschützen und mir bewahren!«

Mein Gemahl neigt sich ergriffen über meine Hände, zieht das Medaillon aus dem Wams hervor, legt mir die Kette um den Hals. Die Kamera schwenkt hinter seinen geneigten Rücken und nimmt mich groß ins Bild. Ferrante, mein Geliebter, vielleicht werde ich ihn nie wiedersehen ...

Aber — er *ist* es nicht! Das ist Alexander Holl, und er hat für sechs den Masseur bestellt!

»Aus!« ruft Claudio. »Nein, Lydia, nein, das war es nicht! Wo bleibt der Abschiedsschmerz? Noch einmal, bitte.«

Wir wiederholen das Ganze, es mißlingt wieder und noch einmal. Mir wird fast übel vor Anstrengung. Die Sonne nähert sich dem Horizont. In Claudios Stimme klingt vorwurfsvolles Staunen mit. »Was gibt es denn auf einmal?«

Plötzlich packt mich die Angst. Er hat dich zu seiner Vittoria ausersehen, hat um diese Besetzung gekämpft. Aber du blamierst ihn und dich selbst. Jede andere hätte es besser gemacht. Und so wirst du ihn verlieren ...

»Noch einmal alles von vorne!«

Schon höre ich sein gefürchtetes, mitleidiges Bedauern. Diesen Ton hatte er früher nur, bevor er alles hinwarf. Einmal, als ich mit hohem Grippefieber probte und später — als ich ihm trotzte ...

Noch einmal aufeinander zuschreiten, zögernd, bedeutungsvoll. Die gleichen Worte, die kühle Kette des Medaillons an meinem Nacken ... Die Augen schließen! Es ist *Claudio*, von dem ich hier Abschied nehme, den ich nicht behalten darf, vielleicht zum letztenmal vor mir habe. Angst um *Claudio* schnürt mir die Kehle zu.

»Er möge Euch beschützen und — mir bewahren!« Ein Zittern durchläuft mich, während ich es ausspreche.

Szene aus. Das ist wie plötzliches Erwachen aus einem Traum, fast ein Schmerz. Ich habe dieses Gefühl oft erlebt, und wenn es so war, war ich immer gut. Auch jetzt?

Claudio kommt rasch auf uns zu. »Danke, jetzt hat es gestimmt.« Er stellt es trocken fest, aber seine Augen strahlen.

Wir stehen im goldroten Schein der Abendsonne. Sie spiegelt sich wie aus tausenden glühenden Facetten im Meer, leuchtet von den Zinnen der Burg. Und über diesem Glanz färbt sich der Himmel schon blaßgrün und lila. Es hätte keine bessere Beleuchtung für die abgedrehte Szene geben können.

»Schwein gehabt!« bemerkt Holl. Er schwitzt unter der Schminke, kann es sichtlich kaum erwarten, das Kostüm abzulegen und gehen zu können.

Aber Claudio — ich glaube, er würde weiterdrehen, wenn nicht schon der Abend käme. Und ich hielte mit! Es ist wie früher, wenn er jede Zeiteinteilung ablehnte. Drehen wir nächstens vielleicht auch noch bei Nacht? Nein, soviel er den andern und sich selbst auch abverlangt, er wird nicht riskieren, daß die Leute zu murren beginnen.

Wenn Claudios Maßlosigkeit bei der Arbeit auch ab und zu Kritik erntet, dann gleicht seine Freigebigkeit alles wieder aus. Heute abend sind die Tische für das Filmteam im Garten des »Moresco« reserviert. Jedem steht es frei, Claudios Einladung zu folgen. Diese großen Gesten gehören nun einmal zu seinem Stil wie das weiße Abendjackett, das so ausgezeichnet zu seinem gebräunten Gesicht paßt. Wie mein amethystfarbenes Musselinkleid, das er mir im teuersten Geschäft von Porto d'Ischia gekauft hat. Außer Holl weiß niemand, wie wir zueinander stehen. Und Holl ist wie gewöhnlich nicht zum Abendessen erschienen.

Dagegen kommt Meissl gänzlich unerwartet in Begleitung einer Dame, nein — eines Mädchens eigentlich. Ich sehe, wie betroffen Claudio von seinem Teller aufblickt, nur sekundenlang. Dann hat er sich beherrscht, erhebt sich wie ein Kavalier. Immer wieder fasziniert mich die Art dieses Auftretens, diese Haltung.

»Das ist Mirella Dozzi, römischer Theaternachwuchs mit Zukunft, zu Besuch auf der Isola verde!«

Horst Meissl sagt es mit dem gewohnten sarkastischen Beiklang, aber irgendwie scheint er mir unsicher zu sein. Das Mädchen im weißen Kleid hat loses rotblondes Haar und gibt sich sehr lebhaft und kindlich-natürlich.

»Ich werde doch kennen die berühmte Madame Merwald!«

Ihr hartes Deutsch verrät die Italienerin. Während sie meine Hand ergreift, vollführt sie einen kleinen Knicks. Was soll das? So jung ist sie nun auch wieder nicht. Aber immerhin — kaum mehr als fünfundzwanzig. Über Claudio blickt sie beinahe hinweg. Merkwürdig.

Die Ankömmlinge setzen sich an unsern Tisch, benehmen sich einverständlich wie ein Paar. Ungewöhnlich aufgeschlossen bestellt Meissl Speisen und Getränke. Dann kommt etwas schleppend ein Gespräch in Gang. Fräulein Dozzi ist über die Theatersaison in Rom und Wien, in Mailand, Hamburg und Düsseldorf gleicherweise unterrichtet. Ihre schönen grünlichen Augen versprühen ein kleines Feuerwerk von Blicken. Vor dem zweiten Gang greift sie nach einer Zigarette und bittet Claudio demütig um Feuer. Ich kann sehen, wie sie ihm über das Flämmchen hinweg einen langen, verwirrenden Blick zuwirft. Seine Gelassenheit wirkt fast unnatürlich. Kennt er sie? Und warum sprechen sie über alles, nur nicht über seinen Film?

Die anderen Tische haben sich mit Leuten unseres Teams bevölkert. Kellner eilen hin und her. Die Speisen duften, Stimmen und übermütiges Gelächter schwirren durcheinander.

»Was nachher? Was jetzt?«

Die einen sind für die Bar »Dolce Sosta«, die andern für »Delle Ginestre«, »La Pineta« oder »El Castillo«. Im allgemeinen Aufbruch geben mir Claudios Augen einen Wink, unsere Geheimsprache, ich verstehe ihn sofort. Wir entfernen uns stillschweigend, stehlen uns zwischen den Hecken der Terrasse davon, sind in der nächsten Minute beim Wagen. Erlöstes Aufatmen. Werden uns die andern vermissen? Einerlei.

Und jetzt wie schon so oft die verrückt schnelle Fahrt auf der kurvenreichen Straße, kühlendes Wehen der Nachtluft, voll von Düften.

»Gib acht, du, es trägt uns noch von der Fahrbahn!«

Claudios erheitertes Auflachen. Keine Angst mehr. Es ist, als müßte er so das Tempo des Tages loswerden, uns beide fortgleiten lassen.

Unvermittelt sagt er: »Du warst großartig in der Szene auf der Burg, Lydia. Warum hat's so lange nicht geklappt?«

»Ich weiß es nicht. Oder doch — ja, Holl war schuld. Bei ihm fehlt der echte Kontakt zum Partner. Verstehst du...?«

»Ja. Aber zuletzt nicht mehr?«

»Dann hatte ich einen Trick gefunden, um mich selbst zu beschwindeln. Ich habe mir vorgestellt, daß *du* den Ferrante darstellst.« Ich lache, um diese Schmeichelei etwas abzuschwächen. Er soll sich nicht zuviel einbilden. Wie ich zu ihm stehe, weiß er gut genug.

Claudio lacht nicht mit, erwidert erst nach einer Pause: »Ich bin *immer* dein Ferrante! War es auch während unserer Trennung. Immer, wenn du gut warst, bin ich neben oder hinter dir gestanden. Weißt du das endlich, Lydia? Alle Hindernisse waren nur Schein.«

Anmaßung? Nein, er hat recht. Ich denke nicht mehr an jene »Hindernisse«, auf die er anspielt. Längst beherrscht mich nur noch das Gegenwärtige. Jetzt aber quält mich eine kleine Neugierde:

»Wer ist dieses Mädchen, Claudio?«

Er lacht grundlos. »Die Dozzi? Sie ist Meissls Freundin.«

»Hätte ich ihm nicht zugetraut. Sie paßt überhaupt nicht zu ihm.«

»Das kann man wohl sagen.«

»Eine attraktive kleine Person. Kanntest du sie?«

»Sie muß mir schon irgendwo über den Weg gelaufen sein, in Rom wahrscheinlich.«

»Glaubst du, daß sie sich von Meissl eine Förderung erhofft?«

»Hm, kann schon sein...«

Sie interessiert ihn also nicht, ist somit auch für mich

belanglos. Wozu nachdenken! Da sind wir schon in Sant'Angelo und halten vor der Garage. Nur unser Zusammensein beschäftigt uns noch.

Unser Weg zur Casa bianca, die erhellte Bucht, die gleitenden Lichter der Fischerboote auf dem Meer, fern der glitzernde Küstensaum — Neapel. Und über uns die Sterne.

Glyziniengerank. Mercutios Freudengebell. Alles vertraut. Claudios große Anhänglichkeit an dieses Haus hat längst auch mich erfaßt, hat die Traumgespenster verscheucht, die Zweifel verstummen lassen. Hier ist unsere Zuflucht. Haben wir einander jemals besser verstanden, je inniger angehört?

Während wir eintreten, ist mir, als wäre ich noch nie so unbeschwert glücklich gewesen. Ich befinde mich auf einem Gipfel, von dem es keinen weiteren Aufstieg mehr gibt.

Und vielleicht gibt es auf solcher Höhe auch kein Verweilen.

Ein paar Stunden für mich allein, die will ich nützen. Claudio hat mir den Vormittag freigegeben.

»Du brauchst nicht vor drei zu kommen, ruh dich aus, Lydia!«

Das sagte er mir heute nacht ins Ohr, bevor er einschlief. Ihm selbst können nur ein paar Stunden zum Ausruhen geblieben sein. Als ich morgens erwachte, war er schon fort. Antonietta brachte mir mit ihrem stillen Lächeln das Frühstück, und nur Mercutio hat mir dabei Gesellschaft geleistet.

Wußte Claudio, wie erschöpft ich schon war? Wir

haben nun wochenlang unermüdlich gedreht, trotz der Hitze. Tagelang war das Filmgelände auf dem Felsen von der Jugend aus Ponte und deren Anhang belagert. Für die mühsam eingefangenen, oft nur minutenlangen Szenen rollte ein Lirestrom in die vielen kleinen und größeren, gierig aufgehaltenen Hände. Es gibt keinen Dienst um Gottes Lohn auf dieser Insel. Sie ist viel zu vielgestaltig und herrlich, um etwas, das sie bietet, umsonst zu vergeben.

Und für mich hieß es Warten, Bereitsein, ständige Anspannung. Claudio hat das wohl kaum bemerkt, er kennt kein Erbarmen inmitten seiner Besessenheit. Er hat uns hin und her gejagt, unzählige Male probiert, alles wieder verworfen und neu begonnen. Sind wir entscheidend weitergekommen? Nur wenige Szenen sind endgültig abgedreht.

Es ging um den Kern der historischen Handlung. Kaiser Karl V., Herrscher über das Deutsche Reich, Spanien und dessen Kolonien, hatte Ferrante d'Avalos als seinen Oberbefehlshaber gegen die Franzosen in den Krieg ausgesandt. Mit ihm zog sein Pflegesohn Alfonso. An ihm muß Vittoria mütterlich gehangen sein, denn sie flehte in einem ihrer Sonette zu Gott:

»Erleuchte, reinige ihn, wie es dir gefällt,
der, mein dem Namen nach, doch ist der deine...«

Aber sie verleugnete als echte Colonna auch hier ihr eigenes Gefühl. Der Erbe des Namens sollte sich lieber der Kriegsgefahr aussetzen, als dem Ruhm seiner Vorfahren tatenlos gegenüberstehen. Mit ihren eigenen

Händen hatte sie ein Zelt gestickt und spornte Mann und Sohn zu mutigem Einsatz an, als sie in den Kampf zogen. Die beiden ahnten wohl nicht, wieviel Selbstverleugnung dahintersteckte.

Es war, als hätten ihre Worte nachgewirkt. Der Sieg heftete sich an die Fahnen Pescaras, er bereitete den Truppen Franz I. eine entscheidende Niederlage.

Nicht die grauenvolle Schlacht des 24. Februar 1525 bei Pavia will Claudio im Film festhalten, wohl aber zeigen, welcher Preis dafür zu bezahlen war. Ferrante wurde schwer verwundet. Zu den körperlichen Leiden kam seine Enttäuschung. Kaiser Karl V. schrieb zwar an Vittoria einen Brief voll Bewunderung für Ferrante, seinem Feldherrn selbst aber dankte er kaum für den glänzenden Sieg.

Dagegen trat eine ernstliche Versuchung an Pescara heran. Der Kanzler Morone und der Herzog von Mailand rüsteten zu einem Aufstand, bei dem auch Frankreich und der Papst die Hand im Spiel hatten. Man bot dem siegreichen Feldherrn die Krone Neapels an, wenn er aufhören wollte, dem Spanier zu dienen. Der Marchese schien ihnen der Richtige zu sein, um Italien von den deutschen und spanischen Truppen zu befreien.

Der Glanz einer Krone hat Ferrante nicht geblendet. Er liebte seinen Kaiser und berichtete ihm sofort von dem Angebot der Aufständischen. Darin muß ihn Vittoria bestärkt haben, sie wollte nicht um den Preis eines Verrats die Gemahlin eines Königs werden, lieber die Frau eines großen Feldherrn bleiben, »der im Krieg durch Tapferkeit, im Frieden durch edle Gesinnung die größten Könige übertrifft«. So schrieb sie von Ischia an

Ferrante, ohne zu wissen, daß längst ein anderer über den Geliebten entschieden hatte — der Tod.

Claudio hat aus diesen entscheidenden Begebenheiten ein paar in ihrer Schlichtheit großartige Szenen geformt. Sie forderten den Darstellern alles ab. Ich muß bewundernd zugeben, daß Alexander Holl endlich eine seiner früheren großen Leistungen bot.

Und ich? Ob ich wirklich gut war, kann ich nicht beurteilen. Ich weiß nur, daß ich bis zur Selbstaufgabe mitgerissen war und — daß Claudio mit mir zufrieden zu sein schien. Er ist mein Regisseur, mein heimlicher Partner, zugleich mein Publikum. Nie habe ich einer Zustimmung oder Ablehnung mehr vertraut als der seinen.

Ich brauche diese Pause. Trotzdem brennt der Tatendrang in mir, und es erscheint mir ungewohnt, nicht schon wieder vor dem Schminkspiegel zu sitzen oder in der Garderobe zu warten. Mitzuerleben, was vor den unbestechlichen Kameraaugen abrollt, und zu zittern, daß Claudios Werk gelingt. *Unser* Werk.

Oft ist mir, als wäre der Film eine Bewährungsprobe, von der alles Weitere abhängt. Und die beängstigende Selbstaufgabe, mit der Claudio uns anspornt, scheint dann mehr zu sein als der Wettlauf mit der vertraglich festgesetzten Arbeitszeit. »Das Wetter nützen, solange es hält!« sagt Claudio. *Nur* das Wetter? Manchmal erschreckt mich seine sonderbare Hast.

Erst einmal im »Miramare« nachfragen, ob nicht Post dort liegenblieb. Langsam müßte ich es beunruhigend finden, daß ich noch immer keine Nachricht von Günther erhielt, obwohl ich ihm doch mehrere Karten schrieb und meine Adresse angab. Aber — beunruhigt es mich wirklich? Nein. Günther ist unvorstellbar weit von mir abgerückt.

Das gewohnte Bild, nur eine größere Zahl von Gästen auf der Terrasse. Da sitzen sie im Schatten der Pergola in den bunten Korbstühlen, schwatzen und lesen beim Frühstück ihre Zeitungen. Schauen nicht hin auf den Glanz des Meeres und zur kühnen Felsennase des Capo Grosso, um all die Schönheit aufzunehmen. Vorerst Kaffee mit Brötchen und die letzten Greuelnachrichten aus der Heimat, von der man so angenehm weit entfernt ist. Alles zu seiner Zeit, alles im Preis mit inbegriffen. Wie gründlich habe ich mich vom Kurgastleben abgesondert!

Eine Frau blickt erfreut auf und winkt mir. Ist es möglich? Die Dame aus Wien! Schon kommt sie auf mich zu. »Wie wunderschön, Sie hier zu sehen! Haben Sie heute keinen Drehtag in Porto?«

Köpfe wenden sich überrascht, neugierige Blicke treffen mich. Kein Inkognito mehr. Jetzt ist es am besten, wenn ich mich für eine Weile zu der Dame setze. Sie strahlt vor Freude darüber. Irgendwie kommt sie mir verändert vor.

»Ich hätte vermutet, daß Sie schon abgereist sind.«

»Ich habe verlängert. Mein Mann war damit einverstanden. Und — Sie haben mir ja damals solchen Auftrieb gegeben!«

»Ich? Wieso das?«

»Na ja, Sie haben mir versichert, daß es noch nicht zu spät sein muß wegen — Sie wissen schon... Daß noch nicht alles verloren sein muß.«

Ach ja, der Mann hat eine Freundin in Wien, jetzt erst erinnere ich mich ihres Kummers. Das wird ein längeres Gespräch. »Una aranciata, cameriere!«

»Was sagen Sie? Ich habe *drei* Kilo abgenommen!«

»Gratuliere, es steht Ihnen gut.«

Ich lüge sie nicht an, sie wirkt tatsächlich viel frischer und jugendlicher als unlängst. Ihre Haut ist gestrafft, auch muß sie jetzt einen guten Friseur haben. Sogar das bonbonrosa Kleid mit dem verwegenen Muster steht ihr ausgezeichnet.

»Wenn eine Frau wie *Sie* das behauptet! Und — stellen Sie sich vor — mein Mann... Verschiedene Andeutungen lassen drauf schließen, daß er sich mit ihr — Sie wissen schon — überworfen hat. Ich hab's ja gleich gewußt, daß sie nichts für ihn ist. Recht geschieht ihm! Auf einmal ruft er fortwährend an und tut zerknirscht und schreibt mir zärtliche Briefe wie einst im Mai. Komisch, was? Jetzt laß ich ihn ein bissel dunsten.«

»Ich verstehe, Sie machen sich rar.«

»Genau. Außerdem nütz ich die Zeit hier. Die ›Therme Linda‹ bekommt mir wunderbar. Dazu krieg ich noch Ganzmassage, Fangopackungen für die Schönheit, und in der ›Aphrodite‹ schwimm ich jedesmal zwanzig Runden. Glauben Sie, daß es hilft?«

»Bestimmt. Man merkt's schon ganz deutlich.«

Sie freut sich wie ein Kind. »Finden Sie? Ich danke Ihnen! Weiß der Himmel, wieso man hier so zuversichtlich wird, richtig draufgängerisch. Ich denk mir, wenn der Schorschi vielleicht wieder ganz zu mir zurückfindet...? Schließlich hat man noch nicht viel gehabt vom Leben.«

Mein Orangensaft ist getrunken. Schnell wieder loskommen. »Ich muß jetzt ins Hotel...«

Sie erhebt sich ebenfalls. Händeschütteln. »Nein, wie mich *das* gefreut hat! Die ganze Insel spricht ja von Ihnen. Übrigens bin ich schon wahnsinnig gespannt auf den Film. Stimmt es, daß alles echt historisch ist?«

»Ja, ja, das trifft zu.«

Die große Sonnenbrille aufsetzen. Das Blickekreuzfeuer übersehen. Als ob es mir nicht doch Spaß machte! Claudio hat auch meine Eitelkeit wiedererweckt.

Ich lasse die gute Dame allein zurück. Sie wird im Herbst wieder neben ihrem Mann auf dem Stammplatz im Wiener Burgtheater sitzen. Wenn Maria Stuart zum Schafott geht oder Medea ihre Kinder ermordet, wird sie sich zur Beruhigung ein Schokoladebonbon in den Mund schieben. Ihr Schorschi wird ihr in der Pause ein Glas Sekt spendieren, ihr am Schluß galant in den Mantel helfen und den folgenden Abend vielleicht schon wieder mit einer andern verbringen. Im kommenden Jahr wird sie wieder nach Ischia fahren, um hier neue Jugend einzukaufen — für *ihn*.

Am Empfang händigt man mir eine Postkarte aus, die Ansicht eines Dorfplatzes mit Kirche, hinten die wohlbekannte Krakelschrift:

»Herzlichen Gruß! Freu mich, wenn es der gnä' Frau gutgeht. Aber aufpassen, bittschön. Ich geh viel Himbeersuchen. Römatismus besser. Ihre alte Sofie.«

Keine Nachricht von Günther. Plötzlich bin ich in Sorge um ihn. Oder ist es nur mein schlechtes Gewissen? Warum soll ich ihn nicht anrufen? Um diese Zeit müßte er in seinem Büro sein.

Während ich schon seine Nummer wähle, kommt mir dieses Unterfangen absurd vor. Was soll ich mit ihm sprechen? Das Klingelzeichen ertönt. Er ist wahrscheinlich längst abgereist.

Nein, da meldet er sich mit seinem singenden Tonfall: »Weigand...?«

Ich merke, daß er überrascht und sehr erfreut ist, meine Stimme zu hören. »Lydia! Was für ein Zufall. Ich bin nämlich eben dabei, hier Schluß zu machen und nach Salzburg zu fahren.«

»Schön, dich noch zu erreichen. Warum hast du mir nicht geschrieben und nicht angerufen?«

»Es gab nichts mitzuteilen, was dich interessieren könnte.«

»Du irrst dich. Es interessiert mich, wie's dir geht.«

Eine Pause folgt. Ist die Verbindung unterbrochen? Nein, Günthers Stimme antwortet knapp und nüchtern: »Es geht mir zufriedenstellend, vielen Dank. Und dir?«

Herrlich, wunderbar — könnte ich antworten, aber das wäre taktlos. »Es geht mir gut. Fragst du nicht, was ich treibe?«

»Das ist mir bekannt. Es stand in der Zeitung. Außerdem lag's für mich auf der Hand, daß du hinfährst, um diesen Film zu machen.«

Er sagt es ruhig und teilnahmslos. Ein Abgrund von Fremdheit ist zwischen uns. Wozu habe ich ihn angerufen? »Und das Wetter? Warst du Tennis spielen oder schwimmen?«

»Kaum, in Wien regnet es seit einer Woche.«

»Was du nicht sagst! Hier ist herrlichster Hochsommer.«

»Ich weiß, auf Ischia ist alles herrlich...«
Jetzt reizt er mich doch noch zur Wut. »Du sprichst, als hätte ich dir weiß Gott was getan. Wenn du mir so böse bist...«
»Ein Mißverständnis, Lydia, ich bin dir niemals böse. Nur — verzeih mir, wenn ich etwas in Sorge um dich bin.«
»Gänzlich unbegründet, Günther. Ich arbeite enorm viel, aber das behagt mir. Versteh doch, ich *mußte* das alles riskieren!«
»Riskieren? Hattest du das wirklich nötig? Schon gut, ich bemühe mich ja, es zu verstehen. Gib acht auf dich! Jedenfalls danke ich dir für deinen Anruf!«
»Leb wohl, Günther, viel Spaß in Salzburg — bei den Festspielen...«
Aus. Ich stelle mir vor, wie er mit seinem traurig-resignierenden Lächeln den Hörer hinlegt. Warum spüre ich auf einmal diese Beengung? Ich habe das Gespräch begonnen wie eine ungehorsame Tochter, die eine Rüge ihres Vaters erwartet. Jetzt aber schäme ich mich. Natürlich weiß Günther so gut wie ich selbst, daß ich mein Versprechen gebrochen habe, Falckner nicht zuzusagen... Daran glaubte ich in jenem Augenblick, aber es war Selbstbetrug. Ich bin Claudio genauso erlegen, wie Günther es befürchtet hat. Und er geht ruhig darüber hinweg.
Die Hitze flirrt über den flachen Dächern der Würfelhäuser, über den Treppenwegen. Ich habe plötzlich keine Lust, allein an den Strand zu gehen, auch keine Freude an irgendeinem Unternehmen. In Wien regnet es, hat Günther gesagt. Wien... Als ich abreiste, blühte eben

der Flieder. Jetzt müssen im Volksgarten hinter dem Burgtheater die Rosen in Blüte stehen. Ich sehe sie im kühlenden Sommerregen, sehe die Tropfen in den Teich fallen, spüre den Geruch des nassen Rasens. Die Menschen gehen unter Regenschirmen ...
Was für ein sonderbarer Anfall von Heimweh. Schon wieder vorbei. Wien ist unendlich weit, und ich bin auf Ischia. Aber ich fühle mich jetzt so merkwürdig verloren ohne Claudio, fast wie eine Verbannte. Vermutlich hat mir das Gespräch mit Günther nicht gutgetan.
Im Hafen liegt ein weißes Motorboot, startbereit zu einer Inselrundfahrt. »Giro del Isola! Sie uollen farren, Signora?«
Aber ja, warum nicht! Ich kann in Ponte aussteigen und mich früher, als Claudio es wünschte, auf dem Felsen einfinden.
Im Schatten der ausgespannten Plane sitze ich angenehm, schon fährt das Boot um den kleinen Molo. Es ist nicht voll besetzt. Ein sehr junges Liebespaar, eine Gruppe von jugendlich unternehmungslustigen, älteren Damen. Alle in Urlaubslaune, keiner so allein wie ich. Werde ich diese üble Stimmung nicht bald los?
Der Meereswind kühlt mir die erhitzte Haut, langsam kann ich wieder um mich blicken. Die Spiaggia dei Maronti, wimmelnd von Badefreudigen. Auf der andern Seite zeigt Capri seine scharfen Konturen, was zumeist eine Wetteränderung ankündigt. An der Flanke des Monte Cotto windet sich die kühn angelegte Serpentinenstraße wie eine gelbe Schlange hangauf nach Barano. Auf einmal ist mir, als hätte ich das alles schon viel zu oft gesehen. Alles zu schön, um es lange zu ertragen ...

Das Boot tuckert. Gesprächsfetzen dringen an mein Ohr. Hinter mir sagt eine Männerstimme:
»Zum Kastell könnten wir sowieso nicht, meine Liebe. Dort wird doch angeblich gefilmt.«
Eine Frauenstimme antwortet: »Richtig, davon hörte ich im Hotel. Claudio Falckner macht dort Außenaufnahmen für irgend etwas Historisches. Übrigens soll er auf der Insel ein herrliches Haus besitzen.«
»Wenn es nicht einer seiner Favoritinnen gehört. Man sagt ihm einen beachtlichen Konsum nach.«
»Nun ja, diese Künstler... Und er hat ja so was Gewisses, das die Frauen verrückt macht.«
»Jetzt ist er auch nicht mehr der Jüngste. In seiner großen Ära war er ja wirklich beachtlich. Aber in letzter Zeit... Erinnerst du dich an seine ›Maria Stuart‹ bei uns im Schauspielhaus?«
»Ach ja, schrecklich. Auch so ein moderner Irrsinn. Das war doch kein Schiller mehr!«
Meine Hände im Schoß zittern vor Empörung. Nach einer Weile drehe ich mich vorsichtig um. Ein ältliches Paar steht an der Reling. Der Mann hat den Kopf eines etwas schrulligen Gelehrten, die Dame trägt einen lila Schleier um das schön frisierte graue Haar und eine goldgefaßte Brille auf der strengen Nase. Wie können diese offenbar gebildeten Menschen so über Claudio urteilen?
Aber gleich wieder wundere ich mich über meinen Ärger. So etwas dürfte mir nicht mehr nahegehen. Ich weiß doch, wie großartig sich manche vorkommen, wenn sie jede neue Idee zerreden und verdammen.
Die vulkanische Steilküste gleitet vorüber, Weinter-

rassen, dazwischen blühende Hänge und zerrissene Schluchten — das verwirrende Spiel der Gegensätze. Boote flitzen an uns vorbei wie riesige Libellen. Das Liebespaar steht staunend, Arm in Arm verschlungen. Jetzt rundet das Schiff den Felsvorsprung der Punta San Pancrazio. Einer aus der Damengruppe wird etwas übel, sie holt ihr Eau-de-Cologne-Fläschchen hervor. »Ich glaube, es gibt Schirokko«, sagt sie entschuldigend. Die andern fächeln ihr Kühlung zu.

Wir halten an der Grotta del Mago, vor uns ein geheimnisvolles blau- und korallenrotes Farbenspiel. Ein paar Schwimmer tauchen verwegen unter die Höhlung des Felsens. Die Stimme des Bootsführers schnarrt durch den Trichter. Warum ist Claudio nicht bei mir, um von Zauberern und Nymphen zu erzählen, wie nur er es kann?

Da ist schon der schöne Strand von Cartaromana. Berichtet man nicht, daß Vittoria Colonna von ihrem Felsen herüberkam, um in den warmen Thermen zu baden oder aus der berühmten Quelle zu trinken? Der klobige Turm des Giovanno de Guevara, umgebaut nach Michelangelos Plänen! Eben berichtet der Führer, Buonarroti, mit Vittoria befreundet, sei selbst hier gewesen. Das ist umstritten, aber es muß ja nicht alles wahr sein, was man den Fremden erzählt...

Doch besteht noch der Apfelgarten, in dem Boccaccio eine Szene aus seinem »Decamerone« spielen ließ. Noch immer liegt über der verträumten blaugrünen Bucht der Hauch von Romantik und Abenteuer. Und das mauerumgürtete Felsenriff zeigt, von dieser Seite betrachtet, seine grün überwucherten Terrassen. Wohl begreiflich, daß viele Tausende darauf Zuflucht fanden, bevor Krieg, Pest und Niedergang sie auch hier vertrieb.

Das Boot steuert zum Anlegeplatz. Für mich ist die Fahrt beendet. Bevor ich aussteige, komme ich an dem ältlichen Paar vorbei, das einträchtig auf einer Schiffsbank sitzt. Der professorale Herr blickt zum Kastell hinauf. »Alles Ruinen. Kannst du dir vorstellen, daß dort ein normaler Film entsteht?«

Seine Gefährtin lächelt geringschätzig. »Ich bitte dich, was ist heute schon normal? Überhaupt dieser Falckner — er ist doch ein Spinner. Hauptsache — von sich reden machen!«

Als hätte ich einen gallbitteren Brocken zu schlukken... Warum haste ich so über die vielen Stufen, bis mir das Kleid an der Haut festklebt? Ich möchte so rasch als möglich bei Claudio sein, um widerlegt zu finden, was ich gehört habe, um wieder zu erleben, wie er *wirklich* ist!

Das Gelände vor den Garderoben kommt mir sonderbar vereinsamt vor. Sind alle beim Mittagessen? Da vertritt mir eine der Komparsinnen, die schon mehrmals als Vittorias Zofe stumm ins Bild kam, den Weg.

»Guten Tag, Frau Merwald. Er hat schon ein paarmal nach Ihnen gefragt. Jetzt drehen sie in der Boutique.«

Ich höre den ängstlichen Unterton. Er — damit kann nur Claudio gemeint sein, vor dem hier alle heimlich zittern. Warum hat er nach mir gefragt? Er wollte doch ein paar Szenen mit Pescaras Gefolge, die ihm nicht gut genug schienen, wiederholen.

In der Boutique steht die Tür offen. Ich sehe sofort,

daß nicht gedreht, sondern nur geprobt wird. Horst Meissl lehnt rauchend an der Wand und beobachtet interessiert den Vorgang. Alexander Holl, der seinen Film-Sommeranzug trägt, taucht eben in das Licht eines Scheinwerfers. Am Ladentisch posiert eine Frau im hellgelben Kleid: Mirella Dozzi.

»Aus!« unterbricht Claudio die Szene. »Was war denn mit dir los? Bist du krank? Ich warte seit vier Stunden auf dich!«

Er ruft es mir statt einer Begrüßung entgegen. Noch bevor er hinter den Draperien hervorkommt, weiß ich, daß er schlechtester Laune ist.

»Wie konntest du mich erwarten? Ich sollte doch auf deinen Wunsch nicht vor drei Uhr hier sein.«

»Das soll *ich* gesagt haben? Wann denn? Kann mich nicht erinnern.«

Claudios Stimme grollt. Er scheint nicht zu bemerken, daß er mich vor den andern blamiert. Ich sehe Meissls spöttischen Blick. Die Dozzi steht mit lauernd gespanntem Ausdruck neben Holl. Plötzlich bin ich selbst voll Auflehnung.

»War's denn so wichtig? Fürs erste hast du ja Ersatz gefunden, wie ich sehe.« Was für eine törichte Bemerkung! Ich weiß es sofort.

Schon trippelt die Dozzi auf mich zu, wirft einen hilfesuchenden Blick auf Meissl. »Scusi, Signora Merwald! Herr Falckner — er unbedingt wollte probieren andere Beleuchtung. So ich bin eingesprungen. Es war doch nur — all'improvviso.«

Ihr Geplapper macht die Situation nur noch peinlicher.

»Geruhst du jetzt vielleicht weiterzumachen?«

Claudio steht vor mir, sieht mich belustigt und spöttisch an. Die übrigen scheint das zu amüsieren.

»Nein. Ich habe noch nicht Mittag gegessen.«

Eine heiße Welle von Zorn schlägt mir bis zum Hals, erstickt jedes weitere Wort. Ich weiß nicht, wie es mir gelingt, mich einfach umzudrehen und hinauszugehen, hinter mir nichts als verblüfftes Schweigen.

In der Kantine ist es kühl und still. Nur ein paar vom Stab sitzen in der Ecke gegenüber beisammen, sie beachten mich nicht. Die Serviererin stellt meinen gewohnten Fruchtsaft vor mich hin, bringt mir das bestellte Essen. Aber ich weiß nicht, was ich zu mir nehme, die Erregung vibriert in meinem ganzen Körper. Wie konnten wir so aneinandergeraten? Habe ich es nicht eigentlich kommen sehen? Es lag irgendwie in der Luft, schon eine gute Weile.

»Nicht normal. Ein Spinner... Hauptsache — er macht von sich reden...« *Das* ist es. Ich hätte nicht auffangen dürfen, was diese Leute über Claudio lästerten. Wußte ich nicht, wie oft ihm Unrecht geschieht, wie häufig sein Genie verkannt wird? Ich selbst habe ihn herausgefordert, mich zu einer albernen Äußerung hinreißen lassen. *Ich* habe die Beherrschung verloren. Kommt er nicht, um das Mißverständnis zu bereinigen?

Nach einer Weile schlendert Horst Meissl lässig herbei und setzt sich stillschweigend neben mich.

»Ein unguter Tag, wie? Falckner rappelt heute seit dem frühen Morgen. Nehmen Sie's ihm nicht übel. Ich fürchte schon längst, daß er sich zuviel zumutet.«

Es klingt ernstlich besorgt. Was macht den zurückhaltenden Meissl so aufgeschlossen? Irgendwie kann ich seinem freundlichen Ton nicht ganz trauen. Ich will lieber vorsichtig bleiben.

»Nun, ich war ja auch nicht gerade beherrscht und einsichtsvoll.«

Er sieht mir ruhig zu, wie ich meine Eiscreme löffle.

»Stimmt, Lydia. Aber — Sie sind doch hoffentlich nicht eifersüchtig auf die Dozzi?«

Mein Auflachen gelingt mir rechtzeitig. »Was für ein Unsinn! Hielten Sie denn das für angezeigt?«

»Keinesfalls. Schon deshalb nicht, weil solche Gefühle schädlich sind. *Sie* braucht es doch nicht zu stören, daß Mirella sehr ehrgeizig ist und sich gern in Falckners Nähe sonnt.«

»Ich denke, sie ist *Ihre* Freundin?« Besser, ich hätte das nicht gesagt!

Er sieht mich belustigt an. »Wieso das? Du lieber Himmel, wenn Sie wüßten, wie mich dieser Typ kalt läßt! Woher stammt Ihre Vermutung?«

»Ich dachte es eben.«

»Nein, das geht wirklich an der Wahrheit vorbei. Da ich die Geschichte für bedeutungslos halte, kann ich ruhig darüber sprechen. Vor einem halben Jahr in Rom — Baldaffini gab eine seiner pompösen Gesellschaften — ich glaube, es war die erste Zusammenkunft wegen Falckners Filmprojekt —, da war auch die Dozzi unter den Gästen.«

»Ja — und?«

»Falckner unterhielt sich recht angeregt mit ihr. Und plötzlich waren die zwei gemeinsam verschwunden. Da gab es einiges Gerede. Ich weiß natürlich nicht, was zwischen den beiden vorgefallen ist.«

»Und dann ist sie überraschend auf der Insel erschienen und hat sich an *Ihre* Fersen geheftet?«

»Sozusagen. Aber wohl nur deshalb, damit ich als Mittelsmann diene.«

Ich sehe ihn an. Es gibt keinen Grund für mich, ihm länger zu mißtrauen. Aber auf einmal erscheint mir die Geschichte doch nicht so belanglos.

»Horst! Sie wissen doch hoffentlich, daß ich bis zuletzt gezögert habe, die Vittoria-Rolle zu übernehmen?«

Er sieht mich überrascht an. »Nein. Ich weiß nur, daß mich Falckner eines Tages anrief und wie erleuchtet erklärte, er habe nun die einzig richtige Besetzung gefunden — *Sie*. Er war wie behext von diesem Plan und schien seiner Sache völlig sicher.«

»Und was haben Sie dazu gesagt?«

Er windet sich ein wenig. »Offen gestanden war ich anfangs etwas skeptisch. Verzeihen Sie, bitte, ich hatte Sie lange nicht gesehen. Erst als wir uns dann in Rom begegneten, habe ich meine Ansicht geändert.« Es klingt so, als müßte er mir Abbitte leisten.

»Dann — war also zuerst Mirella Dozzi für die Rolle vorgesehen?«

»Das weiß ich nicht. *Ich* habe sie jedenfalls nicht dafür vorgeschlagen.«

Betreten schweigen wir eine Weile. Wie soll ich mir das alles erklären? Ich mache noch einen Versuch, die Dinge zu entwirren:

»Glauben Sie, Horst, daß sich Fräulein Dozzi noch immer Hoffnungen auf die Rolle gemacht hat, als sie nach Ischia kam?«

Er denkt nach. »Auszuschließen ist es nicht. Auf die

Rolle oder — auf anderes. Oder beides... Es würde mir jedenfalls manches erklären.«

Plötzlich verschließt er sich wieder, als hätte er schon zuviel gesagt. Er nimmt einen Schluck aus seinem Glas und lächelt mir ermunternd zu. »Aber das alles braucht *Sie* doch nicht zu berühren, Lydia! Eine Frau von Ihrer Persönlichkeit steht so weit über solch kleinen Anfängerinnen.«

Das klingt mir nun doch zu sehr nach Schmeichelei. Wo liegt die volle Wahrheit?

Horst Meissl steht auf und drückt mir kameradschaftlich die Hand. »Dann also — nur weiterhin Mut! Auch kleine Verstimmungen wie die von vorhin gehören zur Tagesordnung. Sie kennen ihn doch!«

Ja? Kenne ich Claudio wirklich? Mir ist im Augenblick so elend, als wäre mir etwas fortgerissen worden, das ich zum Leben brauche. Unvorstellbar, jetzt auch nur die kleinste Szene zu spielen. Ich kann auch nicht hier bleiben und einfach über den Zwischenfall hinweggehen.

Es ist mir gleichgültig, ob jemand meine Flucht bemerkt. Ohne mich umzusehen, laufe ich davon, die Treppen hinunter. Vor dem großen Tor stürzt mir die Lichtflut entgegen, unerträglich helle Sonnenglut. Das Boot liegt am Anlegeplatz. Raffaele reicht mir die Hand, redet auf mich ein, während wir schon losfahren. Ich sage ihm, daß ich Kopfschmerzen habe und rasch zum Hotel möchte.

»Si, si. È malata la deplorabila signora? Il maledetto scirocco!«

Das Hotelzimmer nimmt mich auf, kühl und fremd.

Ich werfe mich auf mein Bett. Nichts hören, von nichts wissen! Plötzlich brennt es heiß in meinen Augen, ein Schluchzen schüttelt mich. Es ist befreiend, kommt aber zugleich aus einer verspäteten Einsicht, daß ich eine Menge falsch gemacht habe. Was denn nur? —

Ich muß geschlafen haben. Der Raum liegt dämmerig grün hinter herabgelassenen Jalousien. Wie allein ich bin. Als hätten mich alle im Stich gelassen.

Langsam kriecht die Erinnerung auf mich zu — ein Traum. Da war ich doch eben in der Schauspielschule. Kräfteraubende Atemübungen, Sprechübungen, Bewegungsübungen... Aber dennoch ein ungeheurer Wille, das alles durchzustehen, zu lernen, um jeden Preis. Die erste Rolle. Gretchen. Leidenschaftliche Hingabe, erstauntes Aufhorchen des berühmten Lehrers, den ich verehrte. »Sie werden mir noch ohnmächtig! So dürfen Sie sich nicht verausgaben, meine Liebe!«

Haushalten lernen mit der eigenen Kraft, mit der Preisgabe! Aber trotzdem jedesmal ein neues Versinken in die Rolle, Einswerden mit der andern, mit der Hero, der Luise. Ihre Liebe? Ihre Leidenschaft? Nein, meine eigene! Immer neues Hineinschlüpfen in ein anderes Wesen, immer neues Besessensein. Habe ich's verlernt, ich selbst zu sein?

Völlig wach liege ich da, kann das Damals vom Heute nicht mehr trennen. Was ist aus mir geworden? Welche Rolle ich auch verkörperte, immer geschah es mit ganzem Einsatz, nie mit Routine. Und niemals wollte ich etwas auf Umwegen erreichen, nie durch diplomatische Manöver und Intrigen wie manche andere.

Aber jetzt? Die Vittoria-Rolle war Mirella Dozzi zugedacht, und ich habe sie bekommen. Warum? Was ging da vor? Ich habe mich nicht eingeschlichen, nicht aufgedrängt. Ob die Dozzi geeignet gewesen wäre — was geht es mich an? Sie ist immerhin jung und schön...

Meine Lider werden schwer. Als ich sie wieder öffne, ist es fast dunkel. Aber ich erkenne Claudio. Er sitzt an meinem Bett und sieht mich an. Plötzlich habe ich Angst vor ihm. Oder vor mir selbst?

Sein Gesicht ist nicht genau zu unterscheiden, aber ich weiß, daß er lächelt. »Du mußt sehr müde gewesen sein, Lydia. Es war auch für mich ein abscheulicher Tag. Alles ist schiefgegangen.«

»Und ich habe dir nicht helfen können.«

»Nein. Möglicherweise war ich taktlos, verzeih. Das Maß war eben voll geworden.«

Das ist schon viel an versöhnlicher Einsicht. Er konnte es nie zugeben, wenn er ungerecht gewesen war.

Schon gut... Nein, nichts ist gut! Plötzlich erwacht die Qual der letzten Stunden, mein Widerstand bäumt sich auf.

»Claudio! Ich kann nicht mehr weiter, hörst du? Dreh die paar Szenen neu, fang von vorne an — mit der Dozzi in der Vittoria-Rolle. So wolltest du es doch von Anfang an!«

Er fährt wie verwundet auf. »Was soll das? Woher kommt das auf einmal?«

»Horst Meissl hat mir erzählt...«

»Wie kannst du ihn anhören! Meissl ist ein Schwätzer. Er taugt nur an der Kamera etwas, sonst nicht.«

»Ich glaube aber, daß er mir die Wahrheit gesagt hat. Warum sollte er mich täuschen wollen?«

»Was für eine Wahrheit? Woher willst du wissen, daß er sie begreift?«

Er geht ans Fenster und läßt die Jalousie hochschnellen. Blaßrosa Dämmerung fällt ins Zimmer. Im Fenster steht, fast schon als Silhouette, das Felsenriff, ernst und wuchtig wie ein Mahnmal.

»Dann erklär' *du* es mir doch, Claudio!«

Er bleibt am Fenster stehen, blickt hinüber auf die dunklen Pinienwipfel. »Was denn? Die Episode mit der Dozzi? Ich kann mich kaum dran erinnern. Von ihrer Sorte gibt es viel zu viele — hübsch, leidlich begabt und durchtrieben. Als sie sich zum erstenmal an mich heranmachte — bei einem Souper in Rom —, da hat mich ihr Getue amüsiert. Aber das war nicht ihr Verdienst, sondern meine augenblickliche Stimmung. Sie dauerte einen Abend, nicht länger. Was für eine Bagatelle!«

»Und an diesem Abend — hast du ihr die Rolle versprochen?«

Er sieht mich beinahe entsetzt an. »*Ich?* Niemals. An diesem Abend wurde über mein Filmprojekt verhandelt, und sie war dabei. Nachher hatte ich keine Zeit mehr für sie. Ich war so voller Ideen, war ganz einfach...

»Besessen?«

Sein Bekenntnis rührt mich, rührt an das Verwandte zwischen uns. Ich kenne ihn ja doch, ja, jetzt ist mir, als würde ich ihn seit Urzeiten kennen.

Er blickt noch immer auf die verlöschende Landschaft hinaus. »Besessen, ja. Warum fragst du mich, wenn du es doch weißt, Lydia.«

Jetzt spürt er die gleiche Verwandtschaft. Die Geschichte mit der Dozzi ist wirklich eine Bagatelle. Stand nicht schon weit mehr zwischen uns?

»Du hast recht, Claudio, ich müßte dich anders fragen: Glaubst du, daß man so viele Jahre und das, was sich in ihnen ereignete, einfach überspringen kann, weil man gern wieder dort stehen möchte, wo man damals stand?«

Mit einem Satz ist er an meinem Bett. »Unsinn! Ich habe nichts übersprungen. Begreif doch, du warst nie fort von mir. Ich bin dich nie losgeworden, Lydia! Manchmal wollte ich's und hab alles drangesetzt, hab dich verwünscht und — mich gleich wieder nach dir gesehnt. Aber du bist irgendwo festgehangen, und das Leben ging weiter. Trotzdem — was mir seither gut gelang, stand immer irgendwie in deinem Zeichen. Und was ich falsch gemacht habe — es bleibt ohne Bedeutung für uns. Sag mir, daß es dir ähnlich gegangen ist, Lydia, bitte sag es mir!«

Er umklammert meine Schultern mit hartem Griff, seine Augen, so nahe den meinen, sind furchterregend. »Es *ist* mir ebenso gegangen. Aber — ich hätte dich nicht mehr zurückgeholt.«

»Ich weiß, dein Stolz...« Er läßt mich los, streicht sich mit den Fingern durchs Haar. »Ich glaubte es auch nicht zu können, viel zu lang. Aber ganz plötzlich war es soweit. Als würde auf einmal alles, was ich getan und erreicht habe, langsam verblassen und nur eines deutlich hervortreten: Die Zeit mit dir, der Sommer auf dieser Insel, als du *meine* Vittoria warst.«

Leise Stimme, zärtliche Hand an meiner Wange. Ich darf ihn nicht unterbrechen, er ist jetzt wie in Trance.

»Lach mich ruhig aus, Lydia! Es war mir, wie's dem Pescara gewesen sein muß, als er wußte, daß seine Verwundung tödlich war. Als er nach Vittoria sandte ... Ich habe dich gerufen, und du bist gekommen. Dafür danke ich dir. Hörst du's? Vielleicht sag ich es nie wieder. Ich *danke* dir.«

Ach, Claudio. Ich möchte ihm sagen, daß er närrisch ist und sonderbares Zeug redet, aber ich kann es nicht. Es gibt nichts, als die Arme um seinen Hals zu legen. Wie lange halten wir uns so fest in dem fremden, dunklen Zimmer?

Da schiebt mich Claudio von sich. »Gehen wir aus? Ich habe den ganzen Tag nichts gegessen. Ein Festmahl für uns zwei, irgendwo im Verborgenen. Komm, mach dich schön, Lydia!«

Er greift zum Lichtschalter, steht schon an der Tür. Im grellen Licht, das mich blendet, sehe ich erschrocken in sein Gesicht. Es sieht müde aus, erschöpft, fast verfallen. Aber es lächelt mir strahlend zu wie in unseren schönsten Tagen.

Ist er vielleicht wirklich ein romantischer Spinner, ein genialer Verrückter? Ist vielleicht seine beste Zeit vorüber und sein Stern im Sinken? Wie immer — es ist *Claudio!*

Unter der Brause zerstiebt die seltsame Magie der letzten Stunde. Auch die Widerwärtigkeiten des Tages fallen von mir ab, sind beinahe schon vergessen. Nichts bleibt als das gute Gefühl, etwas Verworrenes geklärt zu haben, und die Vorfreude auf den Rest des Abends.

Ein Gewitter hat Abkühlung gebracht. Ihm folgte für Tage eine völlig veränderte Wetterlage, ein fremdes, kaltes Blau, eine andere Art von Wolken, weißgraue, drohende Ungeheuer, die eilig den Horizont entlangjagen. Manchmal überzieht den Epomeogipfel ein milchiges Weiß, hängt in Schleierfetzen über den grünen Hängen. Und dann der Wind, ein böig fauchender, angriffslustiger Gesell, der das Meer aufwühlt, es mit weißen Schaumkronen verziert und hohe, blaugrüne Wellen an das Felsenriff donnern läßt.

Zugleich mit der Wetteränderung kam das, was ich heimlich »unsere Krise« nenne. Laut davon zu sprechen wäre unklug und würde die Sorgenfalte an Claudios Nasenwurzel vielleicht noch vertiefen. Niemand will wahrhaben, daß sich etwas geändert hat.

Vorerst gab es nur ein erlöstes Aufseufzen, weil die Hitze vorbei zu sein schien. Aber nachdem ein paar Regengüsse die Dreharbeiten jäh unterbrochen haben, ist plötzlich der große Schwung gebremst. Die Leute vom Team verkriechen sich nur zu gern in die geschützten Ecken der Bars und Espressi. Meissl begann bereits von Atelieraufnahmen in Rom zu sprechen, die man einschieben sollte. Holl widmet sich mit Hingabe seiner Thermalkur. Mirella Dozzi bleibt unsichtbar. Ist sie abgereist? Niemand fragt nach ihr.

Claudios Laune schwankt beängstigend. Wenn ihn jemand von seinen Leuten anspricht, kann er mit seiner alten Überzeugungskraft blenden und redet von einer willkommenen kleinen Erholungspause, die das Wetter uns aufzwingt. Auch wenn wir allein sind, versucht er wie früher zu sein und ist es doch nur für die kurzen

Minuten, wenn die Welt unserer Arbeit versinkt und er nur für mich allein da ist. Aber selbst das leidenschaftliche Untertauchen in unsere Liebe bringt nur eine flüchtige Ablenkung, keine dauernde Erleichterung. Gleich wieder spüre ich sein Sichanklammern wie einen stummen Hilferuf: Glaubst du an mich? Bleibst du an meiner Seite? Die Sorge ist von seinem Gesicht nicht zu verbannen, sosehr er sie auch zu verbergen trachtet. Ich kenne ihn zu gut.

Beschäftigen ihn die geplanten Neuaufnahmen einiger wichtiger Szenen so sehr? Gleichsam über Nacht fielen ihm diese Änderungen ein, erschienen ihm auch sofort unerläßlich, und er bestand darauf, alles mit mir zu besprechen.

Plötzlich erscheint es ihm nicht wirkungsvoll genug, daß Vittoria die letzte traurige Nachricht Ferrantes auf Ischia erhält und sich eilig auf den Weg zu ihm macht. Der Ruf des Todkranken erreichte sie zu spät. Immer noch muß er vorher an seinen guten Stern geglaubt und auch seine Frau damit vertröstet haben. Wahrscheinlich hat er auch die Schwere seiner Wunden unterschätzt, zu sehr der Kunst des Medicus vertraut. In Viterbo, noch weit vom Ziel entfernt, traf Vittoria auf ihrer Reise die Kuriere aus Mailand. Sie brachten ihr die Nachricht von Ferrantes Tod. In ihrer ersten Verzweiflung floh sie ins Kloster San Silvestro in Rom und kehrte später erst nach Ischia zurück.

»Dieser ständige Ortswechsel erzeugt Unruhe, er bringt die Szenen um ihre Ausdruckskraft!«

Claudio läuft hin und her wie ein Panther im Käfig, immer hin und her zwischen dem Bärenfell und dem alten Schrank. Schon zweimal ist Antonietta aufgetaucht, um das Frühstücksgeschirr abzuräumen, und zog sich scheu wieder zurück. Sie wagt sich nicht in die Gewitterstimmung in diesem Raum.

»Wie würdest du es denn anders machen wollen?«

Er bleibt vor meinem Sessel stehen, wirft seine ausdrucksvollen Hände hoch. »Ich möchte, daß Ferrante in deinen Armen stirbt, wo immer.«

Ich sehe ihn verwirrt an. Vittoria oder Lydia — da macht er oft keinen Unterschied mehr. Aber diese Szene...?

»Hältst du das nicht für gefährlich?«

»Nein. Versteh mich richtig, bitte! Kein sentimentales Getue! Eine letzte Aussprache, in der alles aufklingt, was die beiden verbunden und getrennt hat. Worte der Einsicht, Bedauern und Verzicht. Ein spürbares Einssein am Ende. Ich muß mir einen knappen, brillanten Dialog ausdenken. Aber vor allem das Bild muß sprechen. Diese Szene kann entweder elendig kitschig werden oder — ganz groß. Bei mir wird sie groß!«

Er lacht, es wetterleuchtet in seinem Gesicht. Dann kommt er ganz nahe, neigt sich zu mir. »Lydia! Glaubst du, daß diese kleine Abweichung von der Historie vertretbar ist?«

Er fragt es zögernd, fast demütig, als hinge alles von meiner Antwort ab. Eine ungewohnte Rührung packt mich. »*Du* kannst das vertreten, Claudio.«

Sein Blick umarmt mich, dann nimmt er den Marsch durchs Zimmer von neuem auf. Grübelt er schon über den Dialog nach? Wenn das Wagnis nicht gelingt, werden ihm seine Feinde Geschichtsfälschung vorwerfen. Und wenn es gelingt, werden sie's ebenfalls tun — aus Neid. Ich müßte diese Gefahr abwenden.

»Claudio...? Die schon gedrehten Szenen — Vittoria bekommt die Nachricht, Bestürzung, ihr Aufbruch zur Reise — du warst damit zufrieden. Und sie haben doch eine Menge gekostet! Wie willst du den Mehraufwand rechtfertigen?«

Ein Armhieb durch die Luft, als müßte er alles Gegnerische niederschlagen. »Das laß meine Sorge sein!«

Der Ausbruch erfolgt wie ein Donnerschlag. Mercutio fährt neben mir vom Bärenfell auf und spitzt wachsam die Ohren. Mein Einwand war falsch, er hat Claudio nur aus den Wolken gerissen.

Ein paarmal läuft er zum Telefon, um die Leute vom Team zusammenzutrommeln. Das Wetter sei gut genug, er wünsche jetzt weiterzudrehen. Es scheint Schwierigkeiten zu geben. Gehorchen sie ihm nicht mehr wie früher? Holl ist unerreichbar. Das Hotel gibt Auskunft, er sei zu einer kurbedingten Kontrolluntersuchung nach Casamicciola gefahren. Ein neuer Zornausbruch? Nein, Claudio gibt Auftrag, ihn raschest zu verständigen, er möge auf das Kastell kommen. Er stehe schließlich unter Vertrag!

Als wir uns eben auf den Weg machen wollen, läutet das Telefon. Claudio geht an den Apparat, ich höre eine freundliche Begrüßung auf italienisch. Dann wird seine Stimme eindringlich, beschwörend, es geht um Beträge. Plötzlich schließt sich mit sanftem Schwung die Zwischentür und fällt ins Schloß. War es die Zugluft — oder hat Claudio der Tür einen Stoß versetzt, um zu verhindern, daß ich mithöre?

Nach einer guten Weile kommt er zum Vorschein, aufgeräumt und guter Laune. »Dreimal darfst du raten, mit wem ich eben gesprochen habe, Lydia! Einer deiner Anbeter war's. Ah, du kommst ja doch nicht dahinter. Unser Freund Baldaffini. Stell dir vor, er wird uns die Ehre seines Besuches geben.«

Claudio ahmt den kleinen Dicken so köstlich nach, daß ich lachen muß. »Hat er dir gesagt, daß er nach Porto kommen wird?«

»Er kommt hierher in die Casa bianca, und zwar am Dienstag. Wir geben eben eine kleine Gesellschaft, Lydia!«

»Jetzt — während der Dreharbeiten?«

»Sei nicht schwerfällig! Er hat sich nach dem Fortgang der Arbeit erkundigt und sich dabei sozusagen selbst eingeladen. Er ist nun einmal gern unter Leuten von Rang, das schmeichelt ihm.«

Was geht hier vor? Ich kann meinen Verdacht nicht zurückhalten. »Claudio, steckt Baldaffinis Geld dahinter? Brauchst du Nachschub für den Film? Sag's mir ruhig!«

Er schmunzelt. »Du kluges Kind. Natürlich darf man's sich mit einem solchen Geldgeber nicht verderben. Aber ich lasse ihn nicht kommen, um ihn zu schröpfen, glaub mir. Das hielte ich für schäbig.«

»Und welche Rolle soll ich bei dieser Party spielen? Die einer Gastgeberin käme mir nicht zu.«

»Was für Töne auf einmal? Du bist meine Hauptdarstellerin und der Stern des Abends. Lydia Merwald ist Gast Nummer eins in diesem Haus, das darf jeder feststellen.«

Er sieht mich enttäuscht an, weil ich nicht geschmeichelt zustimme. Ich weiß nicht, warum ich seine Fröhlichkeit nicht teilen kann.

Plötzlich sieht er mich mißtrauisch an. »Hast du vielleicht Vorbehalte, Lydia?«

»Nein. Ich werde dir helfen und möglichst im Hintergrund bleiben, einverstanden?«

»Ich hole dich schon in den Vordergrund, verlaß dich drauf.« Er zieht mich an der Hand fort. »Komm, wir müssen jetzt auf den Felsen, sonst ist Holl, dieser Milchbruder, noch früher droben als wir.« —

Aus den so großartig geplanten Szenen wird vorläufig nichts, wir kommen über eine Stellprobe nicht hinaus. Dafür sitzen wir später im Ristorante und stellen die Gästeliste für die Party zusammen. Nur eine Handvoll Leute wünscht sich Claudio. Holl und Meissl sollen kommen, der junge Assistent Meissls. »Zu viele Männer! Wie wär's mit Signora Monti aus der Boutique? Sollte ihr Mann zufällig auf Ischia sein, könnte sie ihn ja mitbringen.«

Claudio findet meinen Vorschlag annehmbar. Plötzlich fragt er sanft. »Würde es dich stören, wenn wir die Dozzi dazunehmen? Nur so als Glanzpünktchen am Rande...«

»Ist sie denn noch auf Ischia?«

»Sicher nicht außer Reichweite.«

»Dann lade sie ruhig ein, Claudio.«

Zufrieden setzt er den Namen auf die Liste. Mir ist es recht. Schließlich habe ich der jüngeren Generation nie verübelt, daß sie anders ist als die meine. Im Gegenteil, eigentlich waren es oft die Jüngeren, die mir nicht verziehen, noch etwas zu taugen, statt ihnen das Feld zu räumen. —

Ich hätte nicht zu fürchten brauchen, daß mir die Pflichten einer Hausfrau zufallen könnten. Claudio beweist auch als Gastgeber sein großes Talent zum Arrangieren. Im Handumdrehen hat er eine Köchin aufgenommen, dazu einen Diener, der Antonietta beim Servieren unterstützen soll. Erfreute Zusagen der Gäste flattern ins Haus, nur Frau Monti bedauert, allein kommen zu müssen, ihr Mann ist schon wieder abgereist, geschäftehalber. Mirella Dozzi läßt durch Meissl ihren Dank ausrichten. Sie werde gerne kommen.

Es ist gewiß nicht nur ihre Zusage, die mich mit leisem Unbehagen erfüllt, wenn ich an diesen Abend denke. Unverständlich, daß er Claudio so besonders wichtig zu sein scheint. Das weckt immerhin meinen Ehrgeiz, schön zu sein, ihn nicht zu enttäuschen. Wir treffen also, jeder für sich, unsere Vorbereitungen. Warum ergreift mich dabei dieses sonderbare Lampenfieber?

Mein neues blauschattiertes Sommerabendkleid kennt noch niemand. Das zurückfrisierte Haar mit dem Knoten im Nacken steht mir gut. »Du siehst fürstlich aus, meine Marchesa!« ruft Claudio und will mich stürmisch in seine Arme nehmen.

»Halt ein, du Wilder, mein Make-up! Sie müssen bald kommen.«

»Ach was, Make-up! Du stehst weder auf der Bühne noch vor der Kamera. Sei, wie du bist, dann ist es richtig.«

Ich kann nur lachen. Dieser geliebte, besessene Mensch überschätzt mich ständig. Aber gerade diese Einschätzung gibt mir Rückhalt und Sicherheit. Zum Glück beendet das Auftauchen Rinos, des jungen Dieners, die Szene. Er tritt feierlich an die lange, schön arrangierte Tafel in der Wohndiele und legt kleine Blumensträußchen neben jedes Gedeck. Blumen in hohen alten Vasen stehen auch in allen Ecken. Durch die breiten bogigen Fenster leuchtet ein klarer Abendhimmel. Auch das Wetter hat sich längst beruhigt und spielt mit.

»Benissimo!« Claudio reibt sich die Hände. Jetzt kann ich erkennen, daß er nervös ist. Warum nur? Ich kannte so etwas an ihm nicht.

Signora Monti kommt als erste und entschuldigt sich, verfrüht zu erscheinen. Sie habe gehört, das Haus liege halb in Serrara, aber so schlimm sei es ja gar nicht. Ihre volle Brust im tiefen Ausschnitt des Kleides hebt und senkt sich. Der tiefrote plappernde Mund paßt nicht zu den todernsten Augen.

Dann gibt es am Eingang Stimmengewirr und Gelächter. Sind die übrigen gleichzeitig eingetroffen? Baldaffinis breiter Baß ertönt. Er nimmt sich in seiner Rundlichkeit neben Meissls langer Gestalt wie eine gelungene Lustspielfigur aus. Im Eintreten wischt er sich den Schweiß von der Stirn.

»Buona sera, signor Falckner! Warum Sie nicht haben eine Casa auf Epomeo? Wann lassen Sie bauen un ascensore, eine Lift?«

Claudio schüttelt ihm lachend die Hand, ein bißchen Bergsteigen sei nur gesund und fördere den Appetit. Dann erst begrüßt er die andern. Meissls Assistent hat seine Verlobte mitgebracht, eine junge Deutsche namens Renate, die ich flüchtig kennenlernte. Sie wohnt in einer

Pension außerhalb von Porto, um ihrem Schatz nahe zu sein. Ich mochte sie sofort gern.

Mit wirkungsvoller Verzögerung trippelt Mirella Dozzi herein. Ist sie nun tatsächlich mit Meissl gekommen? Ihr elfenbeinweißes Kleid umfließt sie wie eine Tunika, das rötliche Haar bildet einen leuchtenden Helm. Sie kommt zuerst auf mich zu, vollführt wieder den komischen Knicks, zwitschert viel Liebenswürdiges und sieht wirklich bezaubernd aus. Auch Claudio scheint das festzustellen, während er sie mit seinem spöttischen Lächeln begrüßt.

Endlich hat sich Baldaffini soweit erholt, daß er mich näher ins Auge fassen kann. »Bella signora Merwald, man nicht kann sehen, daß Sie sind ganz kaputt von Filmmachen!«

»Hat Ihnen denn jemand so etwas berichtet, signor Baldaffini?«

Claudio wirft mir einen warnenden Blick zu.

»Nicht berichtet, no, no. Ma jo so — ich weiß, unsere gute Maestro Falckner è un tiranno.«

Er blickt schelmisch aus seinen Schweinchenaugen. Alles lacht, am herzlichsten Claudio selbst.

Holl erscheint mit halbstündiger Verspätung, als wir schon zu essen beginnen wollen, und entschuldigt sich mit gutgespieltem Charme. In seinem hellen Abendanzug sieht er hinreißend aus, aber Mirella wendet sich doch gleich wieder ihrem andern Tischnachbarn zu, Claudio. Er sitzt zwischen uns beiden, das habe ich selbst so vorgeschlagen. Merkt Fräulein Dozzi vielleicht die gutmütige Ironie?

Nein, sonst würde sie nicht ständig verstohlen ihre

schmachtenden Blicke nach Claudio werfen, beim Schüsselreichen schnell seine Hand berühren. Ihn scheint dieses Spiel sehr zu belustigen. Während er mir zutrinkt, blinzelt er vergnügt.

Auf die Gamberoni und gratinierten Auberginen folgt »Pollame alla cacciatore«. Der strohgelbe »Monte Vico« in den Gläsern wird vom »Ischia rosso superiore« abgelöst. Antonietta und Rino tun ihr Bestes. Während ich Claudio helfe, das Tischgespräch zügig in Gang zu halten, schlemmt Baldaffini stumm und genüßlich, den Serviettenzipfel hinter dem Hemdkragen.

Plötzlich lehnt er sich seufzend zurück, hebt sein Glas und ruft mit fettglänzendem Mund: »Evviva il maestro della regia Claudio Falckner! Ich Ihnen wünsche, Sie immer machen Filme und Teatro mit diese gleiche Geschmack wie Essen und — mit *so* viele Geld!«

Der letzte Nachsatz löst ein kurzes, betretenes Schweigen aus. Ich sehe einen Anflug von Ärger in Claudios Gesicht. Da hebt Mirella Dozzi ihr Glas und ruft mit lauter Zwitscherstimme:

»Alla salute! Noch ein Hoch für Signor Falckner — perché — er *haben* Geschmack von eine große Künstler. Und Geld ohne Geschmack — è niente!«

Eine gefährliche Ovation — aber niemand scheint sie so aufzufassen. Bravorufe, Gläserklingen. Claudio küßt Mirella die Hand. Ihre Augen sprühen Blitze. Was für ein Schatz von einem Mädchen, so für Claudio einzuspringen. Im Augenblick ist sie mir sympathisch.

Baldaffini trinkt kräftig und wischt sich den Mund. Natürlich habe er mit dem Aufwand nur das vorzügliche Souper gemeint. Die Köchin muß hereinkommen, er tätschelt ihr den rosigen Arm, lobt ihre Künste. Durch die halboffene Tür saust Mercutio, der ausgesperrt war, in den Raum, wandert von einem Gast zum andern. Als Baldaffini ihm einen Hühnerknochen reichen will, weicht er befremdet zurück und setzt sich zuletzt neben die stille Renate.

Nach dem Kaffee bekommt Baldaffinis Faungesicht plötzlich einen strengen Zug. Er erhebt sich schwerfällig. Ob es Signor Falckner recht wäre, jetzt ein wenig über Geschäfte zu sprechen? Claudio steht auf und öffnet einladend die Tür seines Arbeitszimmers, sie schließt sich hinter den beiden.

Mein Unbehagen meldet sich wieder. War *das* der Zweck dieses Abends?

Auf einmal wissen die Zurückgebliebenen nicht viel miteinander anzufangen. Bei Dessert und Obst stockt das Gespräch. Meissl kramt unter den Schallplatten, Holl gähnt verstohlen. Signora Monti zeigt Renate die letzten Fotos ihrer Tochter.

Ich öffne die Tür zur Terrasse und atme tief. Draußen hat Rino die Tische und Korbstühle bereitgestellt. Windlichter brennen. Signora Monti kommt als erste nach, tritt an die Brüstung und blickt entzückt auf die verschachtelten, kulissenhaft beleuchteten Häuser von Sant'Angelo hinunter. »Ah, una vista magnifica! Hier muß sein herrlich zu wohnen, ja?« Ihre traurigen Augen fragen mich: Bist du glücklich? Sie muß längst wissen, daß ich nicht Claudios Frau bin.

Mirellas weißes Kleid schimmert an meiner Seite. »Es ist hier wunderbar! Signor Baldaffini nicht umsonst ist so verliebt in diese Haus...«

»Kennen Sie ihn schon lange?« frage ich.

»Nein, nur wenig. Er ist in Rom — come si dice? — un gran mecenate, eine Förderer für Künstler.«

»Dann haben Sie Claudio wohl durch ihn kennengelernt?«

»Signor Falckner? No. Ich ihn habe gesehen in Porto d'Ischia die erste Mal.«

Warum glaubt sie, mich so beschwindeln zu müssen?

»Und ich habe geglaubt, Sie hätten die Vittoria Colonna spielen sollen!«

Sie legt erschrocken beide Hände auf die Brust. »Ich? Mamma mia! Was glauben Sie! Ich gleich habe gewußt, für Vittoria Colonna ist gewählt una attrice cèlebre di Burgtheater a Vienna. Ich bin nur eine Anfängerin, signora!«

Wie glaubwürdig sie heuchelt. Dieses Gespräch gefällt mir nicht. Wo sind die andern? Wo ist Claudio? Horst Meissl lehnt rauchend neben mir, plaudert mit Signora Monti und hat dabei sein Fuchsgesicht. Renate und ihr Verlobter flüstern in einer dunklen Ecke. Worüber verhandelt Claudio da drinnen? Es kommt mir vor, als wüßten alle mehr darüber als ich. Wieder das Gespinst aus Lüge und Intrige — hatte ich mich nicht längst daraus befreit und war froh darüber gewesen? Hilfesuchend blicke ich um mich.

Da höre ich Claudio rufen: »Dov' è il sorriso, Antonietta?«

Sofort kommt neues Leben auf die Terrasse. Rino und das Mädchen rollen eilig den eisgekühlten Wein herbei, bringen Schüsselchen mit Salzmandeln und Nüssen. Im Augenblick scheinen wir wieder eine recht vertrauliche Runde von Freunden zu sein, die diese warme Sommernacht vereint genießen. Signora Monti und Horst Meissl, ein höchst ungleiches Paar, verstehen sich sichtlich immer besser. Die Dozzi hat sich zu Claudios Füßen auf ein Kissen gesetzt und lehnt sich an seine Beine. Er tut, als merke er es nicht, legt mir seine Hand prüfend auf den Nacken.

»Ist dir nicht kühl, Lydia? Soll ich dir deinen Schal bringen?«

»Nein, danke, mir ist warm.«

Ich fühle den feindseligen Blick aus Mirellas grünen Augen, ohne sie anzusehen.

Baldaffini sitzt im Schein eines Windlichts und zeichnet krause Linien auf ein Blatt Papier.

»Wird das ein Plan?« frage ich ihn.

»Si, signora. Ich versuche entwerfen una strada piccola zu diese Casa. Sie mich verstehen?«

»Eine Straße? Zu diesem Haus? Es ist doch so herrlich, daß *keine* herführt!«

Er grinst. »Aber diese Weg ist nicht gut, è un strapazzo. Alle wir werden älter, non è vero?« Er blinzelt mir anzüglich zu.

Claudio lacht laut auf, sein spöttisches Lachen mit dem falschen Klang, den nur ich heraushöre. »Sie würden niemals die Bewilligung bekommen, Baldaffini, das sagte ich Ihnen schon. Hier herauf gelangt kein Auto! Dafür verbürge ich mich.«

Wie zum Trotz kritzelt Baldaffini weiter, blickt nur auf seine dicken Finger. »Wetten wir, daß ich bekomme? Nur für eine piccola strada privata und für eine piccola macchina...«

Was geht hier vor? Ich kann es nicht durchschauen. Der Wein vernebelt angenehm meinen Sinn. Die Gesichter verlieren langsam ihre scharfen Konturen, die Gespräche plätschern wie hinter Schleiern dahin.

Als erster verabschiedet sich Alexander Holl, er hat bis zuletzt Fruchtsaft getrunken. »Um für den morgigen Drehtag frisch zu sein«, versichert er, obwohl jeder weiß, daß er bis in den Vormittag hinein schlafen und sich pflegen wird. Aber er ist gnädig bereit, Signora Monti im Wagen mitzunehmen.

Sie strahlt, erfreut über den ansehnlichen Begleiter. »Tante grazie! Es war eine wunderbare Abend!«

Claudio begleitet die beiden zum Tor. Als er zurückkommt, ruft Mirella übermütig: »Er wird nicht verführen die Dame? Olala, wenn seine Fans wüßten, wie er ist langweilig, sie nicht ihm schreiben so viele lettere d'amore.«

Baldaffini lacht schallend wie über den besten Witz, daß sein Bäuchlein nur so bebt. Sind sie betrunken? Der Abend dauert mir schon lang genug . . .

»Holl ist ein brillanter Schauspieler«, verteidigt Claudio etwas gereizt seinen Hauptdarsteller.

Nach ein paar Minuten empfiehlt sich das verlobte Paar. »Immer weniger, aber — das Beste bleibt zurück«, bemerkt Baldaffini. »Darauf noch eine Schluck, prego!«

Quicklebendig hält er Claudio sein Glas hin, seine dicken Wangen sind gerötet. »Ihre Wein ist gut, fast so gut wie meine.«

Ohne die Miene zu verziehen, schenkt Claudio nach. »Sie können übrigens ruhig hier im Haus über Nacht bleiben, mein Lieber, ein Gästezimmer ist bereit.«

»Ausgezeichnet, questo mi piace molto!«
Aus dem Hintergrund taucht der schweigsame Horst Meissl auf und knöpft sein Jackett zu. »Wenn es recht ist, werde *ich* Fräulein Dozzi jetzt nach Hause bringen. Oder wollen Sie noch bleiben?«
Mirella sieht ihn kindlich verdutzt an. »Nach Porto? Mit Auto? Mamma mia, wenn jetzt ich fahre, mir wird sehr schlecht, bestimmt. Das kommt immer von Wein...«
Ihr Blick wandert flehend zwischen Claudio und Baldaffini hin und her.
Auf einmal bin ich wieder klar und vernünftig. »Fräulein Dozzi könnte das dritte Fremdenzimmer benützen«, werfe ich hin. Die grünen Augen sehen mich überrascht an.
Claudio ist sofort einverstanden. »Natürlich. Ich werde Antonietta gleich die nötigen Anweisungen geben. Es ist allerdings ein einfaches Zimmer, dem Berg zu gelegen. Das seeseitige ist Frau Merwalds Domizil. Ich hoffe, das macht Ihnen nichts aus?«
Ich kann sehen, wie Mirella zusammenzuckt, ein haßerfüllter Blick trifft Claudio. »Warum soll es mir etwas ausmachen, signor Falckner? Ich kenne doch — come si dice? — die Rangordnung!« Die hohe Stimme klirrt hart und böse.
»Dann also gute Nacht und vielen Dank für den schönen Abend«, sagt Meissl mit seinem dünnen Lächeln und geht.
Die müde aussehende Antonietta geleitet Signorina Dozzi in den rückwärtigen Trakt des Hauses.
Endlich hat auch Baldaffini sein letztes Glas Wein geleert. Im Aufstehen schwankt er ein bißchen und hängt

sich bereitwillig an Claudios Arm, der ihn zu seinem Zimmer führt.

Langsamen Schrittes kehrt Claudio zurück und zündet sich eine Zigarette an. »Erledigt.«

Er läßt sich auf einen Stuhl fallen. Plötzlich wirkt er abgespannt, so wie manchmal früher nach zermürbenden Proben, wenn nichts recht vom Fleck ging.

»Bist du mit dem Abend zufrieden, Claudio?«

»Hm, nun ja, das Ergebnis bleibt abzuwarten. Welchen Eindruck hattest du?«

»Ich weiß nichts von eurem Gespräch da drinnen. Es hat ziemlich lang gedauert. Ein Geheimnis?«

Er wehrt ungeduldig ab. »Nein. Es ging um den Fortgang der Dreharbeit. Der Kleine wollte seine Nase hineinstecken, einen Probestreifen sehen. Der hat ihm gut gefallen. Im Grunde versteht er ja nichts davon.«

»Aber — er stellt Bedingungen?«

Claudio sieht mich überrascht an. »Gewissermaßen. Manchmal ist er wirklich stur und ein Geizkragen dazu — wenn nicht alles nach seinen Launen geht.«

Er will mir nicht die ganze Wahrheit sagen. Es kann sich nur um Geld handeln, mit dem Claudio so schlecht umzugehen versteht. »Befürchtest du, daß Baldaffini dir einen Strick dreht? Sag's mir doch!«

Er drückt energisch seine Zigarette aus. »Strick dreht? Was fällt dir ein, Lydia! Ich halte meinen Kopf nicht hin. Nächstens habe ich den Kleinen in der Tasche — oder eben einen andern. Es gibt noch mehr von dieser Sorte. Nächstens reden wir weiter, Liebste, jetzt bin ich zu müde.«

Wann hat er Müdigkeit früher jemals zugegeben? Ich

fühle seinen Arm, unser Vertrautsein, aber auch seine Sorge, den leicht verletzbaren Stolz. »Wenn ich dir nur helfen könnte, Claudio!«

Seine Hand streicht zärtlich über meine Schläfe. »Du hilfst mir sehr, Lydia. Ohne dich wäre alles längst zu Ende. Auch heute warst du wunderbar. Ich liebe dich.«

Wir gehen ein Stückchen Arm in Arm. Plötzlich fällt mir ein: »Aber die Dozzi! Ich glaube, du hast sie gekränkt!«

Er schiebt mich von sich, sieht mich belustigt an. »Auf ein so deutliches Angebot muß auch eine deutliche Ablehnung erfolgen dürfen. Findest du nicht?«

»Kann sie dir nicht schaden?«

Er lacht. »Diese kleine Natter? Gegen solches Gift bin ich immun, sonst wäre ich längst totgebissen. Mach dir keine Sorgen, Liebste, laß uns schlafen gehen!« —

Es ist noch dunkel, als ich aus kurzer tiefer Versunkenheit erwache. Mir ist, als hätte eine unbestimmte Angst mich geweckt. Angst um Claudio? Ja. Plötzlich weiß ich genau, daß bei dieser Party nicht alles so lief, wie er's erhofft hat. Warum wollte er zuletzt allein sein?

Ich schlüpfe in meinen Schlafrock, in die Pantoffeln und tappe in den Vorraum, öffne behutsam die Tür zu Claudios Zimmer. Seine tiefen, langsamen Atemzüge sind zu hören. Ich erkenne seinen dunklen Kopf auf dem Kissen, einen gelöst ausgestreckten Arm. Er schläft gut. Was ich mir nur immer einbilde! Leise schließe ich die Tür und tappe zurück.

Keine Lust, gleich wieder ins Bett zu kriechen! Meine Müdigkeit ist verflogen, ich bin nur unglaublich durstig. Lautlos streife ich durch die Wohndiele. Die Spuren der

Party sind notdürftig beseitigt, das Geschirr fortgeräumt. Nur die Obstschalen stehen noch umher, und ich greife nach einem großen Apfel.

Auf der Terrasse stehen noch die Korbsessel, ich gehe daran vorbei zum Garten. Angenehme duftende Kühle umweht mich. Das Lied der Grillen ist verstummt, nur ein leises Scharren kommt aus dem Stall des Maultiers. Hinter dem Capo Grosso verblassen die Sterne. Ein zartes hellgrünes Licht überzieht Himmel und Meer, läßt die zackige Felskontur deutlicher hervortreten. Der Leuchtturm blinkt noch in der Ferne, und ein langes Frachtschiff kriecht wie eine träge dunkle Raupe den Horizont entlang.

So habe ich noch nie zugesehen, wie die samtdunkle Inselnacht dem jungen Tag weicht. Die Großartigkeit dieses Szenenwechsels in der Natur stimmt mich zutiefst feierlich. Ich muß an Vittoria Colonna denken, und plötzlich fühle ich ein so unglaubliches Verschmelzen mit ihrem Wesen und Wirken, daß es mir Tränen in die Augen treibt. War sie auch manchmal in einer Stunde wie dieser allein? Und hat ihr das Erleben solcher Minuten dann vielleicht den Federkiel in die Hand gedrückt, sie ein Gedicht finden lassen?

Im Augenblick ist mir so klar wie nie zuvor, daß diese Frau für Claudio alle Ideale verkörpert, die er selbst oft genug verleugnet hat. Deshalb, *nur* deshalb drängt es ihn so, Vittorias Schicksal zu gestalten. Und wieder gibt es dabei Kampf gegen Mißverständnisse und Eigensucht. Wieder nennen so viele geschwätzig ihren Namen, die nicht begreifen können, wie sie wirklich war. Alles, was in meiner Kraft steht, will ich aufbieten, um

Claudio zum Erfolg zu verhelfen, seinen Widersachern zum Trotz.

Ich sehe zu, wie das dunkle Schiff hinter dem Felsklotz des »Torre« verschwindet. Da läßt mich ein Geräusch aufhorchen. Ging nicht eine Tür? Ich wende den Kopf und spähe hinter der Bougainvillea hervor durch das offene Bogenfenster.

Aus dem Halbdunkel des Vorraums löst sich eine Gestalt — Mirella. Sie blickt hastig um sich, ohne mich zu bemerken, huscht mit gesenktem Kopf weiter und verschwindet flink hinter der Tür ihres Zimmers.

Ich stehe wie betäubt, versuche, das eben Gesehene festzuhalten. Die schlanke Gestalt im kurzen Unterröckchen, die langen Beine, das gelöste, auf die Schultern fallende Haar. Sie trug ihr weißes Kleid über den Arm geworfen, daß es nachschleifte. Und das Zimmer, aus dem sie kam, war Baldaffinis Zimmer.

Was erschüttert mich so? Was geht es mich an, wie hoch sie ihren Ehrgeiz bezahlt? Nichts verraten! nehme ich mir vor. Ich will tun, als hätte ich weder etwas gehört noch gesehen. Claudio würde meinen, daß auch er nur eine Sprosse auf der Leiter zu Mirellas Karriere hätte sein sollen. Hat er nicht schon genug Widerliches hinzunehmen?

Ich höre ein hastiges Atmen und öffne entsetzt die Augen. Neben mir sitzt Mercutio, knurrt leise und sieht mich vorwurfsvoll an: Hast du nicht bemerkt, was hier alles vor sich geht?

Ich knie mich auf den Steinboden, umhalse Mercutio und klopfe ihm beruhigend aufs Fell. Wenn er nur jetzt nicht bellt und mich verrät!

Der Hund sieht mich verständnisvoll an, hechelt noch ein wenig und folgt mir dann bis zu meinem Zimmer. Dort bleibt er wedelnd stehen und blickt bettelnd zu mir auf.

»Na, komm schon!«

Er sieht wachsam zu, wie ich ins Bett schlüpfe, legt sich dann auf den Teppichvorleger, den schönen Kopf zwischen den Pfoten.

Und so schlafen wir beide nochmals ein.

Hat mir jemals eine Szene soviel abgefordert?

Der Schauplatz umfaßt nur die mühsam restaurierte Ecke eines halb verfallenen Raumes der alten Burg, darüber die fotogene Wölbung eines Fensters mit dem Blick auf die Kuppel der Marienkirche. Die Einrichtung ist nur angedeutet. Den Mittelpunkt bildet das Bett, Ferrantes Krankenlager, an dem ich sitze.

Der Medicus ist eben fortgegangen, Ferrante und ich sind allein. Claudio hat den Dialog immer wieder geändert, zuletzt auf ein Minimum beschränkt. Die Gesten, die Blicke, der stumme Ausdruck — darum geht es ihm. Schon das Bild allein muß von starker künstlerischer Wirkung sein. Die Farben des Bettes, Holz und Stoff, sind harmonisch aufeinander abgestimmt. Ich trage ein »einfaches Hauskleid der Renaissance«. Es ist aus mattroter Seide, in der Taille gegürtet, mit schleppendem Rock. Im runden Ausschnitt und unter den weiten Ärmeln wird das Hemd sichtbar. Das Haar ist wie ein Kranz um Stirn und Hinterkopf gewunden. Doch was mich jetzt so beengt, ist nicht das Kostüm.

Wir haben diese Szene bis zur Erschöpfung probiert und wiederholt. Immer wieder hat sich für mich der Mann mit dem von Schmerzen gezeichneten Gesicht in Ferrante d'Avalos verwandelt, in meinen geliebten Gemahl. Und immer wieder war ich Vittoria, die Frau des Todgeweihten, die weiß, daß er bei all seinen kühnen Plänen und trotz des eisernen Lebenswillens sterben muß.

»Nein, mein lieber Holl, das war es nicht. Bitte noch einmal!«

Claudios Befehlsstimme — mehr oder weniger vorwurfsvoll oder bedauernd — wie oft schon? Und wieder zerreißt das Gespinst der Illusion, die ich brauche. Wieder verwandelt sich Ferrante in Alexander Holl zurück, der nicht überzeugen konnte und sich darüber ärgert.

Auch gegen die Ungeduld der andern, die sich auf mich übertragen will, muß ich mich zur Wehr setzen. Deutlich spüre ich die wachsende Unlust der Leute hinter der Kamera, die umherstehen oder hocken und sich Claudios Kommando fügen. Halten sie noch durch? Halten sie so viel aus wie ich?

Pause. Claudio trocknet sich die Stirn, es sieht aus, als würde er aus einem Fiebertraum erwachen. Er fragt, solange er von einer Szene besessen ist, kaum je danach, ob die Kraft der andern noch ausreicht. Auch diesmal hat er sich nicht darum gekümmert, ob Holl auf seinem Lager nicht längst schon in der Hitze des Scheinwerfers verschmachtet, ob mir das Kleid nicht an der Haut festklebt. Vermutlich ist er also jetzt selbst müde oder mißmutig, sonst würde er die Arbeit nicht abbrechen. Kann es das bei Claudio geben?

Aber die ausgerufene Pause gibt zumeist keine Gelegenheit zum Verschnaufen. Schon nach wenigen Minuten kann eine schöne Wolkenstimmung, ein guter Einfall oder auch nur seine Laune Claudio zur Wiederaufnahme seiner Arbeit bewegen.

Diesmal lasse ich mir in der Garderobe aus dem Kostüm helfen, kühle mir mit der Lotion die heiße Haut. Ganz abschminken? Nein, das wohl nicht.

Kaum bin ich in meinen Arbeitsmantel geschlüpft, steht Claudio vor mir, zwei Gläser mit eiskalter Limonade in den Händen. Er reicht mir eines und versucht sein altes strahlendes Lächeln.

»Hier, labe dich, meine Marchesa, die Szene ist besonders wichtig. Wenn's nur auf dich ankäme, dann wäre sie längst über dem Berg. Du hattest wunderbare Momente.«

Nur Momente? Immerhin, sein Lob tut mir wohl. Aber Claudios Gesicht erschreckt mich, es ist merkwürdig schmal und hat einen harten, fremden Zug, über den die Sonnenbräune nicht hinwegtäuschen kann.

»Übrigens habe ich am Morgen vergessen, dir deine Post auszufolgen. Hier!«

Er reicht mir einen dicken Brief, der Umschlag trägt Günthers Schrift. Ich erkenne sie sofort, aber es interessiert mich wenig, was in diesem Brief stehen mag. Wir halten es längst so, daß sich Claudio, bevor wir eilig das Hotel verlassen, auch meine Post geben läßt. Meistens waren es die nachgesendeten Autogrammbitten von Fans, Kartengrüße von Wiener Freunden aus dem Urlaub, ein oder zwei kurze Briefe von Sofie voll mütterlicher Ermahnungen.

Ich schiebe Günthers Brief gleichgültig in die Tasche. Nicht jetzt! Zu sehr bin ich noch Vittoria, die um das erlöschende Leben des Geliebten bangt. Außerdem schmerzt mein Kopf von der Anstrengung der Arbeit und der Hitze des Tages.

Claudio hat sich neben den Spiegel gesetzt, saugt am Strohhalm und scheint mich dabei scharf zu beobachten. »Nachricht aus der Heimat! Interessiert sie dich denn nicht?«

Sein Ton läßt mich aufhorchen. Was vermutet er? Von Günther habe ich ihm nie erzählt, es erschien mir zu bedeutungslos. Aber er soll nicht glauben, daß ich Geheimnisse vor ihm habe. Ich hole den Brief hervor und öffne ihn. Ein knapper Bogen mit ein paar Zeilen und ein Zeitungsausschnitt kommen zum Vorschein.

»Sieh an! Wie gut, daß ich so diskret bin!« lächelt Claudio gezwungen.

Der Zeitungsartikel trägt die Überschrift: »Neue Romanze im alten Kastell. Comeback für das Team Falckner-Merwald auf Ischia.«

Ich muß lachen, während ich vorzulesen beginne: »Nach jahrelang währender Entzweiung haben sich Burgtheatermimin Lydia Merwald und das geniale Enfant terrible unter den Regisseuren, Claudio Falckner, in alter Liebe und zu neuer Arbeit gefunden. Unter Falckners Regie und nach seiner Idee entsteht derzeit in den Ruinen des Castello aragonese auf Ischia ein Film über die kurze, glücklich-tragische Ehe der Vittoria Colonna und des Marchesen von Pescara. Ob das Zusammenwirken des wiedervereinten Liebespaars die längst begrabene Liebesgeschichte der Colonna und ihres spanischen Gemahls erfreulich und erfolgreich wiederentdecken kann und den beachtlichen Kostenaufwand rechtfertigen wird, bleibt abzuwarten.«

»Was für ein Gewäsch!« unterbricht mich Claudio ärgerlich. »Und so etwas schickt dir dein Wiener Kavalier? Das nenne ich Takt!«

Meine Heiterkeit verfliegt sofort. Ist das wirklich Claudio, der stets souverän über alle Anzüglichkeiten hinwegblickte? Und was weiß er von Günther?

Noch halte ich meinen leichten Ton. »Weißt du überhaupt, wer mir diesen Bericht geschickt hat?«

»Der Name des Absenders steht auf dem Kuvert. Entschuldige, daß ich ihn las! Übrigens kenne ich den famosen Theateragenten Günther Weigand. Ein ehrenwerter Herr, bloß reicht er wirklich nicht an dein Format heran.«

Als müßte ich ihn rasch besänftigen! »Aber, Claudio, darum geht es doch nicht. Kann sein, daß er mich informieren wollte, daß er auf meine Arbeit eifersüchtig ist.«

»*Dazu* sollte er ein Recht haben?«

Jetzt ist das furchterregende Grollen in Claudios Stimme unüberhörbar. Aber statt mich zu erschrecken, bringt es mich selbst in Zorn.

»Du bist kindisch! Günther hat mir geholfen, als ich völlig isoliert dastand, er betreut mich beruflich. Schließlich habe ich für den Film alles andere zurückgestellt.«

»*Was* anderes? Das hast du mir leider verschwiegen. Und was dir dieser Herr sonst noch mitteilt, darf ich ja auch nicht erfahren!« Er blickt herausfordernd auf den Brief in meiner Hand.

Ich überfliege die wenigen Zeilen: »Meine liebe Lydia! Unser Telefongespräch hat mich überzeugt, daß Du Dich wohl fühlst und in Deinem Element bist. Beruhigt hat es mich nicht. Anbei ein Bericht, der Dich vielleicht interessieren wird. — Salzburg platzt bald aus den Nähten. Die Aufführungen hier haben schönstes Niveau, und es gibt viel für mich zu tun. Daher für diesmal nur noch herzlichste Grüße von Deinem Günther.«

Es bekommt mir nicht gut, das zu lesen. Ich weiß selbst nicht, auf wen ich jetzt wütender bin, auf Günther oder Claudio.

Ich reiche ihm den Brief.

»Da, lies doch selbst!«

»Wenn es gestattet ist...«

Mit spitzen Fingern nimmt Claudio das Blatt. Während er den Brief liest, spüre ich eine unsinnige Erregung. Claudios plötzliche, launenhafte Ungerechtigkeit hat mich immer schon in Aufruhr versetzt.

Er reicht mir das Blatt zurück. »Vielen Dank. Du warst also ständig mit *deinem* Günther in Verbindung, hast ihm telefonisch getreulich Bericht erstattet, hinter meinem Rücken...«

Schon will ich auffahren. Da steht Horst Meissl in der Tür und fragt ruhig: »Darf man erfahren, wann wir weitermachen werden, Boß?«

»Scher dich zum Teufel!« brüllt Claudio ihn an. »Wir machen nicht weiter, verstanden? Schluß für heute! Schluß, Schluß...!«

Ich wende mich schnell ab, sehe im Spiegel, wie Meissl achselzuckend geht. Auch Claudio entfernt sich wortlos. Das ängstliche Gesicht der Garderobiere erscheint im

Türspalt. Der Spiegel zeigt mein eigenes Gesicht, Flokken von weißer Creme auf meiner Haut, die meine Hände hastig zerreiben. Ein Stein ist in meiner Brust und drückt bis an die Kehle. Warum das? Was ist überhaupt geschehen?

Draußen verflüchtigt sich rasch das Personal. Claudios Befehl zum Abbruch der Aufnahmen hat die meisten nur erleichtert aufatmen lassen. Für heute bedeutet das ein Ende der Fron. Schnell noch baden gehen, Privatmensch sein. Es kümmert sie wenig, daß der Drehtag so gut wie verloren ist. Verlorene Zeit, verlorenes Geld. Es scheint Claudio zwischen den Fingern zu zerrinnen. Bedenkt er es nicht?

Während ich mich auf den Weg mache, ist er unvermutet an meiner Seite.

»Verzeih mir die Entgleisung von vorhin, bitte! Ich habe scheußliche Kopfschmerzen. Was ich sagte, war nicht persönlich zu nehmen.«

»Schon gut.«

Nicht persönlich zu nehmen? Wie denn sonst? Auf einmal erscheint es mir so, als wäre unser Streit nur ein erster Blitz aus finsterem Himmel gewesen, als müßte ich Deckung suchen. Ballt sich nicht schon längst etwas Drohendes zusammen? Was aber?

Immer wieder muß ich an den Abend mit Baldaffini denken, an die Nacht. Dann die Verabschiedung am folgenden Morgen, als der kleine Mann so verschmitzt fröhlich wirkte. »Es war sehr herrlich bei Ihnen, Signor Claudio. Diese Haus — un piccolo paradiso per me! Sie überlegen gut meine Vorschlag wegen unsere Geschäft? È molto importante — ist eine gute Agreement.«

Das war so gesagt, daß auch ich die Worte verstehen mußte, aber ihren Sinn begriff ich nicht. Doch mir fiel Claudios undurchdringliche Miene auf, sein sarkastisches Lächeln, hinter dem er sich verschanzte. Und Mirella Dozzi, zurechtgemacht wie ein Püppchen, stand daneben, als könnte sie nur Kinderlieder singen. Zuletzt überbot sie sich an Liebenswürdigkeit. »Ich nie werde vergessen diese wunderbare Abend...«

Wir fahren im Boot über die Bucht zu unserem Hotel. Raffaele überbrückt mit seinem Geplauder unser bedrücktes Schweigen. Aber die wenigen bösen Worte in der Garderobe lassen sich nicht einfach wegwischen, sitzen wie Dornen im Fleisch fest und schmerzen.

Am Empfang fragt Claudio sofort nach einem Anruf oder Telegramm. Nichts? Ich merke, daß er enttäuscht ist und seine Nervosität sich steigert. So geht das seit vielen Tagen. Er ist hektisch, aufbrausend oder unerklärlich in sich gekehrt, nachdenklich und bedrückt. Etwas muß ihn aus dem Gleichgewicht gebracht haben, so daß er von einem Tag zum andern laviert und auf irgendeine Unterstützung wartet. Sagt mir das nur meine Empfindsamkeit? Warum spricht er nicht offen mit mir?

Während ich schon vor dem Aufzug stehe, höre ich, wie Claudio ein Gespräch nach Rom anmeldet, für heute abend um zehn. Er holt mich ein, pfeift im Lift einen Schlager vor sich hin und blinzelt mir zu, als wollte er meine ernste Miene vertreiben. Aber diese Fröhlichkeit ist nur gespielt, sie kann uns nicht helfen.

Ich will in mein Zimmer gehen, möchte mit mir allein sein. Aber Claudio folgt mir zur Tür, hält plötzlich die Klinke fest und drängt sich mit mir in den Raum.

»Nur auf ein Wort, Lydia, sperr mich nicht aus!«

Diese ungewohnte Art macht mir Angst. Will er mich weiterquälen oder von neuem mit mir streiten?

»Was gibt es noch? Ich bin müde...«

Er steht vor mir, sieht mich sonderbar ratlos, fast flehend an. »Daran bin *ich* wohl schuld? Hab ich dich mißhandelt? Oder dir auf irgendeine Art Unrecht getan? Dann klag mich an, für was du willst, aber — kehr dich nicht ab! Laß mich nicht auch du im Stich!«

Sein heiseres Geflüster erschreckt mich noch mehr. Bevor ich fragen kann, was er meint, hat er mich in seine Arme gerissen, bedeckt mein Gesicht, meinen Hals mit ungestümen Küssen. Seine unerwarteten leidenschaftlichen Überfälle kenne ich gut, aber dieser hat etwas Gewaltsames, gegen das ich mich wehren muß.

»Laß mich los, Claudio! Ich bitte dich!«

Er scheint nicht zu hören, meine Abwehr nicht zu spüren, klammert sich wie besessen an mich. Aber während mein sinnloser Widerstand erlahmt, merke ich, daß sein Besitzergreifen anders ist als sonst, und mein Zorn verfliegt. Seine Umarmung ist wie ein verzweifeltes Hilfesuchen in höchster Bedrängnis.

»Du gehörst mir und mußt bei mir bleiben, weißt du das? Ich kann dich mit nichts und niemand teilen. Ich brauch dich ganz, Lydia! Sag, daß du mich verstehst!«

Mir ist, als müßte ich ihm wie einem Kind übers Haar streichen und ihn beruhigen, als hätte er schlecht geträumt. So sehr war er also eifersüchtig?

»Ich *bin* doch bei dir, Claudio, und bin es ungeteilt. Es ist mir nicht leid um das Zurückgelassene, was immer es war.«

Während ich das ausspreche, erkenne ich erst seine Wahrheit. Ich habe mich für Claudio entschieden, mich ihm verschrieben, und mit dem Gewesenen verbindet mich nur noch ein dünner, leicht zerreißbarer Faden. Habe ich's nicht freiwillig riskiert? Ja, großer Einsatz um hohen Preis. Ich selbst habe mich zu diesem Tausch entschlossen. Oder mich bloß fallenlassen? Plötzlich ist es mir unheimlich, so vom Altgewohnten losgelöst, ganz und gar — auf einer Insel zu sein. Als Günthers Brief mich erreichte, sind sie noch einmal aufeinandergestoßen — meine frühere Welt und die neue. Sie lassen sich nicht vereinen. Es gibt kein Zurück.

Aber — stehe ich denn *fest* neben Claudio? Oder so wie Vittoria — bloß »auf der Brücke« ...?

Claudio möchte zum Abendessen im Hotel bleiben, um die Voranmeldung nicht zu versäumen. Wir nehmen das Essen auf der schönen Terrasse ein, der Direktor läßt sich's nicht nehmen, seinen prominenten Gästen persönlich guten Appetit zu wünschen. Er macht mir auf die schmeichelhaft huldigende Art der Italiener den Hof, und Claudio ist wieder der berühmte »Signore regista«, ein Mann von blendender Erscheinung und fürstlichem Auftreten. Nichts mehr erinnert an seine merkwürdige Krise, die mich noch vor kurzem erschreckte.

Oder doch? Ja, nur ich kann es erkennen: Er spricht und lacht um eine Spur zu laut, ißt nur wenig und zerstreut, schaut immer wieder auf die Uhr. Eine versteckte, krampfhaft überspielte Unruhe beherrscht ihn.

»Bist du mit Baldaffini verabredet?« frage ich ihn wie nebenher. Wer sonst könnte es sein, den er in Rom sprechen will!

Claudio nickt mit vollem Mund, greift schnell nach einer Schüssel. »Nimmst du noch von den Artischocken?«

»Nein, danke... Du, sag's mir doch! Verzögert sich der Geldnachschub? Beunruhigt es dich, weil die Mittel knapp geworden sind?«

Er fährt sich mit der Serviette an die Lippen, hebt sein Glas. »Hast du schon jemals bemerkt, daß mich Geldgeschichten beunruhigt hätten? Ob ich nun viel davon hatte oder wenig...«

Er lacht wie in Selbstverspottung, und wir trinken einander zu. Überzeugt hat er mich nicht.

Wieder ein Blick auf die Uhr. Claudio schiebt seinen Teller mit dem Käse zurück und springt auf. »Entschuldige mich jetzt für ein paar Minuten, bitte!« Wie wichtig er es nimmt!

Während ich allein dasitze und die verstohlen neugierigen Blicke der Umsitzenden wie gewohnt abfange, komme ich mir unsinnig verlassen vor. Wozu diese Panik, als ginge es jetzt um weiß Gott welche Entscheidungen? Meine Nerven müssen durch die Dreharbeiten gelitten haben.

Aber Claudio kehrt mit seinem zufriedenen Lächeln an den Tisch zurück, nickt dahin und dorthin einen Gruß, nimmt zur Kenntnis, daß er im Blickfeld steht.

»Gute Verbindung gehabt?«

»Ja, bestens. Allerdings muß ich morgen nach Rom.«

»Morgen? Warum denn?«

»Hm, Baldaffinis sogenannte Filmfirma feiert eine Art Jubiläum. Seine fixe Idee, daß ich dabeisein soll. Aber vielleicht erweist sich das auch als nützlich, weil er allerhand wichtige Leute herbeilocken dürfte. Die lieben Verbindungen — du weißt. Wenn es mich auch anwidert, ich muß in den sauren Apfel beißen.«

Was für eine ausführliche Erklärung! Enthält sie die ganze Wahrheit? »Möchtest du, daß ich dich nach Rom begleite, Claudio?«

Seine Hand ergreift zärtlich die meine. »Lieb von dir. Aber so egoistisch bin ich nun doch wieder nicht. Mach dir einen erholsamen Tag, du brauchst ihn längst, nach allem, was ich dir zumuten mußte.«

Und er? Im Augenblick scheint allerdings keine Sorge angezeigt. Seine alte Kraft beginnt sich zu sammeln, die Sehne spannt sich, bevor der Pfeil losschnellt... Nur das hektische Flackern ist noch immer in seinen Augen.

»Wollen wir zur Casa bianca, Lydia?«

»Jetzt noch?«

»Warum nicht? Nur zum Abschluß dieses heißen Tages...« Es klingt so wehmütig, als hätte er gesagt — zum Abschied.

»Gut, fahren wir.«

Kein vernünftiges Vorhaben. Claudio wird wieder zuwenig schlafen, hat einen anstrengenden Tag vor sich. Aber er gehorcht einer seiner Stimmungen, in denen ich so gern mit ihm untertauche.

Minuten später fahren wir schon durch das abendlich lebendige Porto. Auf dem Corso Vittoria Colonna wimmelt es von unternehmungslustigen Bummlern. Aus Bars und Ristoranti, Hotels und Souvenirshops gleißt und tanzt ein Reigen bunter Lichter, allerhand Spektakel ertönt. An der Kurve hinter dem Hafen grüßt uns noch einmal sekundenlang das erleuchtete Felsenriff mit seinen dunklen Ruinen.

Wir sprechen nicht, genießen nur noch das vertraute Dahingleiten auf der gewundenen Uferstraße, werfen schnelle Blicke auf die Stätten lukullischer Lebensfreude ringsum. Man schläft um diese Zeit noch lange nicht auf Ischia.

Die Treppe, das Schimmern der weißen Mauer, Glyzinienduft. Antonietta scheint unsere Ankunft nicht bemerkt zu haben, auch Mercutio ist nirgends wahrzunehmen. Claudio steht aufatmend still.

»Bleiben wir im Garten? Wart, ich bring dir eine Decke.«

»Laß nur, mir ist warm.«

Mauern und Steinfliesen verströmen noch die tagsüber gespeicherte Sonnenglut. Aber Claudio bringt trotzdem eine Decke und breitet sie über die versteckte Bank hinter dem Steintisch. Zwei Gläser noch, eine Flasche Wein aus dem Keller ...

Wir sitzen eng aneinandergerückt und blicken aufs nächtliche Meer. Die Boote der Lampari-Fischer ziehen ihre Runden wie riesenhafte Glühwürmchen. Ihre Locklichter spiegeln sich goldgrün im dunklen Wasser. Aus dem Strauchwerk ringsum steigt würziger Duft.

Von Claudios Unruhe ist nichts mehr zu spüren, er strahlt tiefe Zufriedenheit aus, als hätte er jetzt endlich sein Ziel gefunden.

»Du liebst dieses Haus besonders, nicht wahr?«

»Ja, sehr. Es ist ein ruhender Pol in meinem Leben. Viele gab's nicht, wie du weißt.«

»Und was bin *ich* denn, Claudio?«

Er lacht leise vor sich hin. »Kein Pol und auch nichts Ruhendes. Du bist mein Leitstern, der mir nahe war oder auch fern. Manchmal habe ich mich gegen seinen Einfluß aufgelehnt und wollte die Abhängigkeit beenden. In jener Zeit habe ich schwere Fehler gemacht und Mißerfolge einstecken müssen, nicht so sehr auf der Bühne, aber im Leben. Doch ich habe ihn nie aus den Augen verloren — meinen Stern.«

So poetisch hat er unsere Verbindung noch nie gedeutet. Wie kommt er auf einmal zu diesem Bekenntnis? Den Kopf auf seinen Arm zurückgelegt, blicke ich in die Sterne.

»Fehler habe ich auch gemacht, Claudio. Zum Leitstern war ich kaum geeignet. Ich glaube, daß wir ein Doppelgestirn sind, wie Kastor und Pollux etwa.«

»Falsch — wenn schon, dann wie Vittoria und Ferrante!«

»Einverstanden. Eine Zeitlang bildeten sie sogar ein Dreigestirn — sie hatten einen Sohn...«

»Der nicht ihr eigener war!«

»Wenn auch — er muß ihnen viel bedeutet haben, besonders Vittoria.«

Claudio fährt auf. »Glaubst du das? Könntest du verstehen, daß die Frau einen Sohn liebt, den sie nicht selbst geboren hat?«

»Warum nicht? Besonders wenn er auch dem Mann viel bedeutet.«

Er schweigt versonnen. Denkt er jetzt auch an das Kind, das wir uns gewünscht haben? Ich weiß nicht, warum plötzlich ein Schatten über meine frohe Stimmung fällt, etwas von der Düsterkeit der letzten Szene, um die wir heute auf dem Kastell so mühevoll gekämpft haben. Ich mag jetzt nicht daran erinnert werden!

Da sagt Claudio: »Wir stimmen doch in vielem mit den beiden überein, mit Vittoria und Ferrante, findest du nicht auch? Unsere frühe Begegnung, Verkettetsein, das scheinbare Einanderverlieren, Warten, Suchen, Wiederfinden, zuletzt vielleicht auch noch...«

»Hör schon auf mit deinem Aberglauben! Sag lieber, was wir tun sollen, wenn unser Film abgedreht sein wird!« Plötzlich ist es mir ein Bedürfnis, unsere gemeinsame Zukunft auszumalen.

»Was wünscht du dir für nachher, Lydia?«

»Wieder Theaterspielen!«

»Welches Stück?«

»Das weiß ich noch nicht. Jedenfalls — mit *dir* Theaterspielen. Glaubst du nicht, daß ich langsam ins andere Fach hinüberwechseln sollte? Ich denke an bestimmte Charakterrollen, an eine gewisse altersbedingte Anpassung...«

»Unsinn. Mit dieser Anpassung hast du längst begonnen. Für eine Schauspielerin deiner Prägung gibt es keine scharfe Grenze. Du selbst wirst immer wissen, was du darstellen sollst. Und wenn es Fragen oder Zweifel gibt, dann helfe ich dir schon weiter.«

Was für eine wunderbare Zusage! Sie stimmt mich im Augenblick euphorisch. Wieder Theaterspielen, unter Claudios Rat und Führung — das muß herrlicher werden denn je, jetzt, da wir beide gereift sind und einander noch besser ergänzen.

»Ja, Claudio! Du wirst an der Burg inszenieren. Man wollte dich dort schon immer länger festhalten als nur für ein kurzes Gastspiel. Sag, daß du es auch so möchtest!«

»Ich möchte es gern.«
»Darauf laß uns trinken!«
Wir heben vergnügt unsere Gläser hoch. Da bekommt Claudios Arm einen Stoß aus dem Dunkel, sein Glas zerschellt auf dem Steinboden. Leises Winseln ist zu hören.
»Was ist geschehen?«
Claudio lacht und bückt sich nach den Scherben. »Es war Mercutio. Weiß der Himmel, was er von mir wollte!«
»Ich habe ihn nicht gesehen.«
»Nein? Er liegt schon eine Weile neben mir. Vielleicht hat ihn etwas aufgescheucht.«
Der Hund ist unter den Tisch gekrochen und leckt sich sein weinfeuchtes Fell. Wie konnte ich nur so erschrecken!
»Komm, jetzt trinkst du eben aus meinem Glas! Auf die Zukunft, Lydia!«
Er greift danach und nimmt mit zurückgelegtem Kopf einen langen Schluck. Seine Art zu trinken verdeutlicht noch immer seine heftige Liebe zum Leben und auch die alte Wildheit, mit der er es stets an sich riß, über Hindernisse hinweg. Er ist noch genau derselbe. Ich darf nie wieder kleingläubig werden.
Claudio schenkt nach und reicht mir das Glas. »Jetzt du! So wollen wir's halten, bis die Flasche leer ist.«
»Ja, bis die Flasche leer ist!«
Warmer, feuchter Wind weht vom Meer. Der Garten duftet nach wilden Kräutern und Blumen. Selten habe ich mich neben Claudio so geborgen gefühlt. Geht es ihm ähnlich? So wird es also sein, wenn unser Weg sich eb-

net und das närrische Auf und Ab unserer Gefühle einer gleichmäßigen Harmonie weicht. Haben wir sie uns nicht verdient?

Da fällt mir ein, daß Claudio morgen nach Rom fahren wird.

»Wann mußt du aufbrechen?«

»Sehr früh. Kümmer dich nicht darum, bitte. Ich werde fliegen, spätestens von Neapel.«

»Und wann kommst du wieder?«

»Genau kann ich's dir nicht sagen, Liebste. Auf jeden Fall am Abend. Ich will den folgenden Drehtag nicht wieder verlieren. Die morgige Pause wird den Leuten guttun. Ich sage ihnen noch Bescheid.«

»Ich werde in Porto im Hotel auf dich warten.«

Von dem schlaftrunkenen Mercutio begleitet, gehen wir ins Haus. »Weckst du mich morgen früh, bevor du gehst, Claudio?«

»Das verspreche ich dir nicht. Grausam bin ich nur ungewollt, nie mit Bedacht.«

Er lacht und küßt mich, dann gehe ich in mein Zimmer.

Während ich mich schon auskleide, höre ich ihn noch telefonieren. Wie umsichtig er alles erledigt, es ist gut, sich auf ihn verlassen zu können — ihn zu haben.

Daß ein schwerer Tag so wunderbar ausklingen kann ...!

Ein drolliges Gefühl, so zwischen Einheimischen und Touristen im Autobus zu fahren, ohne daß mich jemand erkennt. Ich trage mein einfachstes Sommerkleid und meine festen, flachen Schuhe. Das Haar habe ich mit dem bunten Seidentuch zurückgebunden, viel Sonnenschutzcreme bedeckt meine Haut und die große dunkle Brille meine Augen. Es macht mir Spaß, so selbständig einen Ausflug zu unternehmen und Neues zu entdecken. Claudio soll staunen, wenn ich ihm berichte, wie ich diesen freien Tag genützt habe.

Der Einfall kam mir am Morgen beim Frühstück. Antonietta meldete mir, der Padrone sei schon lange fort. Ich hatte seinen Aufbruch tatsächlich geruhsam verschlafen, aber das war ihm wohl recht so. Vielleicht saß er um diese Zeit schon in der Maschine nach Rom.

In Forio steige ich aus. Am Rande des Ortes muß der Weg auf den Berg beginnen, nach Maria del Monte, so steht es im Reiseführer. Ich kann die Abzweigung von der Hauptstraße nicht gleich finden und frage eine Frau, die mir mit ihrer Einkaufstasche entgegenkommt. Sie weist mit dem Arm und sieht mich dann mütterlich besorgt an.

»Solo, signora?«

Ja, allein, warum nicht? Sie kann freilich nicht wissen, wie gut ich zu Fuß bin. Irgendwo habe ich von dem einsamen Kirchlein und seiner prächtigen Lage reden hören. Maria del Monte — der Name gefiel mir gleich und lockte mich an.

Fröhlich wandere ich dahin und summe ein altes Lied, das mich Sofie einmal gelehrt hat. Mein Gott — Sofie, ich sollte ihr längst wieder schreiben, vielleicht sorgt sie sich um mich. Aber sie scheint mir so fern wie am Ende der Welt, und es ist vorläufig nicht auszudenken, wann ich zu ihr zurückkehren soll. Meine eigentliche enge und zugleich märchenreiche Welt umschließt diese Insel.

Nur ein paar Weinbauern zwischen ihren Rebstöcken, sonst ist kein Mensch zu sehen. An einer wuchtigen Mauer biegt der Weg ab, wird unvermutet steil und geröllig und schließlich zum Bett eines dünnen Bächleins. Meine Füße suchen mühsam Halt auf dem glatten, nassen Gestein. Umkehren? Nein, so schnell gebe ich nicht auf, schon verliert sich der Bach.

Plötzlich gleicht der Weg einer schmalen Schlucht. Hochgetürmte Tuffelsen umschließen mich, überdeckt von den goldenen Garben des Ginsters, von leuchtendblauen Wicken und roten Steinnelken. Eidechsen rascheln im Gestein, Schmetterlinge gaukeln über die blühende Wildnis. Urzeitliche dyonisische Einsamkeit...

Da weitet sich links die Böschung zu einer engen Nische. Und im Schatten eines Felsblocks liegt ein braunhäutiger Mann, eingerollt wie ein Tier, und schläft.

Noch nie wär's mir eingefallen, mich vor einem Bewohner dieser Insel zu fürchten. Aber dieser hier sieht wie ein Vagabund aus, es wäre mir recht, ihn nicht zu wecken.

Eilig will ich mich an ihm vorbeistehlen. Ein Stein bröckelt unter meinem Tritt, Geröll poltert.

»Signora!«

Er ist aufgesprungen und kommt hinter mir her. Nicht stehenbleiben. Oder besser doch? Vielleicht ist er ganz harmlos. Aber wenn nicht — hier hilft mir niemand!

»Signora! Che ora è?«

Ich drehe mich um. Er ist sehr jung und verwahrlost. Will er wirklich die Zeit wissen? Oder will er meine Uhr? Keins von beiden. Sein Blick und sein Grinsen jagen mir Angst ein. Weiter!

»Signora! Aspetta!« Es klingt ungeduldig wie ein Befehl.

Da hat er mich eingeholt, erfaßt meinen Arm, sein Atem keucht. Das fettige schwarze Haar hängt ihm in die Stirn. Ist er nicht noch ein halbes Kind? Nein, die Gier in seinen Augen...

»Vattene! Lassen Sie mich doch los!«

Mein kümmerliches Italienisch versagt vollends, mir fällt kein Wort ein. Ich will energisch meinen Arm befreien. Vergeblich — er faßt nur noch fester zu.

»Bella signora! Perchè no amore? Si accomodi! Faccia presto!«

Er will mich auf einen Felsblock niederzwingen. »Claudio!« rufe ich ins Leere. »Hallo, Claudio...!«

Der Kerl zögert, blickt die Schlucht entlang, nimmt wohl an, daß jemand nachkommt. Die Sekunde nützen! Ich geb ihm einen Stoß vor die Brust, daß er taumelt, ein Stück hinabstolpert, sich nur mühsam erfängt.

»Maledetto...!«

Schon jage ich den Berg hinan. Meine Angst verleiht mir erstaunliche Kraft, mir ist, als liefe ich um mein Leben. Nicht umdrehen, nur weiter! Ist er hinter mir? Die Sonne glüht herab. Jeder Schritt vorwärts bedeutet Steigen, Sichhochheben, ein Überklettern immer neuer Felsblöcke. Der Herzschlag tobt in meiner Brust, das Kleid klebt mir an der Haut. Langsamer... Ah — ich kann nicht mehr. Rasch einen Blick zurück!

Der steile Anstieg liegt menschenleer hinter mir. Aber vielleicht läßt mein Verfolger sich nur etwas Zeit, ist noch hinter der Biegung des Weges verborgen? Ich darf nicht rasten!

Auf einmal bin ich blind für die Schönheit der Landschaft, die mich eben noch entzückte. Ich haste mit gesenktem Kopf bergauf, spähe im Tuffstaub zwischen den Steinen nach Fußspuren aus. Ist denn heute noch niemand hier gegangen? Unternimmt keine Touristengruppe den als lohnend angepriesenen Aufstieg an der Flanke des Epomeo?

Keine Spur, kein menschlicher Laut. Nur da und dort eine Eidechse, ein dicker, schwarzer Skarabäus, der sich schwerfällig übers verwitterte Gestein bewegt. Nur das Insektenschwirren wie ein vielstimmiger, gläsern klirrender Ton.

Der Aufstieg ist fast schon eine Klettertour. Niemand kommt mir nach. Aber wenn ich absteige, wird der braune Junge dann wieder am Wegrand lauern? Meine Angst hat sich gemildert, doch sie sitzt mir noch in den Knochen. Hat es mich gerettet, daß ich nach Claudio rief? Grotesk, daß er mich beschützen soll, selbst wenn er gar nicht bei mir ist! Was für eine beschämende Abhängigkeit — paßt sie eigentlich zu mir?

Meine Müdigkeit nimmt zu, aber ich wage es noch immer nicht, mich auf einen der blockartigen Steine zu setzen und zu rasten. Wäre ich doch erst oben und endlich unter Menschen!

Von der gelösten, zufriedenen Stimmung des gestrigen Abends, die mich auch noch am Morgen erfüllte, spüre ich jetzt nichts mehr. Ich muß an die anstrengende Filmarbeit denken, an Claudios despotische Willkür, seine Unausgeglichenheit, seine sonderbare Nachgiebigkeit, sobald es um Baldaffini geht, an das kleine Biest, die Dozzi. Dieses intrigante Völkchen — kannte ich nicht genug von dieser Sorte? Es kam stets nur darauf an, ob man über solchen Leuten stand oder ihnen ausgeliefert war. Ich hatte es doch längst so weit gebracht, sie nicht zu brauchen! Bis Claudio kam und sein Vittoria-Kult begann...

Ich liebe ihn, gewiß, daran kann sich nichts ändern. Aber ist es nicht absurd, in meinen Jahren noch so gefühlsabhängig zu sein, so angewiesen auf einen Mann? So ergeben?

Der Weg führt zwischen verwildert anmutenden Weingärten, Feigenbäumen und Opunzien dahin. Der Blick wird freier, die Höhe ist spürbar. Über mir, nicht mehr allzuweit, erspähe ich mein Ziel, das kleine weiße Kirchlein, wie an die Berglehne geklebt. Mein Schritt wird langsamer, ich atme tief.

Plötzlich fallen Schüsse. Noch einmal und wieder! Das war doch in meiner nächsten Nähe? Sofort meldet sich meine kaum verscheuchte Angst. Deckung suchen! Mich verstecken! Aber ringsum ist nur freies Gelände. Ein großer brauner Hund läuft witternd an mir vorbei, noch einer. Ihm folgt ein schneller Trupp verwegen aussehender Gestalten, vier oder fünf Burschen mit bärtigen, fanatischen Gesichtern, die Hemden offen, die Flinten über den Schultern. Sie kommen mir entgegen, starren mich an, sind auch schon vorbei. Ich höre hinter mir ihr rauhes Lachen, ihr unverständliches Kauderwelsch. Eine Frau allein in dieser Einöde — das wundert sie wohl. Wer sind sie? Werden sie mir nachkommen und mich überfallen, wie es der Vagabund in der Schlucht versucht hat?

Eine letzte Wegkehre, ein paar steile, verwitterte

Steinstufen. Atemlos erreiche ich die Plattform, auf der das Kirchlein steht, und trete hastig ein.

Kühle umfängt mich. Ich sehe einen halb verwahrlosten Altar, ein verblichenes Marienbild, vertrocknete Blumen in einem Marmeladeglas. Vom Aufgang hinter mir sind harte, schnelle Schritte zu hören. Außer mir vor Angst, trete ich rasch in eine kleine Nische, stehe hinter dem Pfeiler verborgen und vernehme, wie mein Verfolger eintritt. Also doch! Einer muß umgekehrt sein und sucht mich. Wie lange kann es dauern, bis er mich hier entdeckt?

Kein Laut. Oder sind nicht Atemzüge zu hören? Ich fühle, daß jemand in der Kirche ist. Aber auf einmal erscheint mir dieses Lauern unsinnig, auch meine Angst. Ich trete hinter dem Pfeiler hervor und sehe einen der bärtigen Gesellen andachtsvoll vor dem Altar knien, die Flinte über der Schulter.

Er bemerkt mich und wendet sich erschrocken. »Buon giorno«, sagt er fast ehrfürchtig, während er sich erhebt, ein Kreuz schlägt und rasch seinen Kameraden folgt, ein Jäger wie sie. Vielleicht hat er die Madonna nur noch schnell um Jagdglück bitten wollen ...

Befreit atme ich auf, als wäre ein Spuk zerstoben, als hätte eine geheimnisvolle, gute Kraft alles Drohende von mir abgewendet. Dann trete ich ins Freie und betrachte jetzt erst das alte Wallfahrtskirchlein.

Rührend in seiner Verlassenheit liegt der schlichte Quaderbau inmitten der Wildnis, mit wuchtigen weißgetünchten Mauern, vom Glockenbogen und der flachen Kuppel gekrönt. Über dem offenen Portal lese ich die Inschrift:

»In tutto il Mondo lodato Sia il tuo Nome O Maria!«
Von dieser Stätte ist Pan mit seinen Silenen und Satyrn vertrieben. Hier sind die Mysterien des Heidentums wirkungslos geworden. Warum habe ich mich noch gefürchtet? Hier bin ich geborgen.

Ich pflücke Blumen, die von allen Seiten heranzudrängen scheinen, sammle sie zu einem Sträußchen und stelle es in die dürftige Vase unter dem Marienbild. Jetzt bin ich sonderbar froh, den Weg hierher bezwungen zu haben. Und ich komme mir beinahe kindisch vor, weil es mich so drängt, ein Anliegen vorzubringen. Ich suche nach den Worten:

»Maria, deren Namen die ganze Welt preist, wie es hier steht, hilf auch mir! Hilf mir, das Dickicht zu entwirren, in das ich mit Claudio immer wieder gerate. Laß mich erkennen, was unrichtig an unseren Wünschen ist und was richtig. So oft hat eine Rolle, in der ich aufging, alles Persönliche von mir abrücken lassen. Oft genug erschien mir mein eigenes Ich weniger wichtig als jenes Wesen, das ich darstellen wollte. Jetzt aber möchte ich wissen, was für *mich* bedeutungsvoll ist, wie *ich* mich verhalten soll und entscheiden muß. Maria, hilf mir, die *richtige* Entscheidung zu treffen, und zeig mir den Weg, der in reine Luft führt, so wie diese es ist — auf deinem Berg.«

Gleich wieder muß ich mich über mich selber wundern. Als ließe sich der Ablauf aller Dinge durch ein kleines, eigensüchtiges Gebet beeinflussen! Aber das gute Gefühl bleibt mir, während ich draußen in den Anblick der Landschaft versinke. Ein verlassener Stall nebenan, ein Weinkeller, eine kleine Zisterne... Tief unten, jenseits der spangrünen Weinterrassen, greifen die Felsenausläufer der Insel wie eine vielfingrige Hand nach der glitzernden Weite des Meeres. Und hinter dem Kuppelkirchlein, über den nahen tiefgrünen Kastanienwäldern der Falanga, die dämonisch gezackten Kraterränder des Epomeogipfels.

Dann springe, turne, klettere ich den steilen Weg wieder hinab. Während ich immer von neuem ausrutsche, mich an dornigen Ranken festhalten will und meine Muskelschmerzen voraussahne, muß ich lachen. So wie Claudio lachen wird, wenn ich ihm diesen Ausflug schildern werde. ›War *das* dein Erholungstag? Du kennst diese Insel noch immer nicht, sie ist liebevoll und feindselig zugleich, das macht ihren Reiz aus.‹

Der Platz an der Böschung, wo mein Vagabund schlief, liegt leer in der sengenden Sonne. Niemand bedroht mich, meine Angst war übertrieben. So wie ich diesen Jungen abschütteln konnte, wird auch jede andere Gefahr, die sich uns in den Weg stellt, verschwinden. Wenn Claudio und ich diese Insel eines Tages verlassen, werden wir ein großes Stück weitergelangt sein. Und dann werden wir wieder gemeinsam Theater spielen!

Plötzlich packt mich eine unglaubliche Sehnsucht nach dem Theater. Wieder vor dem Garderobespiegel sitzen und das Lampenfieber in mir brennen spüren. Wieder diese ganz bestimmte Luft einatmen, den Geruch nach Pappe, Farben und Staub — Kulissengeruch. Das leise Aufrauschen des Vorhangs hören und die Menschen im Zuschauerraum wahrnehmen, ohne hinzusehen. Ihre Begrüßung erwarten, erste Kritik, Beifall oder Ablehnung, unbewußt empfunden, während nur noch die Rolle einen beherrscht. Und wieder auf Claudios Stimme horchen, der ich zu folgen gewöhnt bin, seit ich die ersten ernsthaften Schritte auf der Bühne machte. Ich gehöre zu ihm!

An der Bushaltestelle in Forio angelangt, bin ich hungrig, durstig und müde, aber voll Erfolgsfreude und Zuversicht. Neben mir erzählen Fremde mit bayrischem Akzent von einem guten Mittagessen in Porto, von den Auslagen für diesen und jenen Einkauf. Wie viele Stunden noch bis zu Claudios Rückkehr? Ich beschließe, in der Casa bianca zu essen, mich auszuruhen und dann ins »Punta Molino« zurückzukehren, um auf Claudio zu warten, wie es vereinbart ist.

Aber die folgenden Stunden ziehen sich merkwürdig träge dahin. Ich liege auf meinem Bett und kann nicht einschlafen, so schwer meine Lider auch sind. Eine zudringliche Fliege belästigt mich. Immer wieder glaube ich Schritte zu hören, die sich nähern, aber wenn ich genauer aufhorche, ist es still. Antonietta, die mir fürsorglich einen Imbiß bereitet hat, ist in den Ort gegangen und hat auch Mercutio mitgenommen. Ein sonderbares, fast beängstigendes Gefühl der Verlassenheit überkommt mich. Und plötzlich ist dieser vertraute Raum, in dem ich mich seit Wochen geborgen fühle, doch nicht *mein* Zimmer, sondern wieder jenes fremd gewordene Gästezimmer, in das mich Claudio am ersten Abend unseres Wiedersehens begleitete. Erscheint mir das nur so, weil ich mich allein unter diesem Dach befinde?

Vielleicht kommt er früher zurück, als er vermutete, und sucht mich in Porto! Dieser Gedanke beunruhigt mich so sehr, daß ich aufspringe und mich in höchster Eile ankleide. Warum bin ich überhaupt noch hier? Was fiel mir ein, so zu trödeln?

Während ich schon das Haus verlassen will, läutet drinnen das Telefon. Könnte es nicht Claudio sein? Ich laufe durch die Räume, höre das wiederholte Klingeln wie einen dringenden Ruf. Als ich den Apparat erreiche und abhebe, bin ich zu atemlos, um mich gleich zu melden.

»Hallo?« fragt eine Frauenstimme. »Ist dort die Wirtschafterin? La domestica — non è vero?«

»Si...« Ich weiß nicht, was mich veranlaßt, so zu antworten.

»La prego... Bitte halten Sie das große Fremdenzimmer bereit, la stanza dei forestieri, capito? Und etwas zu essen, qualcosa a mangare. Wir kommen vielleicht spät.«

Wir...? Plötzlich preßt mir etwas die Kehle zu. Aber mein Stolz befiehlt mir zu antworten: »Ich *bin* nicht Antonietta!«

Eine Pause entsteht, dann fragt die Stimme befremdet: »Wer sind Sie *denn?*«

Ich lege den Hörer auf. Wer war das? Welche Gäste will Claudio hierherbringen oder — welchen Gast? Verworrene Gedanken kreuzen durch meinen Kopf. Könnte Mirella Dozzi die Anruferin gewesen sein? Nein, sie hat mühsam nach Worten gesucht, ihr Italienisch war fehlerhaft wie das meine. Oder habe ich mich getäuscht? Will Baldaffini hier wieder Gastrecht genießen — samt seinem Anhang?

Ich kann das Rätsel jetzt doch nicht lösen! Claudio

wird mir alles erklären. Als könnte ich ihm entgegenlaufen, eile ich den Weg hinunter bis zum Autostandplatz und nehme ein Taxi nach Porto.

Erst während der Fahrt fällt mir auf, daß die Farben vor der Zeit verlöschen. Graphitgraue Wolkenbänke lagern über dem Horizont, und die Luft ist drückend schwül. Es werde ein Gewitter geben, prophezeit der Fahrer, aber damit habe es wohl noch eine gute Weile Zeit.

Am Empfang im Hotel frage ich sofort nach einem Anruf oder nach Post. Der Portier hebt bedauernd die Schultern. »Niente, signora!«

Es ist erst halb sieben. Wie soll ich mir die Zeit vertreiben? An Sofie schreiben — das wäre längst fällig. Aber ich kann mich nicht dazu entschließen. Günther anrufen, wie ich es ihm vor langem versprochen habe...? Undenkbar, es widerstrebt mir.

In meinem Hotelzimmer ist noch die Hitze des Tages spürbar. Ich lasse die Jalousien hoch und reiße die Fenster weit auf. Vor mir liegt das Felsenriff in einem fremden, toten Licht, die Ruinen des Kastells stehen schwarz und drohend vor dem fahlgelben Himmel. Ich kann jetzt nicht hinsehen, kann mein Alleinsein schwer länger ertragen. Warum soll ich Holl nicht anrufen?

Ich lasse mich mit ihm verbinden, aber er ist nicht im Haus.

Horst Meissl — ist er vielleicht in seiner Pension erreichbar? Er meldet sich tatsächlich, zeigt sich über meinen Anruf erfreut.

»Hallo, Lydia, wie haben Sie den Tag verbracht?«

Ich erwähne meinen Ausflug nach Maria del Monte,

er scheint mir schon weit zurückzuliegen. »Und Sie? Wie ist Ihnen die Arbeitspause bekommen?« Erleichternd, eine bekannte Menschenstimme zu vernehmen.

Er berichtet mir, daß er am Strand von San Francesco gebadet hat, wo es ihm ausgezeichnet gefiel. Ich nehme kaum auf, was er sagt, unterbreche ihn ungeduldig:

»Wissen Sie eigentlich, wann Falckner zurückkommen wollte?«

Meine Frage scheint ihn zu wundern. »Keine Ahnung, wahrscheinlich erst spät. Er wollte ja morgen wieder drehen. So sagte er's mir wenigstens gestern abend durchs Telefon und bat mich, die andern zu verständigen. Das war nicht ganz einfach, so in letzter Minute.«

»Er wußte vorher nichts von dieser Feier in Rom. Sie wird sich wohl hinziehen...«

»Eine Feier?«

»Ja, Baldaffini hat ihn doch eingeladen — zu einer Art von Firmenjubiläum.«

Ich merke, daß Meissl überlegt. »Ach ja...? Darüber wissen Sie vermutlich mehr als ich. Und Sie kennen ja auch Falckners sprunghaftes Umdisponieren. Man kann nichts voraussagen. Wegen seiner Rückkehr würde ich mir jedenfalls keine Sorgen machen.«

Keine Sorgen — er hat recht. Ich kann mir meine kribbelnde Nervosität selbst nicht erklären. Unschlüssig lehne ich im Fenster und sehe zu, wie die ersten Regentropfen auf den lappigen Feigenbaumblättern zersprühen. Plötzlich wird mir klar, daß Horst Meissl nichts von einer Feier in Rom wußte. Was sonst weiß oder vermutet er — und hat er mir verschwiegen? Hängt es mit dem sonderbaren Anruf in der Casa bianca zusammen? Mein Kopf schmerzt, sowie ich daran denke.

Ein gelbgrüner, vielädriger Blitz zerreißt das drohende Dunkel des Himmels. Der Donner folgt wie ein einziger dröhnender Schlag, widerhallt dann als dumpfes Grollen in den Schluchten des Epomeo. Kein Wunder, wenn mich das Herannahen dieses Gewitters mit Spannung geladen hat!

Ich zwinge mich, zum Abendessen in den Speisesaal zu gehen, wähle lang und mit Bedacht, was ich essen möchte. Aber als die Schüsseln vor mir stehen, fehlt mir jeder Appetit. Die Gäste sitzen schweigsamer als sonst an den Tischen, man hört um so deutlicher die Donnerschläge und das Prasseln des Regens.

Wieder und wieder geht mir der Anruf durch den Kopf. »Das große Fremdenzimmer...« Wen kann Claudio beauftragt haben, es bereitzuhalten? Es ist doch nach altem Übereinkommen *mein* Zimmer. Und wenn er nichts von diesem Anruf wußte — wer kann die Kühnheit haben, über ihn hinweg einen solchen Auftrag zu erteilen? Wieder fällt mir die Dozzi ein. Nur sie kennt Antonietta. Nur sie kann mir diesen Streich gespielt haben, weil sie sich unlängst zurückgesetzt fühlte, weil sie Claudios wegen eifersüchtig war...

Das üble Intrigengespinst umgibt mich wieder, und es ist quälend, es nicht durchschauen zu können. War es nicht meine Devise, mich nicht mehr darum zu kümmern? Ich will es so halten.

Eine Weile wirkt meine Selbstberuhigung. Ich esse ein paar Bissen, trinke ein Glas Wein und schlendere nachher durch den Gesellschaftsraum. Die Gäste sind in Gruppen zusammengerückt und beachten mich kaum. Jemand berichtet, auf dem Meer seien Fischerboote in Not geraten. Im Fernseher krachen die Blitze. So allein zu sein! Ich weiß nicht, wohin ich mich wenden soll.

Früher als je zuvor suche ich mein Zimmer auf und krame nach einem Buch, bin aber nicht imstande, darin zu lesen. Hinter den verschlossenen, dichtverhüllten Fenstern scheint ein Inferno zu toben. Vor dem Auskleiden greife ich noch einmal zum Hörer und lasse mich mit Alexander Holl verbinden.

Er meldet sich nach einer Weile mit verschlafener Stimme. »Hallo...? Ah, Sie sind es, Lydia!«

»Habe ich Sie geweckt? Tut mir leid. Ich bin nur — es ist wegen Claudio. Er wird doch nicht in dieses Wetter geraten sein?«

»Aber ich bitte Sie! Der sitzt bestimmt noch in Rom und läßt sich's gutgehen. Claudio kommt nicht so leicht in Gefahr!«

»Er hat Ihnen doch auch gesagt, daß er Baldaffini treffen muß?«

»Nein, diese Romfahrt kam ja ganz überraschend. Außerdem gibt Falckner es ja nie zu, wenn er ins Gedränge kommt.«

»Ich weiß, vielen Dank. Gute Nacht, Alexander!«

Was für ein Gedränge? Vielleicht war es nur so hingesagt. Holls Phlegma, das mich schon oft geärgert hat, beruhigt mich jetzt. Ich nehme ein Schlafpulver und schalte das Licht aus. Der Widerschein immer neuer Blitze zuckt durch den Raum, der Donner rollt. Ich sehe Claudio inmitten einer fröhlichen Tafelrunde, er trinkt mir lachend zu. *Mir...?* Wo immer er sich befindet und wen immer er auch bei sich hat — wenn er nur behütet ist!

Dann gleiten die Bilder wirr durch meinen Kopf: der zerklüftete Weg nach Maria del Monte, der gierige Blick des Fremden... Übersonnte Wildnis, der betende Jäger vor dem kleinen Altar... Und wieder Claudio — auf der Bank im dunklen Garten — als sein Glas zerbrach...

Unversehens falle ich ins Dunkel, höre nur noch dann und wann das Grollen des sich entfernenden Gewitters — wie langgezogenes Stöhnen. —

Das Schrillen des Telefons auf meinem Nachttisch weckt mich. Während ich schon nach dem Hörer greife, merke ich, wie benommen ich bin.

»Endlich, Lydia!« Claudio...? Nein, es ist Holls Stimme. »Ich habe schon mehrmals angeläutet. Kann ich für einen Augenblick zu Ihnen kommen?«

»Jetzt gleich? Ist etwas...?«

»Ich möchte gleich kommen. In einer Minute also.«

Ich schlüpfe taumelnd in meinen Schlafrock, kauere mich fröstelnd auf die Bettkante. Meine Knie zittern und mein Kopf schmerzt. Sonnenreflexe tanzen an der Wand. Wie spät ist es? Ich starre zur Tür. Die Minute dauert unerträglich lang.

Dann steht Alexander vor mir, im hellen Sommeranzug. Das aufgeklebte Lächeln in seinem verstörten Gesicht ist wie eine schlechte Maske.

»Ich habe Ihnen etwas mitzuteilen, Lydia. Es fällt mir unendlich schwer. Als hätten Sie gestern eine Ahnung gehabt — Claudio...«

Mein Mund ist wie verklebt. »Was ist geschehen? Sagen Sie's doch schon!«

»Er hatte einen Unfall mit dem Wagen — gestern abend in Neapel, auf der Fahrt zum Hafen.«

Ich starre ihn an, als hätte ich nicht verstanden. Langsam beginnt mein Gehirn zu arbeiten wie eine endlich in Gang kommende Maschine. »Unmöglich! Er war nicht mit dem Wagen in Rom.«

Holl will sich auf den Stuhl setzen, räumt vorerst mein Buch weg, weiß nicht, wohin er es legen soll.

»Er befand sich nicht in seinem Wagen, ist auch nicht selbst gefahren — sondern eine Dame. Sie soll schwer verletzt sein. Mehr weiß ich selbst nicht.«

»Aber was ist mit Claudio?«

Die Maske fällt. Leeres Gesicht, leere Augen ...

»Es war — gleich vorbei ...«

»Nein!«

Da ist sein Arm, ich stoße ihn zurück. Der Stuhl fällt um.

Holl sagt: »Ein Anruf in aller Frühe — an das Hotel. Man hat mich verständigt und ersucht, ich möge es Ihnen ...«

Ich höre es überdeutlich, ohne es aufzufassen. Die Tür schließt sich leise.

Mein Gesicht, ins Kissen gewühlt — keine Luft zum Atmen. Keine Tränen. Mein Körper ist wie ein Klumpen Eis. In meinem Kopf dröhnt und kreist ein Chaos. Alles, was ich denken kann, ist: Nein, nein — *nein* ...

Der Tag ist klar und sonnig. Aber das Meer hat sein kaltes, hartes Blau, weiße Schaumkronen kräuseln es bis zum Horizont. Ich sehe es durch die Fenster meines

Zimmers, vor denen ich hin und her gehe. Wie lange schon? Seit Stunden oder erst seit Minuten?

Wie habe ich es fertiggebracht, ins Bad zu gehen, in die Kleider zu schlüpfen, mein Haar zu bürsten? Wie kann ich die gewohnten Bilder und Geräusche ringsum aufnehmen, als hätte sich nicht alles geändert?

Alles geändert — auch das begreife ich nicht. Das Entsetzliche dringt nicht bis zu mir, daran liegt es. Etwas Unvorstellbares hat sich ereignet, aber ich erfasse es nicht. Und doch ist es ständig in mir, ist wie ein dumpfer, betäubter Schmerz, der erwachen will, erwachen *wird*.

Das Stubenmädchen schaut neuerlich durch den Türspalt. »Scusi, signora!« — zieht sich wieder zurück. Sie will mein Zimmer aufräumen, will ihre Ordnung haben, der Tag muß seinen Lauf nehmen. Aber die Kleine ist taktvoll, so verlegen taktvoll, wie Holl es gewesen ist, als er mich vorhin allein ließ. »Ich habe Ihnen etwas mitzuteilen, Lydia...« Und dann ging er einfach fort.

»Er hatte einen Unfall mit dem Wagen — ist nicht selbst gefahren, sondern eine Dame...« Das sage ich mir immer wieder vor. Wessen Wagen? Welche Dame? Völlig belanglos. Ich brauche es nicht zu wissen, wer ihn von dieser Feier, aus dieser Gesellschaft, zum Hafen in Neapel bringen wollte — und in den Tod gefahren hat.

In den Tod? Ja, Claudio lebt nicht mehr, er *lebt* nicht mehr.

Habe ich es nicht schon gestern gewußt? Es ist, als müßte ich nur noch eine schwarze Wand durchstoßen, um das Furchtbare ganz nahe zu haben, um es zu erfassen.

Fort aus diesem Käfig, aus diesem Gefängnis. Der Flur, die Treppe, Staubsaugergeräusch. Fremde, die ausgeruht und heiter aus den Zimmertüren treten. Alles wie sonst. Bloß ich bin nicht mehr dieselbe.

Die Halle. Dort sitzen sie in der Ecke versammelt, seine Mitarbeiter oder Freunde sogar, gestern noch. Sie heben die Köpfe, als sie mich kommen sehen. Verstörte Gesichter. Meissl kommt mir entgegen. Sein Händedruck schmerzt.

»Es tut mir für Sie doppelt leid, Lydia. Es muß Sie noch stärker treffen als uns übrigen.«

Was bedeutet »doppelt« und »noch stärker als«? Ich verstehe nicht, mit welchem Maß sie messen. Sie schweigen mit gesenkten Köpfen, rauchen, scheinen sich vor mir zu fürchten. Oder ist es auch wieder der »Takt«?

»Ich wollte nicht stören...« Habe ich das gesagt? Wie lächerlich. »Ich konnte nur nicht länger da oben in meinem Zimmer...«

... allein sein. Aber das verstehen sie wohl nicht. Sie sehen mich betreten an, Holl vor seinem Orangensaft, Meissl, sein Assistent, ein paar andere vom engsten Stab. Wahrscheinlich erwarten sie, daß ich sie etwas frage. Die einzige Frage wäre: Lebt er nicht doch? Ich frage nicht.

Mich zu ihnen setzen, mit ihnen vor mich hin brüten. Vielleicht helfen sie mir zu begreifen. Stimmen von nebenan, erregtes Geflüster.

»Der Strand überschwemmt«... »fünf Fischerboote im Sturm gekentert«... »ein Passagierschiff in Seenot geraten« und — »wissen Sie schon? Falckner, der Regisseur...?«

Unerträglich. Es ist, als hätte mich nie etwas mit diesen Menschen und ihren Anliegen verbunden. Hier kann ich nicht bleiben.

Die Terrasse... Vom Sturm zerrissene Ranken, abgefallene rosa Blüten auf den Steinfliesen. Viel zu grell, dieses Licht. »Immer vergißt du deine Sonnenbrille, Lydia.« — Claudios Vorwurf, dazu sein zärtlich-spöttisches Lächeln — gestern noch? Es kann nicht sein, daß dies nur noch Erinnerung ist, es *kann* nicht sein!

Jemand kommt mir nach, faßt mich am Arm — Horst Meissl.

»Wollen Sie nicht bei uns bleiben, Lydia? Sie können doch jetzt nicht...«

Ich befreie meinen Arm. Er soll mich lassen. Ich weiß nicht, was ich jetzt kann oder will. Oder — doch...! Ich möchte dort sein, wo Claudio ist!

»Kommen Sie, setzen wir uns hier ein bißchen in den Schatten!«

Er rückt zwei Stühle zurecht, es ist das einfachste, ihm zu gehorchen. Wenigstens einer, der mich nicht ganz allein läßt.

»Ich weiß nicht, ob Sie mir glauben können, daß ich sehr gut verstehe, was Sie verloren haben?«

»Vielen Dank, Horst.«

Leere Worte und doch bin ich ihm dankbar. Er möchte mir helfen, das Unfaßbare zu begreifen.

»Als Sie mich gestern anriefen und so besorgt waren, da wollte ich Sie gewiß nicht täuschen, Lydia!«

Von Neapel kommt ein großes weißes Schiff übers Meer. Die Brandung rauscht lauter als sonst. Mich friert. Was hat Meissl eben gesagt?

»Nicht täuschen? Was meinen Sie damit?«

»Sie erwähnten eine Feier in Rom. Vielleicht hat sie tatsächlich stattgefunden. Und wenn nicht, dann war es ein verzeihlicher Vorwand, mit dem Claudio Sie beruhigen wollte. Wir ahnten mehr oder weniger alle, daß er mit dem Film finanziell in die Klemme geraten war.«

In die Klemme geraten . . .?

Hätte ich es nicht besser wissen müssen als die andern? Nein, ich habe Claudio vertraut, vertraue ihm auch jetzt.

»Ich wußte nichts von einer solchen Klemme, Horst.«

»Nein? Ich begreife nicht, warum er es von Ihnen ferngehalten hat. Es gab schon mehrmals eine Verzögerung bei den Auszahlungen da und dort. Offenbar hatte er sich anfangs zu sehr verausgabt, man kannte das ja. Jedenfalls war mir klar, daß er bald eine größere Summe flüssigmachen mußte, wenn nicht alles ins Stocken geraten sollte. Seine Quelle schien plötzlich versiegt zu sein, er hat mir nicht erklärt, warum. Aber ich habe seine überstürzte Romfahrt mit einer Hilfsaktion in Zusammenhang gebracht.«

»Zu Baldaffini?«

»Ja. Natürlich wußte ich nicht, wer sonst noch dahintersteckte. Ich habe Ihnen nichts verheimlicht, Lydia, *das* wollte ich sagen.«

»Wer soll dahintergesteckt sein?«

»Ich weiß nichts Genaues, glauben Sie mir! Jedenfalls hatte ich keine Ahnung, daß er in Rom seine Frau treffen würde.«

»Seine . . .? Soll das heißen, daß sie es war, die . . .?«

»Mein Gott, hat Holl es Ihnen denn nicht mitgeteilt?«

Er sieht mich tief bestürzt an. »Claudio ist in ihrem Wagen mitgefahren, als es passierte. Sie müssen in das

Gewitter geraten sein. Frontalzusammenstoß in der Via Oliveto auf der Fahrt zum Hafen. Weiß der Himmel, warum er so spät noch auf die Insel gelangen wollte.«

Die feine gerade Linie des Horizonts — plötzlich wie zerbrochen vor meinem Blick... Dunkle Schatten tanzen auf dem Meer. Das erst ist die schwarze Wand. Jetzt erst fällt sie über mich. Es war — Dagmar...

»Kann ich etwas für Sie tun, Lydia? Sie sehen nicht gut aus.«

»Danke, ich brauche nichts.«

Er betrachtet mich zweifelnd und mitleidig. »Bitte, vergessen Sie nicht, daß er immer mit höchstem Einsatz spielte. Man muß ihm zugute halten, wofür er es getan hat: für seine Ideen, für die Kunst. Ich habe ihn sehr bewundert, von allem Anfang an.«

Der stille, zurückhaltende Horst Meissl — so aufgewühlt? Jetzt ist er mir näher als sonst. Auch er hat Claudio geliebt. Wahrscheinlich weiß er viel über die Umwege, die Claudio gegangen ist, aber ich werde ihn nicht danach fragen. Ich habe genug erfahren, schon zu viel... Wie soll ich es je begreifen?

Wieder die grüne Dämmerung des fremden Zimmers. Geschlossene Jalousien, der Tag ist ausgesperrt. Wird es mir denn nicht gelingen, den Faden zu entwirren, der mich durch dieses Labyrinth führt?

»Wir ahnten alle, daß er in die Klemme geraten war...«

Ich ahnte das auch. Er wollte es nicht zugeben, nicht darüber sprechen, aber es lag auf der Hand. Es passierte ihm nicht zum erstenmal, aber es muß ihn stärker getroffen haben als früher, an dem Film lag ihm so viel.

Seine Reizbarkeit... seine Nervosität... War es nicht manchmal, als wüßte er keinen Ausweg mehr und wollte es bloß nicht wahrhaben? Es schien ihm würdelos, vom Geld abhängig zu sein. Er konnte das Vorhandene nicht einteilen, verachtete das Haushalten und hätte sich dabei auch nicht helfen lassen.

Immer wieder sein Versuch, sich souverän zu zeigen, über den realen Dingen zu stehen, seine fast exaltierte Fröhlichkeit. Die Einladung an Baldaffini, der Abend in der Casa bianca — es muß um mehr gegangen sein als um eine gesellschaftliche Geste... Mirella Dozzi, die sich an den kleinen Dicken herangemacht hat, weil sie bei Claudio abgeblitzt war. Zu welchem Zweck? Nur aus Ehrgeiz und gekränkter Eitelkeit? Aus Rachsucht, weil ich ihr im Weg zu stehen schien?

Wenn auch — was hat es mit der letzten schrecklichen Entdeckung zu tun, daß *Dagmar* im Spiel war?

An dieser Stelle zerreißt der Faden. Und wie mühsam ich ihn auch immer wieder knüpfe, ich komme nicht aus dem Dunkel heraus. Dagmar — wie konnte Claudio mich so täuschen, mir verschweigen, daß sie noch in seinem Leben war?

Unser erster gemeinsamer Tag auf Ischia — die Wiedergeburt unserer Liebe... Ich sehe Claudio wieder vor mir stehen — auf dem dunklen Treppenweg zu seinem Haus. Spüre wieder den festen Griff seiner Hände an meinen Schultern, als wollte er mich aufrütteln. »Du denkst an meine Episode mit Dagmar? Sie kam nur durch ein Versehen in mein Leben... das war vorbei, ehe es begann...«

Alles nur Lüge? Alles seine geschickte Strategie, um

uns diesen Sommer zu retten — und die Vittoria-Rolle in seinem Film? Ich *kann* es nicht glauben!

Aber doch — die Gerüchte um ihn — das schreckliche Zusammentreffen in Salzburg, als Claudio sich auch vor mir offen zu Dagmar bekannte! Und dann seine Rehabilitierung, die Versuche mit der eigenen Produktionsgesellschaft, seine große Karriere. Mit Hilfe von Dagmars Geld? Damals ist er Horst Meissl begegnet und auf dessen Begabung aufmerksam geworden. Meissl müßte mehr wissen, als er mir eingesteht. Abscheulicher Gedanke, daß er vielleicht schon längst durchschaut hat, was hier gespielt wurde: daß Claudio von neuem daran war, sich an Dagmar zu verkaufen...

Stünde Claudio vor mir und ich könnte ihn selber fragen! Oder täte ich es wieder nicht, vor lauter Glück, ihn noch zu haben? Wie werde ich's ertragen, von diesen Zweifeln verfolgt zu werden, wohin ich mich auch wende?

Ein Anruf. »Sie können sich nicht ständig einsperren, Lydia. Kommen Sie jetzt mit mir essen!«

Das ist Alexanders freundschaftlicher Zuspruch. Ich folge ihm teilnahmslos, automatisch. Er spricht noch weniger als sonst. Aber er schirmt mich wenigstens vor den neugierigen Blicken ab, die mir begegnen, wo immer ich auftauche. Flüstern die Leute vielleicht: ›Die Merwald! Sie soll ja etwas mit dem Falckner gehabt haben. Aber als es passierte, war er mit seiner Frau unterwegs...‹ Mir ist, als könnte ich das Gerede hören.

Immer neue Fremde strömen durch die Hotelhalle, durch die Straßen von Porto, auch auf dem Weg durch die Weinberge nach Campagnano, wohin ich mich flüchten will. Sie drängen sich da und dort in Gruppen vor dem schwarzumrandeten Anschlag, den Meissl drucken ließ:

»Unser verehrter... auf der Höhe seines Schaffens durch einen tragischen Unfall dem Leben entrissen... In tiefer Trauer... seine Mitarbeiter und Freunde.«

Ich kann nicht hinsehen. Eine solche Nachricht liegt auch gefaltet auf dem Tisch in meinem Hotelzimmer. Horst Meissl selbst hat sie mir überreicht. »Die Beisetzung findet am Donnerstag auf dem Campo Santo in Neapel statt. Es ist selbstverständlich, daß wir Sie bitten, in unserer Begleitung...«

Mein Blick muß ihn erschreckt haben, er stockt betreten, ergänzt dann rasch und leise: »Wie ich hörte, ist Frau Falckner noch nicht ansprechbar, aber die Ärzte rechnen mit ihrem Aufkommen.«

Frau Dagmar Falckner... Ich habe nicht nach ihr gefragt. Wollte Meissl mir beibringen, daß ich keine Begegnung zu fürchten brauche? Ich möchte dennoch nicht hingehen.

Eines Nachmittags — ist es Dienstag oder schon Mittwoch? — klopft es an meine Tür, hinter der ich vor mich hin döse. Auf mein leises »Avanti!« öffnet sich die Tür.

Herein schiebt sich in schüchterner Haltung Frau Monti von der Felsenboutique, sieht mich aus ihren dunklen Augen verschreckt an.

»Buon giorno, signora Merwald! Ich haben versucht anrufen, aber Sie nicht waren zu erreichen. Ich Ihnen will sagen persönlich meine Beileid.«

Sie nimmt zögernd meine Hand und drückt sie fest,

legt den großen Karton, den sie mitführt, auf den Tisch und öffnet ihn feierlich. Zwischen Seidenpapieren kommt ein schwarzes Kleid zum Vorschein. Sie hebt es behutsam heraus.

»Ich gedacht, Sie werden brauchen? Und weil ich kenne Ihre Größe...«

Ihre Augen weiten sich. Sie wirft das Kleid hin und fällt mir aufschluchzend um den Hals. »Arme Signora! Aber Sie wenigstens können weinen um eine große Mann. Sie haben verloren un amico ammirabile.«

Ich spüre Nässe auf meinen Wangen. Das sind die ersten Tränen, die ich um Claudio weine. Oder nein, wahrscheinlich ist es nur die Rührung über die Herzlichkeit einer fremden Frau.

Signora Monti wischt sich resolut mit dem Finger über die Augen. Dann besteht sie darauf, daß ich das Kleid probiere. Es ist schlicht und elegant.

»Sta bene! Sie jetzt noch brauchen eine große schwarze Hut!«

Über ihrer Freude scheint sie zu vergessen, zu welchem Anlaß dies alles bestimmt ist.

»Das war lieb von Ihnen! Was kostet das Kleid?«

Sie hebt abwehrend beide Hände.

»No, no, costa niente. Un regalo — ist eine Geschenk von mir. Sie müssen nehmen, La prego!«

Ich muß es tun. Ich würde sie sonst sehr kränken. »Vielen, vielen Dank!« Mir ist, als hätte sie mich wieder sprechen gelehrt.

Zufrieden geht sie fort und läßt mich allein. Im Fenster, das ich dem Besuch zuliebe geöffnet habe, steht das Kastell auf seinem Felsenriff erhaben im Glanz der Sonne. Muß ich denn nicht dort hinauf, um Vittorias Kleid anzuziehen, mich zur Aufnahme zu schminken, auf Claudios Kommando zu warten?

Plötzlich bricht der Schmerz aus mir hervor wie eine aufgestaute Flut und schüttelt mich, daß ich mich hinwerfen muß. Wie gut, daß mich jetzt niemand sieht und keiner mich trösten will! Wer sollte auch verstehen, daß ich weniger Claudios Tod beweine als das entsetzliche Gefühl, von ihm verraten worden zu sein, als er noch lebte!

Aber in der größten Verzweiflung ist mir, als faßte mich eine Hand an der Schulter und als sagte eine leise, sehr ferne Stimme: »Nur still, du täuschst dich! So ist es nicht gewesen.«

Bin ich es denn wirklich, die hier in einem Taxi durch Neapel fährt?

Hätte ich geahnt, wie verlassen ich mich in dieser lauten Stadt fühlen werde, dann hätte mir wahrscheinlich der Mut gefehlt, allein herzukommen. Ich gehorchte nur dem seltsamen dumpfen Zwang, mich treiben zu lassen — irgendwohin. Wie sehr ich mich in den letzten Tagen und Nächten auch bemüht habe, mir Klarheit zu verschaffen — alle meine Gedanken verlaufen im Leeren. Und immer noch begleitet mich das Gefühl, bloß grauenvoll zu träumen.

Ich wollte diesen Weg nicht gehen, diesen Donnerstag am besten gar nicht erleben. Aber heute im Morgengrauen war es, als hätte ein leiser Ruf mich aufgescheucht. Und auf einmal wußte ich, daß ich dabeisein muß, für mich allein. So ist es mir wenigstens gelungen, dem Mitleid zu entgehen, der fürsorglichen Anteilnahme der andern, den vielen gutgemeinten Tröstungen.

Ich habe die Insel verlassen, ohne mich um ihr Programm zu kümmern. Viel zu früh war ich in Neapel, habe in einer Cafeteria die Zeit hingebracht, mich in den lärmdurchtosten Straßen verirrt, zuletzt in diesem Taxi Zuflucht gefunden.

Noch immer bin ich benommen wie nach einer schweren Krankheit, bin halbblind für die Bilder, die an mir vorübergleiten. Ich weiß nicht, was mich vorwärtstreibt, vielleicht ist auch diese Kraft nur sinnlose Täuschung.

Der Taxifahrer ist ein freundlicher alter Mann und scheint mein Ziel gut zu kennen. Vielleicht flößt ihm mein schwarzes Kleid Respekt ein. Er weist mich auch noch zu der Kanzlei, wo man mir Auskunft über den Weg geben soll.

Blumenstände am Tor. Meine Hände greifen nach einem Strauß feuerroter Gladiolen, diese Farbe liebt Claudio. Werde ich die Blumen nicht wie so viele andere zuvor in dem großen Tonkrug ordnen, der unter einem der bogigen Fenster in der Casa bianca steht? Ein Gruß, wenn wir abends heimkommen, ein leuchtender Farbfleck im Blau des Himmels, wenn wir beim Frühstück sitzen ...

Die italienische Auskunft verstehe ich nur halb. Ist das die angegebene Richtung? Ich höre Glockenläuten und gehe ihm nach, meine Füße traben für sich allein. Die vielen Kapellen und Mausoleen ... Sonnenhitze, die durch meinen schwarzen Hut dringt, durch den dünnen Stoff des Kleides ... Die Blumen in meiner Hand — viel zu fröhlich, zu lebendig — sie passen nicht in diese marmorne Stadt der Toten.

Gedämpftes Stimmengewirr, dunkel gekleidete Gestalten. Eine große Trauergemeinde, nur durch eine Gräberreihe von mir getrennt. Komme ich zu spät? Ich habe den Sinn für die Zeit verloren, nicht nur für die Zeit... Ich möchte nicht näher treten, will nicht unter ihnen sein wie jemand, der dazugehört. Ich will ihnen nicht Anlaß geben, über mich zu tuscheln und zu den zahllosen schwirrenden Gerüchten neue hinzuzufügen.

Hier stehe ich gut, halb verdeckt von Sträuchern, im Schatten einer hohen Zypresse. Ich kann den Priester sehen und höre Gebete murmeln. Drüben bilden sie einen Halbkreis, stehen Kopf an Kopf, eine fast unübersehbare Schar. Ich erkenne Alexander Holl und Horst Meissl, fremd in ihren dunklen Anzügen. Da sind auch viele von den Gesichtern jener, mit denen ich tagtäglich zusammen war — ist es nicht unendlich lange her? Jemand hält eine Rede, Worte, die verhallen, ich verstehe sie nicht.

Aber dort...! Ich erschrecke so sehr, daß ich zu zittern beginne...

Ganz vorne, hinter dem Geistlichen im Talar — steht Claudio. Nicht der aus diesem Sommer, sondern ein sehr junger Mann, jener Claudio, dem ich zum ersten Mal begegnete.

Mich schaudert, ich starre hin, bis mich die Augen brennen. Dann neige ich schnell den Kopf, blicke, um mich zu prüfen, auf das Fleckchen Grün zu meinen Füßen, auf die Blumen in meiner Hand. Alles wirklich? Ja, aber mein Sinn ist verwirrt. Habe ich's nicht schon längst gemerkt?

Drüben wird jetzt gebetet, und ich stimme leise mit ein. »Vater unser im Himmel...«

Immer wieder muß ich hinsehen! Da steht er wie zuvor. Eine hohe, schlanke Jünglingsgestalt in dunkler Kleidung, den Kopf mit dem vollen Haar geneigt, den Hut in der Hand. Claudios Profil, seine Haltung — unverwechselbar der Claudio von damals.

Jetzt strafft er sich und blickt auf, sieht wie zufällig zu mir herüber. Ich kann erkennen, daß er mir kaum merkbar zunickt wie in freudiger Begrüßung...

In Panik ergreife ich die Flucht. Fort, nur fort! Als würde mich jemand hetzen, haste ich ziellos zwischen den langen Gräberreihen dahin. Sonnenglut über welkenden Blumen, über grauem Stein, Einsamkeit...

Eine kleine Kapelle nimmt mich auf, ich sinke auf eine steinerne Bank. Mein Atem geht keuchend. Ich habe Angst... Wer war das? Eine Erscheinung kann mich nicht genarrt haben, also eine Täuschung meiner überreizten Nerven, eine eingebildete Ähnlichkeit? Sekundenlang erfüllt mich die innige Hoffnung, dieses Erlebnis könnte ein Zeichen gewesen sein, ein unerklärliches, tröstliches Zeichen.

Langsam schwindet meine Erregung, und mir wird klar, daß ich mich in einer fremden Grabstätte versteckt halte. Die Blumen in meiner Hand — wie ein Vorwurf... Sie waren Claudio zugedacht.

Ich muß mich zwingen, aus der kleinen Kapelle ins helle Sonnenlicht zu treten. Weit unten in der langen Allee entfernen sich die letzten Trauergäste. Ich erkenne in nächster Nähe die Sträucher, die Zypresse, es ist der Platz, an dem ich vorhin stand. Also muß ich im Kreis gelaufen sein.

Nur ein paar Schritte bis zu dem frischen Berg von

Blumen, der vielfarbig den Hügel bedeckt. Kein Mensch ist mehr zu sehen. Ich gehe hin und lege meine Gladiolen zwischen die Buketts und Kränze. Keine Panik mehr, auch keine Erschütterung... Hier ist Claudio nicht. Wozu bin ich hergekommen?

Langsam und müde wandere ich dem Ausgang zu. Von den Trauergästen ist niemand mehr zu sehen. Jetzt erst fällt mir auf, daß Baldaffini offenbar nicht hier war, auch Mirella Dozzi war nicht zu sehen. Draußen entdecke ich ein freies Taxi unter dem Gewirr von Autos und steige ein. Der Fahrer sieht mich fragend an.

»Zum Hafen, bitte!«

Einfach in diese Richtung. Noch nie war es mir gleichgültiger, wohin ich mich begebe.

Schon bin ich ein gutes Stück gefahren, da sehe ich ein Straßenschild: Via Tribunali. Eine Erinnerung erwacht und berührt mich so stark, daß ich halten lasse, den Fahrer bezahle und aussteige.

Verloren stehe ich am Rand der breiten Straße, durch die eine Flut von Fahrzeugen braust. Von dort unten, durch das Capuanische Tor, müssen sie damals gekommen sein. Vierzig Pferde zogen den Trauerwagen, dem mehrere Bischöfe und an die zwanzig Waffenträger folgten. Jetzt erinnere ich mich genau, wie Claudio mir davon erzählte. Wir saßen während einer Drehpause in der Kantine und berieten, ob etwas von dieser gewaltigen Szene in den Film aufzunehmen sei.

Ich war dagegen. »Zu aufwendig und auch viel zu traurig! Außerdem hat Vittoria die Überführung ihres Gemahls von Mailand nach Neapel erst ein Jahr nach Ferrantes Tod veranlaßt. Warum wohl?«

Claudio überlegte. »Vermutlich wäre sie dazu vorher seelisch nicht imstande gewesen. Aber er sollte eben doch in der Kirche des neapolitanischen Hochadels ruhen, in San Domenico maggiore.«

Wie leicht spricht man vom Tod, solange er einem nicht selbst begegnet! Während mir vom Lärm des neapolitanischen Alltags schwindelt, versuche ich mir das stolze Neapel der Renaissancezeit vorzustellen und Ferrantes letzten Weg. Auf einmal weiß ich ein Ziel, wenigstens für die nächsten Minuten. San Domenico maggiore liegt nicht weit von hier entfernt.

Ich finde mühelos die alte Kirche, der Nebeneingang hinter dem Obelisken ist geöffnet. Das hochgewölbte Längsschiff der Basilika nimmt mich auf. Kühle, Marmorfliesen, betäubend süßer Lilienduft... Zwei Frauen stehen vor einem Beichtstuhl in der dunklen Ecke, sonst ist niemand zu sehen.

Suchend blicke ich mich um. Kapellen mit schönen Renaissanceskulpturen, steinerne Sarkophage — welcher mag es sein? Ich werde mich erkundigen müssen.

Hinter mir hallen Schritte, die sich im Näherkommen verlangsamen. In das tiefe Schweigen sagt eine Stimme: »Frau Merwald...? Wenn Sie das Avalos-Grab suchen — es liegt dort drüben!«

Neben mir steht der junge Mann vom Friedhof, Claudios Doppelgänger. Jetzt erschrecke ich nicht mehr vor ihm, die Ähnlichkeit hat nichts Gespenstisches. Ich weiß in dieser Sekunde, daß ich ihm nicht entrinnen konnte, daß dieses Wiedersehen kein Zufall ist.

»Danke!« höre ich mich sagen und wage es nicht, ihn anzusehen.

Unsere Schritte hallen nebeneinander auf den Fliesen. Wohin führt er mich? Ist das die Sakristei? Ich blicke mich nicht um. Dieses Nebeneinandergehen ist traumhaft — und schön.

Der junge Mann sagt: »Ich war schon früher einmal hier, daher weiß ich Bescheid. Er liegt bei den Aragonenfürsten.«

Er spricht mit leichtem Schweizer Akzent. Seine Stimme ist jung und voll. Ich fühle, daß er mich im Gehen unausgesetzt betrachtet.

»Hier!«

Eine schlichte Gruft, kein Denkmal. Nur ein Schwert hängt zu Häupten, bezeichnend für das Leben des Ferrante d'Avalos — und für seinen Tod.

»Die Inschrift stammt von Ariost«, erklärt mir mein Begleiter. »In der Feldschlacht von Ravenna hat er mit den Franzosen gekämpft, *gegen* Pescara.« Leiser Sarkasmus klingt mit, der dem scheinbaren Wankelmut des großen Dichters gilt — Claudios Verachtung für die wankelmütige Gesinnung der Menschen, ich kannte sie nur zu gut.

Ich kann meine Frage nicht länger zurückhalten. »Wer sind Sie, bitte?«

Er macht eine kleine, erschrockene Verbeugung, die fast drollig ausfällt. »Ich heiße Nicola Falckner.«

»Ein Verwandter von Claudio...?«

»Aber gewiß — sein Sohn.«

O Gott, Dagmars Sohn — also doch! Hab ich's denn nicht schon geahnt? Was will er von mir? Er soll mich in Frieden lassen!

Er übergeht meine Verwirrung, spricht rasch weiter:

»Verzeihen Sie, daß ich Ihnen gefolgt bin! Auf dem Friedhof waren Sie plötzlich verschwunden. Ich war sehr enttäuscht, Sie aus den Augen zu verlieren, ich hatte doch schon gehofft, Sie zu treffen. Aber vor dem Tor habe ich Sie in ein Taxi steigen sehen und bin Ihnen nachgefahren. Warum Sie jetzt nach San Domenico maggiore wollten, lag für mich auf der Hand.«

»Woher kennen Sie mich?«

»Von Bildern und von der Bühne. Einmal in Wien hat der Vater mich ins Burgtheater mitgenommen. Wir saßen vorn in einer Loge, und ich habe Sie aus nächster Nähe gesehen, als ›Maria Stuart‹. Sie waren wundervoll.«

Ich höre den schwärmerischen Ton. Claudio mit seinem Sohn im Burgtheater... In der Neuinszenierung von »Maria Stuart« habe ich vor fünf Jahren gespielt. »Ein paarmal bin ich in der dunkelsten Ecke einer Loge gesessen, unerkannt.« Warum hat er mir nicht gesagt, wann das war und mit wem? Warum hat er mir seinen Sohn verschwiegen? Mir ist im Augenblick, als müßte ich alle Kränkung durch Claudio diesen Jungen entgelten lassen, der ihm so sehr ähnlich sieht, der mich in neue Verwirrung stürzt.

»Ich will das alles gar nicht wissen!«

Ein schneller, erschrockener Blick trifft mich. Dann hebt Nicola den Kopf, blickt um sich und bemerkt ablenkend:

»An diesem Bau zeigt sich der Stil verschiedener Jahrhunderte. Dort drüben, rechts, ist noch ein Rest vom romanischen Urbau zu sehen, 8. Jahrhundert. Im 17. hat man die Kirche barockisiert und im 19. auf die Gotik zurückgeführt. Wollen Sie den Tizian sehen? Oder das Zimmer des heiligen Thomas von Aquin?«

»Nein, nicht jetzt, danke.«

Es rührt mich, wie er die Sehenswürdigkeiten aufzählt, als müßte er mir etwas bieten, mich zerstreuen. Oder will er mich nur festhalten? Spürt er, daß ich drauf und dran bin, ihm noch einmal zu entfliehen, endgültiger als vorhin auf dem Friedhof?

Ich blicke auf Ferrantes letzte Ruhestätte. An seiner Seite liegen Ferdinand der Erste und Ferdinand der Zweite, Träger der Krone Neapels, die er selbst ausschlug. Das spanische Blut der Avalos, auf das Claudio oft anspielte, müßte, seiner Theorie nach, auch noch in Nicolas Adern rollen... Was kann er dafür, daß sein Vorhandensein mich so schmerzt?

Er steht mit gesenktem Kopf da und bekennt ernsthaft: »Ich habe meinen Vater sehr geliebt. Wenn wir auch nicht allzuoft beisammen waren...«

In seiner glatten bräunlichen Wange zuckt ein Muskel. Plötzlich empfinde ich seine Trauer, die ich bisher vermißt habe.

»Sie leben bei Ihrer Mutter?«

»Nein, seit meiner Kindheit nicht mehr. Die Nachricht hat mich vor drei Tagen in Zürich erreicht. Dort studiere ich unter anderem Kunstgeschichte.« Es hört sich an, als wollte er mich rasch über sich unterrichten.

»Und wie alt sind Sie, wenn ich das fragen darf?«

»Einundzwanzig.«

Ich reiße mich von der Gruft los, Nicola geht neben mir dem Ausgang zu. Wieder weht der süße Lilienduft mich an, und jetzt sehe ich die weißen Blüten aus dem Halbdunkel schimmern. Sie sind rund um eine Marienstatue angeordnet. Mein Blick streift die lichte Gestalt in demütiger Haltung, die wie im Geben ausgestreckte Hand. Plötzlich muß ich an Maria del Monte denken, meinen Ausflug dorthin und meine Bitte an die Madonna — die Bitte um eine gütige *Entscheidung*... Die Erinnerung verfliegt und weicht einem jähen Schmerz. Ich weiß, daß er wiederkehren wird.

Lärm und Hitze fluten uns entgegen. Im hellen Tageslicht kommt mir das Vorhandensein dieses jungen Mannes, der Claudios Sohn sein soll, völlig unbegreiflich vor. Wieso erfuhr ich nie etwas von ihm? Warum sucht er gerade jetzt meine Nähe?

Er ist noch etwas größer als Claudio, hält sich aber nicht so straff wie er. Der strenge, dunkle Anzug scheint ihn zu beengen, er fährt sich mit der Hand hinter den Kragen, durch das dichte braune Haar. Dann schaut er hastig auf die Uhr an der Innenseite seines Handgelenks. Jede dieser Bewegungen kommt mir unheimlich bekannt vor.

»Wohin wollen Sie jetzt — gnädige Frau?«

»Auf die Insel zurück, nach Ischia!« Ist das nicht meine einzige Zuflucht?

»Darf ich Sie zum Hafen bringen? Mein Wagen steht dort an der Ecke.«

»Vielen Dank, ich komme schon allein hin.«

Nicola sieht mich enttäuscht an. »Ich *möchte* Sie aber hinführen. Oder — darf ich das nicht?« Seine Stimme klingt rauh vor Kränkung.

»Doch...«

Er öffnet einladend die Tür seines schmalen, staubigen Sportwagens. »Sie erlauben doch, daß ich mein Jackett ausziehe?«

Eine Weile fahren wir schweigend dahin. Ich bemühe mich, ihn nicht zu auffällig zu betrachten. In dem weißen Seidenhemd sieht er noch jünger aus, aber doch sehr männlich mit dem festen gebräunten Hals und den energischen Händen, die das Steuer halten. Seine Nase ist etwas kürzer als die Claudios, nicht ganz so kühn geschwungen. Aber der Bogen seiner kräftigen Brauen, die unverkennbare Linie zwischen Schläfen und Kinn... Nicht mehr hinsehen!

Ich blicke nur noch geradeaus ins Gewirr der Fahrzeuge und beginne angestrengt nachzurechnen. Wenn er schon einundzwanzig ist...? Jenes Zusammentreffen mit Claudio und Dagmar in Salzburg liegt bei weitem nicht so lang zurück. Jetzt sehe ich die beiden deutlich vor mir, fühle Dagmars feindseligen Blick und höre Claudio sagen: »Meine Frau...« Hätte ich diese Stunde doch nie erlebt und auch die nicht, in der ich Dagmars Sohn begegnen mußte!

Unvermittelt fragt Nicola: »Wußten Sie wirklich nichts von meiner Existenz?«

»Nein. Ich habe Ihren Namen nie zuvor gehört.«

Er seufzt auf und lächelt. »Ach ja, mein Vater... Er hatte seine Tabus. Aber die hütete er nur, um sie eines Tages doch zu lüften. Das wäre noch gekommen. Ich bin ganz sicher, daß er uns zusammengeführt hätte.«

»Warum glauben Sie das?«

»Weil er Sie geliebt hat — und mich. Einmal, als ich noch klein war, sagte er: ›Nicola, schade, daß du nicht eine andere Frau zu deiner Mutter gemacht hast!‹ Das hat wie ein Scherz geklungen, aber es war keiner. Ich verstand erst später, was er gemeint hatte.«

Seine Offenheit erschreckt mich tief. »Wie kann er so etwas gesagt haben? Sie müssen sich irren.«

»Nein, ich bin ganz sicher. Es war, als er mich einmal im Internat besuchte und wir angeln gingen. Ich muß zwölf oder dreizehn gewesen sein. Mama war natürlich nicht dabei.«

»Ich will nichts darüber wissen, Nicola! Es geht mich nichts an, wie Claudio zu Ihrer Mutter stand. Immerhin hat er sie geheiratet.«

Wider Willen klingt mein ganzer verletzter Stolz mit, meine Enttäuschung. Ich schäme mich dafür und weiß doch, daß es unvermeidbar war.

»Geheiratet, ja, aber der Anlaß dazu war nur ich!«

»Sie? Das verstehe ich nicht. Sie müssen doch längst vorhanden gewesen sein, als diese Heirat stattfand.« Ich sehe ihn streng an, aber er blickt geradeaus und lächelt.

»Stimmt. Ich war sechs Jahre alt und hatte aus der Schule in Frankfurt Scharlach mit heimgebracht. Mama verständigte besorgt den Vater, der gerade nicht sehr weit gastierte. Ihr war stets jeder Vorwand recht, ihn herbeizurufen. Diesmal kam er auch.«

Nicola muß auf den Verkehr achten, läßt einen Fernlaster einbiegen. Jetzt brenne ich darauf, mehr zu erfahren, als hinge ungeheuer viel davon ab. Erzählt er nicht weiter?

»Und dann...?«

»Nun ja, er hatte mich lange nicht gesehen. Er muß sein Herz für mich entdeckt haben, obwohl ich bis oben mit Mamas Groll gegen meinen Vater angereichert war. Ich dürfte ihm finster begegnet sein, denn für mich war er nur ›der Vater, der sich um nichts kümmert‹. Ich

glaube übrigens, daß er mich vorher wirklich so gut wie vergessen hatte. Finanzielle Unterstützung hatte Mama niemals nötig. Sie besitzt ja so immens viel Geld.«
»Und diesmal *hat* er sich um Sie gekümmert?«
»Ja, es war, als würde er mich zum erstenmal so richtig wahrnehmen.«
»Sie sind ihm sehr ähnlich...«
»Ich weiß. Vielleicht fiel ihm das damals auf. Er begann sich plötzlich mit mir zu befassen und war wie verwandelt. Ich glaube, während dieses kurzen Beisammenseins fing er an, mich zu lieben. Und er wollte, daß ich nicht länger sein uneheliches Kind bleibe, sondern seinen Namen erhalte. Hm, *mir* war das Schaukelpferd, das er mir damals schenkte, viel wichtiger.«
»Wissen Sie noch, von wo er kam, als Sie krank waren und Ihre Mutter ihn rief?«
»Ja, aus Düsseldorf.«
Das Bild wird klarer. Claudio hatte einen Sohn, von dem ich nichts wissen sollte. Er hat Dagmar, die Mutter seines Kindes, erst geheiratet, nachdem wir uns zerzankt hatten. Wirklich des Kindes wegen, das er zu lieben begann? Aus Trotz gegen mich? Oder — doch vor allem des Geldes wegen? Ich kann Nicola nicht fragen!
Wir haben die Via Monte Oliveto passiert und schweigen. Hier in der Nähe muß der Unfall geschehen sein — erst vor ein paar Tagen. Wie ist es dazu gekommen? Ich möchte alles darüber wissen und habe doch Angst davor. Denkt Nicola auch daran?
Er nimmt die letzte Kurve zum Hafengelände, schiebt den Wagen geschickt in eine Parklücke und steigt mit mir aus. Im Nu hat er erfragt, wann das nächste Boot geht.

Dann steht er vor mir im hektischen Getriebe der Touristen und Gepäcksträger.

»Leider kann ich nicht mit Ihnen fahren. Ich möchte heute noch einmal meine Mutter im Krankenhaus besuchen.«

Jetzt bemerke ich, daß er plötzlich nervös wird. »Ist sie — gefährlich verletzt?« Diese Frage, tagelang zurückgedrängt, scheint mir beschämend spät laut zu werden.

Wieder das Zucken um seinen Mund. Jetzt sieht er älter aus, als er ist. »Ja, es ist schlimm genug. Arm- und Rippenbrüche, eine schwere Brustkorbprellung, vor allem aber der Schock. Sie *weiß* ja, was geschehen ist.«

»Und auch — wie es dazu kommen konnte?«

Mein harter Ton scheint ihn zu befremden. »Ja, gewiß. Ist Ihnen das nicht bekannt? Ich werde Ihnen alles erzählen. Sowie ich mich nur in Neapel freimachen kann, komme ich auf die Insel. Werde ich Sie dann finden?« Sein Blick forscht ängstlich in meinem Gesicht.

»Was gibt es in Neapel, außer dem Spitalsbesuch?«

»Eine Besprechung zwischen den Mitarbeitern meines Vaters und Herrn Baldaffini. Er hat eine Beileidsdepesche aus Mailand gesandt, wollte aber heute noch nach Neapel kommen. Vielleicht sitzen sie jetzt schon beisammen. Ich hätte gedacht, daß Sie dabeisein würden. Hatten Sie das nicht vor?«

»Nein. Ich möchte Baldaffini am liebsten nicht mehr sehen.«

»Das verstehe ich...«

»Kennen Sie ihn denn?«

»Gut genug!«

Auf einmal sieht er mich sonderbar an, nachdenklich und so, als staune er über meine Unwissenheit.

»Ich glaube, es gibt viel zu erklären. Bitte, laufen Sie mir nicht fort! Ich komme bald nach Ischia, wahrscheinlich schon morgen.«

»Vielen Dank für die Fahrt.«

Er lächelt etwas spöttisch. Über die konventionelle Bemerkung? Dann trifft mich ein sehr direkter Blick aus seinen dunklen Augen, forschend und flehend zugleich.

»Bitte, vertrauen Sie mir!«

Er drückt mir so fest die Hand, daß es weh tut. Dann läuft er in großen Sätzen zu seinem Wagen, winkt mir noch einmal zu, bevor er startet. Ich bleibe mit ähnlichen Empfindungen zurück wie so oft nach einem Abschied von Claudio.

Später stehe ich am Schiffsgeländer und sehe zu, wie die Wellen aufschäumend an die Wand des Bootes schlagen. Das gleichmäßige Rauschen des Wassers beruhigt allmählich den Aufruhr in mir, glättet meine verworrenen Gedanken. Meine Erschütterung über die Begegnung mit Nicola weicht langsam einer sonderbaren Dankbarkeit. Und eine winzige, zaghafte Hoffnung, die ich mir nicht erklären kann, bleibt zurück.

Mir ist, als wäre die Insel, *unsere* Insel, kleiner geworden, als würde sich das mir Verbleibende eng zusammendrängen.

Aber weiß ich denn, was mir bleiben wird? Alles ist verändert. Ich wage es nicht, zum Kastell hinaufzusehen, weil dort Claudios Reich war. Ich weiche den Wegen aus, die wir gegangen sind, den Gegenständen, die er berührte, den Menschen, die ihn kannten. Jedes Wort, das sie an mich richten, jede Erinnerung, die auf mich zufliegt, bohrt sich wie eine Sonde in mein Gehirn. Der schmerzhafte Prozeß des Begreifens... Ich kann ihm nicht entrinnen, kann dem Gemeinsamen, Gewohnten nicht ausweichen.

Ich warte auf Nicola. Hundertmal habe ich mir schon gesagt, daß er Dagmars Sohn ist, daß Claudio also einen Verrat an mir beging. Aber er ist auch *sein* Sohn, ein Teil von ihm, sein Ebenbild. Muß es nicht einen Sinn haben, daß ich ihm begegnete?

Ich liege nachts wach in meinem Bett und grüble. Vor einundzwanzig Jahren...? Damals hatte ich Claudio eben erst kennengelernt. Er befand sich noch nicht lang in Wien, war aus Deutschland gekommen, wo er auch studiert hatte. In Stuttgart oder in Frankfurt? Da und dort, er war schon damals nicht seßhaft.

Unsere ersten Gespräche... »Meine eigentliche Heimat ist Italien. Meine Mutter hat mich schon als Kind hingeführt, sie war Römerin, ich habe sie leider schon verloren.« An ihr war er sehr gehangen, weil sie ihn verstanden und gefördert hatte. Von seinem Vater erzählte er nicht viel. Ich weiß nur, daß er einen Industriekonzern leitete und Claudio mit dem Nötigsten versorgte, obwohl er einem Künstlerberuf sehr skeptisch gegenüberstand. Später erfuhr ich, Herr Falckner senior sei in die Staaten berufen worden.

Damals kümmerte uns das alles nicht. Claudio war allein gelassen und auf sich gestellt wie ich, begeistert von den eigenen Plänen. Wir waren zusammengestoßen wie zwei glühende Meteore, die nicht zerschellen, sondern miteinander verschmelzen, um fortan zusammen ihre Bahn zu ziehen. Unsere gemeinsame Arbeit, unser Verfallensein, eins aus dem andern geboren... Es gab für uns *nur* die Gegenwart. Waren wir verblendet — oder war nur ich es und habe ich mich in Claudio geirrt, von allem Anfang an?

Claudio damals und Nicola heute — sie verschwimmen vor meinem müden, gepeinigten Sinn in eins. Diese unheimliche Ähnlichkeit! Und die gleiche selbstherrliche Entschlossenheit. Bilde ich mir das alles nur ein? Ich kenne den Jungen doch kaum. Aber ich sehe immer wieder seinen lebendigen, offenen, manchmal kindlich staunenden Blick. Ich fühle sein großes Bemühen, sich mit mir zurechtzufinden. »Es gibt eine Menge aufzuklären, bitte laufen Sie mir nicht davon!«

Woher kommt sein Interesse an mir? Was kann er wirklich wissen? Man spricht als Vater mit einem Kind, das man noch dazu recht selten sieht, doch wohl kaum von seiner Geliebten?

Manchmal möchte ich alles von mir werfen und die Insel heimlich verlassen. Aber ich darf nicht fort, darf Claudios Arbeit nicht im Stich lassen, den Film, der ihm so wichtig war. Was soll jetzt daraus werden? Ich weiche allen, die etwas darüber wissen könnten, aus, melde mich nicht, wenn das Telefon läutet, fliehe aus dem Hotel. So kann das nicht weitergehen!

Ziellos durchstreife ich die Straßen von Porto, den Kopf gesenkt, die große dunkle Brille vor den Augen. Zwischen den vielen ferienfröhlichen, ahnungslosen Menschen, die sich nicht um mich kümmern, fühle ich mich noch am sichersten. Sagt man nicht, daß die Zeit hilft? Aber was hilft mir, sie hinzubringen?

Auf einmal stehe ich vor der kleinen Kirche San Girolamo, zu Ehren des Mönches errichtet, der hier einen glühenden Lavastrom durch sein Gebet aufgehalten haben soll. Mein Blick fällt auf die Marmortafel mit der Inschrift zum Gedenken an die Hochzeit der Vittoria Colonna und des Ferrante d'Avalos di Pescara. Wie oft sind wir hier achtlos vorbeigegangen seit jenem fernen Sommertag, an dem mir Claudio zum erstenmal diese Tafel gezeigt hat! Heute fällt sie mir wieder auf.

Vittoria... Muß Ferrantes Tod sie nicht ähnlich getroffen haben, wie mich Claudios Tod trifft? Ebenso unvorbereitet... Nein, sie hat gewußt, wie schwer seine Verwundung von Pavia war. Es heißt freilich, daß er sie nicht genug ernst nahm, und das übertrug sich vielleicht auch auf sie. Vermutlich hat Vittoria seinem Lebenswillen vertraut, an die Kraft geglaubt, mit der er dem Unausweichlichen noch ein Jahr lang getrotzt hat. Es war ein bewegtes Jahr voll Enttäuschung über die Undankbarkeit des Königs, dem Ferrante trotz aller Intrigen und Versuchungen die Treue hielt — wie sich selbst.

Vittoria wollte in ihrer ersten Verzweiflung Nonne werden, sich für alle Zeiten von der Welt abkehren, in der sie noch so viel Geltung erlangen sollte. Aber sosehr sie auch gelitten haben muß — sie betrauerte einen Helden, der sich auch dem Charakter nach bewährt hatte. *Sie* brauchte an ihrem liebsten Menschen nicht zu zweifeln —, so wie ich...

Immer wieder fällt mir ein, wie sehr sich Claudio dem Schicksal Ferrantes verhaftet gefühlt hat. Nur eine fixe

Idee...? Sonderbar genug — auch er hat in den letzten Monaten seines Lebens gekämpft, um eine Aufgabe zu vollenden, die ihm viel bedeutete. Ich wollte ihm dabei helfen, weil ich ihn liebte. Habe ich übersehen, um welchen Preis es geschah?

Die Schrift auf der Tafel tanzt vor meinen Augen. Ich wende mich so plötzlich ab, daß ich gegen einen Fremden stoße, der behäbig dasteht und in seinem Reiseführer nachliest.

»Hallo! Nicht so temperamentvoll, junge Frau!« Er lacht mir gutmütig nach.

Junge Frau...? Wenn er wüßte, wie alt ich mich fühle, seit Claudio nicht mehr bei mir ist, wie zerbrochen! Wie mich die Zweifel an ihm und alles Ungeklärte, Rätselhafte zermürben!

Nicola — er hat Gutes und Schmeichelhaftes über seinen Vater und mich gesagt. Ich würde es so gerne glauben. Wäre bloß der eine Satz nicht gefallen, der mir nicht aus dem Kopf geht: ›Finanzielle Unterstützung hatte Mama ja nicht nötig, sie besitzt so immens viel Geld...‹

Claudios Talent zur Strategie! Warum soll er Dagmar nicht vorgetäuscht haben, sie dem Kind zuliebe zu heiraten, sobald er ihr Geld gebraucht hat? Es war nun auch das seine. Und warum soll er sie kürzlich nicht wieder zu Hilfe geholt haben, als er neuerlich in der Patsche saß? Die Schlußfolgerung liegt nahe. Wie soll ich diese Ungewißheit ertragen!

Der erste, dem ich nicht länger ausweichen kann, ist Alexander Holl. Er muß in der Hotelhalle auf mich gewartet haben.

»Endlich, Lydia! Ich begreife zwar vieles — aber sich

so unsichtbar zu machen! Meissl und ich suchen Sie, seit wir aus Neapel zurück sind. Wir waren schon in Sorge um Sie.«

Er betrachtet mich mitleidsvoll und zwingt mich geradezu, neben ihm Platz zu nehmen. »Überdies gibt es einiges, das Sie wissen müssen. Wir hatten vorhin eine Besprechung. Baldaffini kam direkt vom Flughafen.«

Warum muß ich es wissen? Ich möchte überhaupt nichts mehr von diesen Dingen hören, mit keinem darüber sprechen.

»Bitte, nur einen Augenblick! Es geht auch Sie an, es geht um den Film!«

»Der geht mich jetzt nichts mehr an. Für mich ist alles zu Ende.«

»Denken Sie doch vernünftig. Lydia! Sie stehen unter Vertrag, so gut wie wir alle. Baldaffini meint, daß wir zu einem Abschluß kommen müssen.«

»Es interessiert mich aber nicht, was dieser Herr Baldaffini meint!«

Holl macht eine ärgerliche Bewegung. »Verzeihen Sie, aber man merkt, daß Sie nicht viel von Geschäften verstehen. Der Mann hat schon viel investiert, auch der Verleih hängt bereits an dem Projekt. Verständlich, daß Baldaffini sein Geld nicht verlieren will.«

Sein Geld... Während ich das anhöre, steigen mir Tränen der Wut in die Augen.

»Was geht mich jetzt noch Baldaffinis Geld an? Er muß Claudio ja doch irgendwie hängengelassen haben. Er wäre sonst nicht so ins Gedränge gekommen.«

Holl sieht mich bestürzt an. »Vielleicht wissen Sie mehr als wir. Baldaffini ließ nur verlauten, daß er ihm durchaus akzeptable Bedingungen gestellt hat. Genau kam das nicht zur Sprache. Alles wird klarwerden, wenn wir uns erst einmal geeinigt haben.«

»Worüber geeinigt?«

»Den Film auf jeden Fall fertigzustellen. Es geht um ein Ultimatum, Lydia! Nun — die Szenen auf dem Kastell sind bis auf einige zurückgestellte so gut wie abgedreht. Wenn wir die Zeit nützen und das Wetter hält, könnten wir recht und schlecht zu einem Ende kommen. Abschließend müßten wir nach Rom ins Atelier.« Er seufzt tief.

Recht und schlecht... Soll der Film, den Claudio zu einem Kunstwerk gestalten wollte, jetzt irgendwie zusammengebastelt werden?

»Hören Sie, Alexander! Claudio und ich — wir haben uns nie abhängig gemacht, nie ausgeliefert!«

Holl zieht sein Taschentuch hervor, tupft sich damit die Stirn und seufzt noch einmal. »Ich hätte Ihnen noch etwas mitzuteilen, aber Sie machen es mir wirklich schwer.«

Er tut mir leid. Es ist sein unverdientes Pech, daß ich mir gerade vor ihm Luft machen mußte. »Was haben Sie mir denn noch zu sagen, Alexander?«

Es fällt ihm sichtlich nicht leicht. »Da kam noch jemand ganz überraschend zu der Unterredung in Neapel. Claudios Sohn... Übrigens ein erstaunlicher junger Mann. Verzeihen Sie mir, wenn Sie diese Eröffnung verletzen sollte! Ich hatte ja selbst keine Ahnung...«

»Ich kenne Nicola bereits. Er ist am Donnerstag mit mir zum Hafen gefahren.«

Holl starrt mich an, braucht eine gute Weile, um sich zu fassen.

»Dann kennen Sie wohl auch seine Einstellung zu Baldaffinis Wünschen?«

»Nein, die Besprechung fand ja erst nach unserer Begegnung statt.«

»Er will für seinen Vater einspringen. Der Junge traut es sich zu, die Verantwortung für den Abschluß der Dreharbeiten zu übernehmen. Er sagt, daß er in der Schweiz Schauspiel und Regieführung studiert und schon einige Erfahrung besitzt. Meissl meint, man könnte seinen Vorschlag annehmen, pro forma nur, natürlich. Um vor Baldaffini dem Kind einen Namen zu geben.«

Nicolas Wagemut kommt mir unheimlich vertraut vor. Hat er mir nicht erzählt, daß er Kunstgeschichte studiert? Vielleicht nimmt er's mit der Wahrheit nicht so genau ...

»Akzeptieren Sie das auch, Lydia?«

Holls Frage reißt mich aus meinem Nachdenken. »Ich will's mir noch überlegen.«

»Aber nicht zu lange, bitte! Viel Zeit haben wir nämlich nicht.«

Ich höre ihn nochmals aufseufzen, während ich ihm die Hand reiche. »Bitte, nicht ungehalten sein, Alexander. Sie haben ja ihr möglichstes getan.«

Er sieht mir erleichtert nach und dann gleich auf die Uhr. Wird er jetzt in die Sauna gehen? *Mir* läuft die Zeit nicht davon. Ich habe nichts mehr zu versäumen. Aber dennoch — ich warte auf Nicola. Kommt er nicht, wie er's versprochen hat?

Wieder das Dösen hinter verschlossenen Fenstern. Die Stunden schleichen. Horst Meissl ruft mich an, teilt mir mit, daß er sich auf dem Kastell befinde und dort alles so weit geordnet habe, daß wir weiterdrehen können.

»Würden Sie sich morgen ab neun bereithalten, Lydia? Ich glaube, die fehlenden Szenen waren Ihnen ohnehin schon vertraut.«

Was für Szenen? Er fragt höflich, bettelt beinahe, aber es gleitet an mir ab, als hätte ich nicht verstanden.

»Ich werde mich bemühen. Vielen Dank jedenfalls...«

Wie soll ich auf den Felsen, den ich nicht einmal anzusehen wage? Wie soll ich's ertragen, Claudio nicht mehr neben der Kamera stehen zu sehen, in seinem bunten Hemd, mit offenem Kragen, die Sonnenbrille vor den Augen? Ohne seine Stimme zu hören, der alle gehorchten? Ohne die Magie seines Wesens zu spüren...

Plötzlich fühle ich mich wie in einem Gefängnis. Ich reiße die Fenster auf und setze mich mit einem Buch auf den Balkon. Aber ich vermag nicht aufzufassen, was ich lese. Immer wieder spähe ich zur Auffahrt hinunter. Der blaue Sportwagen ist nicht zu sehen.

Auf einmal zerreißt etwas meine Lethargie. Ohne zu überlegen, stopfe ich mein Badezeug in die Basttasche, laufe hinunter, lasse am Empfang ein Taxi rufen.

»Wenn jemand nach mir fragt, dann sagen Sie, daß ich erst abends zurück sein werde.«

»Quando, signora?«

»Ich weiß es nicht.«

Bin ich denn verrückt, auf diesen Jungen zu warten, der sein Wort vielleicht gar nicht hält, möglicherweise längst nicht mehr daran denkt?

Der Wagen saust dahin. Ich sitze mit geschlossenen Augen da, lasse den Fahrtwind um meine Schläfen streichen. Da ist etwas Vertrautes, das mich beruhigt. Aber als ich die Augen öffne, beginnen die Bilder zu tanzen, gleiten närrisch ineinander, Häuser und Menschen, Sonne, Himmel und Meer.

Weiter, nur weiter! Ist es nicht eine ganz ähnliche Flucht wie auf meiner ersten Fahrt, als ich mit dem Schiff nach Porto gekommen war und spürte, was auf mich wartete? Wann war das? Es ist, als wären seither Jahre vergangen. Wäre ich lieber nie auf diese Insel zurückgekehrt! Jetzt habe ich das Gefühl, auf ihr gefangen zu sein, nicht mehr im Glück so wie früher, sondern wie eine Schiffbrüchige, die keinen Ausweg sieht.

Sant'Angelo, der Halteplatz. Ich steige aus, bezahle den Fahrer, schlage schnell den altbekannten Weg zum Strand ein. Nur nicht den Hang emporsehen, wo die Casa bianca liegt!

Warmer Sand unter meinen Füßen, braunhäutige Gestalten in den Liegestühlen, unter den bunten Schirmen, in der Brandung plätschernd. Warum mußte es gerade dieser Strand sein? Ja, dieser. Hier waren wir gemeinsam, als es uns herrlich ging, hier habe ich in diesem Sommer schon am ersten Tag auf Claudio gewartet. Er kam nicht, so wie Nicola nicht gekommen ist. Aber ihm werde ich nicht entgegengehen...

Ich wandere bis zu der einsamen Klippe. Dort lasse ich meine Tasche in den Sand fallen, hole den Badeanzug hervor und ziehe ihn ungeduldig an, als könnte ich etwas versäumen. Ein wahnwitziger Einfall kommt mir, ist nicht mehr loszuwerden. Habe ich jetzt endlich einen Ausweg gefunden, den einzigen, der mir bleibt?

Ich werfe mich in das laue, salzige Wasser, wie man sich einem Freund in die Arme wirft. Geliebtes Meer. Die blauen Wellen tragen mich, streicheln zärtlich über mich hin, während ich mit langen Stößen hinausschwimme. Wieviel Kraft doch in mir steckt! Die Boote bleiben zurück, die bunten Badehauben. Unter mir ist grünschillerndes, golddurchwirktes Geflimmer. Vor mir nichts mehr als die scharfe Linie des Horizonts, Bläue, die an Bläue grenzt. Und links, sehr weit draußen, wie eine lichtumflossene Gralsburg — Capri.

Weiter! Nichts mehr denken, nichts spüren und nichts wollen. Einfach der uferlosen Weite entgegenschwimmen, bis die Kraft schwindet und dann — sich sinken lassen. Müßte das nicht erlösend sein...?

Lautes Prusten und Plätschern läßt mich aufblicken. Vor mir taucht ein rüsseliges Ungeheuer aus der Flut. Eine braune Hand streift die Schnorchel ab, ein breites, freundliches Gesicht kommt zum Vorschein.

»Nanu? So weit sollten Sie aber nicht hinausschwimmen, liebe Dame! Die haben neulich einen fetten Hai rausgefischt, gleich hinter dem Torre.«

Ich betrachte ihn staunend. Neptunus in Urlaubergestalt. Haie hat es an dieser Küste schon lange nicht gegeben. Ob ich es ihm sagen soll? Während ich noch zögere, schlägt mir eine freche Welle in den Mund, ich schlucke und muß husten.

»Sehen Sie?« ruft Neptunus. »Das war eine Warnung. Genug trainiert für diesmal. Sie treffen's ja schon ganz ordentlich.«

Er umkreist mich, die Schnorchel über dem Arm. Tatsächlich kehre ich um. Ich wollte es gar nicht wirklich — das Ungeheuerliche? Aus Feigheit... Nein, es hat einen andern Grund, meine Gedanken können ihn nicht erfassen.

Mein Beschützer schwimmt gelassen vor mir her, dreht sich ein paarmal wachsam um, bis wir uns wieder dem Ufer nähern. Als er aus dem Wasser steigt, sehe ich, daß er an die hundert Kilo wiegen muß. Mit den Gummiflossen an den Füßen sieht er merkwürdig genug aus. Was für eine seltsame Begegnung!

Die Sonne verschwindet hinter den zackigen Tuffelsen, die den Strand begrenzen. Ich weiß nicht, wieso mir auf einmal etwas leichter ist. Ich frottiere meine Haut, bis sie brennt, und schlüpfe in mein Kleid. Die Sandalen in der Hand, schlendere ich am Meeressaum zurück und lasse die verspielt vorstoßenden Wellen nach meinen Füßen haschen. Im letzten Strand-Ristorante vor dem Aufgang zum Ort bestelle ich Kaffee und rufe, bevor er noch gebracht wird, die Casa bianca an.

Antonietta meldet sich und bricht, als sie mich erkennt, in lautes Schluchzen aus. Unsere Verständigung gestaltet sich schwierig. Endlich begreift sie meine Bitte und verspricht, meine im Gästezimmer zurückgelassenen Dinge rasch in den Koffer zu packen und zum Standplatz zu bringen.

Ich warte, auf einem Mauersockel sitzend, mit hochgezogenen Beinen. Endlich sehe ich sie den steilen Treppenweg herunterkommen, das schlanke, dunkle Mädchen und das Maultier mit klappernden Hufen, meinen Koffer an den Rücken geschnallt. Sobald Antonietta vor mir steht, laufen ihr Tränen die Wangen herab. Die sonst so Schweigsame läßt laute, wortreiche Klagen hören, ich muß sie vor den Ahnungslosen, die vorübergehen, in meine Arme schließen. Seltsam, daß es leichter ist, andere zu trösten als sich selbst.

Sie wird ruhiger, berichtet, daß sie auf den jungen Herrn warte, der ihr befahl, Mercutio einzusperren, weil er sich wie tobsüchtig gebärdete. Wann ich wiederkomme, will sie wissen. Ob überhaupt —

Darauf gibt es keine Antwort. »Aspetta ancora! Warte noch, Antonietta! Alles wird sich klären — vielleicht ...«

Mein Taxifahrer steht schon bereit, hat den Koffer verstaut, wir fahren dahin. Ich habe das Feld geräumt, Claudio. War es nicht richtig so?

Als ich in Porto die Hotelhalle betrete, springt Nicola aus einem der Sessel auf und kommt mir mit schnellen Schritten entgegen. Während ich ihm die Hand reiche, merke ich, daß wir von allen Seiten neugierig beobachtet werden.

Auch Nicola scheint das festzustellen und fragt hastig: »Wo können wir ungestört sprechen, Frau Merwald?«

Ich blicke mich um, überall Gäste, von irgendwo tönt Schlagermusik. »Am besten in meinem Zimmer. Kommen Sie!«

Wir stehen nebeneinander im Aufzug. Ohne Nicola anzusehen, fühle ich seine Spannung. »Haben Sie lange auf mich gewartet?«

»Ziemlich lange. Aber es ist schon gut. Sie konnten ja nicht wissen ...«

»Wann Sie kommen werden, richtig. Ich war in Sant'-Angelo.«

»Im Haus meines Vaters?«

»Nein ...«

Er wirft einen Blick auf meine Badetasche. »Eine Spazierfahrt also!«

Ich schweige ärgerlich. Nichts mehr von der Vertrautheit, mit der wir uns in Neapel verabschiedeten, ist zwischen uns. Dieser Nicola ist ein schlaksiger junger Mann, der Claudio sehr ähnlich sieht, weiter nichts. Was will er von mir?

Er läßt sich in einen Sessel fallen, blickt zur offenen Balkontür, auf mein hingeworfenes Buch. Als ich dem Kellner läuten will, um eine Erfrischung zu bestellen, wehrt er fast brüsk ab. »Danke, für mich nicht, ich habe schon zwei Cola getrunken.«

Er stützt die Ellbogen auf seine Knie und sieht mich vorwurfsvoll an. »Ich hatte schon Angst, Sie würden gar nicht mehr kommen.«

»Man muß Ihnen doch Bescheid gesagt haben!«

»Ja, aber ich hatte trotzdem Angst... ich bin etwas nervös, verzeihen Sie, das kommt von dieser gräßlichen Spitalsatmosphäre.«

»Wie geht es Ihrer Mutter?« Diesmal frage ich ihn rechtzeitig.

Er fährt sich mit den Fingern durchs Haar. »Der Arzt meint, es sei eine Besserung eingetreten. Ich kann das nicht finden. Sie hat Schmerzen und ziemlich hohes Fieber.«

»Dann konnten Sie also nichts von ihr erfahren — über den Unfall, meine ich...«

»Doch, davon spricht sie immer wieder, unaufgefordert. Mir ist der Hergang völlig klar. Wollen Sie ihn wissen?«

Die dunklen Augen, Claudios Augen, sehen mich zweifelnd an. Ich muß diesem Blick standhalten.

»Ja...«

»Sie kamen also aus Rom von dieser Feier, die sich

stundenlang hingezogen haben muß. Baldaffini liebt es ja bekanntlich, zu jeder Gelegenheit Leute von Film und Theater zusammenzutrommeln, dazu auch ein paar Geschäftsfreunde, Geldbonzen seiner Art. Daß er meinen Vater dabeihaben wollte, war vermutlich nur ein Vorwand.«

»Ein Vorwand — wofür?«

»Um mit ihm wegen des Films ins reine zu kommen — oder auch nicht ins reine... Da muß etwas in Schwebe gewesen sein, das meinem Vater sehr wichtig war. Sonst wäre er nicht so überstürzt nach Rom gefahren.«

»Haben Sie denn keine Vermutung, was es war?«

»Doch — eine Vermutung, aber nicht mehr. Bitte, fragen Sie mich nicht danach, ich kann jetzt noch nichts Endgültiges darüber sagen. Jedenfalls hat meine Mutter...«

Er stockt, greift nach einer Margerite aus der Vase, die neben ihm steht, und beginnt die Blume zu zerpflücken, die Blätter fallen auf den Teppich. Die Spannung zwischen uns wird unerträglich.

»Ihre Mutter — kann nicht zufällig nach Rom gekommen sein!«

Es ist ein kläglicher Versuch, seinen Bericht in Schwung zu bringen, die Enthüllung, vor der ich mich fürchte, der ich nicht ausweichen kann.

»Nein, nicht zufällig. Ich weiß nicht, ob Vater sie gerufen hat oder ob sie sonstwie erfahren hat, worum es geht. Sie beteuert immer wieder, daß sie ihm helfen wollte.«

Ihm *helfen!* Mit ihrem Geld? Mir graut. Aber ich muß mich vor Nicola zusammennehmen. »Von wem könnte sie etwas erfahren haben, wenn nicht von Ihrem Vater?«

»Vielleicht von Baldaffini. Er prunkt gern mit seinen Projekten.«
»Kannte Ihre Mutter ihn denn?«
Er läßt auch noch den Blumenstengel zu Boden fallen und starrt mich an, verwundert über meine Unkenntnis.
»Natürlich. Meine Mutter kennt Baldaffini seit ihrer Kindheit. Sein Weingroßhandel und die Konservenfabrik meiner Großeltern mütterlicherseits sind Schwesternbetriebe. Ich dachte, daß Sie es wüßten.«
Nein, darüber hat Claudio natürlich nie gesprochen. Wozu auch? »Erzählen Sie weiter, Nicola! Erzählen Sie, wie es geschehen ist!«
»Ich glaube, meine Mutter ist unerwartet zu dieser Party gestoßen, ich meine, unerwartet für den Vater. Sie kam mit dem Wagen aus Mailand, wo sie sich manchmal ein bißchen um das Geschäft kümmert, seit der Großvater starb. Anschließend wollte sie zur Kur nach Abano. Dann aber...«
»Dann...?« Ich muß meine Finger ineinanderflechten, so sehr zittern meine Hände.
»Sie erwähnt immer wieder, daß mein Vater zuviel getrunken hatte, das war gegen seine Gewohnheit. Zuletzt wollte er unbedingt nach Neapel, und Mama hat sich angeboten, ihn hinzubringen. Ich glaube, sie wollte ihn sogar auf die Insel begleiten.«
Auf die Insel? Der Anruf...! Blitzartig fällt mir ein, wie das Telefon ging, als ich allein in der Casa bianca war. Die fremde Frauenstimme... Ich habe mit Dagmar gesprochen! Sie wollte Claudio in das Haus begleiten. Er hatte getrunken! Ist es nicht möglich, daß er gar nichts von diesem Anruf wußte?

Nicolas Stimme dringt wie durch einen Vorhang zu mir. »Es gibt nicht mehr viel zu berichten. Mama ist eine leidlich gute Fahrerin, und ihr Wagen war verläßlich. Daß sie meinen Vater nicht ans Steuer lassen wollte, ist verständlich. Sie muß die Fahrt bis Neapel klaglos geschafft haben. Aber dann sind sie ins Gewitter geraten. Sie behauptet einmal, daß der Vater sie zur Eile gedrängt hat, um das Schiff zu erreichen. Dann wieder will sie selbst alles drangesetzt haben. Der Wolkenbruch, so gut wie keine Sicht... Damit reißt ihre Erinnerung ab. Von dem entgegenkommenden Lastwagen weiß sie nichts mehr.«

Ein Klopfen an der Tür, wir müssen es schon eine Weile überhört haben. Jetzt wird die Tür behutsam geöffnet.

»Scusi, signora, permetta!« sagt der Hotelpage freundlich und stellt mein Gepäck aus Sant'Angelo sorgfältig ab, um sich wieder zurückzuziehen.

Wir schweigen und sehen beide den Koffer an. Jetzt erst bemerke ich, daß mein Sonnenhut an ihm festgebunden ist.

Nicola fragt mich erschrocken: »Wollen Sie denn schon abreisen?«

»Nein, es sind meine Sachen aus der Casa bianca, ich habe sie kommen lassen.«

Ich stehe auf, aber meine Beine drohen plötzlich zu versagen. Meine Hände machen sich selbständig und knüpfen den Hut los. »Diesen Hut hat mir Claudio gekauft«, höre ich mich sagen.

Dann knicke ich wirklich zusammen, fühle mich aufgefangen und festgehalten. Ein fürchterlicher Druck will meine Brust zersprengen, aber auf einmal löst er sich in einem hilflosen Schluchzen.

Ich weiß nicht, wie lange wir so stehen und uns aneinanderklammern. Erst nach einer Weile begreife ich, daß es Nicola ist, der mich hält, dessen Hand beruhigend über meinen Rücken streicht.

»Ich habe ja gleich befürchtet, daß Ihnen mein Bericht zuviel sein wird«, wirft er sich vor.

»Nein, das war notwendig, Nicola. Jetzt erst habe ich begriffen. Verstehen Sie? Jetzt erst.«

Er läßt mich los, und ich sehe zu ihm auf. Sein junges Gesicht wirkt kindlich erschüttert, als müßte er sich sehr bemühen, nicht selbst zu weinen. Nie werde ich ihm vergessen, daß er in dieser Minute bei mir war, in dem Augenblick, da mir klar wurde, daß Claudio es nie mehr sein wird.

Auf einmal kehrt etwas Kraft in mich zurück. »Müssen Sie heute noch nach Neapel, Nicola?«

»Ich fürchte, daß es zu spät geworden ist.«

»Dann frage ich jetzt, ob ein Zimmer für Sie frei ist, und nachher gehen wir hinunter zum Abendessen. Einverstanden?«

Er sieht mich wie erlöst an und läßt über sich verfügen. Am Telefon verspricht man mir, in dem vollen Haus eine Mansarde für ihn bereitzumachen. Ich nehme ein einfaches Kleid aus dem Schrank, ziehe mich damit ins Badezimmer zurück und mache mich eilig zurecht. Wie gut, daß es diesen Jungen gibt ...

Da ich zurückkomme, sitzt er geduldig auf seinem Platz und wartet. Es ist fast dunkel im Raum. Draußen schmückt sich das schwarze Felsenriff mit den ersten Lichtern, die rund um das Kastell aufflammen. Ich kann wieder hinsehen, zum erstenmal seit ...

»Kommen Sie, Nicola, gehen wir!«

Als wäre es Claudios warme Hand! Er läßt sich führen wie ein Kind, und es ist unbeschreiblich wohltuend, ihn hier zu haben.

Dann sitzen wir im hell erleuchteten Speisesaal an meinem gewohnten Tisch, an *unserem* Tisch. Ich merke, wie Nicola sich bemüht, keine Verlegenheit aufkommen zu lassen und die Situation zu meistern. Er winkt dem Kellner, bestellt die Speisen, benimmt sich wie ein etwas unerfahrener, aufmerksamer Kavalier. Sobald das Essen vor uns steht, greift er mit einem Appetit zu, der mich rührt, mit dem gesunden Appetit der Jugend.

Immer wieder streifen uns Blicke. Ich höre, wie eine fremde Dame im Vorübergehen ihrem Begleiter zuflüstert: »Erst mit dem Vater, jetzt mit dem Sohn ... Wie findest du das?«

Hat Nicola es auch gehört? Es müssen ähnliche Leute gewesen sein wie jenes Paar, das über Claudio lästerte, damals, während meiner Schiffsrundfahrt. Jetzt berührt es mich nicht.

Während wir gemeinsam auf die Terrasse hinaustreten, um noch etwas Luft zu schöpfen, kommt uns Alexander Holl entgegen.

»Ich habe Sie gesucht, Lydia. Meissl klagt, daß Sie ihm keine eindeutige Zusage gegeben haben wegen der Dreharbeit, die er morgen wiederaufnehmen will. Das macht ihm natürlich Kummer und mir ebenfalls.«

Ich sehe, wie Nicolas Blick zwischen mir und Holl hin und her wandert. Dann sagt er flehend: »Bitte, geben Sie

Ihre Zustimmung, Frau Merwald! Setzen Sie die Arbeit fort!«

»Warum wollen Sie das?«

»Weil ich glaube, daß es der Wunsch meines Vaters gewesen wäre.«

Claudios Wunsch, ja, daran ist nicht zu zweifeln. »Ich will es versuchen«, verspreche ich.

Holl atmet auf. »Na also! Schließlich möchte man doch seine Einteilung haben und wissen, wann man aufzustehen hat. Ich wünsche eine gute Nacht!«

»Ist er wirklich bedeutend?« fragt Nicola, sobald wir wieder allein sind.

»Gewiß. Haben Sie denn daran gezweifelt?«

»Nein, auf der Bühne habe ich ihn bewundert. Ich weiß auch nicht, warum er mich eben enttäuscht hat. Vielleicht ist es kindisch, zu glauben, daß alle großen Schauspieler auch im Leben überzeugen müssen — so wie *Sie!*«

Sein Kompliment macht ihn ein bißchen verlegen. Aber mir tut seine Schwärmerei im Augenblick wohl, ist ein winziger Ersatz für den Rückhalt, den mir Claudios Vorhandensein gab. Claudios Liebe...? Auf einmal fällt doch wieder ein Schatten über mich.

»Sie haben mir nicht alles über Ihren Vater gesagt, Nicola!«

Er sieht mich erschrocken an. »Was meinen Sie? Ich hoffe, daß wir noch oft miteinander sprechen werden — bis sich alles geklärt hat. Und daß Sie mir dann auch glauben werden.«

»Ich möchte nichts lieber als das. Nur eines noch — eine Frage, die mich quält.«

»Wenn ich sie beantworten kann...?«

»Sie haben behauptet, Ihr Vater habe Ihretwegen geheiratet — um seinen Sohn vor aller Welt anzuerkennen. Woher wollen Sie wissen, daß es der einzige Grund war?«

»Welchen andern hätte es geben sollen? Ich weiß, daß er meine Mutter nie wirklich geliebt hat.«

»Man redete damals so viel... Und ich weiß, daß er — daß Claudio Geld gebraucht hat.« Ich hasse mich für diesen Satz. Hätte ich bloß nie davon zu sprechen begonnen!

Nicola sieht mich hochmütig, fast empört an, es ist Claudios Blick.

»Ich begreife! So spricht *man* mitunter, ich weiß. Haben *Sie* denn diesen Unsinn auch geglaubt? Mein Vater hat nie etwas von Mama angenommen — mit einer Ausnahme...«

»Mit einer Ausnahme?«

»Ja. Von der möchte ich Ihnen ein anderes Mal erzählen.«

Es hört sich so entschieden an, daß ich nichts einwenden kann. Fast erleichtert es mich, nicht alles zu erfahren. »Schon gut. Werden Sie morgen auf das Kastell kommen?«

Nicola wird unruhig. »Leider noch nicht. Ich muß sehr früh nach Neapel und nach Mama sehen. Aber so bald wie nur möglich komme ich zurück und dann... Gewiß ist es lächerlich, meinen Vater droben ersetzen zu wollen, aber — auch ich will es versuchen, so wie Sie!«

»Stimmt es, daß die Filmregie Ihnen nicht neu ist?«

Er wird etwas verlegen. »Ja. Ich gehöre in der Schweiz einer Gruppe von Jungfilmern an, die große Pläne haben.«

»Und die Kunstgeschichte?«

»Läuft nebenher, ist mir aber sehr wichtig. Geschichte überhaupt. Finden Sie denn, daß die Vergangenheit wirklich vergangen ist? Wir alle kommen doch von dem her, was früher war. Vielleicht würden wir die Gegenwart besser bewältigen, wenn wir uns mehr mit der Vergangenheit beschäftigten. Geschichte hilft, die Wahrheit zu finden, davon bin ich überzeugt.«

Er ist längst kein Kind mehr. Und er ist Claudios Sohn!

Noch ein Blick zu den Sternen, dann treten wir ins Haus. Wie müde ich bin, bleiern müde und schläfrig, nicht mehr verkrampft in meiner Erschöpfung so wie in den letzten Tagen und Nächten.

Nicola begleitet mich bis zu meiner Zimmertür und hält meine Hand fest, als wollte er noch etwas Wichtiges sagen. Hotelgäste gehen an uns vorüber, und ich ziehe meine Hand schnell zurück.

»Gute Nacht, Nicola!«

»Schlafen Sie gut — auf Wiedersehen, Lydia.«

Ich schließe die Tür hinter mir und stehe noch eine Weile still im Dunkeln. Lydia — nicht Frau Merwald! Und was er mir noch sagen wollte, war, daß er mich braucht, so wie ich ihn. Vielleicht werde ich heute endlich wieder schlafen können, weil dieser Junge unter dem gleichen Dach ist, Nicola, den mir irgendwer geschickt haben muß — *mir!*

Claudios Aufzeichnungen, die das Drehbuch ersetzen sollten — ein einziges Kunterbunt. Ich kannte gut seine Art, Einfälle festzuhalten und Szenen, die er gestalten wollte, zu skizzieren, flüchtig und scheinbar verworren, nur für ihn selbst verständlich.

Meissl bemüht sich redlich, aus dem Zurückgelassenen klug zu werden, möchte sich streng daran halten. Aber schon bei der ersten Probe sagt mir mein Gefühl, daß diese Szene von Claudio nicht so gemeint war, wie sie jetzt gedeutet wird.

Es ist die Szene auf dem in den oberen Felsen gehauenen Belvedere, die freudige Rückkehr des Ferrante d'Avalos aus einer seiner ersten Schlachten. Es wird berichtet, daß damals neben Vittoria auch Prinzessin Isabella von Aragon dem Ankommenden entgegenblickte. Sie war mit dem mailändischen Herzog Gian Galeazzo Sforza verheiratet gewesen, und der große Thronräuber Ludwig, »il Moro«, hatte sie um Krone und Erbe gebracht. Als sie Ferrante auf das Riff kommen sah und seine Narben bemerkte, soll sie begeistert ausgerufen haben: »Ach, wäre ich doch ein Mann, um auch solche Wunden empfangen zu dürfen und um sehen zu können, ob sie mir auch so gut stehen wie Ihnen, Signor Marchese!«

Claudio hat erwogen, diese Worte, die ihm gefielen, Vittoria in den Mund zu legen. Daran hält sich Meissl, und ich sage den Satz nun schon zum soundsovielten Mal vor mich hin. Aber er hat kein Fluidum, keine Überzeugungskraft. Während wir noch immer proben und Holl—Ferrante freudigen Schrittes auf mich zukommt, fällt mir ein, daß ich den Namen jener Prinzessin Isabella in der Kirche San Domenico maggiore gelesen habe, auf einer Gruft nahe dem Grab Ferrantes. Die Worte bleiben mir im Halse stecken. Wie soll ich bewältigen, was man von mir erwartet?

»Warum nicht weiter? Es war doch gut!« ruft Horst Meissl mir ermunternd zu.

Nein, es war nicht gut, Claudio hätte das gleich bemerkt. Noch ein Versuch! Die Sonne sengt. Alexander wischt sich die Stirn und seufzt, bevor er sein Feldherrngesicht aufsetzt, das mir wieder lächerlich vorkommt.

Aber das schlimmste — Vittoria hätte diese Worte nicht gesprochen, sie passen zu der Spanierin Isabella. Claudio hatte nicht recht, als er den Ausspruch einer Frau in den Mund schieben wollte, die den Krieg verabscheut hat. Außerdem sollte er wohl vor allem ein Trost für das anfängliche Mißgeschick sein, denn erst bei seinem nächsten Feldzug zeigte Ferrante die Löwenpranke des Eroberers. Ich hätte Claudio auf seinen Irrtum hingewiesen, und er wäre zu überzeugen gewesen. Aber wir hatten keine Zeit mehr, um darüber zu sprechen!

Wird es mit anderen Szenen, die Claudio zurückgestellt hat, ganz ähnlich sein? Warum hat er sie nicht früher drangenommen? Man kann Claudio, der stets der Eingebung des Augenblicks gehorchte, verbesserte und korrigierte, nicht nachahmen.

»Noch einmal, bitte!« ruft Meissl. Auch diese Aufforderung ist ein Versuch, es Claudio gleichzutun, aber sie hat keine Kraft.

Wieder rafft sich Holl zusammen, springt die Stufen empor, mimt den strahlend Heimkehrenden.

Ich breite die Arme aus und rufe: »Ach, wär ich doch ein Mann...«

Falsch, erbärmlich. Ich *will* kein Mann sein, auch Vittoria wollte das nicht. Verzweifelt lasse ich meine Arme sinken. »Eine Pause, bitte, ich kann nicht mehr.«

Sofort umgibt mich wieder die bekannte Rücksichtnahme. »Natürlich, eine Pause ... verständliche Schwierigkeiten ... nur Geduld, es wird schon werden.« Holl wendet sich erfreut der Kantine zu, um Fruchtsaft zu trinken.

Begreifen sie denn nicht, warum ich nicht weiterkann?

Ich höre sie flüstern und beraten, Meissl, seinen Assistenten, ein paar von Claudios vertrautesten Mitarbeitern.

»Es hat keinen Sinn, etwas erzwingen zu wollen«, erklärt mir Meissl schließlich voll Nachsicht. »Ruhen Sie sich aus, Lydia. Es dürfte genügen, wenn Sie morgen erst am Nachmittag kommen, bis es kühler wird. Wir wollen Sie nicht überfordern.«

Er will sich bemühen, eine der fehlenden Volksszenen einzuschieben. Sie mußte damals abgebrochen werden, weil ein plötzlicher Gewitterregen die Kinder von Ponte verscheuchte.

Mich ausruhen ...? Am nächsten Morgen bleibe ich lange im Bett, will den hellen Tag nicht ins Zimmer lassen, die Sonne nicht sehen. Ich kann die Lebensfreude, die jetzt auf der Insel herrscht und ihre Feste feiert, nicht ertragen, kann sie nicht so *allein* ertragen. Kommt Nicola vielleicht? Nein, er muß bei seiner kranken Mutter bleiben, bei Dagmar, die mir Claudio doch noch weggenommen hat — für immer.

Ich versuche, mich auf Vittoria einzustellen, mit ihr eins zu werden wie früher. Aber nahe ist mir jetzt nur jene andere Vittoria, die »ihre Sonne« verloren hat und um das erloschene Licht weint.

»Müd kämpft mit der Gedanken wirrer Schar
die müde Seele mit dem langen Leben,
und machtlos ist der Macht sie untergeben,
die drückender ihr wird von Jahr zu Jahr...«

Ich finde diesen Vers in dem kleinen Buch, das ich so lange nicht mehr in die Hand genommen habe. Und meine Augen suchen weiter, forschen nach dem Leben der Witwe Vittoria Colonna, die jung und schön war. Sie vergrub sich nicht lange in dem römischen Kloster San Silvestro, sondern kehrte nach Ischia zurück, hat den Felsen noch viele Jahre lang zu einem der Mittelpunkte des geistigen Lebens von Süditalien gemacht. Man hatte nach Ausschweifung und Sinnengenuß begonnen, sich edlen Werten zuzuwenden. Eine Welle der Erneuerung ging durch Politik und Religion. Bald stand Vittoria mit an der Spitze jener Partei, der die Zukunft zu gehören schien. Der Ruf ihrer Reinheit und Tugend verhalf ihr zu hohem Ansehen. Dazu muß sie die Gabe besessen haben, nie etwas gewaltsam zu erzwingen und doch alles, was sie sich vorgenommen hatte, zu erreichen. Wie wäre es ihr sonst gelungen, aus dem jungen d'Avalos, einem wilden, ungezügelten Neffen ihres Mannes, einen Jüngling zu machen, der Kunst und Wissenschaft liebte? Sie muß wieder Freude am Leben und die Kraft gefunden haben, ihre Aufgaben zu bewältigen. Wie ich sie beneide! Scheint nicht rund um mich alles in Trümmern zu liegen?

Die Volksszene, die Meissl zustande bringen will, mißlingt, weil man seinem Aufruf nur sehr schleppend folgt. Zu sehr hat sich das Unglück des »Signor regista« herumgesprochen. Man beschäftigt sich auf der ganzen Insel damit, jeder auf seine Weise. Wenn der Fall ihnen auch nicht überaus nahegeht, so tun sie doch, als wär's so, das gehört zu ihrer Art. Der Arme, er war ein cavaliere, schön und lustig, hat ihnen Geschichten erzählt, sie sich verkleiden lassen und für den Spaß auch noch bezahlt. Welcher Jammer, daß es damit nun vorbei ist!

Ich finde mich pünktlich zur Dreharbeit ein. So rasch will und darf ich mich nicht geschlagen geben. Habe ich nicht versprochen, es nach besten Kräften zu versuchen? Claudio zuliebe und — für Nicola. Wo bleibt er?

Am dritten Tag nach unserem Zusammensein steht er überraschend neben Horst Meissl hinter der Kamera, während wir drehen. Ich sehe ihn mit halbem Blick, während ich mich schon dem herbeieilenden Alexander Holl zuwende. Beinahe verheddert sich mein Fuß im Saum des langen Kleides. Wir haben die Szene auf meine Bitte abgeändert, den Wunsch, ein Mann zu sein, weggelassen. Nicht wieder versagen, Nicola, der an mich glaubt, soll nicht enttäuscht werden. Ich breite meine Arme aus, spreche die Worte, meine Hände berühren zärtlich das vernarbte Gesicht. In dieser Minute ist es Claudio, den ich begrüße — noch einmal — Claudio...

»Ja, ausgezeichnet!« ruft Meissl. »Ich glaube, jetzt haben wir's geschafft.«

Ich reiche Nicola die Hand, warte auf ein anerkennendes Wort. Sagt er nichts? Er spricht mit den andern, kommt mir sonderbar teilnahmslos vor. Nachher begleitet er mich in meine Garderobe und setzt sich auf den Stuhl, den Claudio immer einnahm, wenn wir eine Szene besprachen.

»Waren Sie vorhin nicht einverstanden?« frage ich ihn.

»Doch, sehr, da blieb kein Wunsch offen.«

Ich betrachte sein Gesicht im Spiegel, während ich mich abschminke. Es hat einen fremden, harten Zug, der nicht zu seiner Jugend paßt.

»Sind Sie jetzt erst aus Neapel gekommen, Nicola?«

»Ja, vor einer Stunde.«

»Und...?«

»Meine Mutter ist heute nacht gestorben.«

Bestürzt drehe ich mich um und starre ihn an. »Wie konnte das geschehen?«

»Ein unerwartetes Herzversagen, heißt es. Eine Lungenentzündung war dazugekommen.«

Wir schweigen eine Weile. Ich kann die Gedanken, die durch meinen Kopf kreuzen, nicht ordnen. »Wollen Sie jetzt lieber allein gelassen werden, Nicola?«

»Nein, ich möchte mit Ihnen zusammensein, sonst wäre ich nicht hergekommen.«

Draußen macht man um uns einen Bogen. Sie wissen es also schon und wollen Anstand beweisen. Trotzdem spüre ich die Neugierde, wann immer ich mich mit Nicola zeige. Lieber fort von den vielen Blicken!

Wir verlassen gemeinsam den Felsen. Auf dem Anlegeplatz schläft Raffaele, zu einem Bündel eingerollt, in seinem Boot. Sobald er aus den Augen schauen kann, bitte ich ihn, uns in Richtung Cartaromana zu führen. Er gehorcht sogleich und plappert ausnahmsweise nicht, sondern blickt nur immer wieder voll Staunen auf Nicola, als träume er noch.

Unter dem Sankt-Anna-Felsen steigen wir aus und finden einen einsamen, schmalen Weg zu den Weinbergen.

»Ist es Ihnen so recht?«

Mein Begleiter sieht mich nur dankbar an. Ich weiß nicht, wie ich sein dumpfes Schweigen durchbrechen soll, fasse nur stumm nach seiner Hand und drücke sie. »Es tut mir sehr leid für Sie, Nicola! So unerwartet seine Eltern zu verlieren — ich weiß, wie das trifft. Vor vielen Jahren ist es mir ähnlich ergangen.«

Er wendet den Kopf, als müßte er die förmliche Bemerkung abwehren. Aber die Verstörtheit bleibt in seinem Gesicht. »Ich bin froh, daß ich bis zuletzt bei ihr sein konnte.«

»Hat sie das wahrgenommen?«

»Ja, sie war klar, trotz der vielen Injektionen — und hat fortwährend geredet. Ich glaube, es war ihr sehr wichtig, mir vieles noch zu sagen.«

Er bleibt stehen und hält mich mit seinem dunklen Blick fest. »Lydia, ich *weiß* jetzt, wieso Mama nach Rom gekommen ist, statt nach Abano zu reisen.«

»Ja...?« Ein plötzlicher Schreck durchfährt mich. Liegt ihm so daran, mir das jetzt mitzuteilen?

»Mein Vater hat sie angerufen. Es muß ihm Mühe gemacht haben, sie endlich in Mailand zu erreichen. Er wollte ihr mitteilen, daß er das Haus, die Casa bianca, an Baldaffini abtreten würde. Er brauchte ihre Zustimmung. Verstehen Sie?«

Er sprudelt es erregt hervor, die Worte rauschen halb an mir vorbei. Ich finde mich nicht zurecht.

»Wollte er das Haus *verkaufen?*«

»Man kann es auch so nennen. Aber natürlich hätte er diesem Handel niemals freiwillig zugestimmt. Das war Baldaffinis lang ausgehecker Plan. Er muß meinen Vater in diese verteufelte Lage manövriert haben. Und jetzt *hatte* er ihn soweit! Wie ich höre, sind die Geldmittel für den Film so gut wie erschöpft, der Voranschlag überschritten...«

Eine erste Ahnung aller Zusammenhänge dämmert mir auf.

»Und Sie kombinieren nun, Baldaffini habe zur Bedingung gemacht....?«

»... das Haus als Gegenwert in Rechnung zu stellen, wenn er überhaupt noch weiterhelfen soll. Sie müssen doch gemerkt haben, wie diese üble Geschichte sich vorbereitet hat!«

Die Party — Baldaffinis albernes Gerede über eine Straße zur Casa bianca, die man anlegen müßte, seine merkwürdige Vorliebe für das Haus... Genügend verdächtige Andeutungen, aber ich habe sie nicht ernst genommen. Ich wußte auch nicht, daß bereits eine so schwere Krise eingetreten war.

Ich versuche, Nicola das klarzumachen. »Wenn ich Claudio fragte, ob er Geldsorgen habe, hat er darüber nur gelacht.«

»So kenne ich ihn, das war sein Stolz. Es muß ihn viel gekostet haben, bis er sich zu dem Schritt entschlossen hat, das Haus herzugeben.«

Es klingt tief bekümmert, aber zugleich spiegelt Nicolas Gesicht Verachtung wider, Claudios Verachtung für alles Niedrige und Gemeine, das sich dem Höhenflug seiner Pläne in den Weg stellte.

In meiner Ratlosigkeit drängt sich mir die Frage auf: »Und warum mußte er wegen des Hausverkaufs erst Ihre Mutter fragen?«

Nicola lächelt flüchtig über meine Ahnungslosigkeit. Er

greift nach meinem Arm und zieht mich zu einer alten Steinbank im Kastanienschatten.

»Ich glaube, daß ich weiter ausholen muß, um Ihnen alles klarzumachen. Sie wissen doch bestimmt, wie mein Vater an der Casa bianca hing! Und auch, worauf das zurückgeht. Er hat mir erzählt, daß er vor Jahren hier mit Ihnen wohnte. Das wußte meine Mutter bis zuletzt nicht.«

»Und zu Ihnen hat er darüber gesprochen?«

»Ja. Je älter ich wurde, desto häufiger erzählte er mir von Ihnen. Sie müssen wissen, daß ich in Internaten aufgewachsen bin. Die Stunden, in denen ich mit meinem Vater beisammen war, leuchten noch heute aus diesem grauen Einerlei hervor. Dann waren wir zwei Schwärmer und zugleich Vorschworene, zu jedem Streich bereit. Der Altersunterschied bedeutete nichts.«

»Und Ihre Mutter hat sich nicht um Sie gekümmert?«

»O ja, natürlich. Zu Weihnachten und in den Ferien holte sie mich zu sich. Dann verwöhnte sie mich, überhäufte mich mit Geschenken und Taschengeld. Ich mußte unbequeme Anzüge tragen und wurde ihren Verwandten und Freundinnen vorgeführt. Sie war gewiß bemüht, einen Bürger und späteren Geschäftsmann aus mir zu machen.«

»Nicola, Ihrer Mutter wäre es bestimmt nicht recht, daß Sie mir soviel darüber erzählen.«

»Aber Sie *müssen* alles wissen, es geht um den Zusammenhang. Sie hat mich ja auf ihre Art geliebt. Nur — irgendwie konnte sie mir nicht verzeihen, daß ich ihr nicht dazu verhalf, den Mann zu fesseln, den sie für sich haben wollte.«

Im Blätterdach über uns jubiliert ein Vogel. Nicola sitzt versunken da und zeichnet mit einer Gerte Ornamente in den Staub. Hat er vergessen, was er mir erklären wollte?

Ich nehme den Faden wieder auf: »Aber Sie sind doch gewiß auch an ihr gehangen.«

»Natürlich, sie war meine Mutter! Man kann auch aus Mitleid an jemandem hängen. Ich lernte ihre Geschichte kennen. Meine Mutter hat mir von ihrer Begegnung mit dem Vater erst erzählt, als ich achtzehn wurde. Sie selbst war nämlich so alt gewesen, als sie sich plötzlich einbildete, Schauspielunterricht nehmen zu müssen wie andere höhere Töchter. Das war in Frankfurt, wo ihre Eltern wohnten. Aus dem Unterricht wurde zwar nicht viel, aber sie hatte einen jungen Mann namens Claudio Falckner kennengelernt und sich so in ihn verliebt, daß sie ihn nicht mehr aus den Augen ließ. Und so gab er diesem beharrlichen Werben einmal nach...«

Wir schweigen beide, bis Nicola fortfährt: »Mein Vater wußte nicht viel mit uns anzufangen. Dann und wann ein Rosenstrauß für die junge Mutter, aber kein großes Gefühl, auch nicht für den Sprößling. Viele vergebliche Versuche von Mama, sich in Szene zu setzen und auf sich aufmerksam zu machen. Bis ich Scharlach bekam. Das Weitere wissen Sie.«

Ich rechne nach. Nicola muß also schon auf der Welt gewesen sein, als ich Claudio begegnete. Mein Gewissen meldet sich.

»Glauben Sie, daß alles anders hätte kommen können, wenn nicht ich in Erscheinung getreten wäre?«

»Nein. Er wäre auch dann nicht bei ihr geblieben. Sie

gehörten einfach nicht zusammen. Haben Sie meine Mutter je gesehen?«

»Ja, in Salzburg während der Festspiele. Ihr Vater selbst hat uns bekannt gemacht. Damals war sie schon Frau Falckner.«

»Sie muß es kurz zuvor geworden sein. Später hat er sich kaum noch mit ihr gezeigt.«

Hätte ich die Zusammenhänge damals gekannt, als mir eine Welt einzustürzen schien! Aber was hätte es geändert? Die Fehler waren vorher gemacht worden.

Auch Nicola scheint seinen Gedanken nachzuhängen. Mir ist, als müßte ich mich vor ihm rechtfertigen. »Damals in Düsseldorf ... Wissen Sie, was vorgefallen war, als Ihr Vater von dort an Ihr Kinderkrankenbett kam?«

»Ich hörte später davon. Sie hatten sich mit ihm überworfen, nicht wahr?«

»Richtig. Hat er Ihnen selbst davon erzählt?«

»Nein, ich erfuhr es von anderen. Für mich war's mühsam genug, alles zusammenzubauen, dieses ganze komplizierte Mosaik — bis es ein Bild ergab.«

»War es Ihnen denn so wichtig?«

»Ja, weil ich merkte, wie wichtig es meinem Vater war. Sollte mir sein Schicksal nicht nahegehen?«

Claudios Zauberkraft — sie muß auch seinen Sohn erfaßt haben, wenn er ihn so liebte. Hat er ihn richtig erkannt? Meine Gedanken beginnen wieder um den dunklen Punkt zu kreisen.

»In Düsseldorf war er meinetwegen vertragsbrüchig geworden. Das muß ihn ein hohes Pönale gekostet haben. Ich vermute, daß er damals dringend Geld gebraucht hat ...«

»Er steckte öfters solche Schlappen ein. Aber er kam immer wieder aus eigenem hoch, manchmal auch über Schulden hinweg. Er wußte den Leuten eben beizubringen, wer er war, und danach bezifferten sich seine Gagen, auch seine Kredite. Eine Zeitlang muß er gigantisch verdient haben.«

»Um alles schnellstens wieder auszugeben, ich weiß. Und — die letzte Panne?«

Nicola sieht mich durchdringend an. »Er hätte auch jetzt wieder herausgefunden. Verkauft hat er sich jedenfalls nie.«

»Was ist mit jener Ausnahme, die Sie erwähnten . . .!«

»Ach ja, richtig! Das war so: Die Casa bianca gehörte einem römischen Geschäftsfreund meines Großvaters, der nach Kalifornien ging. Natürlich wollte er das schöne Haus günstig loswerden, und Baldaffini war drauf und dran, es zu kaufen. Mein Vater setzte alles ein, um ihm zuvorzukommen, aber damals fehlte ihm wirklich die erforderliche Kaufsumme. Meine Mutter sprach gestern noch von dieser Geschichte. Als sie von Baldaffinis Kaufabsicht hörte, erlegte sie rasch die Summe für das Haus in bar und schickte meinem Vater den Kaufvertrag — als Geschenk.«

»Und er hat es angenommen?«

»Ja und nein. Sie kamen überein, daß die Casa bianca dem Namen nach Mamas Besitz sein, aber ihm jederzeit zur Verfügung stehen sollte. Damit war er einverstanden. Meine Mutter muß damals gehofft haben, mit dem Haus auch seine Liebe zu erlangen. Das war töricht. Sie hat in all den Jahren nicht oft dort gewohnt. Er übrigens auch nicht.«

Das Haus unserer Liebe war *Dagmars* Haus! O Gott, was haben wir getan! Ich sehe Claudio vor mir stehen, als wir uns im Mai wieder trafen, höre ihn sagen: »*Mein* Haus — seit Jahren schon...« Doch im nächsten Augenblick weiß ich, daß er es so empfunden hat, als er es aussprach. Nicht Kaufvertrag und Besitzrecht waren ihm ausschlaggebend, sondern das, was uns innerhalb dieser Mauern verbunden hatte und weiter verband — seit jenem ersten Sommer auf Ischia. Und wenn Claudio damit vielleicht eine Schuld auf sich lud, tat er es nicht zuletzt meinetwegen. Nie aus Egoismus.

»Verstehen Sie jetzt?« fragte Nicola neben mir, ich hatte ihn fast vergessen. »Verstehen Sie, daß er meine Mutter fragen mußte, bevor er Baldaffini das Haus überließ?«

Ich muß mich zu einer Antwort zwingen. »Er hätte sich doch gegen diese abscheuliche Erpressung wehren können. Immerhin war die Casa bianca doch *ihr* Eigentum.«

»Aber sie war noch immer seine Frau. Sie kennen Baldaffini nicht. Wenn der sich etwas in den Kopf gesetzt hat...! Wahrscheinlich hat er den damals erzwungenen Verzicht nie überwunden. Ich glaube, dieser Plebejer hat nur darauf gelauert, meinen Vater in die Falle zu locken. Dazu war ihm das Filmprojekt gerade recht.«

Das hätte Claudio genausogut sagen können. Ich sehe zu, wie Nicola die dünne Gerte zornig von sich schleudert. Die Sonne tritt langsam hinter der Kastanienkrone hervor und überstrahlt unsere Bank.

»Kommen Sie, Nicola, hier wird es zu heiß.«

Wir gehen den Weg unschlüssig weiter. Zwischen dem

Vitriolgrün der Weinreben leuchtet feuerroter Mohn. Von der Panoramastraße drüben blitzen die Autos. Mir wird bewußt, daß mich die Schönheit der Landschaft seit Tagen völlig kalt läßt. Ist es nicht mehr unsere geliebte Insel? Ihr Zauber, der Claudio und mich vereinte, scheint sich erschöpft zu haben. Eine tiefe Ratlosigkeit ist in mir. Ich finde keinen Ausweg.

»Was soll jetzt bloß geschehen?«

Nicola wendet mir im Gehen sein Gesicht zu. Erschrocken sehe ich, daß ihm seine frischen Farben fehlen. Es ist von Müdigkeit gezeichnet, noch ähnlicher dem Gesicht, das ich so liebte.

Er scheint die Antwort zu überlegen. »Wir müssen weitermachen. Mit dem Film, meine ich. Nur damit können wir uns von diesem Moloch loskaufen.«

Wir, sagt er, das trifft mich. Gewiß, der Film, an dem Claudio so viel lag, für den er zu solchen Opfern bereit war, geht auch mich an. Auf einmal aber ist mir, als fehlte diesem Unternehmen gänzlich die Seele, die Claudio ihm eingehaucht hatte.

»Werden Sie mir helfen, Nicola?«

Er sieht mich verwirrt an. »Wobei helfen? Auf dem Felsen? Ja, natürlich, soweit ich es kann. Ich habe nur noch eine Menge zu ordnen. Die Verwandtschaft ist verständigt, auch der Anwalt meines Vaters, er wird nach Neapel kommen. Das alles ist sehr anstrengend und unangenehm für mich.«

»Wenn Sie sich erst etwas ausgeruht haben werden...«

Der schwache mütterliche Trost tut mir selber gut.

Nicola lächelt mir dankbar zu. »Ja, ich habe nicht geschlafen. Es war etwas zuviel für mich...«

Wie unsentimental er ist und wie weit entfernt von mir im Abstand der Jahre! Was will ich von diesem Einundzwanzigjährigen, der selbst schwer überfordert ist?

»Wenn *ich* etwas für Sie tun kann, Nicola...?«

Er bleibt stehen und ergreift meine Hand. »Sie tun sehr viel für mich, indem Sie vorhanden sind. *Sie* sind der Mensch, um den es sich gehandelt hat, das gibt mir Auftrieb.«

Ein Wort, das mir schmeichelt und mich zugleich verpflichtet. Mir ist aber plötzlich auch, als hätte er gesagt: *Sie* sind an allem schuld...

Wir wandern den Weg zurück. Spaziergänger kommen vorbei und sehen sich nach uns um. In der Bucht finden wir ein Boot, das uns aufnimmt.

»Ich habe den Wagen meines Vaters benützt«, sagt Nicola. »Er steht an der Brücke.«

»Sie sollten jetzt nicht fahren!«

Er sieht mich erfreut an. »Haben Sie Angst um mich? Keine Sorge, ich gebe schon acht.«

»Dann fahre ich ein Stück mit Ihnen.«

Er öffnet mir den Schlag, die wohlbekannte Geste. Noch einmal dieser Platz... Die Augen schließen! Ist es nicht doch Claudio, der neben mir sitzt?

Der Wagen hält mit einem Ruck. »Kann ich Sie dieser Tage im Hotel anrufen?« fragt Nicola.

»Ich möchte nicht mehr lange hier wohnen bleiben, es fällt mir zu schwer...«

»Nur bis ich wiederkomme, bitte.«

Er drückt meine Hand, zieht sie völlig überraschend an seine Wange, es ist nur eine flüchtige, kindliche Berührung. »Auf Wiedersehen, Lydia!«

Der Portier reißt die Wagentür auf. Erstaunte, neugierige Blicke streifen uns.

Auf dem Tisch in meinem Zimmer liegt ein Expreßbrief aus Wien. Ich greife gleichgültig danach und öffne ihn ohne Eile.

»Meine liebe Lydia!« schreibt Günther.

»Verzeih mir bitte die Nüchternheit dieses Briefes! Ich habe überlegt, auf welchem Weg ich Dir am ehesten sagen könnte, wie tief ich bedaure, was geschehen ist. Es besteht für mich kein Zweifel, daß Dich dieses Unglück sehr getroffen haben muß, und Du sollst wissen, daß ich über alles hinweg aufrichtig und verständnisvoll mit Dir fühle. Wie ich als Theaterkundiger über den Mann, der diesem tragischen Unfall zum Opfer fiel, denke, magst Du aus der Beilage ersehen. Natürlich gab und gibt es noch andere ehrende Nachrufe in Rundfunk und Presse. Du wirst es gewiß verständlich finden, daß in diesem Zusammenhang häufig Dein Name fällt und sich Dir viele alte und neue Sympathien zuwenden.

Aber nicht nur daraus ergibt sich meine dringende Frage: Wann kommst Du nach Wien zurück? Ich kann mir nicht vorstellen, daß Du noch irgendeinen Grund hast, Deinen Aufenthalt auf Ischia zu verlängern. Übrigens sind am Burgtheater die Einteilungen für die kommende Saison bereits in vollem Gang. Du kannst auf jeden Fall sicher sein, daß Dir ein sehr freundlicher Empfang zuteil werden wird, unter anderem auch von Deinem herzlich mit Dir fühlenden Günther.«

Die Beilage ist ein Ausschnitt aus der Presse, ein langer Nachruf auf Claudio Falckner — verfaßt von Günther Weigand. Will er mir damit seinen Großmut beweisen?

Hat Claudio erst sterben müssen, damit ein Mann wie Günther seinem Wesen und Wirken lobend zustimmt?

Ich kann diesen Artikel nicht zu Ende lesen. Der Druck verschwimmt vor meinen Augen. Und die wohltemperierte Anteilnahme in Günthers Brief schmerzt mich nur, statt mich zu trösten. Wie er nicht begreifen konnte, warum ich hierhergekommen bin, so versteht er auch nicht, weshalb ich jetzt nicht fort kann. Was soll ich in Wien? Was nützen mir das Mitleid und der »freundliche Empfang«? Ich hatte mir die Rückkehr anders vorgestellt, wie einen glanzvollen Triumph — mit Claudio. Hat er mir nicht erst vor kurzem versprochen, mir immer beizustehen?

Plötzlich sehe ich ihn neben mir sitzen wie am letzten Abend im Garten der Casa bianca, als wir in die Sterne schauten und von Vittoria und Ferrante sprachen. Ob ich verstehen könnte, daß eine Frau einen Sohn liebt, den sie nicht selbst geboren hat...

Die hingeworfene Frage gewinnt jetzt für mich eine ungeheure Bedeutung. Hat Claudio an *seinen* Sohn gedacht, an Nicola, den er mir erst vorführen wollte? Ja, so kann, so *muß* es gewesen sein! Wir waren Jahre getrennt gewesen und in diesem Sommer so sehr mit der Wiedererrichtung unserer alten Gemeinschaft beschäftigt — deshalb hat er noch gezögert, mir von Nicola zu erzählen. Vielleicht war es auch Rücksicht auf Dagmar, daß er ihn mir verschwieg. Als sein Kind anfing, ihm etwas zu bedeuten, war *ich* nicht bei ihm! Und doch hat er dem Jungen so vieles über uns beide erzählt...

Von allem, was auf mich einstürmt, bleibt zuletzt nur die Erkenntnis: Claudio war nicht so stark, wie er sich gab. Auch Nicola ist es nicht. Jetzt hat er Vater und Mutter verloren. *Ihm* etwas sein zu können, nicht nur in diesen schweren Tagen — das müßte schön sein.

Es wird immer undurchsichtiger, aus welchen Gründen sich die Leute unseres Teams auf dem Felsen einfinden, um die Außenaufnahmen zu beenden. Sie alle zeigen viel Pietät für Claudio, der so tragisch daran gehindert wurde, sein Werk zu vollenden. Unsichtbar scheint er noch immer unter uns zu weilen, mit seiner Unnachgiebigkeit, seiner Durchschlagskraft. Aber die Begeisterung, mit der er uns mitriß, verflüchtigt sich zusehends, und Unsicherheit beginnt immer stärker an uns zu nagen. Manchmal scheint es mir, als hätten die meisten nur noch Angst um ihre ausständigen Gagen und als horchten sie gespannt, ob nicht endlich eine Andeutung darüber fällt.

Längst haben wir den Überblick verloren. Meissl kommt zwar an jedem Morgen mit einem festen Konzept, doch es zeigt sich bald, daß es nicht eingehalten werden kann. Einmal fehlt der, einmal jener. Es gibt Entschuldigungen wegen Hitzekollaps, Sommergrippe oder einer Zahnfistel. Beschwerden, die man früher nicht zu erwähnen gewagt hätte, werden jetzt laut. Es fehlt die strenge Autorität, die straffe Disziplin, der alte Feuereifer. Es fehlt das Schwungrad, das allem den Antrieb gab. Und dieses langsame Erlahmen beängstigt mich.

Nicola ruft mehrmals aus Neapel an, spricht mit mir oder mit Horst Meissl, scheint sich in dem Wirrwarr von Erledigungen recht und schlecht herumzuschlagen. Endlich kann er uns eine bedeutsame Mitteilung machen: Baldaffini, der bei der Beerdigung Dagmar Falckners anwesend war, hat zugesagt, die nötigen Mittel für die Beendigung des Films zur Verfügung zu stellen.

Wir sitzen während der drückendsten Mittagshitze in der Kantine beisammen, schlürfen unsere eisgekühlten Getränke und erörtern im engsten Kreis die erfreuliche Botschaft. Meissl hat bereits in der Bank nachgefragt, ob eine Überweisung erfolgte. Nein. Nun, so schnell kann das nicht gehen, trösten wir uns. Ich sehe, wie ein ironisches Lächeln um Meissls Mundwinkel spielt. Vertraut auch er nicht so ganz der Zusage Baldaffinis? Langsam scheint es mir, als würde Horst Meissl, der am eifrigsten von allen in Claudios Fußstapfen zu treten versuchte, auch nur noch dem Schein zuliebe bei der Sache bleiben, ohne daran zu glauben.

Immerhin — eine der letzten Szenen mit Holl und seinem Gefolge wird vorbereitet, die Komparsen kostümieren sich. Mühevoll herbeigeschafftes »Volk«, das den Hintergrund zu bilden hat, ist zur Stelle.

Da meldet sich Alexander, auf den wir längst warten, telefonisch und teilt klagend mit, daß er am Morgen während seiner Fangobehandlung ausgeglitten sei und sich ein paar Rippen geprellt, wenn nicht gar gebrochen habe. Der Arzt habe ihm eine Bandage und schmerzstillende Mittel verabreicht, trotzdem — schreckliches Stechen in der Brust, Atembehinderung —, er müsse dringend um einen vorläufigen Aufschub der Arbeit bitten.

Ich höre ein paar der Leute bitter auflachen, als diese Nachricht bekannt wird. Meissl läßt sich an der Bar einen Whisky pur geben. Als ich zu ihm hintrete, fragt er mich mit kurioser Miene:

»Glauben Sie an die Sterne, Lydia?«

»Ich weiß nicht, was Sie meinen!«

»Nun, ich habe nie etwas von diesem Sterndeuterhumbug gehalten, aber *jetzt* glaube ich beinahe an einen *Unstern*, zumindest an das Gesetz der Serie. Finden Sie nicht auch, daß etwas dran sein muß?«

»Wenn Sie auf Hindernisse anspielen, die sich häufen — die hat Claudio auch oft zu spüren bekommen. Und sie immer wieder überwunden. Das wissen Sie so gut wie ich.«

Meissls Fuchsgesicht verliert alles Hinterhältige. Er sieht mich offen und ernsthaft an. »Erklären Sie mir, Lydia, ob Sie noch einen andern Grund haben, hier zu stehen, als den, daß Sie *ihm* einmal zugesagt haben!«

»Das wäre mir Grund genug — aber ich will nicht nur deshalb durchhalten, weil Claudio diesen Film um jeden Preis zustande bringen wollte. Hören Sie, Horst, bisher habe ich daran geglaubt, daß es ein guter Film werden wird!«

»Was wir meinen, ist ein und dasselbe. Aber eine solche Sache kann nur gedeihen, wenn man an sie glaubt — und nicht bloß Sie und ich. Verstehen Sie? Mir kommt's so vor, als würde sich sein Geist, der über diesem Felsenriff geherrscht hat, von Stunde zu Stunde mehr zurückziehen, einfach verflüchtigen und anderem zuwenden, Bedeutenderem wahrscheinlich.«

Was er sagt, berührt mich wie eine überraschend erkannte, geheimnisvolle Wahrheit. Ich habe Horst Unrecht getan. Claudio hat nicht ohne Grund so viel von ihm gehalten.

»Vielleicht ist es nur heute so«, wende ich ratlos ein,

»vielleicht kehrt dieser Geist, den Sie meinen, morgen zurück...«

Er zeigt ein Grinsen, das mir Angst macht. »Ich fürchte, er könnte schon durchschaut haben, was hier vorgeht. Die Leute fürchten eine Panne und möchten vorher noch alles tun, um glimpflich davonzukommen. Sie wittern die Sackgasse. Claudio hätte leibhaftig unter uns bleiben müssen, um allen bis zuletzt den Glauben an diesen Film zu erhalten.«

Ich möchte ihm gern widersprechen, fühle mich aber mit ihm so einer Meinung wie kaum je zuvor. Horst Meissl hat mir noch nie so aus der Seele gesprochen wie jetzt, da ich alles aufbieten mußte, um seinen Pessimismus zu widerlegen.

»Warten wir also bis morgen ab«, sagt er höchst vernünftig und beweist damit, daß der Whisky sein Gemüt nicht verwirrt hat.

Wieder einmal heißt es: »Schluß für heute!« Ich fahre zum Hotel zurück und nehme mir fest vor, diesmal keinen Grübeleien nachzuhängen. Nicola hat anzurufen versprochen, aber ich will mich auch nicht dem Warten ausliefern. Lesen also! Ich werfe mich auf mein Bett und greife nach meinem Buch über Vittoria Colonna. Wie lange ist es her, seit ich es mit auf die Reise nahm wie einen Talisman?

Meine Hände überblättern eigenmächtig alle Stellen, die mir jetzt weniger willkommen sind. Ich suche, was mich vor allem interessiert.

Wie lange blieb sie in Rom und hat im Kloster San Silvestro in Capite um Ferrante getrauert? Es muß nur ein Übergang, ein kurzes Versinken und Sichbesinnen gewesen sein, um ohne »ihr Licht« weiterleben zu können. Denn sie *hat* es vermocht. Als wäre ein Ruf an sie ergangen, daß ihr Wirken auf dieser Welt noch nicht abgeschlossen sei. Noch stand sie als Frau in der Blüte ihres Lebens, genoß den besten Ruf, und das in einer Epoche, die sich weibliche Tugend nicht gerade zum Motto erwählt hatte. Es gab Renaissancefrauen, die durch ihr ausschweifendes Leben ebenso berühmt wurden wie andere, die in Unabhängigkeit vom Mann ihre Eigenpersönlichkeit und geistige Größe bewiesen. Vittoria gehörte zu den letzteren. Ihr starkes Gefühl für den einen einzigen und ihr großer Schmerz um ihn müssen sie über sich selbst haben hinauswachsen lassen und ihren eigentlichen Ruhm begründet haben.

Es heißt, daß sich eine Reihe von Bewerbern einfand, unter denen die verwitwete Marchesa aus dem angesehenen Fürstengeschlecht ihre Wahl hätte treffen können. Vittoria lehnte ab. Sie blieb bis an ihr Lebensende dem Mann ihrer Liebe, Ferrante d'Avalos, treu. Wäre es auch nur ausnahmsweise anders gewesen, hätten es uns die Klatschbasen der Geschichte gewiß überliefert. Vittoria blieb allein, ohne einsam zu sein.

Sie hat sich in ihrem Kummer nicht verloren. Manchmal muß sie sich aber dorthin gewünscht haben, wo sie Ferrante vermutete, in schönen, friedlichen Gefilden, an die sie glaubte, weggelöscht von dieser Welt.

»Zeit dünkt's mich oft, daß Qual mir nun genommen,
daß Hilfe oder Tod der Himmel sende
und langer Tage Abend sei gekommen.«

Der Tod, nach dem sie verlangte, ließ sie warten, aber die Hilfe kam. Den Sinn für die Werte des Lebens hat sie nicht eingebüßt. Und ihre Begabung, die früher nur der Liebe und Sehnsucht der Frau Ausdruck verliehen hatte, wurde jetzt zum Werkzeug, um eine große Aufgabe zu bewältigen. Sie überzeugte nicht nur als Dichterin mit ihrer Kunst, sondern vor allem auch als ein Mensch, der es verstand, andere in den Sonnenkreis des Guten und Wahren zu ziehen.

Ich wende die Seiten, meine Wangen brennen, und die verschiedensten Überlegungen bedrängen mich. Nie zuvor habe ich den Werdegang dieser Frau so klar erkannt. Warum bedeutet es mir jetzt noch mehr als früher, mich mit ihr zu beschäftigen, als müßte ich ein Erbe verwalten. Claudios Erbe?

Es kann nicht nur ein verliebtes Spiel gewesen sein, daß Claudio immer wieder nach Parallelen zwischen Vittoria und mir suchen ließ. Keine eitle Laune hat ihn dazu gebracht, sein eigenes Leben in dem Schicksal Pescaras zu spiegeln und mich »seine Vittoria« zu nennen. Wäre ich doch imstande, diesen Vergleich auch nur im entferntesten zu rechtfertigen! Wäre ich nicht so müde, so kraftlos und voller Zweifel!

Mitten in meine Gedanken platzt ein Anruf Nicolas aus Neapel. Und sobald ich nur seine Stimme erkenne, bin ich auch schon bereit, an ein Wunder zu glauben, das die ganze Wirrnis löst.

»Was gibt es, Nicola?«

»Ich glaube, es ist nicht viel, das Sie nicht schon wüßten, aber...«

»Ja, aber...?«

»Ich erwarte den Anwalt meines Vaters, doch wie ich hörte, kann er nicht vor morgen abend hier sein. Er sagt, daß er komplizierte Nachforschungen treffen muß. Auch über den Nachlaß meiner Mutter weiß ich noch nichts Genaues.«

Wozu erzählt er mir das? Es ist ausschließlich seine Angelegenheit. »Aber — Baldaffini?«

»Er ist derzeit für mich unauffindbar. Obwohl er mir versprochen hat, einen Plan zur Finanzierung des Films schriftlich festzulegen.«

»Dann ist seine Zusage bisher nur mündlich erfolgt?«

»Ja, vorläufig. Ich nehme an, daß er unerwartet verreisen mußte.«

Es klingt bitter. Auch Nicola verdrießen alle Verzögerungen, die uns hier zu schaffen machen. Fragt er nicht nach dem Fortgang der Dreharbeit?

»Was haben Sie weiter vor, Nicola?«

»Ich möchte mit Ihnen sprechen, Frau Merwald, kann ich kommen?«

Sein sonderbares Zögern fällt mir auf. »Ja, natürlich. Wann? Heute noch?«

»Das wäre mir sehr recht. Vielleicht könnte ich etwa um sieben in Porto sein.«

»Gut, ich erwarte Sie hier im Hotel.«

»Wollen wir uns nicht woanders treffen? Ich kann es nicht ausstehen, wenn man — wenn die Leute dummes Zeug reden ...«

Er kommt mir auf einmal so kindisch vor, daß ich auflachen muß. »Aber Nicola, das tun sie doch auf jeden Fall! Also schön, wenn es Ihnen lieber ist, dann im ›Moresco‹, etwa um sieben. Einverstanden?«

Er verspricht, nach Möglichkeit pünktlich zu sein. Merkwürdig, wie förmlich er auf einmal war! Diesmal hat er mich »Frau Merwald« genannt, nicht einfach »Lydia«, wie es ihm schon selbstverständlich zu sein schien. Ganz so, als wäre er bei diesem Gespräch nicht allein gewesen...

Ich weiß nichts mehr mit der Zeit anzufangen. Früher als notwendig verlasse ich das Hotel und mache einen Umweg über die Strandpromenade. Ein Strom von Bummlern und Müßiggängern schiebt sich vorbei. Ihre so deutlich zur Schau getragene Urlaubsfröhlichkeit tut mir weh. Was früher immer auch mich anging, läßt mich unbeteiligt und abseits. Was soll aus mir werden, wenn ich weder die Menschen noch die Einsamkeit ertrage? Wenn ich nicht weiß, wohin ich gehöre!

In der Via Emmanuela Gianturco blühen noch immer die Oleanderbäume, ihr Duft vermengt sich mit Abgasen und Parfüms. Alles, was an Eindrücken auf mich zukommen will, bleibt noch immer wie hinter Schleiern gefangen.

Im »Moresco« finde ich eine stille Ecke in einem der Speiseräume, bestelle einen Aperitif und beginne zur Tür zu sehen. Es ist immerhin erleichternd, wenigstens auf jemanden warten zu können.

Sieben längst vorbei... Zum Glück bleiben die meisten Gäste in den andern Räumen und auf der Terrasse. Könnte es sein, daß Nicola mich hier nicht findet?

Als ich eben nach ihm Ausschau halten will, kommt Giacomo Baldaffini geschäftig durch den Eingang, steuert, ohne mich zu bemerken, auf einen Tisch zu und nimmt Platz. Sein breiter Rücken bleibt mir zugewendet.

»Ecco mia cara!« ruft er zufrieden seiner Dame entgegen, die ihm etwas verspätet nachgekommen ist — Mirella Dozzi.

Ihr spähender Blick entdeckt mich sofort. Ich sehe, wie sie ihrem Begleiter etwas zuflüstert. Er antwortet murmelnd. Wahrscheinlich beraten sie, ob sie mir noch ausweichen könnten. Zu spät. Beide wenden sich mir zu und spielen »große Überraschung«.

»Signora Merwald! Welche Freude! Tutto solo? Sie hier ganz allein?«

Es klingt unangenehm mitleidig, viel zu lange hält Baldaffini meine Hand fest. Die Dozzi bleibt im Hintergrund.

»Ich erwarte hier Nicola Falckner«, erkläre ich ihnen.

Ein rascher, kaum merkbarer Blickwechsel zwischen den beiden. Aber gleich setzt Baldaffini sein verschmitztes Lächeln auf.

»Ah! Un appuntamento — und mit eine so junge, hübsche Mann!« Er hebt im Scherz den dicken Zeigefinger und droht mir. Denkt er nicht daran, daß wir uns seit Claudios Tod zum erstenmal wiedersehen?

Es ist nicht zu vermeiden, daß wir uns zusammensetzen. Baldaffini verlangt die Weinkarte und studiert sie, fragt wie nebenher: »Warum Sie treffen Nicola in diese fremde Hotel?«

»Zur Abwechslung. Und fremd ist es mir ja nicht. Wir haben mit dem engsten Team manchmal hier gegessen.« Es gibt mir einen Stich, sowie ich daran denke.

»Si, si, ich weiß. Signor Falckner war immer noble cavaliere...«

Mirella wirft mir über die Speisekarte hinweg einen

beziehungsvollen Blick zu. Im übrigen scheint sie sich auffallend zurückzuhalten, als wollte sie abwarten, wie die überraschende Situation sich anläßt.

Wieder sieht sie bezaubernd aus, trägt ein schilfgrünes Georgettekleid und viel echten Schmuck. Ihre Hand mit den dunkelroten Nägeln legt sich demütig auf den Arm ihres Begleiters. Kindlicher Augenaufschlag. Gebratene Wachteln, das wäre ihr Traum! Er tätschelt gerührt ihre Wange, und sie tut verliebt.

»Zum Glück wir haben nichts zu verbergen ...«

Dann sieht sie mich teilnahmsvoll an. »Oh, Sie nicht essen wegen Linie?«

»Nein, nein, ich habe mit dem Essen auf Nicola gewartet.«

Kommt er nicht endlich? Es bleibt mir nichts übrig, als auch zu bestellen.

»Übrigens wird er sich freuen, Sie hier zu treffen, Herr Baldaffini«, werfe ich hin. »Soviel ich weiß, hat er Sie in Neapel verfehlt.«

Er scheint nicht zu verstehen. »Wie ist möglich? Ich immer für ihn da! Und alles zwischen uns ist — wie sagt man? — bereinigt.«

»Es ging um die schriftliche Festlegung.«

Falle ich vielleicht mit der Tür ins Haus? ›Deine Offenheit, Lydia, damit schadest du dir!‹ Das hat mir Claudio öfter vorgeworfen, aber es steckte heimliche Bewunderung dahinter.

Baldaffini nimmt den ersten Schluck Wein und schmatzt prüfend. »Accettabile ... Was Sie sagen von schriftlich, signora? Ich schon geschrieben neue Vertrag und abgeschickt, per espresso.«

»An wen abgeschickt? Und wohin?«

»An verantwortliche Erbe Nicola Falckner nach seine Casa in Sant'Angelo.« Es klingt plötzlich hart und so, als hätte er den Satz auswendig gelernt.

»In der Casa bianca war Nicola nicht, soviel ich weiß.«

Mirella, genußvoll mit den gebratenen Wachteln beschäftigt, lispelt voll Bedauern: »Peccato! Aber Sie, Signora, Sie auch nicht waren dort?«

»Nein!«

Sie tupft sich mit der Serviette sehr vorsichtig an die Lippen und lächelt etwas zu freundlich. Langsam habe ich das Gefühl, hier in eine Art Fangnetz zu geraten. Vorsicht, lieber gleich die Maschen durchhauen, ehe es noch gefährlicher wird.

»Sind Sie heute wegen des Films nach Porto gekommen, Signor Baldaffini?«

Er blickt mit vollem Mund von seinem Braten auf, beeilt sich nicht mit dem Schlucken.

»No. Mit Film alles geht gut, ich glaube? Jetzt ich gekommen nach Ischia wegen andere Geschäft. Ich haben gekauft una vigna, Sie verstehen? Eine schöne Weinberg dort drüben.«

Diese Mitteilung erleichtert mich geradezu. Solange Baldaffini sich wie ein moderner Bacchus gebärdet, erscheint er mir harmlos, nicht einmal unsympathisch.

»Ich gratuliere zum Kauf! Liegt der Weingarten über Porto?«

»No, kleine Stück weiter nach Süden.«

Er stößt mit seinem Glas erst an meines, dann an das von Mirella. Seine Augen verschwinden fast hinter den

Wangenpölsterchen. Aber sie strahlt ihn an, als wäre er Adonis selbst. Plötzlich fröstelt mich.

Da kommt Nicola mit eiligen Schritten auf mich zu, erkennt verdutzt meine Tischgefährten, bemüht sich sichtlich, seine Überraschung zu verstecken. Es gelingt ihm nicht ganz.

»Bitte, entschuldigen Sie meine Verspätung, ich mußte einen kleinen Umweg machen.« Er reicht auch den andern die Hand.

»So junge adoratore nicht dürfen zu spät kommen!« hänselt Baldaffini. Die Dozzi lacht klingend.

Nicola verzieht keine Miene. Er blickt kurz in die Karte, bestellt »Mozzarella in carozza« und lehnt sich steif zurück. Auf einmal ist die Atmosphäre gewittrig gespannt.

»Wir sind uns hier zufällig begegnet«, versuche ich zu vermitteln. »Herr Baldaffini hat mir erzählt, daß er heute auf die Insel gekommen ist, um einen Weinberg zu kaufen.«

»Si, è vero«, ergänzt Baldaffini bereitwillig. »Signora Dozzi so freundlich war, mich zu begleiten. Un piccola gita... Aber ich höre, Sie noch nicht haben bekommen meine Brief, Nicola, mi rincresce molto. Sie werden finden la lettera in Sant'Angelo.«

»Von dort komme ich soeben, *das* war mein Umweg«, sagt Nicola. »Man hat mir Ihren Brief ausgehändigt.« Er zieht das Schriftstück wie zum Beweis aus der Brusttasche seines weißen Blazers und steckt es gleich wieder ein.

Der Kellner kommt und stellt die Schüssel vor Nicola hin, aber er rührt sie nicht an. Ich sehe, wie mühsam er seine Erregung unterdrückt, nach Worten sucht. Plötzlich stößt er zornig hervor:

»Was Sie mir da vorschlagen, Herr Baldaffini — der Vertrag ist in dieser Form unannehmbar! Ich habe es Ihnen doch schon mündlich gesagt, und Sie wollten ihn anders abfassen.«

Ein peinliches Schweigen entsteht. Baldaffinis Augen sind auf einmal größer, blicken aus dem feisten Gesicht scharf auf Nicola. Mirella, eine Zigarette in der Hand, scheint sich am Anblick des aufgebrachten jungen Mannes zu weiden und die Szene zu genießen. Was bereitet sich hier vor?

Da wendet sich Baldaffini voll Liebenswürdigkeit an mich. »Scusi, signora! Nicola noch sehr jung, er nicht gelernt, wie verhalten vor Dame wie Sie. Er leider auch nicht viel verstehen von Geschäft. Man muß — perdonare...«

»Ich habe keine Ahnung, worum es geht!« bekenne ich verwirrt.

Nicolas Hand legt sich beschwörend auf die meine. »Das erkläre ich Ihnen später!«

Alles Weitere droht mir wie hinter Nebel zu entgleiten: Mirellas unangenehmer Blick, auf mich, dann wieder auf Nicola gerichtet, Baldaffinis dickes Gesicht, seine unangenehm laute Stimme, aus dem allgemeinen Gemurmel hervortönend:

»Sie eine große Kind, liebe Nicola! Wie Sie wollen anders decken die Schulden? Ich nicht kann warten auf Einspielergebnisse, die vielleicht miserabile wie ganze Film. Sie mir sollen dankbar sein... keine andere Weg...«

Auf einmal beginnt der Raum zu schwanken, die Gesichter verschwimmen vor meinen Augen. Ich greife rasch nach meiner Handtasche.

Blanke Kacheln, der Glanz von Nickel und Glas, Kühle. Gut, daß niemand hier ist. Ich starre in den Spiegel und warte, bis es in meinem Kopf zu kreisen aufhört. Sonderbar leer und teilnahmslos blickt mir mein Gesicht entgegen.

Plötzlich taucht daneben ein zweites Gesicht auf, glatt und weiß, mit dunkel verschatteten Augen und einem hochmütigen, tiefroten Mund. Er verzieht sich hämisch, und die Augen im Spiegel blicken mich an.

»Sie gut können spielen große tragedia, Signora Merwald!« sagt Mariella Dozzi. »Sie auch schon lang haben Erfahrung auf Bühne, wirklich. Man kann sagen! Aber jetzt ist nicht klug, machen una scena grande. Sie genug haben gewohnt in diese casa! Jetzt Giacomo wird kaufen, ist beschlossene Sache, schon seit Ihre Party. Sie sich erinnern gut, ja?«

»Damals soll Claudio eingewilligt haben?«

»Nicht eingewilligt von selbst, naturalmente. Aber er *müssen*. Wer nicht hat Geld, der anders bezahlen, Signora!«

Soll ich ihr an den Kopf werfen, daß dies wohl ihre Methode ist? Nein, kein Wort mehr!

»Signor Falckner auch nur hat geschenkt bekommen diese Haus von seine *Frau!* Er auch hat getauscht für Liebe, Signora!«

Sie sagt es rasch und leise, zupft dabei mit den langen Fingern die kleinen Korkzieherlocken an ihren Schläfen zurecht. Die grünen Augen sehen mich unverwandt an.

Ich drehe mich um und schließe rasch hinter mir die Tür. War das ein schlechter Traum? Nein, alles abscheuliche Wirklichkeit. Nur Nicola jetzt nicht zu lange allein lassen!

Als ich an den Tisch zurückkomme, ist Baldaffini eben dabei, die Rechnung zu verlangen. Nicola winkt den Kellner ebenfalls heran und begleicht für sich und mich. Während wir uns erheben, blickt Nicola starr wie Claudio, wenn er wütend gewesen war und den ersten Ausbruch hinter sich hatte.

Wir suchen noch ein Espresso auf, setzen uns in eine stille Ecke.

»Dieser Erpresser! Ich habe ihn nie leiden können, aber *das* hätte ich ihm doch nicht zugetraut!« stößt Nicola empört hervor.

»Kannten Sie ihn denn so gut?«

»Nein, nur flüchtig durch meine Mutter. Er war in meiner Kindheit eine Art von Onkel, der dann und wann aufkreuzte. Das viele Geld hat er erst später gescheffelt. Mama wollte immer, daß ich ihm nacheifere, weil sie ihn für besonders tüchtig hielt. Immer hat sie mich für die Konservenfabrik oder ähnliches interessieren wollen.

Das war verständlich, sie kam ja aus der Geschäftswelt. Aber sie hat nur reelle Geschäfte gutgeheißen und Baldaffini leider zu Unrecht vertraut. Wenn sie wüßte, wie gerissen er jetzt vorgeht...! Er muß tüchtig aufgehetzt worden sein. La signorina Dozzi!«

Wir schweigen eine Weile. Dann beginnt Nicola wieder: »Wissen Sie, wo der von ihm gekaufte Weinberg sich befindet? Er grenzt an den Grund, auf dem das

Haus meines Vaters liegt. Und die Weinbauern, denen er den Hang abgeluchst hat, munkeln, daß er dort eine Auffahrt bauen lassen will. Es gab allerhand geheimnisvolle Vermessungen. Was sagen Sie jetzt? Paßt nicht eins gut zum andern?«

Sein junges Gesicht ist voll Entrüstung. Wieso durchschaue ich erst jetzt dieses Spiel? Wie konnte ich Baldaffinis wiederholte Andeutungen so unterschätzen! Schon während unseres ersten Zusammentreffens in Rom wurden sie laut und später bei der Party in der Casa bianca, auch am folgenden Morgen: »Sie überlegen gut meine Vorschlag wegen die Geschäft. È molto importante!«

Wie konnte ich Claudios Sorge über diese infame Einkreisung so leichtnehmen? Es war doch, als hätte er, der den Kampf um Erfolg so sehr gewöhnt war, plötzlich nicht mehr genügend Widerstandskraft besessen. Warum habe ich selbst nicht rechtzeitig aufgehorcht? Warum hat er mich nicht eingeweiht?

»Ich hätte es längst kommen sehen müssen, Nicola!«

»Wenn auch, was hätten Sie schon dagegen tun können? Mein Vater muß sich diesem Kerl viel zu bedenkenlos ausgeliefert haben.«

»Ich war immer wieder ergriffen, wenn ich merkte, wieviel ihm an dem Film lag. Das hat mich selbst nachgiebig gemacht — und blind.«

»Ich weiß, es war, als sähe er in diesem Film mit Ihnen eine besondere Bewährungsprobe.«

»Wieso haben *Sie* das erkannt?«

Nicolas Erregung hat sich gelegt, er schaut jetzt nachdenklich vor sich hin. »Im letzten Frühjahr — da hat er mich einmal in der Schweiz besucht. Wir fuhren übers Wochenende an den Luganer See. Am Morgen verkündete er mir wie beseligt, er habe einen herrlichen Einfall gehabt und die halbe Nacht geschrieben, um ihn festzuhalten. Es war jene Filmidee. Das Thema muß ihn schon lange beschäftigt haben.«

»Und dann hat er mit Ihnen darüber gesprochen?«

»Ja. Ich wußte gleich, daß sein Ahnenkult rund um Pescara dahintersteckte und — Sie!«

»Wieso ich?«

»Er war Feuer und Flamme für sein Projekt, so sehr, daß es mir besonders auffiel. Da fragte ich ihn, wer die Hauptrolle spielen solle, Vittoria Colonna. Sie, das stand für ihn fest. Ich begriff, daß seine Begeisterung von der Hoffnung herkam, Sie wiederzusehen. Er schien's kaum erwarten zu können, Sie dafür zu begeistern und zu gewinnen. Bald danach muß er sich bei Ihnen gemeldet haben.«

Claudios erster Anruf seit Jahren — aus Zürich. Eins paßt zum andern, das Bild rundet sich. »Und Sie glauben, daß er dann auf der Suche nach einem Geldgeber mit Baldaffini zusammentraf?«

»So muß es gewesen sein. Mir wird jetzt vieles klar.«

»Was alles?«

»Das Spiel der Dozzi und ihrer Eifersucht, zum Beispiel. Sie ist schon ziemlich lang Baldaffinis Freundin. Soviel ich weiß, wollte er ihr die Vittoria-Rolle zuschanzen, von allem Anfang an nur ihr!«

»Nicola! Woher wollen Sie das wissen?«

»Von meiner Mutter. Sie kannte Mirella Dozzi, und ich vermute, sie erschien meiner Mutter auch wie eine Art

Verbündete — gegen Sie! Die Dozzi muß sich bei Mama über die Zurückstellung beklagt haben, als Sie die Rolle bekamen.«

»Hat Ihre Mutter denn zuletzt auch noch darüber gesprochen?«

Nicola läßt plötzlich den Kopf sinken, sein wilder Haarschopf fällt ihm in die Stirn. »Ja. Aber ich wurde nicht ganz klug daraus. Sie hat von Ihnen phantasiert und von Mirella und der Casa bianca. Alles ging zuletzt wirr durcheinander.«

»Dann hat sie also gewußt, daß ich — daß Ihr Vater mich wiedergetroffen hatte?«

Er sieht mich traurig an. »Ja. Zweifellos hat Mirella einen Weg gefunden, ihr das zu hinterbringen. Für die Dozzi waren Sie doch *die* Rivalin.«

Seine Stimme ist ganz leise geworden, aber mir scheint jedes Wort bis ins Mark zu dringen. Lastet nicht doch Schuld auf mir? Nie zuvor ist mir die Antwort darauf so schwer geworden.

»Habe ich mich schuldig gemacht, Nicola?«

»Nein. Sie hatten sich doch zurückgezogen, waren viele Jahre lang für meinen Vater so gut wie verloren. Aber er hat sich Mama auch in dieser Zeit nicht genähert. Für ihn blieb sie irgendeine Frau, die sich einmal in sein Leben gedrängt hatte. Zur Liebe kann man niemanden zwingen.«

»Welche Rolle mag sie zuletzt gespielt haben?«

»Wahrscheinlich hat sie sich eingeschaltet, als sie erfuhr, daß mein Vater in einen Engpaß geraten war. Sie wollte ihm helfen, wollte noch einmal etwas Sinnloses versuchen...«

Wir sitzen still nebeneinander. Ich kann mir nicht vorstellen, wie mein Leben weitergehen soll.

Da greift Nicola schüchtern nach meiner Hand. »Verzeihen Sie, bitte, ich habe nicht bedacht, wie sehr Ihnen das alles nahegehen muß. Es fällt mir ja selber schwer, mich zurechtzufinden...«

Das klingt sehr ehrlich und so, als wäre er im Grund noch ein kleiner Junge, der auch Hilfe braucht. Wie kann ich immer nur an mich denken!

»Wollen Sie nicht noch etwas essen, Nicola!«

Er nickt, und ich bestelle Sandwiches und Wein.

Heimlich beobachte ich dann, wie Nicola sich in plötzlichem Heißhunger darüber hermacht. Was ihn eben noch aufgewühlt hat, ist im Augenblick in den Hintergrund getreten. Er ißt mit dem unbekümmerten Appetit seiner einundzwanzig Jahre.

Während ich ihm zusehe, wird mir eine Spur leichter. Wäre es doch Claudio, der hier neben mir sitzt, und wäre ich selbst noch einmal so jung wie in unserem ersten Sommer auf Ischia!

Er trinkt mit zurückgelegtem Kopf wie Claudio. Um das Thema zu wechseln, frage ich: »Wie denken Sie eigentlich über Ihre Verwandtschaft mit den Avalos, die Ihr Vater öfters erwähnte?«

Er weicht meinem Blick aus. »Ich weiß nicht recht... Natürlich hat mein Vater auch zu mir davon gesprochen, schon als ich noch klein war. ›Bis du älter sein wirst, werde ich dir die Beweise geben...‹ Ich wurde älter, aber er brachte sie mir nie. Freilich sahen wir uns nicht oft. Wenn ich danach fragte, hieß es — das nächste Mal...«

Zu spät... Warum mußte der Schlußstrich gezogen werden, bevor sich alles Verworrene klärte? Die Schatten fallen wieder über mich und scheinen mich einzukreisen. Neue Ratlosigkeit überfällt mich.

»Was soll geschehen, Nicola? Sie werden den Vertrag für Baldaffini doch wohl nicht unterschreiben? Könnten Sie vielleicht mit dem Erbteil von Ihrer Mutter zu einer Lösung kommen?«

»Kaum. Ihr Geld ist fest angelegt. Auch hängen noch andere daran.«

»Dann bleibt also nur die Vollendung des Films. Ob wir damit doch irgendwie zurechtkommen...?«

Ein abscheuliches Gefühl von Hoffnungslosigkeit und Ohnmacht überkommt mich, sobald ich nur an die stockende Dreharbeit denke.

Nicola scheint meine Niedergeschlagenheit nicht ganz zu teilen. »Keine Sorge, Lydia! Ich werde mit Horst Meissl sprechen und ihn dazu bringen, noch etwas zuzuwarten, bis ich über den Nachlaß Bescheid weiß. Irgendwie werde ich meinen Kopf schon aus der Schlinge ziehen.«

Ist das nicht Claudios draufgängerische Zuversicht? So war er am Anfang, und so blieb er bis zuletzt, als seine Strategie am Versagen war. Wird auch Nicola einen Menschen finden, der ihm vertraut, so wie ich es immer von neuem getan habe? Könnte ich doch wenigstens diesen Jungen vor ähnlichen Fehlern bewahren!

Nicola schaut auf seine Uhr. »Wohin soll ich Sie bringen? Ich muß heute noch nach Sant'Angelo.«

»Warum? Sie könnten doch morgen früh von hier aus nach Neapel fahren.«

Er wird etwas verlegen. »Ich habe in der Casa bianca noch etwas zu tun...«

Ja, *noch* geht er in *sein* Haus... Wir trennen uns vor dem Hotel, wo Nicola so eilig in seinen Wagen steigt, als würde ihn jemand erwarten.

»Sie hören auf jeden Fall sehr bald von mir, Lydia!«
»Ich freue mich darauf.«

Während ich seinem Wagen nachsehe, fällt mir ein, daß er mich eben wieder Lydia genannt hat, sogar vor Baldaffini, nicht »Frau Merwald« wie am Telefon. Wie unsinnig, daß mir diese Bagatelle wichtig erscheint! Habe ich wirklich nichts anderes mehr zu erhoffen als Vertrauen und Zuneigung von Claudios Sohn?

Merkwürdig — ich habe von Sofie geträumt. Es war die junge, lebhafte Sofie meiner Kindheit mit den frischen Wangen und der nußbraunen Flechtenkrone um den Kopf. Sie hatte ihre Küchenschürze umgebunden und hielt unsere getigerte Katze im Arm. Ich kam atemlos von der Wiese herbeigelaufen und spürte die Geborgenheit des alten Bauernhauses mit dem knisternden Herdfeuer, mit dem Duft nach Äpfeln, frischem Brot oder Kartoffelschmarrn.

Aber plötzlich war ich in meiner Wiener Wohnung mit dem Blick über die Dächer, und Sofie stand in der Tür wie so oft, wenn sie mich erwartet hatte. Sie war alt und brummig, so wie ich sie verlassen habe, aber sie schloß mich in ihre Arme wie früher als Kind. »Endlich kommst du daher!« Ich glaube, daß ich im Schlaf vor Wiedersehensfreude geweint habe...

Das Erwachen im Halbdunkel meines Hotelzimmers — aber zum erstenmal nicht das schreckliche Gefühl, als fiele eine schwarze Wand über mir zusammen, um mich zu begraben. Da ist noch ein Rest von der Wärme meines Traums, von der Geborgenheit, die Sofie ausstrahlte — und etwas Neues, Unwahrscheinliches kommt hinzu — Heimweh. Wonach? Ich bin doch auf meiner Insel, die im Uferlosen dahinzutreiben scheint, ohne Ziel...

Plötzlich weiß ich, daß ich hier nicht bleiben kann, nicht in diesem Zimmer und nicht in diesem Haus. Was hält mich noch? Mir ist jetzt, als hätte ich schon viel zu lange gezögert.

Seit Tagen versuchen wir unser Bestes, um die Filmarbeit auf dem Felsen einem brauchbaren Abschluß näher zu bringen, das Fehlende irgendwie zu bewältigen. Irgendwie... Meissl und die andern behaupten, alles gedeihe zufriedenstellend, und ich habe so getan, als glaubte ich das auch.

Aber es ist alles Täuschung. Ich *weiß*, warum ich mich zu jedem Schritt und zu jedem Satz zwingen muß. Nur aus echter Begeisterung vermag ich etwas wirklich Gutes zu leisten, aber diese Begeisterung fehlt mir und uns allen. Sie heucheln Zuversicht und schleppen sich weiter, weil keiner offen zugeben möchte, daß wir unter Zwang stehen: da ist der Vertrag, das Einspielergebnis — das Geld! Und immer von neuem frage ich mich, ob Claudio eine Fortsetzung seiner Arbeit unter solchen Umständen gutgeheißen hätte.

Wann sollte ich heute auf dem Riff erscheinen? Pünktlich bin ich längst nicht mehr. Zur Lustlosigkeit kam auch noch ein quälendes Gefühl von Erschöpfung.

Beim Frühstück drängt sich mir der Gedanke auf, Sofie anzurufen. Ob sie überhaupt schon nach Wien zurückgekehrt ist?
Das Telefon klingelt mehrmals. Schon will ich enttäuscht auflegen, da — Sofies Stimme, ihr muffiges »Hallo...?«
»Ich bin's, Sofie! Guten Morgen, wie geht's dir?«
Sie scheint sich erst besinnen zu müssen, fängt dann plötzlich vor Freude zu schreien an. »Jessas, die gnä' Frau! Na, so was! Sind S' vielleicht schon in Wien? Kommen S' endlich nach Haus?«
»Aber nein — ich bin auf Ischia!«
»Uijeh...!«
»Seit wann bist du vom Land zurück?«
»Seit zwei Wochen oder so. Ich fahr halt nach Haus, hab ich mir gedacht, wenn ich auch lang nix gehört hab — außer... Na ja, die Leut reden hier allerhand, aber ich kümmer mich net drum. Hauptsache, die gnä' Frau ist gsund. Wann kommen S' denn?«
»Das — kann ich dir nicht sagen. Ich habe hier noch zu tun...«
»Ist mir eh recht! Ich bin nämlich noch nicht fertig mit dem Wohnungsputzen, und die Vorhäng sind noch in der Wäscherei.«
»Und dein Rheuma?«
»Immer 's gleiche. Aber Unkraut verdirbt net. Bittschön, rechtzeitig telegrafieren, ja! Damit ich was herrichten kann zum Einstand.«
»Ja, ja. Mach's gut, Sofie! Arbeite nicht zuviel! Auf Wiedersehen...«
Als hätte mich plötzlich etwas in Wärme eingehüllt.

Als hätte sich nichts geändert! Wir haben das Schreckliche nicht erwähnt, aber Sofie muß davon gewußt haben. Muß sie nicht auch spüren, daß ich nicht mehr dieselbe bin? Ich wüßte nicht, wie ich vor ihr bestehen soll. Wozu habe ich überhaupt angerufen...?

Während ich im Boot zum Felsenriff fahre, nehme ich meine Umgebung nicht wahr. Ich sehe Sofie in meiner Wohnung auf der Leiter stehen und die Fenster putzen. Jenseits der Dächer grüßt die schlanke Spitze des Stephansturms, und die Baumkronen im Burggarten haben gelbe Blätter... Wien!

In mein Heimweh mischt sich die Angst der Schiffbrüchigen, die ins Leere geht.

Diesmal lasse ich mich von einem der Maultiere, die bereitstehen, hinauftragen, wie die Fremden es tun. Vom Treiber angespornt, trabt es stumpf und ergeben mit mir die flache Steintreppe empor, über die ich so oft zu Fuß gegangen bin, von einem Schwung beflügelt, der mir gänzlich verlorenging. Für immer?

Auf dem Platz vor den Garderoben, den Claudio häufig einnahm, bevor die Arbeit begann, steht Nicola mit einigen anderen und blickt mir entgegen. Holl sitzt mit leidender Miene auf einem Feldhocker, den linken Arm in der Schlinge. Was hat ihn veranlaßt, sich jetzt schon herzubemühen? Es scheint, als läge etwas Besonderes in der Luft.

»Wir haben auf Sie gewartet, Lydia!« ruft Meissl. »Nicola hat uns allen eine wichtige Mitteilung zu machen.«

Wir gehen gemeinsam zu unserem gewohnten Beratungsplatz in der Kantine. Das allgemeine gespannte

Schweigen kommt mir sonderbar vor. Was gibt es? Hat Baldaffini vielleicht eine neue Bedingung gestellt, über die wir stolpern sollen?

Alle wenden sich erwartungsvoll Nicola zu. Er hat seine Aktenmappe auf den Tisch gelegt und breitet beide Hände darüber, als ginge es darum, einen seltenen Schatz zu hüten.

»Ich habe schon seit Tagen davon gewußt«, beginnt er feierlich. »Der Anwalt meines Vaters hat es mir telefonisch angedeutet, aber ich mußte eine persönliche Aussprache mit ihm abwarten, um ganz sicher zu sein. Außerdem waren noch einige Recherchen einzuholen.«

Alles sieht gespannt zu, wie er einige Schriftstücke aus seiner Mappe hervorholt. Ich merke, daß es ihm angenehm ist, so im Mittelpunkt zu stehen.

»Nun also — mein Vater hat schon vor ein paar Jahren eine hohe Lebensversicherung abgeschlossen. Aber nicht nur das. Da ist noch eine Art Risikoversicherung, die den Colonna-Film betrifft. Er muß sie eingegangen sein, als er sich dazu entschloß, diesen Film zu machen. Auch das liegt nun schon einige Zeit zurück, doch niemand sonst wußte davon.«

Ich blicke verblüfft auf, sehe die überraschten Gesichter ringsum. Eine solche Vorsorge zu treffen, entsprach ganz und gar nicht Claudios Art! Was hatte er dabei gedacht? Ich begegne Nicolas Blick, er sieht mich an, als könnten nur wir beide begreifen, wie es dazu kam. Claudios seltsame Vorahnungen...

Nicola fährt sachlich fort: »Sie werden verstehen, daß vorerst viele Dinge zu klären waren. Nicht nur die Unfallsursache, sondern auch die Folgen, die das Ableben meines Vaters für seine unfertige Arbeit nach sich ziehen könnten. Die Meinungen waren geteilt.«

»Und jetzt?« fährt Meissl erregt dazwischen.

»Wenn nachgewiesen werden kann, daß die Vollendung des Films ohne ihn auf ernste Schwierigkeiten stößt, dann — muß die Versicherung zahlen! Das steht nun eindeutig fest.«

Ich schalte mich ein: »Würde das bedeuten, daß dann die Kostendeckung gegeben ist und wir nicht länger Baldaffinis Druck ausgesetzt wären?«

»Genau das, aber ...«

Er stockt und blickt in die Runde. Plötzlich wird mir klar, wie ungeheuerlich viel von der Entscheidung abhängt, die jetzt getroffen werden soll. In das allgemeine Schweigen frage ich:

»Nicola, haben Sie den Vertrag, den Ihnen Baldaffini unlängst vorgelegt hat, unterschrieben?«

Er wirft den Kopf zurück. »Nein, natürlich nicht! Und jetzt — bitte ich um Ihre Meinung.« Er sieht fragend und zuversichtlich von mir zu Meissl und den andern.

Horst Meissl räuspert sich. »Zuerst müssen wir wohl erfahren, wie Sie als Falckners Erbe darüber denken. Welchen Weg wollen Sie einschlagen?«

Nicola senkt den Kopf, streicht sich das Haar zurück. Die Antwort scheint ihm nicht leichtzufallen. »Ich weiß, wieviel meinem Vater an diesem Film lag. Da gibt es wohl nicht viel zu überlegen. Wir drehen weiter und beenden ihn!«

Er sieht mich hilfesuchend an. Wie jung und unsicher er ist, wie viel er aber von Claudios Art hat, mit dem

Kopf durch die Wand zu stoßen — sogar um den Preis eines großen persönlichen Verzichts.

In das betretene Schweigen ruft Alexander Holl: »Ich höre, daß Nicola *wir* sagt! Was mich betrifft — ich kann nicht voraussehen, wann ich wieder fit sein werde. Außerdem habe ich bindende Termine für den Herbst.«

Sofort gibt es da und dort weitere Einwände, Bedenken, ein Für und Wider. Es ist, als wäre der aufgestauten Unzufriedenheit das Tor geöffnet.

Der zweite Kameramann wirft ein: »So viel mir bekannt ist, hat Falckner doch für die fehlenden Szenen so gut wie keine Unterlagen hinterlassen. Ich gebe zu bedenken, daß wir auf Schwierigkeiten stoßen werden!«

Horst Meissl schweigt mit seinem undurchsichtigen Lächeln. Ich erinnere mich an unser Gespräch, neulich an der Bar, als er von einem Unstern sprach. Auf einmal fragt er laut und deutlich:

»Und wie denken *Sie* über die Sache, Lydia? Wie stellen Sie sich dazu als unsere Hauptdarstellerin und als eine Frau, die mit dem Thema geradezu verwachsen ist?«

Stille tritt ein, alle sehen mich an. Habe ich diesen Augenblick nicht kommen sehen? Plötzlich bin ich ganz furchtlos.

»Ich glaube nicht, daß es in Claudios Sinn ist, wenn wir uns weiter durchquälen und irgendeinen Film herstellen. Was *er* daraus machen wollte, kann doch keinem gelingen — auch mir nicht. Es wäre eine halbe Sache, die ihm nicht zur Ehre gereicht. Deshalb bin ich dafür, die Arbeit abzubrechen und alle guten Gründe dafür geltend zu machen.«

Ich weiß nicht, wieso ich so rasch zu dieser Stellungnahme fand. Die Verantwortung fällt so schwer auf mich zurück, daß es mir fast den Atem nimmt. Nicola sieht mich bestürzt an, und ich weiß, daß er mich jetzt nicht versteht. Dieses Kind! Habe ich mir nicht vorgenommen, ihn zu beschützen?

Er scheint plötzlich wie verlassen dazusitzen. Die Zustimmung der andern ist allzu deutlich, überall gibt es ein erlöstes Aufatmen.

Meissl nimmt meine Hand und drückt sie. »Vielen Dank, Lydia, Sie haben mir nur meine Ansicht bestätigt. Dann wollen wir also zusammenhelfen, um die sachlichen Beweise zu liefern. Das dürfte nach den jüngsten Erfahrungen nicht schwerfallen.«

Während sich die andern über die Schriften neigen und eifrig zu beraten und zu kalkulieren beginnen, stehe ich auf und lasse mir an der Bar einen Campari geben. So haben Claudio und ich uns oft mit einem Trunk gestärkt, wenn wir gemeinsam eine schwerwiegende Entscheidung getroffen hatten. Diesmal habe ich sie allein gefällt. War sie richtig?

Ich blicke über die Schulter zu dem langen Tisch hinüber. Erhitzte Gesichter, Zigarettenqualm ... Es geht um die Außenstände, um die Summe, mit der jeder abgefertigt werden soll und auch um die, mit der wir uns von Baldaffini loskaufen werden. Nicola kommt mir zwischen den andern wie ein Belagerter vor, der sich zu erwehren hat. Jetzt muß er sich selbst weiterhelfen. Freut er sich nicht, daß er aus Baldaffinis Umklammerung befreit sein und die Casa bianca behalten wird? Er scheint noch nicht so weit zu sehen.

Sie bemerken es kaum, daß ich an den Tisch trete.

»Ich gehe jetzt. Wenn Sie mir irgendeine Nachricht geben wollen, wird man Ihnen im Hotel Bescheid sagen, wo ich bin.«

Sie nicken etwas abwesend, bloß Nicola sieht mich vorwurfsvoll an, als hätte ich ihn im Stich gelassen. Aber mein Gefühl sagt mir, daß er bloß noch nicht alles begriffen hat. Wenn er will, wird er mich zu finden wissen. Was jetzt hier vorgeht, ist Männersache, ich brauche nicht dabeizusein.

Allein, wie ich gekommen bin, verlasse ich den Felsen und fühle mich erleichtert, als hätte mir jemand eine Last abgenommen. Ich fahre zum Hotel zurück und beginne ohne weitere Überlegung, meine Sachen zu packen. Während ich Stück für Stück in den Koffer lege, ist mir, als würde ich die Kleider, die mich durch diesen Sommer begleitet haben, nie wieder tragen können, weil sie nicht mehr zu mir passen, weil ich eine andere geworden bin.

In meine Wehmut mischt sich jetzt das Gefühl, wie in Trance gehandelt zu haben, als ich den Anstoß dazu gab, die Filmarbeit abzubrechen. Dieser sonderbare Traumzustand, der einen Dinge tun läßt, die von irgendeiner fremden Kraft ausgelöst wurden. Ich weiß, daß ich Nicola enttäuscht habe. Wird es mir noch möglich sein, ihn zu überzeugen? Ich wünsche es mir so sehr, als wäre es das letzte, das mir zu tun bleibt, als gäbe es nichts Wichtigeres für mich.

Schon habe ich meine Rechnung verlangt und ein Taxi bestellt, bin bereit, das Zimmer zu verlassen, als mir Nicolas Anruf durchgegeben wird. Er fragt verstimmt:

»Warum sind Sie so rasch fortgegangen, Lydia?«
»Es gab für mich nichts mehr zu tun.«
»Was haben Sie vor? Sie wollen doch nicht etwa...?«
»Ich bin eben dabei, das Hotel zu verlassen.«
»Und — die Insel?«

Ich höre Angst aus seiner Stimme, sie lenkt meine Überlegung. »Ich möchte — nach Sant'Angelo...« Nur einen Übergang kann ich ins Auge fassen.

»Soll ich Sie hinbringen? Sie könnten doch wieder Ihr Zimmer beziehen — in der Casa bianca!«

Als wollte das große Rad zurückschwingen...

»Das möchte ich lieber nicht, Nicola!«

Er schweigt eine Weile und scheint ziemlich verwirrt zu sein.

»Aber ich *muß* Sie sehen, es gibt noch etwas sehr Wichtiges! Wo erreiche ich Sie nachher?«

»Überlegen Sie erst noch einmal alles. Und wenn Sie mich dann wirklich noch brauchen, erreichen Sie mich — im ›Miramare‹.«

Wie gut, daß er mich zu diesem Entschluß gezwungen hat. Dieses vertraute Quartier scheint mir im Augenblick der einzige feste Punkt zu sein in der großen Heimatlosigkeit, die mich umgibt.

Nicola stimmt etwas widerwillig zu. »Wenn Sie's unbedingt so wollen... Dort melde ich mich also. Bitte, nicht fortlaufen!«

Hat er das nicht schon einmal gesagt? Ja, im Hafen von Neapel. Ob es nicht nur eine freundliche Redewendung war, damals wie heute?

Empfindungslosigkeit hat mich wieder überkommen. Wie blind und taub sitze ich im Taxi. Jetzt, wo der

Zwang der Arbeit fortgefallen ist, scheint mir alles nur wie ein Weitertappen durch Niemandsland. Was soll mit mir geschehen?

Es berührt mich kaum, daß man mich im Hotel »Miramare« herzlich wie einen alten gewohnten Gast begrüßt. Doch eine gewisse Scheu entgeht mir nicht. Keine Frage? Nein. Aber sie müssen wissen, was sich zugetragen hat. Das Haus ist nicht mehr voll besetzt, ich kann mein früheres Zimmer wiederhaben. Für wie lange? Ich weiß es nicht.

»Fa niente, solange Sie wollen, Signora!«

Das Bett, in dem ich von Claudio träumte, der Tisch, auf dem seine Rosen standen! Zwischen den grünen Gardinen der Blick aufs Meer. Alles so, als wäre es wieder Mai, und der Sommer läge noch vor mir...

Nein, nichts ist mehr so wie damals. Ich will mich nicht erinnern, nicht überlegen, nicht wissen, was falsch und was richtig getan war.

Ich kann es kaum erwarten, bis der Abend kommt, lege mich mit einer Schlaftablette früh zu Bett und ziehe die Decke übers Ohr. Keine Verpflichtung mehr, aber auch keine Aufgabe, keine Wünsche! Ausgelöscht sein, wenigstens für eine kurze Frist!

Aber der neue Tag stiehlt sich unversehens in mein Zimmer. Ich tauche aus der Leere empor und läute wie gewohnt nach dem Frühstück. Gemma kommt, stellt das Tablett ab und schiebt die Gardinen zurück.

»Buon giorno, signora! Come sta? Fa bel tempo oggi!«

Sie plappert noch etwas über die Nachsaison und daß der September eine Zeit für Genießer sei, für die besonderen Kenner der Insel.

Schon September? Mich wundert, daß die Sonne noch über dem Capo Grosso leuchtet und Capri noch immer wie ein Schemen über den blauen Fluten zu schweben scheint. Daß ich hungrig mein Frühstück verzehre... Habe ich gestern nicht aufs Abendessen vergessen? Als erwachte ich langsam aus meiner Lethargie...

Nur für die nächsten Minuten kann ich planen. Noch einmal das Strandkleid aus dem Koffer holen und mit dem Badezeug zum Meer! An der Rezeption hinterlasse ich Nachricht, wo ich zu finden wäre, das habe ich Nicola versprochen. Aber ich will nicht auf ihn warten. Auch er hat die Ereignisse des gestrigen Tages überschlafen. Wer weiß, was es nach sich zieht, wenn er meine Entscheidung nicht gutheißen kann.

Maultiere, mit Obstkörben beladen, Katzen in den durchsonnten Mauernischen, streunende Hunde — der Inselalltag. Der Strand kommt mir fast vereinsamt vor. Wenige Badegäste, gefaltete Schirme. Ein Bagnino rechelt den Sand. Am Saum des Meeres ist er dunkelgelb, fast bräunlich, noch feucht von der zurückweichenden Flut. Die Sonne leuchtet mir viel zu hell, aber die Schönheit ist hier leichter zu ertragen, weil ein Hauch von Ewigkeit sie umfängt.

Ich weiß nicht, wie lange ich ausgestreckt im Sand liege und gedankenlos dem Gemurmel der Wellen lausche. Als ich mich endlich aufsetze, sehe ich in der Ferne Nicola kommen, erkenne ihn sofort an Gang und Haltung, die langen Beine in den aufgekrempelten Jeans. Neben ihm trottet Mercutio mit gesenktem Kopf. Sie wandern zwischen den Badegästen dahin. Als käme Claudio, um mich zu suchen!

Im Augenblick ist meine Gleichgültigkeit wie fortgeblasen, mein Herz beginnt vor Freude schneller zu schlagen, als wäre ich noch die junge, lebenssprühende Lydia von einst.

Ich lege mich noch einmal zurück, blicke erst auf, als Nicola mir schon ganz nahe sein muß, will ihm winken. Doch erst jetzt erkenne ich, daß er nicht allein ist. Ein Mädchen geht neben ihm, ein herrlich gewachsenes junges Geschöpf im Bikini, das dunkle Haar zu einem Knoten hochgesteckt, eine große Sonnenbrille vor den Augen.

Schon stehen sie vor mir, ich reiche Nicola die Hand und muß mit der andern Mercutio abwehren, der mich stürmisch begrüßt.

»Das ist Annette...«, sagt er, den Zunamen verstehe ich nicht. »Eine Kollegin von der Hochschule in Zürich — sie kam zur Beerdigung meiner Mutter nach Neapel und...« Alles Weitere übertönt das Freudengewinsel Mercutios und das Rauschen der Wellen.

Der junge Mann unter der Sonnenbrille lächelt mir zu, ich spüre den festen Druck der fremden Hand und erwidere ihn.

Dieses Mädchen also und Nicola...? Ihre Zusammengehörigkeit steht außer Zweifel. Ich begreife, daß sie seit Tagen in der Casa bianca wohnt, wahrscheinlich seit dem Abend im »Moresco«, als Nicola es mit seiner Rückkehr so eilig hatte.

Die beiden setzen sich mit Selbstverständlichkeit neben mich in den Sand. Ich frage:

»Kannten Sie Ischia schon, Annette? Nein? Wie gefällt es Ihnen hier?«

Das Mädchen nimmt die Brille ab. Zwei ernste graue Augen sehen mich prüfend und ohne jede Befangenheit an. »Ich finde es wundervoll hier. Sie müssen wissen, daß ich den etwas trüben Genfer See gewöhnt bin. Diese Farben hier begeistern mich.«

Ein schwacher französischer Akzent klingt mit. Die Stimme ist sehr angenehm, ist so klar wie das junge Gesicht.

Nicola ergänzt voll Eifer:

»Annette stammt nämlich aus Genf. Wir sind schon über ein Jahr gute Kameraden. Auch mein Vater hat Annette kennengelernt, als er mich zuletzt besuchte. Die beiden haben sich gut verstanden, wie ich glaube.« Erst jetzt bemerke ich, daß er verlegen ist.

Annette zerreibt gelassen etwas Sonnenöl auf ihrer glatten, bräunlichen Haut. Plötzlich hält sie inne, sieht mich erneut forschend an. »Ja, Monsieur Falckner hat damals sehr enthusiastisch über sein Filmprojekt gesprochen und von der Rolle, die er Ihnen anvertrauen wollte. Von da an war es mein Wunsch, Sie kennenzulernen, Madame!«

Ihre offene Art berührt mich sympathisch, aber ich muß mich erst damit vertraut machen, daß sie Nicolas Freundin ist. Wie habe ich Närrin mir einbilden können, daß er mich überhaupt brauchen würde!

Er krault Mercutio, bemüht sich, eine gewisse Unruhe zu verbergen. »Annette ist über alles, was sich zugetragen hat, unterrichtet. Sie weiß auch, daß ich Ihre Ablehnung, den Film zu vollenden, nicht verwinden kann...«

Wollen die beiden mich in die Enge treiben? Es fällt

mir unglaublich schwer, mich zu verteidigen. »Es war eine gefühlsmäßige Entscheidung, Nicola. Ich habe sie nicht für mich getroffen.«

Er blickt ernst aufs Meer hinaus. »Aber ihm lag doch so viel daran!«

Annette nimmt plötzlich eine herausfordernde Haltung an.

»Eben! Deshalb durfte dieser Film zuletzt kein Stückwerk werden. Die Leute hätten ihn kritisiert und behauptet, daß Claudio Falckner nicht mehr auf der Höhe war!«

Nicola fährt sie scharf an. »Er *war* auf der Höhe! Warum hätte der Film nicht gelingen sollen?«

»Mon dieu, cheri — nach allem, was ich hörte, stand das zu bezweifeln. Zu wenig Unterlagen, zu wenig Konzept. Madame Merwald hätte da so wenig Wunder wirken können wie du.«

Sie wendet sich mit Überlegenheit an mich. »Sie müssen wissen, daß wir seit gestern unausgesetzt darüber debattiert haben. Nicola ist ein Starrkopf. Er versteht nicht, daß man auch abtreten können muß. *Ich* bewundere Ihre Entscheidung, Madame. Monsieur Falckner hätte sie bestimmt gutgeheißen!«

Hätte er das wirklich? Er war auch ein Starrkopf — wie sein Sohn...

Nicola hat sich zurückgelegt und blickt sinnend in den Himmel. »Ich gebe zu, daß mir Kapitulation nicht liegt. Aber vielleicht habe ich alles noch nicht genügend überdacht. Es ist so viel auf mich eingestürmt...«

Annette neigt sich über ihn, streicht ihm den Haarschopf aus der Stirn und gibt ihm einen schnellen, spöttischen Kuß. »Mais oui, du bist noch etwas verwirrt, Nic. Laß erst ein wenig Zeit verstreichen.«

Sie springt auf und greift nach ihrer Badehaube. »Pardon, mir ist sehr heiß. Ich muß jetzt ins Wasser!«

Schon läuft sie davon und wirft sich mit Schwung in die Wellen. Mercutio ist ihr mit langen Sprüngen gefolgt und bleibt aufgeregt bellend am Ufer stehen. Er scheint die Wellen zu fürchten.

»Hierher, Mercutio!«

Solche Kommandos kenne ich. Nicola wartet, bis das Tier zurückkehrt, dann sieht er mich ernst und drängend an. »Wie gefällt sie Ihnen, Lydia?«

»Annette? Ich kenne sie ja kaum.«

»Aber der erste Eindruck ist meist ausschlaggebend. Und ich halte sehr viel von Ihrem Urteil!«

»Warum eigentlich?«

Er sieht an mir vorbei. »Weil ich überhaupt viel von Ihnen halte. Sie wissen es doch.«

Wir beobachten gemeinsam, wie Annettes gelbe Badehaube zu einem leuchtenden Punkt im Blau wird. »Sie ist ein bezauberndes junges Mädchen und sehr vernünftig«, sage ich.

Er scheint nicht zu ahnen, wie wohl mir sein Vertrauen tut. Da ist auf einmal etwas wie eine neue Verantwortung.

Wir stehen auf und folgen Annette ins Wasser. Ich sehe, wie Nicola ihr zügig nachschwimmt und mit ihr zu balgen beginnt. Da ist es besser, wenn ich mich näher ans Ufer halte als sonst. Ich möchte die beiden in ihrem kindlichen Spiel nicht stören.

Wir haben uns abgetrocknet und sitzen wieder in der

wärmenden Sonne. Mercutio leckt Salzwasser aus seinem Fell. Plötzlich sehe ich ihn im Dunkel des Gartens, als er das Weinglas aus Claudios Hand gestoßen hatte, daß es zerschellte. Wir hatten eben auf unsere Zukunft trinken wollen. »Dann trinkst du eben aus meinem Glas — bis die Flasche leer ist!« Unser letzter Abend...

Annettes Blick ruht auf meinem Gesicht, wendet sich nicht ab, als unsere Augen sich begegnen.

»Nic, hast du Frau Lydia schon etwas von dem Päckchen gesagt?« fragt sie unvermittelt.

Er fährt auf. »Nein, noch nicht... Der Anwalt hat es mir ausgehändigt, vermutlich Dokumente, meint er. Ich habe gedacht, wir könnten es gemeinsam öffnen.«

»Dann kommen Sie jetzt bitte mit uns ins Haus, ja, Madame?«

»Gut, ich komme mit!«

Während wir zu dritt den Weg, den ich so gut kenne, hinaufwandern, ist mir, als spürte ich von neuem die rätselhafte Kraft, die auf dieser Insel immer wieder unser Schicksal bestimmte. Es ist wie ein Weitergeschobenwerden, gegen das man sich nicht wehren kann, nicht wehren soll...

Mit Nicola und Annette dieses Haus zu betreten ist anders als je zuvor. Die kühle Unbefangenheit ihrer Jugend verscheucht alles, was sich mir an wehmütigen Erinnerungen aufdrängen will. Wir sitzen um den alten Tisch, Antonietta bringt eine Erfrischung. Alle drei leeren wir rasch unsere Gläser und betreten Claudios Arbeitszimmer.

Auf dem Schreibtisch liegt ein dickes, fest verschlossenes Kuvert. Darauf steht »Beatrice Piutti«, der Mädchenname von Claudios Mutter. Annette und ich sehen zu, wie Nicola den Umschlag öffnet.

Alte Geburtsurkunden gleiten hervor, dazwischen ein paar Fotos, die Bilder einer schönen jungen Frau, die einen trotzig blickenden kleinen Jungen an der Hand hält — Claudio.

Zuletzt zwei vergilbte gefaltete Papiere mit Wappen und Siegel, voll von altertümlichen Schriftzügen, die kaum zu entziffern sind. Ich sehe Nicola überrascht auffahren. Wir blicken staunend auf einen kunstvoll gemalten, vielfach verästelten Stammbaum. Zuoberst steht in verschnörkelten Lettern der Name FERRANTE D'AVALOS, knapp darunter ein kaum lesbarer italienischer Frauenname. Die Verzweigungen umfassen acht Generationen, bis der Name PIUTTI aufscheint, den ich kenne. Claudios Urgroßeltern.

Behutsam entfalten wir die beiliegenden Urkunden und breiten sie auf den Tisch. Es sind die Taufscheine von sechs weiteren Generationen und reichen bis zu BEATRICE PIUTTI. Die Reihe ist vollständig.

»Dann ist es also wahr!« sagt Nicola ergriffen.

Claudios »Ahnenkult«, den alle, die darum wußten, heimlich für bloße Phantasie hielten, für eine Lieblingstheorie, ein Spielchen mit der Geschichte. Für Claudio war es mehr, war richtunggebend für sein Leben, in dem sogar ich, die ihn liebte, manches für unwahr hielt. Könnte ich ihm doch Abbitte leisten!

Ich kann über das, was mich jetzt bewegt, keine Erklärung abgeben, kann nicht länger in diesem Raum bleiben, zuviel stürmt auf mich ein. Ich möchte allein sein und versuchen, meine Gedanken um Claudio neu zu ordnen. Irgend etwas scheint sich auch für mich klären zu wollen, ich weiß noch nicht, was es ist.

»Ich danke Ihnen, Nicola!« sage ich nur und reiche ihm und Annette die Hand.

Er begleitet mich vor das Haus, fragt mit leisem Vorwurf:

»Warum wollen Sie nicht wieder hier wohnen, Lydia? Sie hatten doch Anteil an dem Kampf um dieses Haus und haben mit ein Anrecht an unsern Sieg.«

»Er gehört Ihnen, Nicola, nützen Sie ihn gut. Was sich für mich hier begeben hat, ist vorbei.«

»Versprechen Sie, nicht heimlich abzureisen?«

»Ich verspreche es.«

»Dann sehen wir uns bald wieder!«

Er geht zum Haus zurück, und ich wandere im Abendschein den Weg hinunter. Auf einmal bemerke ich, um wieviel früher die Sonne bereits hinter dem Capo Negro versinkt. Aber ein ganz bestimmter Duft nach Kräutern und Blumen weht mir nach.

Und mir ist, als ginge Claudio mit seinem spöttisch triumphierenden Lächeln neben mir.

Günthers Telegramm, nachgeschickt aus Porto — es hat mich in neue Unruhe versetzt. Immer wieder lese ich die wenigen Zeilen, ohne mir daraus irgendwie schlüssig zu werden.

»Frage an, ob Du Nora-Rolle in ›Fast ein Poet‹ übernehmen und Anfang Oktober mit Proben beginnen willst. Direktion erbittet baldige Stellungnahme. Günther.«

Kein Gruß, keine der bei Günther üblichen Floskeln. Soll das ein Trick sein, um mich zu einem Entschluß zu zwingen? Darüber möchte ich mich ärgern, aber nicht einmal das gelingt mir.

In meinem ersten Schock drängt es mich, Nicola um Rat anzugehen. Aber als er dann anruft, sage ich ihm nichts von dem Telegramm. Das ginge zu weit, Nicola ist nicht Claudio! Ich muß selbst erkennen, was zu tun ist. Ich müßte es...

Wir vereinbaren, daß Nicola und Annette mich im »Miramare« abholen, um gemeinsam nach Porto zu fahren und die letzten notwendigen Dinge mit dem Team zu regeln. Ich sehe den beiden entgegen, während sie über die spiegelnden Fliesen der Frühstücksterrasse auf mich zukommen. Einige Gäste, die hier geruhsam die sonnige Morgenstunde genießen, blicken interessiert auf das schöne junge Paar und den großen Hund, der mich freudig begrüßt. Welches gute Gefühl, daß sie zu mir kommen, zu mir gehören — wenigstens eine kleine Weile noch. Ich habe mich in der kurzen Zeit so an sie gewöhnt, als wären sie für mich die einzigen nahen Menschen auf der Welt. Aber diese Welt ist noch immer eng umgrenzt — eine Insel.

Nicolas Sportwagen steht am Beginn der Autostraße, doch Annette schlägt vor, lieber Claudios Fahrzeug zu benützen, weil wir mit Mercutio darin besser Platz finden.

Während wir ohne Eile dahinfahren, fällt mir zum erstenmal deutlich auf, daß der Sommer vorbei ist. Die Sonne sengt nicht mehr, ihr unglaublich klarer Schein läßt die Blumen auf den Balkonen und Fenstersimsen noch stärker aufleuchten als früher. Aber über allem liegt ein Hauch von Vergänglichkeit wie ein großes Abschiednehmen. Oder sehe nur ich es so? Plötzlich muß ich es aussprechen.

»Das ist eine Abschiedsfahrt...«

Nicola wirft mir einen erschrockenen Blick zu. »So etwas habe ich schon befürchtet. Wann wollen Sie abreisen, Lydia?«

»Ich weiß es noch nicht. Bald!« Während ich es sage, wird es zu einem Entschluß, über den ich selbst erstaunt bin.

Nichts drängt uns. Nicola biegt nach Forio ein und hält auf dem weiten, vereinsamten Platz rund um die weiße Votivkirche Maria del Soccorso. Wir steigen aus, treten ans Geländer und horchen auf das Tosen der Brandung, die an die Steinmauern schlägt. Hier bin ich mit Claudio gestanden, auf unserer Rundfahrt, als wir mit der Insel Wiedersehen feierten...

»Dann müssen wir jetzt schon mit unserem Geheimnis herausrücken«, sagt Nicola unvermittelt und sieht Annette fragend an. Sie zwinkert zustimmend.

»Bist du feige, Nic? Gut, dann sage *ich* es! Ich habe die Absicht, am Reinhardt-Seminar in Wien meinen Schauspielunterricht abzuschließen, falls man mich dort übernimmt.«

Ich kann meine Überraschung nicht verbergen. »Studieren Sie denn nicht Kunstgeschichte?«

»Gewiß, nebenher — so wie Nicola.«

»Aber er ist doch in der Schweiz daheim! Dann müssen Sie sich also trennen!«

Er blickt noch immer aufs Meer, wo ein großes weißes

Schiff vorüberzieht. »Das wäre zu vermeiden. Ich bin schließlich nicht so fest an Zürich gebunden.«

»Nicola! Soll das heißen, daß Sie auch nach Wien kommen wollen?«

Er schaut mich zögernd an, scheint meine Reaktion erfreut zur Kenntnis zu nehmen. »Ja, das möchte ich. Aber ich habe befürchtet, daß Sie es als aufdringlich empfinden könnten. Unser Plan hat nämlich nicht zuletzt mit dem Wunsch zu tun, in Ihrer Nähe zu sein. Annette will dabei auch eine Menge lernen!«

»Und *das* soll aufdringlich sein? O Nicola, Sie Kindskopf!«

Annette lacht herzlich. »Bravo, Sie haben ihn erkannt, Madame! Wie gut Sie ihn schon durchschauen.«

Als wir wieder im Auto sitzen, wo Mercutio wachsam gewartet hat, fällt mir ein: »Was werdet ihr mit dem Hund machen? Soll er in der Casa bianca bleiben?«

Nicola schüttelt den Kopf. »Nein, das Haus wird versperrt. Antonietta geht wieder nach Buonopane. Mercutio nehmen wir natürlich mit. Er ist doch ein Freund meines Vaters.«

Ich weiß nicht, was mir jetzt Tränen in die Augen treibt, doch zum Glück gelingt es mir, sie zu verbergen.

»Soll ich inzwischen ein Quartier für euch ausfindig machen?«

»O ja, das wäre fein! Wie erreiche ich Sie? Stehen Sie im Telefonverzeichnis?«

»Nein. Ich gebe Ihnen gleich meine Adresse und die Telefonnummer, Nicola.«

Er holt seinen Kugelschreiber hervor, öffnet das Handschuhfach und sucht nach einem Notizblatt. Claudios Handschuhe, die Autoapotheke, ein paar Bonbons... Endlich ein kleiner Notizblock. Nicola zieht ihn hervor und stutzt. Das oberste Blatt ist nicht abgetrennt, aber gefaltet. Auf der Außenseite steht in Claudios Schrift: »Für Lydia!«

Nicola trennt den Zettel ab, ohne ihn näher anzusehen. »Hier, nehmen Sie, das war offenbar für Sie bestimmt!«

Annette schweigt. Ich lasse das Stückchen Papier in meine Handtasche gleiten. —

In Porto angelangt, will sich Nicola gleich mit Horst Meissl in Verbindung setzen, mit dem er eine Zusammenkunft vereinbart hat.

»Kommen Sie mit, Lydia?«

»Ich möchte später nachkommen. Vorerst will ich noch einmal — zum Kastell...«

»Sollen wir Sie begleiten?«

Ich sehe, wie Annettes Augen ihm einen Wink geben. Er reagiert sofort. »Nein, treffen wir uns nachher im ›Punta Molino‹.«

Sie haben begriffen, daß ich jetzt allein sein möchte wie bei einem persönlichen Abschied.

Diesmal gehe ich zu Fuß über den Steindamm des Alfonso d'Aragon und weiter. Die Sonne zeigt nun doch wieder viel Kraft, und ich muß es bedauern, Claudios Hut nicht bei mir zu haben. In der engen Bucht liegt Raffaeles Boot, aber es ist leer. Er wird nicht mehr mit einer einträglichen Fahrt gerechnet haben.

Auf den Steintreppen kommt mir überraschend ein langer Zug von Mauleseln entgegen. Ich sehe, daß sie mit allerhand seltsamem Zeug schwer bepackt sind, mit

Bestandteilen vom Abbruch des Filmgeländes. Sicheren Fußes traben die Tiere mit ihrer Last die breiten Steinfliesen hinab. In das Hufgeklapper und die Rufe der Treiber mischt sich das Klicken einiger Kameras. Späte Inselbesucher knipsen den fotogenen Abtrieb. So etwas begegnet einem nicht oft...

Die Einsamkeit der Ruinen nimmt mich auf. Wie verändert ist das oft geschaute Bild! Sämtliche Garderoben und Werksbaracken sind abgebrochen, alle Geräte abtransportiert. Nur Holzspäne und Kabelreste liegen zwischen dem zertretenen Gebüsch. Es muß der letzte Maultierzug gewesen sein.

Noch ein paar Schritte höher...! Höre ich nicht wieder Claudios Kommandostimme? Nein, sie ist verhallt und verstummt zwischen diesem uralten, brüchigen Gestein. Die große Zusammengehörigkeit zweier Menschen, die Claudio bis ins letzte ausdeuten wollte, ist zurückgesunken in den Staub dieser Ruinen, gehört wieder der Vergangenheit.

Am oberen Belvedere setze ich mich auf eine Steinstufe und blicke übers Meer, das im ischitanischen Blau erstrahlt. So hat Vittoria an dieser Stelle hinabgesehen, auch später noch, als ihr Leben fern von dieser Stätte ihrer Liebe weiterging...

Die äußeren Geschehnisse erlaubten keine lange, weltabgewandte Einkehr. Schon zwei Jahre nach Ferrantes Tod stürmten die deutschen und spanischen Truppen Karls V. Rom. Ungeheuerliche Greuel, Hunger und Pest hielten Einzug. Der Papst mußte ins Exil. Nur sehr langsam erholte sich die Ewige Stadt, und erst ab 1530 herrschte endlich Frieden. Vittoria weilte in dieser Zeit oft auf Ischia, aber auch in Orvieto, Arpina und am Herzogshof von Ferrara. 1530 erwies ihr Kaiser Karl V. in Rom die Ehre seines Besuchs.

In dieser Zeit begann sie, ihre wiederkehrende Kraft für das Beste einzusetzen, das diese Epoche ihr zur Aufgabe machen konnte. Mit ein paar Auserwählten ihres Landes vereint und von tiefem, echtem Glauben erfüllt, versuchte sie zu verwirklichen, wofür das gebildete Italien damals in den Kampf zog: die Reform der Kirche. Gemeinsam mit der Partei des Paters Occhino faßte sie große Pläne zur Erneuerung des religiösen Lebens ihrer Heimat. Nach dem Tod des Papstes Paul III. hatten die Kardinäle Polo oder Contarini, beide Vittorias Verbündete, gute Aussichten, ihm zu folgen und den Sieg ihrer Sache zu erringen. Sie muß dieser Sache mit ihrer besten Kraft gedient haben.

Nach den Jahren der Trauer schien Vittoria Colonna ein neuer Aufschwung beschieden zu sein. 1538 waren ihre Gedichte gedruckt worden, man huldigte ihr am Hof zu Ferrara, Ariost verewigte sie durch seine Verse. In Italien wurden ihre Gedichte verschlungen, in denen sie Versöhnung mit sich selber gesucht hat. Eines ihrer Sonette endet:

»Und wie das Licht die sanften Strahlen sendet,
fällt meiner Sünden dunkler Mantel nieder.
Im weißen Kleid fühl ich die Reinheit wieder
der ersten Unschuld und der ersten Liebe.«

Aber der Rückschlag kam um 1541. Vergebens hatte Vittoria ihren Einfluß aufgewendet, um den Untergang ihres Geschlechts aufzuhalten. Die Macht der Colonna und deren Willkür war ihren Feinden längst zu groß geworden. Ihre Schlösser wurden enteignet, ihre Bedeutung schwand.

Doch Vittoria wurde ein großes Geschenk des Schicksals zuteil: Sie war Michelangelo Buonarroti begegnet. Dem alternden Titanen, der selbst bitterste Enttäuschungen durch seine Umwelt hinter sich hatte, muß sie wie eine Abgesandte aus einer lichteren Welt erschienen sein. Aber die Leidenschaft, die er anfangs für die noch immer schöne Frau empfunden hat, verstand Vittoria schmerzlos in die sanften Bahnen der Freundschaft zu lenken. Sie hat den enttäuschten, aufbrausenden, argwöhnisch gewordenen Künstler verstanden, ihn in seiner ganzen Größe erkannt und die fünf Jahre, die sie ihm schenkte, gehören zu den schönsten seines schweren Lebens. Wenn ihre Treue zu Ferrante auch unverändert blieb — sie hatte viel zu vergeben, und ihre Güte war im Leid gereift.

Vor allem die Kunst und nicht zuletzt die Dichtkunst hat sie mit Michelangelo vereint, davon zeugen viele Briefe und Gespräche zwischen den beiden. »Einziger Meister Michelangelo und ganz besonderer Freund... Eure ergebene Marchesa von Pescara.« So schrieb sie an den verehrten Künstler.

Aber der Untergang ihrer Familie knickte Vittorias Lebenskraft, denn trotz ihrer Demut war sie immer die stolze Fürstentochter geblieben. Nach schwerer Krankheit kam sie 1542 nach Rom zurück. Contarini, der als Papst ein glückliches Zeitalter eingeleitet hätte, starb aus Kummer über den Sieg seiner Feinde. Pater Occhino floh vor der Inquisition und verriet später seine Ideale. Vittoria hatte ihn bis zuletzt verteidigt und sich dadurch selbst verdächtig gemacht. Alles, was sie schrieb, wurde von nun an überwacht.

Sie zog sich kränkelnd in das Kloster Santa Anna dei Funari zurück, wo Michelangelo sie oft besucht hat. 1547 wurde sie todkrank in den Palast des Giuliano Cesarini gebracht. Er war der Gemahl der Giulia Colonna, der letzten aus Vittorias Familie in Rom. Dort starb sie in ihrem siebenundfünfzigsten Lebensjahr.

Michelangelo, so heißt es, hat sich nie verziehen, daß er der toten, so glühend verehrten Freundin nur die Hand und nicht auch noch die Wange zu küssen gewagt hat.

»Tod war dein Los, denn sterblich nur vermag
das Göttliche zu uns herabzusteigen.
Doch nur was sterblich, hat der Tod vernichtet.
Du lebst, es glänzt dein Ruhm im lichten Tag,
und ewig unverhüllt wird er sich zeigen
in dem, was du gewirkt hast und gedichtet.«

Diese Verse hat Michelangelo ihr nachgeschickt. Für ihn war sie die schönste Verkörperung jener »himmlischen Liebe«, wie Tizian sie gemalt hat. —

Wie ein großer Bilderbogen zieht das alles an mir vorüber. Es stimmt, die Vergangenheit *ist* nicht wirklich vergangen. Wir alle tragen ein Stück von ihr mit uns, eng verbunden mit unserem gegenwärtigen Leben und Wirken. Je besser wir das erkennen, desto leichter wird es uns, die Gegenwart zu bewältigen.

Aber war es nicht doch ein großes Wagnis von Claudio, eine Frau wie Vittoria Colonna, an die nicht bald eine andere heranreicht, aus ihrer Versunkenheit hervorholen zu wollen? Wie immer — was ihm wie ein Gleichnis erschienen ist, bleibt bestehen, wenn sein Werk auch unvollendet blieb. Ich habe ihm nicht bis zuletzt helfen können, dieses Denkmal einer Liebe fertigzustellen, aber — ich gebe ihm *meine* Liebe dafür. Sie wird ihm für immer bleiben.

Ein wunderbares Gefühl der Zufriedenheit überkommt mich, sowie ich das erkenne. Der Zettel aus Claudios Notizblock, den Nicola mir zuschob, fällt mir ein, und ich hole ihn aus meiner Handtasche. Auf dem Blatt steht nur ein einziger, in der mir wohlbekannten Schrift hingekritzelter Satz:

»Es gibt nur eine Brücke, die Leben und Tod verbinden kann — die Liebe.«

War es ein Dialogeinfall? Oder ist es ein Zitat? Warum hat Claudio, als er diesen Satz notierte, dazugeschrieben »Für Lydia«?

Keine Antwort. Und doch Antwort genug! Es ist wie eine Bestätigung dessen, was ich vorhin dachte. Als hätte er mir diesen Satz zum Trost hinterlassen — wie ein Vermächtnis.

Ich blicke versonnen über die blauen Buchten und zerklüfteten Ufer der Insel. Weit drüben, versteckt im wuchernden Grün der Hänge, muß Maria del Monte liegen... Claudio hätte weder unsere gemeinsame Arbeit noch unsere persönliche Beziehung aufgeben können, das lag ihm nicht. Was unsere letzte, gemeinsam begonnene Arbeit betrifft, so habe *ich* für ihn entschieden, und ich weiß jetzt, daß es so richtig war. Wie gut, nicht länger zu zweifeln!

Aber ich bin nicht ohne Claudio. Bei jedem Stück, das ich spiele, und bei jedem Wort, das ich spreche, wird er für mich gegenwärtig sein. Ich liebe ihn, und er wird untrennbar mit mir verbunden bleiben. Ich bin keine Schiffbrüchige mehr.

Während ich den Felsenweg hinabsteige, fällt mir Günther ein. Und jetzt verstehe ich die fast ultimative Kürze seiner Mitteilung. Ich habe ihm bis heute nicht auf seinen letzten Brief geantwortet, mich nicht bei ihm gemeldet. Aber er hat doch nicht aufgehört, sich für mich einzusetzen, hat meine Interessen vertreten. Wie ungerecht ich war!

In Eugene O'Neills Stück »Fast ein Poet« habe ich nie selbst gespielt, aber große Kolleginnen darin bewundert. Ich kenne die Rolle der Irin Nora Melody, jener verhärmten, gütigen, verständnisvoll duldenden Frau eines Mannes, der ohne die Illusion von der eigenen Vergangenheit nicht leben kann und an ihr beinahe zerbricht. Es ist keine besonders umfangreiche Rolle, aber eine, in der sich viel von dem aussagen läßt, was ich erst jetzt erkannt habe...

»Du selbst wirst immer wissen, was du darstellen sollst!« War das nicht erst vor kurzem Claudios Wort?

»Wir wollen Sie auf der Bühne sehen!« höre ich Nicola ausrufen.

Auf einmal weiß ich, daß es nichts Schöneres für mich geben kann, als bald wieder Theater zu spielen, Menschen mitzureißen, zu verzaubern, zu bereichern. Und vielleicht etwas weiterzugeben, das zeitlosen Wert besitzt.

Ich vergesse, auf den Weg zu achten, immer rascher wird mein Schritt. Nicola, Annette und die andern werden schon auf mich warten.

Aber bevor ich sie treffe, muß ich zur Post, um meine Zusage an Günther aufzugeben.

Und noch ein Telegramm — an Sofie...